W0319750

Aus Freude am Lesen

Seit Titus sie verlassen hat, um mit Ingrid glücklich zu werden, wird Rose immer seltsamer. Sie hat sich aufs Land zurückgezogen. Gesellschaft pflegt sie nur zu einigen halbzahmen Ratten, die in ihrem Häuschen ein- und ausgehen. Als Titus eines Tages lebensgefährlich erkrankt, schickt er Ingrid zu Rose, um sie zu einem letzten Gespräch zu bitten. Doch als Ingrid nach langem Fußmarsch endlich das Haus erreicht, erwartet sie kein freundlicher Empfang …

»Inger Frimansson hat eine einzigartige Begabung, den ganz gewöhnlichen Alltag in einen Psychothriller der Sonderklasse zu verwandeln.« *Göteborgs-Posten*

Inger Frimansson ist eine der bekanntesten Autorinnen Schwedens. »Die Rattenfängerin« ist ihr sechstes Buch, das in deutscher Übersetzung erscheint. Ihr erstes, »Gute Nacht, mein Geliebter«, machte sie umgehend berühmt. Es wurde ausgezeichnet mit dem Schwedischen Krimipreis und begründete ihren Ruhm als »schwedische« Minette Walters.

Inger Frimansson

Die Rattenfängerin

Thriller

Aus dem Schwedischen von
Lotta Rüegger und Holger Wolandt

btb

Die schwedische Originalausgabe erschien 2009
unter dem Titel »Råttfångerskan« bei Nordstedts, Stockholm.

Mix
Produktgruppe aus vorbildlich bewirtschafteten
Wäldern und anderen kontrollierten Herkünften
www.fsc.org Zert.-Nr. GFA-COC-001223
© 1996 Forest Stewardship Council

Verlagsgruppe Random House FSC-DEU-0100
Das FSC-zertifizierte Papier *Munken Pocket* für dieses Buch
liefert Arctic Munkendals AB, Schweden.

1. Auflage
Deutsche Erstveröffentlichung April 2010

Umschlaggestaltung: semper smile, München
Umschlagfoto: plainpicture / Grimm, T.
Satz: IBV Satz- und Datentechnik HmbH, Berlin
Druck und Einband: CPI – Clausen & Bosse, Leck
SL · Herstellung: SK
Printed in Germany
ISBN 978-3-442-74007-9

www.btb-verlag.de

Die Dunkelheit war kompakt, bis auf einen Punkt hoch über ihr. Dort ahnte sie ein viereckiges Flimmern. Wo befand sie sich? In einer Art Käfig? Und was war mit ihrem Arm passiert, er wirkte scheußlich verrenkt. Sie konnte ihn nicht bewegen.

Vor Schmerzen konnte sie kaum atmen.

Sie weinte in der Dunkelheit, schrie immer wieder kurz auf.

»Hol mich hier raus … lass mich raus!«

Wo war ihre Tasche mit dem Handy? Sie musste ihren Mann anrufen. Er musste ihr helfen.

»Wo bist du denn, mein Mäuschen?«, würde er mit leichtem Vorwurf in der Stimme fragen. »Ich mache mir doch Sorgen, Mäuschen.«

Erster Teil

Der Mann

Rose

Sie wurde von einem Schrei geweckt, einem wilden, angsterfüllten, der plötzlich verstummte. Sie hatte in letzter Zeit kaum noch Angst, spürte aber doch, dass ihr Herz pochte, dann war da noch der Geruch von Nachtschweiß. Sie hatte geträumt, hatte in tiefer Betäubung dagelegen. Deswegen hatte der Schrei in ihren Traum einbrechen und sie überraschen können.

»Alles im Lack«, murmelte sie und verwendete unfreiwillig den Ausdruck, mit dem Tomas sie immer zu provozieren versuchte. Immer diese Modeausdrücke, sie kamen und gingen.

Sie schlug die Decke zurück und stand auf. Ihre Füße kamen ihr glühend heiß vor. Sie trat ein paar Schritte auf das Fenster zu. Schaute hinaus. Durch den Spalt des Springrollos sah sie etwas, eine Bewegung hinten bei den Bäumen. Der Fuchs. Im Dunkel erkannte sie, wie er den Kopf hin- und herwarf. Er hielt etwas im Maul. Einen Hasen. Die langen Ohren hingen herab. Es war der Todesschrei des Hasen gewesen, den sie gehört hatte.

Sie holte übertrieben tief Luft und streckte die Arme zur Decke. Ihr Nachthemd war feucht, und sie hatte eine Gänsehaut auf dem Rücken. Wie spät war es? Zehn vor fünf am Morgen. Sie fühlte sich alles andere als ausgeschlafen. Sie ging auf die Toilette, ließ sich kaltes Wasser übers Gesicht laufen und kehrte dann ins Bett zurück. Ihr Herz schlug wieder normal, und sie entspannte sich.

Erstaunlicherweise schlief sie noch mal ein. Der Traum setzte wieder ein. Er handelte von Akela, jung und geschmeidig, sie waren es beide. Sie lief, und der Hund lief vor ihr her. Die Hündin blieb ab und zu stehen und drehte ihren breiten Kopf zu ihr um. Ihr Blick schien zu fragen, kannst du mithalten? Die Mischlingshündin war groß und braun, und als Rose sie zum ersten Mal sah, fühlte sie sich an ein Märchen von Hans Christian Andersen erinnert.

Sie war groß und gutmütig gewesen und an Krebs gestorben. Tumore in den Zitzen, beidreihig. Ein sehr aggressiver Krebs mit einem schwierigen und schonungslosen Namen. Infiltratives anaplastisches Karzinom. Der Tierarzt hatte Rose geradezu vorwurfsvoll angestarrt.

»So etwas lässt sich vermeiden, wenn man vor der ersten Läufigkeit im ersten Lebensjahr der Hündin die Gebärmutter entfernen lässt. Natürlich nur, wenn man nicht an Zucht interessiert ist.«

Das hatte Rose getroffen, obwohl sie Akela erst im Alter von drei Jahren aus dem Tierheim zu sich geholt hatte. Sie hatte einem älteren Paar gehört, das schließlich einsah, dass es ihre Kräfte überstieg, einen Hund zu betreuen. Der Mann hatte bereits einen Schlaganfall erlitten, und auch die Frau war kränklich.

Ein leises, singendes Brausen, das im Schlaf zu ihr durchdrang, durch das einen Spalt geöffnete Fenster, direkt auf ihre Trommelfelle. Sie erwachte erneut, aber langsam. Die Schwäne. Die großen Vögel kehrten zurück. Sie öffnete die Augen und spähte ins Zimmer. Das Licht sah anders aus, ein durchdringendes, lebendiges Licht, keine Dämmerung mehr.

Ihr Bett stand mit dem Kopfende zur Wand im Zimmer. Sie wollte in der Richtung aufstehen können, in der sie erwachte, rechts oder links, nicht auf eine Wand zu. Dem Bett gegenüber thronte die alte Kommode, die sie von ihrer Großmutter väterlicherseits geerbt hatte. Rechts davon stand ein Stuhl. Sie hatte eine Vase mit Heidelbeerzweigen auf die Kommode gestellt. Sie trieben bereits aus und hatten kleine rosa Blüten. Die Kommode hatte immer in dem Zimmer gestanden, in dem Rosa schlief, auch in den Jahren mit Titus. Damals standen Fotos auf der Kommode, ihr Hochzeitsfoto, Kinderbilder von ihnen beiden, Urlaubsfotos. Jetzt war all das verschwunden und nur ein einziges Bild übrig. Ein Foto, das Tomas als Zweitklässler zeigte. Er trug den Pullover, den sie gestrickt hatte, und sein Pony hing ihm in die Augen. Er wirkte mürrisch, oder vielleicht traurig? Es war ihr immer schwer gefallen, sich einen Reim auf seine Gefühle zu machen.

Sie zog ihre Cordhosen an und einen alten, ausgeleierten Baumwollpullover. Sie hatte das Etikett im Kragen entfernt, weil es an ihrem Hals gescheuert hatte. Ihre Haut war so empfindlich, ihre Mutter hatte sie immer Ekzemmädchen genannt.

Du hast dich immer so wahnsinnig gekratzt, dass wir dir Handschuhe anziehen mussten. Manchmal mussten wir dich im Bett festbinden.

Rose konnte sich daran erinnern. Bruchstückhafte Erinnerungen. Der brennende Juckreiz am ganzen Körper. Sie hatte gejammert und sich hin und her geworfen. Dann die Panik darüber, gefesselt zu sein. Das frettchenhafte Gesicht ihrer Mutter über ihrem Bett. *Es geschieht nur zu deinem Besten. Denk nicht dran, Rosa. Dann geht es vorbei.*

Ja, sie trug den Taufnamen Rosa, so hießen normalerweise Kühe. Als sie groß genug gewesen war, fast erwachsen, fünfzehn, da hatte sie ihren Namen geändert. Ihr Vater hatte gelacht und verlegen versucht, die Lippen für die neue Aussprache richtig zu formen. Rööös kam dabei heraus, Rööos, was wie ein schonischer Dialekt klang. Ihre Mutter hatte sich geweigert. *Für mich bleibst du immer meine kleine Rosa. Rosa, Rosengold. Als ich dich zur Welt gebracht hatte, am Morgen danach, da glich deine Haut den duftigsten Rosenblättern. Ich konnte dir wirklich keinen anderen Namen geben, das verstehst du doch, meine Kleine? Dieser Name stand dir auf die Stirn geschrieben.*

Ihre Mutter hatte immer einen Hang zum Theatralischen besessen. Rose gähnte. Sie fuhr sich mit den Fingern durch ihr helles Haar, das langsam grau und weiß wurde. Sie war keine Blondine mehr. Die Bekenntnisse einer blöden Blondine. Was war das? Der Titel eines Buches oder eines Pornofilms?

Sie ging in die Küche. Von dort aus konnte sie das Wasser zwischen den Kiefernstämmen sehen. Das Eis war verschwunden, es war aufgebrochen und in Schollen weggetrieben. Der Winter war ungewöhnlich mild gewesen. Eigentlich war es gar kein Winter. Ende November kam der Schnee, blieb nur ein paar Tage liegen. Anschließend hatte es wochenlang nur geregnet. Ihr machte das nichts aus, sie zog sich ihre Stiefel an und ging nach draußen. So wie sie das mit Akela gemacht hatte, morgens, mittags und abends. Dazwischen arbeitete sie. Sie arbeitete für mehrere Verlage als Lektorin und Korrekturleserin. Für Bladguld war sie selbstverständlich nicht mehr tätig. Natürlich hieß der Verlag auch nicht mehr Bladguld, er hatte ihn umbenannt in Bruhns Förlag nach seinem eigenen Nachnamen.

Ein paarmal hatte sie versucht, Romane aus dem Dänischen

und Norwegischen zu übersetzen. Das war schwerer, als sie erwartet hatte. Sie produzierte zähe Sätze, die ohne Elastizität in sich zusammenfielen. Bis sie aufgeben musste, was nicht schlimm war, wenn man einmal von ihrem angeknacksten Selbstbewusstsein absah, natürlich. In finanzieller Hinsicht fiel es kaum ins Gewicht. Übersetzungen wurden gemessen an dem erforderlichen Aufwand lausig bezahlt. Außerdem brauchte sie nicht viel. Sie lebte bescheiden und fuhr kaum noch nach Stockholm. Sie trug immer dieselben alten Kleider und kaufte nur selten etwas Neues.

Keine Blondine mehr, dachte sie, sondern eine in die Jahre gekommene Frau auf bestem Wege, ein altes Weib zu werden, wenn sie es nicht bereits ist.

Es wehte ein ziemlicher Wind, das ließ sich am Wasser ablesen. Die Farbe war bleigrau mit weißen Schaumkronen. Aber der Schnee des überraschenden Schneesturms, der den ganzen Osterverkehr lahmgelegt hatte, war fast gänzlich verschwunden. Alle hatten schon geglaubt, es sei Frühling, und viele hatten bereits Sommerreifen aufziehen lassen, was sie dann aber bitter bereuten, besonders jene, die in ihrer Gegend wohnten. Södertälje war eine Stadt mit steilen Anhöhen.

Auf der anderen Seite der Bucht waren neue Häuser gebaut worden. Luxusvillen für mehrere Millionen. Noch vor wenigen Jahren war dort drüben nur Wald. Dann kamen die Motorsägen und die Bagger. Sie hatte von der Baustelle in der Zeitung gelesen, es gab irgendeinen Streit mit dem Bauherrn. Die Bauarbeiter aus dem Baltikum erhielten ihren vereinbarten Lohn nicht und hatten außerdem in alten, ausgedienten Wohnwagen wohnen müssen. Aber jetzt schienen alle Neubauten belegt zu sein. In der Silvesternacht hatte sie dort drüben Raketen und bengalisches Feuer gesehen.

Sie drehte den Wasserhahn auf und füllte die Kaffeemaschine. Ein Reiher flog mit schweren Flügelschlägen auf die Inseln zu. Ein grauer und alter Reiher, dem es gelungen war, drüben im Sumpf zu überwintern. Er saß immer mit hochgezogenen Flügeln in den Ästen beim Schilf, zusammengekauert und düster. Reihermist waren weiße, pfannkuchengroße Kleckse. Einmal hatte sie trockenes Brot auf die Insel mitgenommen. Der einsame Vogel hatte ihr leidgetan. Aber als sie endlich dort angelangt war, war er nicht dort. Vielleicht fraß er auch gar kein Brot. Schließlich handelte es sich um einen Jäger, einen Meister, der seine Beute überraschte und packte.

Sie goss Dickmilch in einen Teller und machte sich ein belegtes Brot. Die beiden Schalen auf dem Fußboden waren leer. Sie spülte sie aus, ließ frisches Wasser in die eine laufen und legte ein wenig kalte Nudeln mit geriebenem Käse in die andere. Ihr eigenes Frühstück trug sie dann auf einem Tablett in ihr Wohn- und Arbeitszimmer. Sie schob mit dem Fuß einen Stapel Korrekturfahnen beiseite und stellte das Tablett auf den Tisch.

Sie wohnte in einer Häuslerkate, 73 Quadratmeter groß. Rot, die Ecken weiß abgesetzt. Ursprünglich war hier das Gesinde untergebracht. Das Hauptgebäude, Borgsviks Gård, lag oben auf der Anhöhe mit einer gigantischen Aussicht über den Kanal und den Schifffahrtsweg zur Stadt. Das Hauptgebäude stand meist leer. Es war nicht unbewohnt, sondern voll möbliert, damit sein Besitzer die wenigen Male, die er dorthin kam, dort wohnen konnte. Er hieß Claes Schröder, von ihm hatte sie das Häuschen gemietet.

»Sie können doch ein Auge auf das Haupthaus haben«, hatte er bei der Unterschrift des Mietvertrags gemeint. »Ich will irgendwann dort einziehen, aber gerade jetzt geht es nicht, ich habe zuviel zu tun. Aber später, wenn ich in Rente gehe.«

»Ja, aber bis dahin dauert es noch«, meinte sie darauf schmeichelnd.

Er lächelte.

»Nun ja, aber wie gesagt, ein Blick hie und da?«

»Ja … schon … aber ich kann es kaum auf mich nehmen, die Hausmeisterpflichten zu übernehmen«, wandte sie ein. Sie hatte Angst, dass er es sich anders überlegen könnte, wenn sie Einwände äußerte.

»Nein, um Gottes willen, so war es nicht gemeint. Ein Anruf reicht, falls etwas sein sollte, dann schicke ich jemanden vorbei, der sich darum kümmert. Ich will nur nicht, dass irgendeine Gangsterbande vorbeikommt und alles zu Kleinholz verarbeitet. Diese Stadt ist voller Gangster.« Er sprach leiser. »Sie verstehen sicher, was ich meine.«

Es bereitete ihr immer Mühe, Anspielungen zu parieren, die auf eine verdeckte Ausländerfeindlichkeit hindeuteten. Da waren ihr klare Worte fast lieber. Sie nickte vage und errötete. Dann griff sie zum Kugelschreiber.

Er gab ihr seine Handynummer, und ein paarmal hatte sie Claes Schröder dann tatsächlich auch anrufen müssen. Eines Morgens war eine Fensterscheibe eingeschlagen gewesen, und ein anderes Mal hatte jemand ein Hakenkreuz auf die schöne gelbe Fassade gemalt. Beide Male hatte sie davon nichts bemerkt, nicht einmal Akela hatte reagiert. Bei ihrem ersten Anruf klang seine Stimme schlaftrunken, obwohl es mitten am Tag war. Sie nahm an, dass er sich im Ausland aufhielt, in einer anderen Zeitzone vielleicht. Ihr war das peinlich gewesen, und sie hatte beschlossen, ihn in Zukunft nicht mehr anzurufen, sondern eine SMS zu schicken.

Das Hauptgebäude stammte aus dem späten 19. Jahrhundert. Es hatte als Krankenhaus, Pension und Kinderheim gedient und dann ein paar Jahre leergestanden und war verfallen, bis Claes Schröder auf der Bildfläche aufgetaucht war. Er renovierte das Gebäude für Unsummen und ließ auch das undichte Dach der Kate reparieren.

Rose wohnte dort nun schon seit fast fünf Jahren.

Sie setzte sich aufs Sofa und legte die Wolldecke um. Von der Bucht waren die durchdringenden Schreie der Kanadagänse zu hören. Am Vortag hatte sie zwei Buchfinken im Rosengebüsch gesehen und sich gefreut, dass sie den Kälteeinbruch einige Wochen zuvor überstanden hatten, statt zu verhungern.

Zwei und zwei. Man sah sie jetzt überall. Elstern, Krähen, Spechte, Waldtauben, Kohlmeisen und die blauschimmernden Meisen. Sie waren eifrig damit beschäftigt, Nester zu bauen. Einzig dem grauen Reiher fehlte ein Partner. Genau wie ihr.

Bei diesem Vergleich musste sie lachen. So weit war sie immerhin gekommen. Dass sie über das Elend lachen konnte.

Ingrid

Sie begleitete ihn zurück ins Krankenhaus. Er hatte sich für ein paar Tage nach Hause beurlauben lassen, was aber nicht funktionierte. Samstag spätnachmittags musste sie auf der Station anrufen. Sie hatte Glück. Schwester Lena war am Apparat.

Als sie sprechen wollte, brachte sie kein Wort heraus.

»Hallo?«, hörte sie die ruhige Stimme der Krankenschwester. »Wer spricht da? Ich kann Sie nicht so gut hören.« Typisch für Lena, sich so auszudrücken. Alles zu vermeiden, was verletzend sein könnte. »Ich kann Sie nicht so gut hören.« Dabei hatte sie überhaupt nichts gehört.

Ingrid brachte jetzt ein undeutliches Schluchzen zuwege.

»Immer mit der Ruhe, ich kann warten«, ermahnte sie Schwester Lena. Sie hatte wirklich einen siebten Sinn. Sie verstand, wenn jemand zu unglücklich und betroffen war, um seinen Namen nennen zu können. Ingrid legte den Telefonhörer beiseite. Dann faltete sie die Hände ganz fest. Sie biss die Zähne so zusammen, dass ihr ganzer Hals zitterte. Entspannte sich.

»Also, hallo … ich bin das, Ingrid Andersson.«

Sie hatte ihren Mädchennamen behalten, obwohl Titus einen schönen und ungewöhnlichen Nachnamen besaß. Bruhn. Titus Bruhn. Aber diesen Namen mit ihm zu teilen, hätte bedeutet, auch sein Vorleben mit ihm zu teilen, und das hätte ihre Schuldgefühle nur verstärkt. Jedes Mal, wenn sie den Namen aussprach, wäre sie daran erinnert worden.

Schwester Lena wusste sofort Bescheid.

»Hallo. Wie geht es ihm?«

»Es … geht nicht mehr. Wir schaffen es nicht.« Jetzt weinte sie, leise und verbissen.

»Ich finde, dass Sie wieder herkommen sollten. Sein Bett wartet auf ihn.«

»Vielen Dank … und entschuldigen Sie bitte … Wir kommen.«

Sie packte seine Sachen. Zahnbürste, Bademantel, das schäbige Necessaire, das er besessen hatte, seit sie denken konnte, und das nicht mehr sauber wurde. Einmal hatte sie es sogar in der Waschmaschine gewaschen. Er war sehr böse geworden. Dieses verdammte Necessaire war etwas ganz Besonderes. Er hatte es von Rose bekommen. Sie hatte es genäht. Beige mit einem karierten Futter. Es ließ sich zu einem handlichen Päckchen aufrollen und wenn es geöffnet war, konnte man es an einen Haken hängen. Es gab kleine Fächer für Zahnbürste, Nagelschere, Rasierwasser und Kamm. Außen hatte sich einst sein Monogramm befunden, aufgeklebte, schnörkelige Buchstaben, T. B., die waren aber schon lange, bevor sie das Necessaire gewaschen hatte, zusammengeschrumpelt und wie Schuppen abgefallen.

Titus lag auf dem Rücken und mit vorgeschobenem Kinn im Doppelbett. Das Kinn mit dem schwarzen Bart. Das Haar auf dem Kopf war im Laufe der Jahre ergraut, aber immer noch sehr dicht. Die vielen Behandlungen hatten es seltsamerweise nicht in Mitleidenschaft gezogen. Er sah sie mit zusammengekniffenen Augen an und rang nach Luft.

»Wir dürfen zurückkommen«, sagte sie.

Er schwieg.

»Ich habe mit Schwester Lena gesprochen. Sie war immer noch da, ich meine, die Spätschicht.«

»Ach so.«

»Titus … ich …«

»Scheiße!« Er hatte die Augen geöffnet, aber der Blick war matt. Als würde ihm das Fokussieren Schmerzen bereiten.

»Schon okay«, sagte sie rasch. »Ich liebe dich, es ist alles in Ordnung.«

»Scheiße, Ingrid! Scheiße!«

»Schon okay«, sagte sie erneut, aber etwas lauter. »Jetzt helfe ich dir beim Anziehen.«

Als sie sich über ihn beugte, schlug ihr sein Mundgeruch entgegen. Wie Ammoniak. Sie hielt die Luft an und versuchte, sich nichts anmerken zu lassen. Er hielt sie am Arm fest. Seine langen, sehnigen Finger waren vielleicht das Erste gewesen, was ihr ganz zu Anfang an ihm aufgefallen war. Es schwindelte ihr bei dem Gedanken, was diese Finger mit ihr machen konnten. Die Haut der Hände war glatt. Mit Ausnahme der blauen Flecken, die Infusionen und Injektionsnadeln hinterlassen hatten, war dort von Alterungsprozess und Krankheit nichts zu sehen.

Sie zog ihm sein Oberhemd über. Als sie es zuknöpfte, merkte sie, dass es ihm zu groß geworden war. Sie hatte plötzlich einen Kloß im Hals.

»Ich habe geträumt«, sagte er undeutlich. »Ich war draußen und paddelte.«

»Ach?«

»Hm.«

»War ich dabei?«

»Nein …«

»Das war nie so richtig mein Ding, oder? Ich meine das Paddeln.«

Als zöge sie eine Lebensbilanz. Eine Bilanz beider Leben.

Er schien sie nicht gehört zu haben.

»Es war der Guppy, du weißt schon … und ich tanzte mit ihm … wir tanzten, der Guppy und ich … die Stromschnellen hinunter.«

Damals, am Anfang, hatte er versucht, es ihr beizubringen. Aber sie war zu ängstlich. Ihre Bewegungen waren unbeholfen, und plötzlich wurde ihr Gesicht unter Wasser gedrückt, obwohl er behauptet hatte, kentern sei fast unmöglich. Besonders für eine Frau, *ihr Frauen habt einen anderen Schwerpunkt.* Er hatte ihren Hintern getätschelt und sie geküsst. Sie hatte ihm den Guppy zu seinem Fünfzigsten geschenkt. Ein Kajak, stromschnellentauglich und nur für eine Person.

Sie nahm seine Socken, rollte sie auf und zog sie ihm vorsichtig über die Zehen. Seine Zehennägel mussten geschnitten werden. Sie konnte das nicht, konnte nur ihre eigenen schneiden. Es ekelte sie. Hart schienen sie auch zu sein, steinhart und gelb. War es wahr, dass Haare und Nägel nach Eintreten des Todes weiterwuchsen? Einfach widerlich! Wie wollte man das eigentlich herausgefunden haben?

Sie erhob sich vom Bett und holte seine Hose. Sie hing ordentlich über einem Stuhl. Ein pedantischer und ordentlicher Mensch, selbst noch in krankem und mitgenommenem Zustand. Immer frischgeputzte Schuhe, nichts durfte irgendwo herumliegen. Jeder Gegenstand an seinem Platz. Sie selbst war nicht so.

Er hatte zum Schlafen seine Unterhose angehabt. Sein Geschlecht zeichnete sich, müde und zusammengeschrumpft, unter dem Stoff ab. Sie strich ihm scheu über seine kurzen und kräftigen Oberschenkel. Sie waren jetzt bedeutend schmaler. Sie betrachtete sein Gesicht. Keine Reaktion.

»Du …«

Er rührte sich nicht.

»Du … Titus, Liebster. Du weißt, dass ich dich liebe.« Sie flüsterte. »Was wir haben … kann uns niemand nehmen.«

Er verzog das Gesicht zu einem Grinsen.

»Oder?«

»Nein, so ist das wohl. Niemand kann das.«

»Hm.«

»Ich helfe dir jetzt mit der Hose. Kannst du den Po etwas anheben? Kannst du das?«

Überraschenderweise stand er abrupt auf und schnappte sich die Hose. Sie biss sich in die Backe und schmeckte Blut. Sie sah ihm zu, wie er sich mit dem Reißverschluss abmühte und dann ermattet auf das verschrumpelte Laken zurückfiel. Die Matratze des Wasserbetts schaukelte.

»Ruf ein Taxi«, sagte er.

Rose

Es schrappte auf dem Linoleumboden. Winzige Pfoten, Krallen. Rose aß den letzten Löffel Dickmilch und schlich sich in die Küche. Die dunkelgraue Ratte, die sie Tranbär getauft hatte, drehte sich um, als sie sie sah, und nahm sofort die Verteidigungsstellung ein. Sie richtete die Ohren auf und spannte sämtliche Muskeln an. Ein winziger Käsekrümel hatte sich in ihren Schnurrhaaren verfangen und fiel jetzt auf den Boden herab.

Rose ging in die Hocke.

»Ich bin das doch nur«, sagte sie leise.

Die Rättin zuckte zusammen und stellte die Ohren noch weiter auf. Der Schwanz war starr und kerzengerade.

»Bist du hungrig, du Ärmste? Iss, es gibt später noch mehr.«

Als hätte das Tier sie verstanden, drehte es ihr den Rücken zu und fraß, was noch in der Schale war. Sie hielt sich mit den Pfoten, die wohlgeformt und biegsam wie Menschenhände waren, am Rand fest. Dass Ratten so unterschiedlich sein können, dachte sie. Einige aßen manierlich und verursachten nicht die geringste Unordnung. Andere schlangen ihr Fressen herunter wie diese kleine verängstigte Tranbär. Rose ging zum Spülbecken und stellte ihren Teller hinein. Sie schnitt ein kleines Stück Käse ab und hielt es der Ratte hin. Das Tier betrachtete sie durchdringend. Es zitterte und die Schnurrhaare zuckten.

»Komm her und probier, du kleiner Feigling«, sagte Rose. Sie sprach mit leiser, weicher Stimme. »Das ist superlecker, richtiger Emmentaler.«

Die Ratte trippelte ein paar Schritte auf sie zu, dann machte sie aber plötzlich einen Satz und verschwand unter dem Sofa. Dort befand sich das Loch ihres Baus.

Als Rose zum ersten Mal eine Ratte in ihrem Haus entdeckt hatte, empfand sie ein heftiges Unbehagen. Sie hatte sogar Angst bekommen. Bei Ratten dachte man an die Pest und an Müll. Sofort war sie zum Eisenwarenladen geradelt, um eine Falle zu kaufen. Die stand jetzt draußen im Schuppen, noch unbenutzt und ohne Köder. Schließlich und endlich hatte sie es nicht über sich gebracht.

Das war wegen des Nests, das Nest, das sie am selben Tag unter dem Sofa entdeckt hatte. Akelas alte Decke fiel hinter die Rückenlehne und blieb zusammengeknüllt an der Wand liegen. Sie vermisste sie nicht. Plötzlich hatte sie dann Geräusche vernommen, ein leises, fast unhörbares Piepsen.

Fünf rosafarbene, kleine Junge, die nur ein paar Tage alt sein konnten. Sie lagen eng aneinandergeschmiegt, ein warmes Knäuel Leben, fünf kleine Herzen, Schnauzen. Die Mutterratte verschwand, als sie das Sofa verschob. Feige machte sie sich durch ihr Loch davon. Das verärgerte Rose.

Sie hatte diese Mutterratte ohnehin nie gemocht. Sie hatte sie Flod getauft. Sie war fett und groß, auch nach der Niederkunft noch. Rose hatte sie am Fressnapf beobachtet, hatte zugesehen, wie sie auf die anderen einbiss und sie erst fressen ließ, wenn sie selbst satt und zufrieden war. Nicht einmal ihre eigenen Jungen ließ sie fressen. Tranbär war eines ihrer Jungen. Fikon und Smultron waren auch noch immer im Haus.

Ein Junges war noch am selben Abend gestorben, noch bevor sie ihm einen Namen hatte geben können. Salmbär war verschwunden, vermutlich war auch er tot. Mit ihrer einen Pfote war etwas nicht in Ordnung gewesen. Vielleicht hatte ihre Mutter sie ja totgebissen.

Auch Flod war jetzt tot. Rose war erleichtert gewesen, als sie die große Ratte leblos vor den Treppenstufen gefunden hatte. Das war im November, die Jungen waren längst groß und kamen alleine zurecht. Flod lag mit blutiger Schnauze im Schnee. Das Rot wurde teilweise vom Schnee aufgesaugt, sodass es aussah, als liege das Tier auf einem fransigen, hellroten Kopfkissen. Warum war sie gestorben? War sie vergiftet worden? Rose wusste es nicht. Sie war natürlich alt gewesen. Der Pelz war fleckig und wies kahle Stellen auf. Ihr Wurf war auch nicht sonderlich groß gewesen. Diese fünf waren ihre letzten Jungen.

Rose hatte ihre Gärtnerhandschuhe angezogen und eine von den schwarzen Plastiktüten geholt, mit denen sie die Haufen von Akela entsorgte. Dann hob sie das tote Tier am Schwanz hoch. Der Körper war verblüffend schwer, die Lippen wie in einer letzten abwehrenden Grimasse zurückgezogen. Sie konnte die scharfen Zähne sehen. Die Augen waren weit geöffnet und blicklos. Eine Verletzung konnte sie nicht entdecken, das Blut musste aus dem Ohr geflossen sein.

Es hatte ihr kein schlechtes Gewissen bereitet, Flod in die Mülltonne zu legen. Sie war kein sympathisches Tier gewesen. Sie hatte nach Rose geschnappt und sie zu beißen versucht, wenn sie barfuß war. Gestunken hatte sie auch, durchdringend und unrein wie nach faulen Eiern. Der Geruch hatte immer lange, nachdem Flod schon wieder in ihrem Loch verschwunden war, in der Küche gehangen. Ihre Nachkommen waren geruchlos.

Jetzt hörte sie das Geräusch von Pfoten unter dem Sofa. Eine kleine Schnauze wagte sich vor. Rose kniete sich auf den Boden. Sie band einen Faden um den Käsewürfel und legte ihn auf den Flickenteppich. Tranbär näherte sich vorsichtig. Im Unterschied zu ihren Geschwistern war sie bei Tageslicht am unternehmungslustigsten.

»Komm schon, Dummerchen«, lockte sie Rose. »Du siehst doch, was das ist. Komm, du darfst probieren.«

Tranbär hatte rosa Ohren, und wenn die Sonne durchs Fenster fiel, zeichneten sich wie die Adern eines Blattes die feinen Blutgefäße ab. Sie lag gerne in der Sonne. Dann konnte sie sich fast entspannen. Tranbär war am scheuesten. Fikon und Smultron waren robust und mutig. Smultron hatte sich sogar schon auf ihre Hand gewagt. Sie hatte ihr samtiges Fell gestreichelt und ihr die Ohren gekrault. Einmal war das Tier in den Ärmel ihrer Wolljacke gekrochen. Das verursachte ihr einen Schauer.

Zwischendurch verschwanden sie immer mal wieder und blieben einige Tage lang weg. Wenn sie zurückkehrten, waren sie mager und zerzaust, als hätten sie sich geprügelt. Aber sie kamen zurück, sie kamen immer zurück.

Die vorsichtige Tranbär wagte sich jedoch nie nach draußen.

Anfänglich hatten die Schwänze Rose Unbehagen verursacht, als seien sie selbständige, unberechenbare Wesen. Das hatte etwas mit ihrer Beschaffenheit zu tun, sie erinnerten sie an Würmer. Aber dann bekam Fikon Junge. Irgendwo unter dem Fußboden hatte sie ihr Nest. Rose wusste nicht, wieviele es waren. Sie hatte gehört, dass Ratten bis zu zwanzig Junge in einem Wurf bekommen konnten. Zu Gesicht bekam sie sie nie. Vielleicht war es wirklich nur dieses einzige kümmerliche Wesen, das sich nach einiger Zeit auf zitternden Beinen nach oben wagte. Sie sah sie auf dem Teppich sitzen und sich umschauen. Sie beugte sich vor und hob sie hoch. Das Fell schimmerte schwarz und silbern und wies keinerlei Ähnlichkeit mit dem der Großmutter auf. Die winzigen Pfoten glichen Händen in Miniatur. Der Schwanz war seidig und rosa und mit Flaum bedeckt. Er war schmal und biegsam wie ein silberner Faden. Fikons Baby. Sie taufte sie Neljä, das finnische Wort für vier. Es fiel ihr einfach so ein, ein weiches und schönes Wort. Neljä war fast genauso intelligent wie ihre Mutter. Bald hatte sie gelernt, dass Ratten sehr unterschiedliche Persönlichkeiten besaßen. Fikon war zweifellos die gerissenste und klügste. Gelegentlich hatte Rose den Eindruck, das Tier verstünde, was sie sagte.

Der Bindfaden bewegte sich, jetzt wagte sich Tranbär vor und schnupperte an dem Käse. Sie war zu hungrig, um flüchten zu können. Nicht einmal als Rose den Faden Zentimeter um Zentimeter zu sich heranzog, lief sie weg. Als der Käsewürfel Roses Knie berührte, ließ sie den Faden los. Tranbär saß auf den Hinterpfoten. Sie betrachtete sie ernst, schaute zwischen Rose und dem Käsestück hin und her. Schnupperte mit ihrer empfindlichen Schnauze.

»Bitteschön«, sagte Rose. »Das gehört dir. Du hast es dir wirklich redlich verdient.«

Tranbär stieß ein knirschendes Geräusch aus. Dann schnappte sie sich den Käsewürfel und verschwand im Galopp unter dem Sofa.

Ingrid

Die beiden letzten Male hatten sie die Prozedur der Notaufnahme nicht über sich ergehen lassen müssen. Titus konnte auf der Überholspur direkt sein Patientenzimmer beziehen. Er selbst drückte das so aus. Es gab Gelegenheiten, da war er sarkastischer denn je.

Das Problem war, dass es sich um ein Krankenhaus für akute Fälle handelte. Hier wurden überwiegend Patienten behandelt, bei denen eine Heilungschance bestand. Vor einigen Tagen hatte die Ärztin Dr. Stenström sie in ihr Büro bestellt und das Wort Hospiz ausgesprochen. Ingrid wurde schwarz vor Augen, und sie musste ihre Stirn auf die Tischplatte legen. Die Ärztin tätschelte ihr unbeholfen den Rücken.

»Kann ich Ihnen etwas verschreiben? Wie gut schlafen Sie eigentlich? Schlafen Sie nachts auch ordentlich? Der Schlaf ist wichtig, um alles verkraften zu können.«

Ingrid setzte sich wieder auf. Es rauschte und klingelte in ihren Ohren.

»Hospiz …«, sagte sie mit belegter Stimme.

»Ja, Hospiz.« Frau Dr. Stenström kehrte an ihren Schreibtisch zurück. Sie strich sich die Haare hinter die Ohren und beugte sich vor. An den Ohrläppchen trug sie kleine goldene Clips. Ingrid sah sie wie durch einen Nebel, wie Knospenknäuel oder Schlangennester. Verzweifelt versuchte sie, schärfer zu sehen.

»Es gibt da verschiedene Möglichkeiten«, fuhr die Ärztin fort. »Beispielsweise Stockholms Sjukhem an der Mariebergsgatan auf Kungsholmen. Es ist sehr schön und genießt einen sehr guten Ruf. Dann ist da noch das Ersta Sjukhem, ebenfalls sehr gut. In Järna sind natürlich die Anthroposophen, also die Vidarklinik, aber bis dorthin ist es ja ziemlich weit. Alle verfügen über qualifiziertes Personal. Außerdem … gemütlich, wenn man es einmal so sagen will. Wir werden uns erkundigen, wo es einen Platz für Ihren Mann gibt. Es bestehen natürlich Wartezeiten, damit muss man rechnen.«

»Und hier?«, schrie sie, wurde dann aber sofort wieder ruhiger. »Und hier?«, sagte sie noch einmal leise, fast flüsternd. »Wir sind so zufrieden … mit allem … und wir kennen doch alles, und Sie kennen Titus.«

Die Ärztin lächelte. Ein unerbittliches Lächeln.

»Es freut mich, dass Sie zufrieden sind. Aber das ändert nichts daran, dass wir hier bei uns nichts mehr für Titus tun können. In einem Hospiz erhält er eine bessere Pflege. Besser und … würdiger … um es einmal so auszudrücken.«

Endstation. Dieses Wort blitzte in ihrem Kopf auf. *Alles aussteigen.* Sie verspürte das Bedürfnis, hysterisch zu lachen und musste sich fest in die Backe beißen. Tränen quollen ihr aus den Augen, sie schluchzte auf und suchte ein Taschentuch hervor. Die Ärztin warf ihr einen teilnahmsvollen Blick zu. Sie saß eine längere Zeit schweigend da. Das Ticken des Sekundenzeigers der Wanduhr klang wie leise Peitschenhiebe. Schließlich räusperte sich die Ärztin.

»Es gibt eine weitere Alternative. Er könnte zu Hause bleiben. In diesem Fall würden Sie Hilfe erhalten. Es gibt das AHP-Team, die Abkürzung steht für Avancierte Hauspflege, das aus sehr fähigen Leuten besteht. Sie würden sich dann nie mehr alleingelassen fühlen. Das kann ich Ihnen versprechen. Wenn ich es recht verstanden habe, sind Sie ja die meiste Zeit zu Hause.«

Sie hatte wieder dieses Rauschen in den Ohren. Alles drehte sich.

»Das schon«, erwiderte sie, »aber ich weiß nicht.«

Die Ärztin erhob sich.

»Denken Sie darüber nach, wir reden später noch einmal darüber.«

Sie waren wieder auf der Station, und Schwester Lena empfing sie. Sie legte ihnen ein Hemd und die formlosen Trikothosen des Krankenhauses in verwaschenem Blau hin. Ingrid half Titus beim Umziehen. Er teilte das Zimmer mit einem viel älteren Mann, der nie antwortete, wenn sie ihn begrüßte. Er starrte sie einfach nur mit seinen wässrigen Augen an. Die meiste Zeit war seine Frau bei ihm, eine mollige Frau mit einem gestrickten grauen Pullunder über dem Kleid. Wie viele ältere Damen behielt sie den Hut auf. Manchmal traf sie sie im Fernsehzimmer. Dort gab es Kaffee und Kekse für die Besucher. Das Geld dafür legte man in eine kleine Schachtel. Ingrid holte sich ein Glas Wasser. Zwei Schwestern hatten, während sie ihn versorgten, den Vorhang um Titus' Bett gezogen. Ingrid verließ solange das Zimmer, obwohl sie Angst hatte, dort draußen Frau Dr. Stenström zu begegnen. Es bestand die Gefahr, dass die Ärztin eine Antwort von ihr verlangte.

Die Frau mit dem Hut saß am Tisch und rührte in einer Kaffeetasse. Immer im Kreis und immer schneller.

»Er ist wie ein Kind«, sagte sie. »Er hört nicht mehr zu und antwortet irgendwas. Er wird wahrscheinlich nicht mehr nach Hause kommen.«

»Bedauerlich.«

Die Frau wandte ihr das Gesicht zu. Es zuckte in ihren Mundwinkeln.

»Ich schaffe das ja sowieso nicht mehr. Er ist schwer. Er kann nicht mehr aus eigener Kraft aufstehen. Jeden Tag muss ich in die Waschküche. Und ich … ich werde jetzt auch bald zweiundachtzig.«

»Bekommen Sie denn keine Hilfe?«

»Hilfe ist zuviel gesagt. Man weiß ja, wie das ist. Die wollen doch nur bei einem herumschnüffeln. Ganz zu Anfang kamen Leute, es waren immer wieder neue. Eine der Frauen hatte sogar ihr Kind dabei. Der Junge saß mit laufender Nase auf dem Fußboden, während sie … Ernst ist sehr anfällig. Man stelle sich vor, er hätte sich eine Erkältung eingefangen. Man weiß schließlich, was diese rotznasigen und ungewaschenen Bälger an Bazillen mit sich rumschleppen. Richtig giftig sind sie manchmal auch. Und ein Kind zu einem Schwerkranken mit nach Hause zu nehmen … ich habe dann angerufen und mich beschwert, aber die haben nur jaja gesagt und dass sie sich um die Sache kümmern würden. Da habe ich diese sogenannte Hilfe gekündigt.«

»Schade, dass es so gekommen ist.«

»Ich ahne langsam, wo die Reise hingeht«, monologisierte die Frau weiter. »Er erinnert sich an nichts mehr, manchmal sieht er mich an, als hätte er mich noch nie gesehen. Erkennst du mich nicht?, frage ich. Er antwortet nicht. Ich dringe nicht mehr zu ihm durch. Er ist doch mein Mann. Und die Ärzte …«

Sie wünschte sich, dass die Frau schwieg, aber sie war dazu erzogen worden, Älteren gegenüber immer höflich und aufmerksam zu sein.

»Ist es Alzheimer?«, fragte sie plötzlich.

»Bitte?« Die Frau zuckte zusammen, da sie offenbar Dialoge nicht mehr gewohnt war.

»Ihr Mann. Leidet er an Alzheimer?«

»Mir sagen sie doch nichts. Und er selbst kann ja auch nicht mehr ...«

Ingrid stand auf.

»Bedauerlich«, sagte sie erneut.

Die Schwestern waren mit Titus fertig. Er lag mit halbgeschlossenen Augen da. Er war sehr bleich. Seine Züge hatten sich etwas entspannt. Sie schob einen Stuhl ans Bett und nahm seine Hand. Sie fühlte sich heiß an.

»Hast du Fieber?«

Er bewegte unruhig den Kopf.

»Vielleicht ...«

»Willst du etwas haben? Ein Glas Wasser oder so?«

»Wasser.«

Sie goss einen Schluck in sein Glas und steckte einen biegsamen Strohhalm hinein. Hielt ihn ihm an den Mund. Sie dachte an den Wein. Am Abend, wenn sie wieder zu Hause war, würde sie die Flasche Chardonnay öffnen, die sie in den Kühlschrank gestellt hatte. Sie hatten sie eigentlich zusammen trinken wollen. Dazu hatten sie Krabbenpastete gekauft und einen guten Bavaria Blue.

Das Telefon neben seinem Bett summte leise. Titus bedeutete ihr abzuheben. Es war Jennifer, die ältere seiner beiden erwachsenen Töchter.

»Ist Papa da?«, fragte sie kurz.

Was denkst du?, dachte Ingrid. Glaubst du, ich säße hier, wenn dein Vater nicht da wäre? Sie sagte:

»Ja, wir sind vor einer Weile gekommen.«

»Ich habe es auch auf seinem Handy versucht, aber das war abgestellt.«

»Schon möglich.«

»Ich würde gerne mit ihm sprechen.«

»Ich frage ihn, ob er die Kraft dazu hat.«

Sie hielt den Hörer von sich weg.

»Jennifer«, sagte sie.

Titus tastete nach dem Hörer, und sie reichte ihn ihm. Sie konnte die Stimme der Tochter hören, verstand aber nicht, was sie sagte.

»Es ist, wie's ist«, sagte Titus. »Nein, das glaube ich nicht. Das musst du verstehen. Ich habe nicht die Kraft, soviel zu sprechen. Du musst Ingrid fragen.«

Sie nahm wieder den Hörer.

»Ich komme«, sagte Jennifer.

»Er ist ziemlich müde.«

»Wie lange bleibst du noch?«

»Noch eine Weile.«

»Die ganze Besuchszeit?«

»Du kannst doch morgen kommen. Julia und du, ihr könnt doch morgen kommen.«

Jennifer legte auf, ohne sich zu verabschieden. Julia war etwas umgänglicher, aber Titus' älteste Tochter war Ingrid immer mit Abneigung begegnet. Als sei alles ihre Schuld. Als hätte Ingrid ihnen ihren Vater weggenommen. Dabei hatte er ja nicht ihre Mutter verlassen, sondern Rose.

Titus schloss die Augen. Er sah aus, als schliefe er. Der Tropf hing an einer Stange über dem Bett. Hier war er sicher. Sie beugte sich vor und küsste ihn auf seine breite, harte Stirn.

»Fahr nach Hause«, flüsterte er.

»Willst du das? Bist du dir sicher?«

»Ja.«

»Okay, dann fahr ich.«

»Hm.«

»Ruf an, wenn du mich brauchst. Ich komme sofort, das weißt du.«

Er antwortete nicht, aus seinem Mund war nur noch ein Schnarchen zu hören.

Sie öffnete den Vorhang und zog ihren Mantel an. Er war neu, enganliegend und hatte einen kleinen Kragen aus einem falschen Ozelotfell. Titus gefiel der Mantel. Er hatte ihn mit ihr im Herbst in einem Geschäft in Danderyd gekauft. Er selbst hatte sie auf die Anzeige in der Zeitung aufmerksam gemacht. Er fand, sie könne ein bisschen Aufmunterung gebrauchen. Sie hatte gerade ihre Buchhandlung verloren, und ihr Selbstbewusstsein befand sich auf dem Nullpunkt.

In der Zimmertür stieß sie mit der Frau mit dem Hut zusammen. Sie hielt ein Tablett mit zwei Kaffeetassen und einem Teller mit Keksen.

»Auf Wiedersehen«, sagte sie.

Sie überquerte den langen polierten Fußboden. Die Türen standen offen, und sie erblickte Betten und Nachttischlampen. Auf einer Anzeige oben an der Decke blinkten fordernd rote Zahlen. Nur weg hier, dachte sie, weg, bevor ich ersticke.

Als sie am Schwesternzimmer vorbeiging, trat Schwester Lena auf den Gang. Ihr Gesicht glänzte vor Müdigkeit.

»Er schläft«, sagte Ingrid.

»Ja. Wir haben ihm eine Dormicuminfusion gegeben. Morgen geht es ihm dann besser.«

»Bestimmt?«

»In der Regel ist das so.«

»Ich fahre nach Hause.«

»Tun Sie das. Versuchen Sie zu schlafen. Wir sehen uns morgen wieder.«

Rose

Es war Montag. Ihr Geburtstag. Sechsundfünfzig Jahre waren seit ihrer Geburt vergangen. Das klang alt, sie war alt. Aber noch war sie mit ihrem Leben nicht fertig.

Sie ging nach draußen. Das tat sie jeden Morgen, sehr zeitig, während es noch dämmerte. Sie ging dieselben Wege, die sie mit Akela gegangen war, und hatte das Gefühl, die Hündin sei immer noch bei ihr, trotte hinter ihr her, schnuppere an den Zweigen und stöbere in den Ameisenhaufen herum, in denen der Fuchs Löcher gegraben hatte. Akela hatte immer Zecken, die groß wie Blutblasen waren. Jeden Abend hatte Rose ihren dicken braunweißen Pelz durchsucht und sie entfernt. Außer sich vor Wut warf sie sie in die Toilette. So bösartige, sinnlose Wesen, die nur Krankheit und Elend verbreiteten. Die meisten Lebewesen hatten sicher eine Funktion in der Nahrungskette, aber Zecken?

Die Luft war kühl. Sie musste umkehren und sich eine Wolljacke unter die Daunenjacke anziehen. Sie klappte die Kapuze hoch. Am Abhang zum Wasser leuchteten ein paar Leberblümchen. Sie waren von dem Schnee plattgedrückt worden, aber als sie sich vorbeugte, sah sie neue, unbeschädigte Knospen. Flaumig wie kleine Pelztiere.

Hier bei den Leberblümchen wuchs auch die alte Birke mit

ihrem dicken, rissigen Stamm. An ihrer Wurzel war die Erde aufgelockert. Hier hatte sie Akela begraben.

Sie trat zwischen die Bäume und hielt nach Spuren Ausschau, Blut oder Haarbüschel. Nein. Nichts. Dann ging sie weiter ans Wasser herunter und folgte dem Ufer in Richtung Bootsclub. Es war ein Club für mittelgroße Boote, die jetzt jedoch alle unter Persenningen an Land lagen. Es würde noch etliche Wochen dauern, bis man die Planen herunternahm, um die Boote in Stand zu setzen.

»Betreten des Werftgeländes auf eigene Gefahr«, warnte ein Schild. Sie ging ein paar Schritte die Böschung hinauf und dann links an der Vale aus Björsund vorbei, einem schwarzen und weißen Boot, das auf kräftigen Böcken ruhte. Es hatte dringend einen frischen Anstrich nötig. Die Farbe war großflächig abgeblättert.

Sie stieg mit großen Schritten über die breiten Schienen der Helling hinweg, auf der man Schiffe zum Reparieren hochziehen konnte. Im Augenblick lag ein bauchiger Kahn namens Tullia auf der Helling, das sah sie, obwohl die Buchstaben zur Hälfte weggescheuert waren. Der Wind hatte die Plastikplane verschoben. In den kleinen runden Bullaugen hingen Gardinen.

Auf einem Schiff wohnen, es als Zuhause haben. Eine kurze Zeit hatte sie das ausprobiert. Das war nach dem Zusammenbruch, sie hatte sich in einer Art Vakuum treiben lassen und hatte bei Freunden und Bekannten gewohnt. Eine kurze Zeit hatte sie sich bei Franka Isaksson einquartieren können, einer von Titus' Autorinnen. Die lebhafte und anteilnehmende Frau wohnte in einem alten, ausgemusterten Boot der Marine, das an einem Kai auf Skeppsholmen vertäut lag. Sie bot Rose an, dort einzuziehen und sich mit ihr die Miete zu teilen, aber Rose hatte abgelehnt. Es war ihr zu eng, als müsse man in einer Art Kokon leben. Gleichzeitig machte es ihr Angst. Wenn sie nachts wach lag, stellte sie sich das Wasser unter ihr vor, schwarz, alles verschlingend. Sie wurde den Gedanken nicht los, dass nur ein paar dünne Planken sie von der Tiefe und allem, was auf dem Grund lag, trennten, Algen, Morast und Schlick. Franka umsorgte sie und kochte ihr stärkenden Tee, den sie mit Tropfen aus einer geheimnisvollen kleinen Glasflasche aufpeppte. Sie nannte sie »Rettungstropfen«. Die Ereignisse erschütterten sie. Mit dramatischer Geste zerriss sie einen Vertrag, den Titus ihr gerade geschickt hatte.

»Ich werde den Verlag wechseln«, hatte sie verkündet. »Ich habe bereits andere Angebote. Jetzt kann er sehen, wo er bleibt. So etwas tut man einfach nicht.«

Schließlich wechselte sie dann doch nicht. Er hatte sie vermutlich überredet. Seinen Charme eingesetzt, sie auf andere Gedanken gebracht. Vermutlich hatte er ihr auch einen neuen Vertrag mit noch besseren Bedingungen gegeben. Und das Buch, das im Jahr darauf erschienen war, war Franka Isakssons Durchbruch. Wie hieß es noch gleich? Irgendwas mit Sand und Äpfeln. Vor einiger Zeit lief ein Interview mit ihr im Fernsehen. In irgendeiner Abendsendung. Rose hatte nur zufällig den Fernseher eingeschaltet. Es schien ihr gut zu gehen. Franka. Ihre Stimme klang stolz und sicher. Rose verlor nach ihrem Umzug den Kontakt zu ihr. Wie zu den meisten ihrer früheren Freunde. Das war ihre eigene Schuld, wenn überhaupt von Schuld die Rede sein konnte. Sie war es, die auf Abstand gegangen war.

Sie riss einen Zweig von dem Gebüsch ab und schlug ihn fest an ihren Stiefelschaft. Er pfiff durch die Luft. Sie holte ein paarmal tief Luft und blieb einen Augenblick stehen. Es wurde ihr schwarz vor Augen wie bei einem Schwindelanfall. Nach ein paar Sekunden war es vorbei.

Sie bog zu dem ersten Inselchen ab, auf dem der Reiher wohnte. Eine morsche Brücke führte hinüber. Kurz vor der Brücke war die Erde vom Wasser ausgespült, und ein kleiner Krater hatte sich gebildet. Jemand von der Kommunalverwaltung hatte einen Pfosten in den Krater geschlagen, einen Leitkegel aufgestellt und ein gelbrotes Plastikband daran befestigt. Rose stieß auch noch ihren eigenen Zweig in den Krater. Vermutlich würde niemand etwas unternehmen, und es war nur eine Frage der Zeit, bis jemand hineinfiel, sich ein Bein brach und liegenblieb. Was zu einem Artikel in der *Länstidningen* führen würde. Die Zeitungen liebten solche Geschichten. Der Durchschnittsbürger war der Gleichgültigkeit der Behörden ausgeliefert. Sie konnte sich die Schlagzeile schon vorstellen:

»Gustav, 73, schwer verletzt beim Morgenspaziergang.« Dann die Fotos der Leute, die hier ihre Runden zu drehen pflegten, dazu kurze, entrüstete Kommentare: »Wir haben förmlich darauf gewartet. Muss wirklich erst jemand sterben, damit etwas passiert?«

Die Insel besaß einen seltsamen Namen. Sie hieß Pivoholmen nach einem Leichtbier, das hier einmal ausgeschenkt wurde, als es noch einen Tanzplatz gegeben hatte. Das war lange her, Anfang des vorigen Jahrhunderts. Rose hatte einmal irgendwo gelesen, dass der Tanzplatz den Temperenzlern gehört hatte. Irgendwo hatte sie noch ein paar Treppenstufen gefunden und ein paar Fundamente. Sie versuchte sich vorzustellen, wie es einmal gewesen war. Ein göttlich schöner Ort, an dem man zu den Klängen eines Akkordeons im Sonnenuntergang tanzte. Ruhige, wohlerzogene junge Leute, die sich nur von der wunderbaren Umgebung berauschen ließen.

Sie folgte dem Pfad, der um die Insel herumführte. Am äußeren Ende, in der Nähe der Fahrrinne, blieb sie immer stehen. Genau hier hatte sie eines Morgens einen Biber gesehen. Sein glänzender, harter, kleiner Schädel war auf der Wasseroberfläche aufgetaucht. Jetzt pfiff ihr der Wind ins Gesicht, die Wellen überschlugen sich. Sie fror. Sie machte kehrt und ging über die Brücke zurück. Sie traf nur selten so früh jemanden hier draußen. Manchmal kam ihr morgens eine Frau mit einem Zwergschnauzer an einer langen Leine entgegen, gelegentlich ein Mann mit einem Pudel. Es gab auch zwei ältere Herren, die bei jedem Wetter mit ihren Nordic-Walking-Stöcken unterwegs waren. Sie grüßten freundlich, wenn sie sie sahen.

Heute war sie später dran als sonst. Ein Auto stand vor dem leeren Schafpferch. Ein Kombi, die Marke konnte sie jedoch nicht erkennen. Einige Hundebesitzer machten es sich beim Ausführen ihrer Tiere bequem. Sie ließen den Hund einfach in dem Pferch herumrennen und blieben im Auto sitzen. Jetzt entdeckte sie auch den Hund, der in dem unebenen Gelände herumtrottete. Der Besitzer, ein Mann Anfang vierzig, saß im Auto und hatte die Seitenscheibe heruntergekurbelt. Er trug eine Wollmütze, die sein halbes Gesicht verdeckte, und trank Kaffee aus einem Pappbecher mit Deckel. Sein Handy klingelte in einer schrillen, scheppernden Melodie, die selbst bei dem pfeifenden Wind deutlich zu hören war. Rose hörte Bruchstücke der Unterhaltung. Jemand schien ihm Fragen zu stellen. Er antwortete knapp und widerwillig. Plötzlich sah sie, wie er den Arm ausstreckte und den leeren Kaffeebecher auf die Erde fallen ließ, was sie sehr erzürnte. Ehe sie noch nachdenken konnte, eilte sie auf den Wagen zu und trat, so fest sie konnte, gegen einen Vorderreifen.

»Was soll das?«, schrie sie.

Er sah sie verblüfft an.

»Einfach den Becher so in die Gegend zu schmeißen. Wer

räumt den da weg, glauben Sie? Glauben Sie, das hier ist eine Müllkippe?«

»Hallo«, klang es aus dem Handy. »Hallo, hallo!«

»Ich rufe zurück«, sagte der Mann. Er legte das Handy weg und öffnete die Tür. Der Schäferhund war an den Zaun gekommen. Seine Haare auf dem Rücken sträubten sich und erinnerten an einen Drachen. Der Mann stieg aus.

»Was zum Teufel geht Sie das an?«, sagte er bedrohlich.

Ihr Hals war trocken. Sie war auf einmal heiser. Sie zitterte.

»Ich wohne hier!«

Seine Augen waren klein und hellblau. Er verzog das Gesicht zu einer Grimasse.

»Verschwinde, du Fotze!«

Wo kam ihr Mut auf einmal her? Anschließend wusste sie es nicht. Sie beugte sich vor, hob den Pappbecher hoch und warf ihn durchs Seitenfenster. Der Deckel ging auf. Etwas Kaffee war offensichtlich noch in dem Becher und spritzte auf seine Jacke. Er starrte sie an.

»Das geht zu weit!«

»Von wegen, das geht zu weit. Nehmen Sie Ihren verdammten Müll in Zukunft mit, und werfen Sie ihn bei sich weg!«

Er trat einen Schritt auf sie zu. Er war groß und schlaksig. Er riss sich die Mütze vom Kopf und rieb damit auf den Kaffeeflecken herum.

»Sie haben meine Jacke ruiniert.«

»Selber schuld.«

»Sie haben sie ruiniert und blechen jetzt gefälligst die Reinigung.«

»Ich bleche überhaupt nichts.« Blechen! Was für ein Wort.

»Sie sind nicht ganz bei Trost«, fauchte er. »Sie haben sie doch nicht mehr alle.«

»Na, das haben wir dann ja gemeinsam!« Sie wusste nicht,

wo sie das auf einmal herhatte, sie befand sich wieder in ihrer Kindheit mit den einfachen, effektiven Wortwechseln. Hinter ihr kläffte der Hund.

»Sehr gut«, sagte Rose. »Bring dein Herrchen mal zur Besinnung.«

Der Mann ging auf das Gatter zu und rief seinen Schäferhund. Einen Augenblick lang befürchtete sie, er würde ihn auf sie hetzen. Er öffnete jedoch die Heckklappe und ließ den Hund hineinspringen.

»Du verdammte, alte, vertrocknete Fotze«, sagte er und spuckte vor ihr aus. »Du hässliche alte Hexe. Fühl dich nur nicht zu sicher.«

»Was soll denn das schon wieder heißen?«

Er antwortete nicht, sondern stieg ein und ließ den Motor an.

»Wollen Sie mir etwa drohen?«, schrie sie.

Das Handy lärmte erneut. Er schnappte es sich und rief: »Ja!«

Da ging sie. Drehte sich um und ging einfach ihrer Wege. Sie hatte nicht den Nerv weiterzustreiten. Nach ein paar Schritten holte sie ihre Angst jedoch ein. Sie erinnerte sich an einen Vorfall in Stockholm, der einige Jahre zurücklag. Ein Mann hatte zwei jungen Männern die Leviten gelesen, die in einen Hauseingang pinkelten. Sie wurden wütend und schlugen ihn tot.

Dieser Mann. Würde er sie wiedererkennen? Konnte er herausfinden, wo sie wohnte? Sie schaute zurück und sah, wie das Auto sehr schnell auf die Straße einbog. Ein roter Kombi. Sie hätte sich vielleicht das Kennzeichen merken sollen.

Ingrid

Sie erreichte die große Eingangshalle und beschloss, ein Taxi zu rufen. Sie konnte zwar auch den Bus nehmen, aber dieser Gedanke war ihr gerade jetzt unerträglich. Sie wollte so schnell wie möglich nach Hause. Meist standen Taxis vor der Klinik, aber jetzt sah sie keines. Sie konnte sich genauso gut eines rufen. Sie wühlte gerade in ihrer Handtasche nach ihrem Handy, als sie jemand am Arm fasste.

»Hallo, Ingrid. Dacht' ich doch, dass du das bist.«

Es war Nixon, der Vertreter des Karlbacks Förlag. Er hieß natürlich nicht Nixon, sah dem ehemaligen amerikanischen Präsidenten jedoch verblüffend ähnlich. Sie mochte ihn nicht. Das hatte allerdings weniger mit seinem Aussehen zu tun, als mit der Tatsache, dass er ständig tratschte und Gerüchte in die Welt setzte. Als sie ihre Buchhandlung noch hatte, war er regelmäßig bei ihr aufgetaucht, um ihr seine neuen Bücher zu verkaufen. Sie konnte nur schlecht nein sagen, weil er eine ungemein intensive Art besaß und alle um seinen Finger zu wickeln vermochte. Wie ein sehr enger Freund, der alles wusste, hatte er Sinn für Unterstellungen und vielsagende Kommentare und tat stets so, als sei man die auserwählte Person, der er sich anvertrauen wollte.

»Hallo«, sagte sie matt.

»Ingrid Andersson Bruhn! Was machst du hier? Übrigens ist das ein hübscher Mantel.«

Obwohl er wusste, dass sie nicht Bruhn hieß, bestand er darauf, sie so zu nennen. Sie machte sich nicht die Mühe, das richtigzustellen.

»Ich …«, begann sie.

»Titus?«

Sie nickte.

»Ich habe davon gehört. Das ist wirklich ein Jammer. Wie geht es ihm denn? Liegt er hier?«

»Ja.«

»Wirklich übel. Wie geht es ihm denn?«

»Na ja.«

Nixon schüttelte den Kopf. Er zog sie an sich und umarmte sie.

»Ein Mordskerl! Intelligent und umtriebig. Ein einzigartiger Verlagsmensch. Ich erinnere mich noch, als er seinen kleinen Verlag gründete … Bladguld … und dann ist er immer größer geworden. Titus hat mir wirklich Eindruck gemacht, das muss ich dir sagen, aber nicht nur mir, nicht nur mir!«

»Und du?«, fragte sie ausweichend. »Was machst du hier?«

»Ich habe einen Nachbarn besucht. Sie haben ihm ein Bein abgenommen. Wundbrand.«

»Meine Güte«, erwiderte sie.

»Tja. Raucher natürlich. Aber glaubst du, er würde deswegen aufhören? Weit gefehlt! Jetzt liegt er da und leidet. Nicht etwa wegen des Beines, sondern weil er nicht rauchen darf.« Nixon lachte. »Ich habe ihm eine Schachtel von diesen Nikotinkaugummis mitgebracht. Aber er sagt, dass die nicht helfen. Tja, als hätte man nicht schon genug Probleme … Du bist auf dem Weg nach Hause, nicht wahr?«

»Ja.«

»Wohnt ihr noch in der Tulegatan?«

Sie fragte sich, woher er das wusste. Aber Nixon wusste immer alles.

»Ja.«

»Dann fahre ich dich nach Hause. Mein Wagen steht ganz in der Nähe.«

»Das brauchst du nicht. Ich nehme ein Taxi. Oder vielleicht eher den Bus, die Bushaltestelle ist ja gleich da vorne.«

»Kommt nicht in Frage! Ich fahre dich nach Hause.«

Er fuhr einen Firmenwagen, einen silbergrauen Volvo. Auf den Türen prangten das Karlback-Logo und die Internetadresse: www.karlback.se. Im Wagen stank es nach synthetischem Blumenduft. Nixon erklärte, warum. Er hätte seine Tochter, einen Teenager, irgendwohin fahren müssen.

»Frida?«, sagte Ingrid.

Er sah sie beeindruckt an.

»Dass du dich daran erinnerst.«

»So lange ist es auch wieder nicht her, dass ich der Branche den Rücken gekehrt habe.«

»Den Rücken hast du ihr doch wohl kaum gekehrt, oder? Schließlich ist es nur ein Teil der Branche und zwar der Buchhandel, der auf dein Talent verzichten muss.«

»Talent ist zuviel gesagt«, entgegnete sie schroff.

Vor einem guten halben Jahr hatte sich der Akademiebuchhandel gemäß seiner neuen Strategie ihrer kleinen Buchhandlung in der Gamla Stan bemächtigt. Kleinere, sogenannte Stadtteilbuchläden, nicht nur große, wurden aufgekauft. Bis zuletzt hatte sie um ihre Buchhandlung gekämpft. Trotz massiver Unterstützung ihrer Kunden mit Transparenten und Solidaritätsabenden musste sie schließlich aufgeben. Immer weniger kleine Buchhandlungen in Privatbesitz konnten überleben. Die Bedrohungen kamen aus unterschiedlichen Richtungen und nicht nur von den großen Ketten und Warenhäusern. Die größte Bedrohung stellte der Internetbuchhandel dar. Offenbar gefiel es den Leuten, zu Hause am Computer zu sitzen, Bücher zu bestellen und sie sich nach Hause liefern zu lassen. Eigentlich war es also ein Glück, dass sie hatte verkaufen können. So blieb ihr der Konkurs erspart.

Nixon ließ den Motor an und parkte elegant aus.

»Warst du mal da, um zu sehen wie's läuft?«, fragte er.

»Wo, meinst du?«

»In der Gamla Stan. Was haben sie daraus gemacht?«

»Ich meide den Laden.«

»Das kann ich verstehen. Schließlich hängt jetzt deren Logo über der Tür. Und dann dieser Slogan … Nähe statt Internet. So ein Schwachsinn. Oder? Der Laden hat überhaupt nichts Persönliches mehr. Ich werde nie deine Schaufenster vergessen, Ingrid.«

Sie schwieg. Schleimbolzen, dachte sie.

»Übrigens finde ich es etwas absonderlich, dass sie sich jetzt auf kleine Läden verlegen. Das wird sich nie rechnen. Das müssten die an der Spitze auch begreifen.«

Ingrid zuckte mit den Achseln.

»Tja, niemand weiß, wie sich das entwickelt.«

»Da hast du Recht.« Nixon lachte. »Jetzt, meine Hübsche, muss ich leider durch diese fatale Gegend fahren. Vielleicht machst du besser die Augen zu. Ich biege auf die Skeppsbron ein.«

»Mach dich nicht lächerlich. So schlimm ist es auch wieder nicht.«

Er schwieg einen Augenblick und trommelte mit dem Zeigefinger aufs Lenkrad.

»Was wird jetzt aus dem Verlag?«, fragte er schließlich.

»Wie meinst du das?«

»Ich meine, jetzt wo Titus krank ist?«

»Wieso, er arbeitet dort doch nicht allein. Annie Berg …«

»Natürlich, sie ist ja seine Teilhaberin.«

»Ja.«

»Erinnerst du dich, wie dieser Trottel Curt Lüding seinen Verlag nach Luleå verlegte? Lüdings Förlag. Der war ja recht groß. Erfolgreich. Und dann ist er einfach umgezogen. Das ist jetzt zehn Jahre her, in der Tat ziemlich genau zehn. Ich erinnere mich, dass ich Annie in diesem Jahr in Göteborg auf der Buchmesse getroffen habe. Sie saß in der Skybar oben im Gothia und heulte. Es hatte ihr bei Lüding so gut gefallen. Ich fragte sie, was sie für Pläne hätte. Sie erzählte, sie überlege, ob sie freiberuflich arbeiten solle, aber da war die Konkurrenz groß. Er hat ja wirklich nicht viele dazu überreden können, mit ihm nach Norden in diese Lappenhölle zu ziehen. Es sei ganz schön taff, sagte sie. Schwer, die Kohle zusammenzukriegen. Und jetzt ist sie also Teilhaberin des Bruhns Förlag. Was für eine Karriere!«

»Ja.«

»Lüdings ist jetzt dagegen endgültig eingegangen, habe ich mir sagen lassen. Das muss doch jedem klar sein, dass man nicht bei den Lappen in einer Erdhütte sitzen und Bücher verlegen kann.«

»Nein, offenbar geht das nicht«, erwiderte Ingrid.

»Annie, die Ärmste, war fix und fertig. Saß da vor ihrem Bier in der Bar. Ihr fehlte vermutlich auch ihre Kollegin. Hieß sie nicht Berit? Dieses Mädchen bei Lüdings, das einfach verschwand.«

Jetzt befanden sie sich auf der Skeppsbron, und Ingrid wandte ihren Blick von den Häusern ab und schaute aufs Wasser. Auf Skeppsholmen sah man schon das erste Grün. Auf dem Kai fotografierte ein Inder in Anzug zwei Frauen in bunten Saris. Er baute sie vor der Statue Gustavs III. auf, fuchtelte mit den Armen und gab Anweisungen.

»Ja«, sagte sie. »Berit Assarsson.«

»Aber sie haben sie dann ja schließlich gefunden, jedenfalls das Wenige, was von ihr übrig war, um es einmal so auszudrücken. Nach sechs Jahren, kannst du dir das vorstellen! Aber sich da auf das dünne Eis zu wagen, das hätte ihr doch klar sein müssen. Naja. Ihre Familie konnte sie dann jedenfalls endlich begraben. Es ist wichtig, ein Grab zu haben, das man besuchen kann.« Er hielt abrupt inne und fragte dann: »Fühlt ihr euch in Vasastan wohl?«

»Es ist ganz okay dort.«

»Und was hast du jetzt für Pläne, Ingrid? Bis zur Rente hast du ja noch zehn Jahre.«

»Ich weiß nicht«, sagte sie tonlos.

»Du könntest ja als Buchhändlerin weitermachen. Wäre es nicht schön, die ganze Verantwortung loszusein und einfach nur irgendwo angestellt zu sein? Ich habe mir sagen lassen, dass Hedengrens auf der Suche nach qualifiziertem Personal ist. Ich kann dort sehr gerne ein gutes Wort für dich einlegen, wenn du willst.«

»Danke«, erwiderte sie. »Aber ich muss erst einmal sehen.«

Rose

Erst wollte sie nach Hause gehen, aber dann überlegte sie es sich anders und setzte ihren Weg auf den Slottsholmen oder Ragnhilds Holme, wie die Insel auch genannt wurde, fort. Keiner hätte ihr Steine in den Weg legen und sie zwingen dürfen, ihre Gewohnheiten zu ändern. Sie hatte einen trockenen Mund, war außer Atem und verstört. Eine Art verzögerte Reaktion. Wahrscheinlich war es dumm gewesen, sich einzumischen. Aber wenn nie jemand protestierte, was geschah dann? Immer mit der Ruhe, dachte sie. Es war richtig, das weißt du.

Trotzdem hatte ihre eigene heftige Reaktion sie ein wenig erschreckt. Sie war doch sonst immer so beherrscht gewesen.

Rechts von ihr lag eine kleine Marina. Einige der Boote waren das ganze Jahr über bewohnt. Keine Menschenseele war zu sehen, aber aus zwei Schornsteinen quoll Rauch. Ob ihr wohl jemand geholfen hätte, wenn der Mann sie angegriffen hätte? Hätte überhaupt jemand reagiert? Sie merkte, dass sie zitterte.

»Das war tapfer, Rose!«, sagte sie leise. »Nur schade, dass es niemand gesehen hat. Ein außerordentliches Beispiel beherzten Eingreifens.«

Hier draußen auf dem Slottsholmen lagen die Ruinen einer Burg, die die Vögte im Mittelalter bewohnt hatten. Die

Ruine war gut erhalten, und die Raumaufteilung war noch deutlich zu erkennen. Es gab einen Gedenkstein mit einem kurzen historischen Überblick. Die Burg war im 14. Jahrhundert erbaut worden, um von hier aus die wichtige Tälje-Seestraße kontrollieren zu können. Einige Jahrzehnte später hatte man sie auf Befehl Engelbrekts niedergebrannt. Heute wurde sie von Krähen bewohnt, großen, dunkelgrauen Vögeln, die Lärm machten, wenn sie sie sahen. Sie flogen von den Astgabeln in den Birken auf und kreisten kreischend zwischen den Bäumen.

Gelegentlich versuchte sie sich geschäftige Betriebsamkeit hinter den Festungswällen vorzustellen, als stünde sie unsichtbar und beobachtend da. Sie ging auf die von beiden Seiten von Wasser umgebene Landzunge hinaus. Einmal war sie mit Titus in einem Motorsegler hier vorbeigekommen, der einem ihrer ehemaligen Freunde gehört hatte. Sie hätte sich damals nicht im Traum vorstellen können, dass sie ausgerechnet hier einmal wohnen würde.

Ohne Vorwarnung kamen ihr die Tränen, sie schluchzte. Sie legte den Kopf in den Nacken und starrte in die kühle Luft des Himmels. Tränen liefen ihr über die Wangen, obwohl sie schluckte und blinzelte. Sie trat mit dem einen Stiefel so fest auf, dass ihr der Fuß weh tat.

»Genug jetzt! Hier herumzustehen und zu heulen wie ein …«

Das lag sicher an der Konfrontation mit dem Mann in dem Auto. Zum Teil war es aber auch das andere, was sie als den Crash bezeichnete. Sie hatte geglaubt, darüber hinweg zu sein, dass sie wieder stark sei. Lange konnte sie sich einreden, dass es so war, dass ihr Leben eine neue Dimension erhalten hatte, dass alles einen Sinn ergab. Endlich konnte sie über ihre Tage verfügen und tun und lassen, was sie wollte. Sie brauchte nicht mehr auf den Zehenspitzen herumzuschleichen und Rücksicht zu nehmen. Und dann Akela. Sie hätte Akela nie kennengelernt, wenn sie immer noch mit Titus zusammenleben würde.

»Wir hatten kein gutes Leben«, sagte sie laut. »Vergiss das nie!« Sie nahm einen Stein von der Erde auf und hielt ihn in der Hand und wärmte ihn. Dann schleuderte sie ihn so weit ins Wasser, wie sie konnte. Sie schüttelte ihre Kapuze ab, und ihr Haar stellte sich in den Windböen auf. Sie fror nicht mehr. Ihr war warm, ja, sie schwitzte fast.

»Nur manchmal«, fuhr sie mit dumpfer Stimme fort, und der Wind riss ihr die Worte vom Mund. »Nur äußerst, äußerst selten. Du Dreckstück, ich hasse dich.«

Sie fluchte nur selten, aber jetzt brach es zusammen mit den Tränen aus ihr heraus. Flüche und Rotz. Wie erbärmlich doch alles war, so verdammt erbärmlich.

Sie wühlte in ihrer Tasche nach einem Taschentuch und befürchtete auf einmal, dass sie jemand gehört haben könnte. Die Frau mit dem Zwergschnauzer zum Beispiel. Aber da war niemand, außer ihr war niemand da.

Sie ging über die Wiese zurück. Sie sah, dass die ersten zarten, grünen Grashalme unter dem vertrockneten Vorjahresgras hervorlugten. Platt und zusammengedrückt hatte die Wiese seit dem letzten Herbst wie ein Panzer auf der Erde gelegen, und man hatte sich kaum vorstellen können, dass sie irgendwann wieder zum Leben erwachen würde. Sie erinnerte sich an Assam aus Malaysia, der einen Bestseller geschrieben hatte. Auf der Buchmesse in Frankfurt war es Titus gelungen, die schwedischen Rechte zu ergattern. Irgendwann im Februar Ende der 90er Jahre kam Assam zu Besuch. Voller Besorgnis in seinem dunklen Gesicht hatte er auf die Bäume gedeutet.

»Tot«, rief er. »Welch grenzenloses Unglück für euer Land. Die ganze Natur ist tot.«

Titus musste sich sehr beherrschen, um ernst zu bleiben.

Assams Buch war auch in Schweden sehr erfolgreich, war als Spitzentitel bei mehreren Buchclubs erschienen und in den Medien gefeiert worden. Alle vier großen Zeitungen brachten Interviews oder eine Reportage in ihrer Sonntagsbeilage. Wie hieß das Buch noch gleich? Sie erinnerte sich nicht. Es passierte ihr immer öfter, dass sie Sachen einfach vergaß. Früher hatte sie so ein gutes Gedächtnis. Vermutlich lag es am Alter. Vielleicht schlug sie ja nach ihrer Großmutter mütterlicherseits, die bereits mit Anfang sechzig senil war. Da bleiben mir noch vier Jahre, dachte sie grimmig. Vier Jahre, um mich zu amüsieren.

Titus hatte das Talent besessen, gut verkäufliche Bücher aufzuspüren. Sein Verlag schlug richtig ein. Zunächst richtete er sich auf Kungsholmen ein, im Erdgeschoss eines achtstöckigen Hauses in der Industrigatan. Aber Titus gelang es, sich innerhalb kürzester Zeit noch zu verbessern, und jetzt befand sich sein Verlag am Sveavägen schräg gegenüber der renommierten Häuser Bonniers und Karlbacks. Nach einigen Jahren konnte er Annie Berg vom Lüdings Förlag anwerben und zur Teilhaberin machen. Annie hatte es schlau eingefädelt und Sissi Nord, den Goldesel des Verlags, eine Chick-Lit-Autorin mit Riesenauflagen, gleich mitgenommen. Ihr neuestes Buch, »Gott sieht dich«, hielt sich acht Wochen lang auf den Bestsellerlisten. Damit musste sich Rose glücklicherweise nicht befassen. Weder mit dem Verlag noch mit seinem Gründer hatte sie noch etwas zu tun.

Ingrid

Nixon hätte sie sicher gerne hinaufbegleitet, um sich die Wohnung anzuschauen. Dann hätte er überall herumerzählen können, wie es bei ihnen aussah, bei ihr und bei Titus Bruhn. Sie sagte, sie sei müde. Dankte ihm dafür, dass er sie mitgenommen hatte, und erklärte, sie müsse sich ausruhen.

»Denk an Hedengrens«, sagte er, »und pass auf dich auf.«

»Du auch.«

»Ciao.« Er winkte ihr zu, und sein Siegelring funkelte.

»Ciao, du Ekel«, sagte sie leise, lächelte jedoch, damit ihm kein Verdacht kam.

Die Wohnung kam ihr klaustrophobisch vor, obwohl sie geräumig war. Sie befand sich in einem Haus aus dem späten 19. Jahrhundert. Titus und sie hatten sie zusammen kurz nach ihrer Heirat vor fünf Jahren gekauft. Mehrere Zimmer verfügten über Kachelöfen. Man konnte zwar nicht mehr mit ihnen heizen, aber sie waren sehr hübsch, richtige Kunstwerke, die bei Besuchern Bewunderung hervorriefen. Insbesondere derjenige im Schlafzimmer, weiß und verschnörkelt und mit einem goldgerahmten Spiegel. Die ganze Wohnung atmete mit ihrem Stuck und den breiten Fußleisten Jahrhundertwende. Sie hatten fünf Millionen dafür bezahlt. Ingrid verkaufte ihre Dreizimmerwohnung am Ringvägen und Titus sein Einfamilienhaus. Das reichte, und sie hatten sogar noch Geld übrig. Für die Hochzeitsreise nach Costa Rica, ein langgehegter Traum von Titus.

»Costa Rica hat kein Militär. Allein schon so etwas. Man stelle sich vor, sich in einem Land aufzuhalten, in dem es keinen einzigen Soldaten gibt!«

»Bei uns gibt es doch auch fast keine«, hatte sie ironisch erwidert.

Er hatte gelacht. Damals waren sie noch so spöttisch-verspielt.

Er nahm sie mit zu Abenteuern. Mit vier anderen Touristen saßen sie mit Helmen und gelben Schwimmwesten in einem Schlauchboot.

»Dieser Fluss, der Rio Pacuare, bringt uns hinunter zur Lagune. Dort können wir es uns dann gemütlich machen. Warst du schon mal in einer Lagune, mein Liebling? Ja?« Er war so feierlich gewesen und hatte sich so gefreut. So vieles hatte sie ausprobieren sollen. Und sie war so weich und unerfahren gewesen.

Ein muskulöser Jüngling saß im Heck und rief ihnen zu, wie sie paddeln sollten. Das Boot flog die Stromschnellen förmlich hinab. Sie verlor fast sofort den Halt. Ihr Fuß wurde aus der Gummischlaufe gerissen, obwohl es so wichtig war, ihn dort zu belassen. Titus hatte nur gelacht. Titus, der Titan. Anschließend konnten sie Fotos eines todesmutigen Fotografen in einem anderen Schlauchboot kaufen. Ingrid mit geschlossenen Augen und aufeinandergepressten Lippen. Titus ließ das Foto einrahmen. Es hing an der Wand des Zimmers, das sie als Arbeitszimmer benutzten.

Sie zog jetzt eine alte Jeans und ein T-Shirt an, holte den Staubsauger aus dem Schrank und begann mit dem Putzen.

Das Geräusch des Staubsaugers hatte für sie ganz oft etwas Beruhigendes, was Titus ganz und gar nicht verstehen konnte. Er hätte lieber eine Putzfrau angestellt. Es war ihm wichtig, dass alles um ihn herum immer sauber und aufgeräumt war, hatte aber selbst keine Lust zu putzen. Wenn sie stritten, dann stritten sie auch häufig darüber. Klassisch, dachte Ingrid. Dabei sind wir zwei erwachsene Menschen ohne Kinder, die zu Hause wohnen.

Natürlich war die Wohnung viel zu groß für zwei Personen, obwohl sie oft Gäste hatten oder Geschäftsfreunde einluden. Ingrid hätte gerne eine kleinere Wohnung gehabt, aber Titus ließ in dieser Frage nicht mit sich reden. Eines der Zimmer war überflüssigerweise seinen beiden Töchtern vorbehalten, die ohnehin nie in der Tulegatan übernachteten und nicht einmal tagsüber zu Besuch kamen.

Sie zog das Wasserbett ab und wischte die beiden Matratzen mit einem Spezialreinigungsmittel. Dann reinigte sie die Spalte zwischen den Matratzen sorgfältig mit dem Staubsauger und füllte Algenvertilgungsmittel. Das Wasser roch faulig, als sie den Verschluss abschraubte. Die Gefahr, dass es schimmelte, war groß. Obwohl die beiden Betten viel Arbeit machten, genossen Titus und sie die Wärme und das Schaukeln, wenn sie abends ins Bett krochen. Man konnte sich förmlich in den Schlaf wiegen lassen. Miteinander zu schlafen war nicht so leicht, aber mit der Zeit hatten sie gelernt, die Bewegungen des Wassers zu parieren.

Das Schlafzimmer gefiel ihr am besten. Es hatte auch einen kleinen Balkon, den sie zwar nicht benutzten, weil er von überallher einzusehen war, aber es war trotzdem schön, die Balkontüren öffnen und dem entfernten Brausen der Stadt lauschen zu können.

Sie wischte gerade über Titus' Nachttisch, als sich ihr ein

Schrei entrang, ein heiserer, schmerzender Schrei, der sie überrumpelte, als hätte er ihre Kehle verletzt und etwas in ihrem Inneren beschädigt. Sie sank auf den Boden und verkroch sich in der Bettwäsche, die dort lag, zog sie über sich, über ihren Kopf und um sich herum. Titus' Körper, seine Wärme, wer war sie ohne ihn, wer? Sie presste das Laken an den Mund, aber die Worte kamen trotzdem erstickt und rasend zwischen ihren Zähnen hervor.

»Du verdammter Idiot!«

Nicht er, nein, nicht Titus, sondern Nixon. Dieser penetrante Schwachkopf, warum hatte sie ihm nur erlaubt, sie nach Hause zu fahren? Sie wusste genau, was jetzt passieren würde. Er würde Gott und der Welt erzählen, wie schlecht es um Titus Bruhn bestellt war.

»Ich habe seine Donna im Krankenhaus getroffen. Sie war vollkommen fertig.«

Genau diese Worte würde er verwenden. Donna, zweisilbig. Sie erinnerte sich, wie er, seine Taschen schleppend, in ihre Buchhandlung zu kommen pflegte und gleichzeitig mit seiner empfindlichen Nase die Witterung aufnahm. Skandale! Im Hinterzimmer breitete er sein Material aus. Buchumschläge und die Präsentationen, die im Branchenjargon Legenden hießen. Kurze, reißerische Beschreibungen des Buchinhalts.

»Hier habe ich ein paar garantierte Erfolge, Ingrid. Schau mal, das ist ein Buch, das den Augustpreis gewinnen wird, wollen wir wetten. Was setzt du? Fünfhundert? Aber du hast deine Bestellungen vielleicht schon alle erledigt?« Ein bösartiges Blitzen seiner Augen unter den buschigen Augenbrauen. »Du hältst dich vielleicht lieber an einen einzigen Verlag? Man hat ja seine Vorlieben, das weiß ich nur zu gut.«

Und immer warf er noch einen Blick auf die Toilette, ob dort irgendwelche Spuren und Zeichen zu entdecken seien.

Was gut hätte sein können. Manchmal waren sie unvorsichtig, Titus und sie. Ausgerechnet dort, auf der Toilette und obwohl Kunden im Laden waren. Der Gedanke daran, wie sie vor der Ladentheke hin und her gingen, in Büchern blätterten, warteten, hatte ihr zum Orgasmus verholfen. Frauen in Daunenjacken, Männer. Brillen und Handschuhe. Vielleicht drang ihr Schrei des Glücks nach draußen, obwohl sie sich fest auf die Unterlippe biss. Sie saß auf dem Waschbecken, ein Wunder, dass es nicht herunterkrachte, er hielt sie an den Schenkeln und wurde in ihr immer größer, stieß, spießte sie auf, sodass ihr Gehirn schrumpfte und explodierte.

Das erste Mal, als sie ihn so ansah. Bladguld hatte die Buchhändler zur Eröffnung der Herbstsaison eingeladen. Der Verlag hatte noch seinen ursprünglichen Namen und lag in der Industrigatan. Eigentlich hätte das Fest im Innenhof stattfinden sollen, aber es regnete. Ein heller Sommeranzug und ein Hemd mit kurzen Ärmeln. Er war so sonnengebräunt. Sie sah die Falten an seinem Hals, seitlich, und bekam plötzlich Lust, zärtlich mit dem Finger darüberzustreichen.

»Hallo, meine Freunde! Herzlich willkommen bei Bladguld zur Eröffnung der Herbstsaison. Bitte verzeihen Sie, dass es etwas beengt ist. Eigentlich wären wir gerne draußen gewesen, aber das Wetter lässt sich nun mal nicht ändern.«

Seine Blicke versanken in ihren. Sie stand eingeklemmt hinter ein paar Leuten von Åhléns, ein paar jungen Dingern, die so taten, als gehöre die Welt ihnen.

»Bitte bedienen Sie sich! Es gibt Wein und viel zu essen.«

Titus stand auf einem Stuhl, um sich einen Überblick zu verschaffen, vor ihm Annie Berg. Sie wirkte immer etwas gedämpft und zurückhaltend, auch dann noch, als man die sterblichen Reste ihrer ehemaligen Kollegin Berit Assarsson gefunden hatte.

Dann stellten Annie und Titus abwechselnd die Autoren vor und richteten ein paar kurze Fragen an sie. Als Erster war dieser Dichter Tobias Elmkvist an der Reihe. In diesem Herbst hatte er einen Krimi veröffentlicht. Das Cover war schrill, wie man heutzutage sagte. Das Buch würde sich allein schon deswegen verkaufen. Dieses Buch stellte dann auch seinen Durchbruch dar. Eine Zeitlang war er eine Art King of Crime. Mehr aber auch nicht, denn dann geschah etwas ganz Furchtbares. Er tötete jemanden.

Anschließend war Sissi Nord an der Reihe, der Kassenschlager des Verlags. Titus hielt ihre Hand. Sie trug etwas Weißes, sehr Durchsichtiges. Im Dekolleté eine massive Goldkette.

»Du bist scharf auf sie, oder?«, fragte Ingrid mit einer rohen, veränderten Stimme, für die sie sich normalerweise geschämt hätte. Das war mehrere Abende später. Titus war kurz vor Feierabend in ihre Buchhandlung gekommen. Er hatte seine Brille abgenommen und sie auf den Ladentisch gehoben.

»Aber … was machst du denn da?« *So eine bin ich nicht, ich war noch nie so. Du musst nicht glauben, dass du einfach herkommen und dich bedienen kannst …*

»Wir müssen miteinander reden. Ich denke, dass wir miteinander reden müssen.«

Aber er war nicht gekommen, um mit ihr zu reden. *Ich muss abschließen.* Und das tat sie, ließ sich auf den Boden gleiten, ging zur Tür und drehte den Schlüssel herum. Er folgte ihr, war ihr jetzt ganz nahe. Die Hände auf ihren Hüften, ihrer Jeans. Ihr Po an seinem Bauch, ihre Hand. *Verzeih mir, Gott, was passiert*, und sie drehte sich um, nein, ließ sich wenden, bis ihr Gesicht seinem, seiner Zunge und seinen Lippen sehr nahe war. Sie tut es selbst, zieht dort mitten im Ladenlokal ihren Reißverschluss herunter, und er nestelt und zieht, und beinahe fallen sie um, und sie sagt: »Komm, da steht ein Sofa!« Ja, ein Sofa, auf dem sie sich gelegentlich ausstreckt, die Beine hochlegt, bevor es Zeit ist, nach Hause zu fahren. Jetzt liegen sie auf diesem Sofa, und die Haut, ihre Haut, ist heiß. Sie brennt. Ist es das, was man Leidenschaft nennt?

Er streicht ihr übers Haar, das ist anschließend. Er bleibt schwer auf ihr liegen. Und sie bekommt fast keine Luft mehr, aber das ist auch nicht wichtig, nicht atmen, einfach nur daliegen mit dem Gewicht eines Mannes auf sich, eines Mannes, den sie eigentlich gar nicht kennt.

»Was tun wir eigentlich, Titus?«

»Ich habe deine Augen unlängst abends gesehen … bei der Eröffnung der Herbstsaison … deine großen, tiefen Pupillen, ich habe in ihnen gelesen, was du von mir wolltest, und ich wollte dasselbe.«

War sie noch ganz bei Sinnen gewesen? Wenn sie das doch nur gewesen wäre! Dann hätte sie gehört, wie abgedroschen das klang. Aber sie war nicht bei Sinnen, sie war berauscht. Nach einem Tag im Laden, gerade vor dem Abschließen und Nachhausegehen, ließ sie sich von einem Mann berauschen, der kam und sie sich einfach nahm.

Sie lachte. Sie hatte nie gehört, dass ihr Lachen so klingen konnte.

»Da waren doch noch andere, beispielsweise Sissi Nord, diese Autorin. Du bist doch einer, dem keine widerstehen kann. Ein Don Juan. Und ich bin …«

»Was bist du?«

»Ich bin nur …«

»Was? Eine Frau, die Bücher verkauft? Eine schöne und verführerische Frau. Eine Frau, die ich begehre. Ich habe mich nach dir gesehnt … wahnsinnig …«

Seine Hände mit den langen Fingern. Auf ihren Brüsten und Brustwarzen. Hinab auf den Bauch, in den feuchten Busch. Zu dem kleinen Weichen dort drinnen, das hart wurde. Sie hatte gelernt, allein zurechtzukommen, und jetzt kam er.

Erneut.

Kam er.

Erst sie.

Seine Fingerspitzen fanden und wussten.

Und dann er, tauchte in sie ein, wurde größer.

Geh weg, nein, verlass mich nicht!

Sie nahmen ein Taxi zu ihr nach Hause. War sie jetzt ein schlechter Mensch? Er war schließlich verheiratet, und sie war eigentlich nicht so. So war sie nie, nie gewesen. Ich muss nur schnell telefonieren, hatte er gesagt, während er zwischen den Büchern verschwunden war. Sie hatte seine Stimme am Handy gehört. Besprechung und Verspätung. Es war die Frau.

Rose hieß sie. Rose Bruhn.

Rose

Auf dem Grundstück wuchs ein Apfelbaum, krumm und verwachsen, mit Moosflecken auf dem Stamm. Rose hatte keine Ahnung, was für Äpfel das waren, aber die Ernte war reichlich, und die Früchte waren süß und sättigend. Sie kochte Apfelmus oder schnitt sie in Ringe und trocknete sie an Stöcken in der Küche. Die Ratten liebten es, an dem zähen Dörrobst zu knabbern. Als sie sich ihrem Häuschen näherte und den Baum von der Seeseite sah, beschloss sie, ihn zu beschneiden. Das hätte sie bereits im Vorjahr tun sollen, war aber nie dazu gekommen.

Sie ging in den Schuppen. Dort gab es einiges an Gartengeräten. Claes Schröder hatte ihr erlaubt, sich auszuleihen, was sie brauchte. Er hatte in seinem dunklen Anzug in der Diele gestanden und einen Blick auf die Uhr geworfen. Eilig. Er schien immer in Eile zu sein.

»Nehmen Sie, was Sie brauchen, Rose!« Er gehörte zu den Leuten, die bei jeder Gelegenheit den Namen des anderen sagten. »Solange Sie es nur zurückstellen.«

»Aber das versteht sich doch von selbst.« Sie kam sich zurechtgewiesen vor.

»Ich glaube, das Meiste müsste da sein«, fuhr er unbekümmert fort. »Sie wissen, wo der Schlüssel liegt, oder? Das habe ich Ihnen doch gesagt, Rose? Unter dem Dachziegel ganz rechts.«

Sie nickte mechanisch.

Vielleicht hatte er gehofft, dass sie sich um die Büsche und Beete oben beim großen Haus kümmern würde, wenn er ihr die Gartengeräte lieh. Aber da irrte er sich. Er hatte das Geld, um einen Gärtner zu bezahlen. Sie dachte an seinen großen BMW, der in der Auffahrt stand.

Mit großer Mühe war es ihr gelungen, in der steinigen und unfruchtbaren Erde hinter ihrem Häuschen ein Gemüsebeet anzulegen. Dort baute sie Kartoffeln und Gemüse an. Um das Beet hatte sie Kalk gestreut, um die Schnecken fernzuhalten. Die allesfressenden Schnecken, falls es wirklich solche waren. Sie hatte gesehen, wie Leute mit Scheren in ihren Gärten herumgingen und Schüsseln mit Bier aufstellten. Die Schnecken liebten Bier. Sie ertranken in dem Bier und quollen auf. Allein bei dem Gedanken wurde ihr übel.

Der Wind nahm zu. Schnee lag in der Luft. Sie fror an den Händen, beschloss aber trotzdem, den Baum jetzt zu beschneiden, sonst würde sie es vermutlich nie tun. Sie öffnete die Tür des Schuppens und holte die Leiter. Sie war recht wackelig, aus Holz und selbstgebastelt. Vermutlich stand sie schon dort, seit das Haus gebaut worden war. Sie war mit Farbe bekleckst und wurde an einigen Stellen von Draht zusammengehalten. Schwer war sie auch. Sie schob sie mit List und Tücke zwischen die Äste des Apfelbaums und lehnte sie an den Stamm. Dann holte sie die Baumschere und eine kleine zusammenklappbare Säge, die vermutlich noch nie benutzt worden war. Selbst das Preisschild klebte noch daran.

Die Sprossen waren morsch und sie stieg sehr vorsichtig die Leiter hoch. Trotzdem passierte es. Als sie fast oben war, brach eine Sprosse, und sie fiel hinunter.

Man stürzte nicht mehr in ihrem Alter. Wann hörte man eigentlich damit auf? Kinder fielen die ganze Zeit hin. Kinder weinten auch jeden Tag. Aber Erwachsene? Leicht geschockt blieb sie eine Weile auf der Erde sitzen. Ihr eines Bein, das, auf das sie gefallen war, tat weh. Ihre Hose hatte einen Riss in dem grünen Stoff. Das konnte sie aber so nähen, dass es kaum zu sehen sein würde. Glücklicherweise schien nichts gebrochen zu sein. Das Bein schmerzte. Es würde einen großen blauen Fleck geben. Aber, wie gesagt, nichts war gebrochen. Was für eine Erleichterung. Wie wäre sie sonst zu Hause zurechtgekommen? Wenn sie sich einen Arm oder ein Bein gebrochen hätte. Sie war darauf angewiesen, ihre Glieder uneingeschränkt gebrauchen zu können, und zwar mehr als jeder andere. Sie hatte nur sich selbst.

Sie hätte sich ihr Handy einstecken sollen. Damit war sie sehr nachlässig. Wenn sie jetzt irgendwo liegenblieb und nicht mehr nach Hause kam? Wie leicht konnte man auf einer vereisten Pfütze, einer glatten Baumwurzel auf einem Abhang ausrutschen. Die Frage war nur, wen man dann anrief. Die Polizei? Schickten die dann einen Einsatzwagen, der sich um havarierte Frauen fortgeschrittenen Alters kümmerte? Sie erinnerte sich an die Schimpfworte, mit denen der Mann mit dem Schäferhund sie bedacht hatte. Hässliche und kränkende Schmähungen, die mit ihrem Alter und ihrem Geschlecht zu tun hatten. Es schauderte sie, und sie bürstete sich das Laub von den Kleidern.

Tomas, dachte sie. Wenn ihr etwas zustieß, wie sollte er je davon erfahren?

Tomas war ihr Sohn. Wie sie hatte er an diesem Tag Geburtstag. Sie hatte ihn an ihrem dreißigsten Geburtstag zur Welt gebracht. Sogar zur selben Tageszeit, es lagen nur ein paar

Stunden dazwischen. Die ersten zehn Jahre hatte sie ihn allein erzogen, da sein Vater eine Zufallsbekanntschaft gewesen war. Ein One-Night-Stand. Er stammte aus Leeds und war Fußballspieler. Er hieß Leonard, seinen Nachnamen kannte sie nicht. Jedenfalls hieß er nicht Cohen. Sie befand sich gerade in ihrer Leonard-Cohen-Phase, und vielleicht war es ja der Name gewesen, der sie schwach gemacht hatte. Im Übrigen waren keine Ähnlichkeiten mit dem bekannten Dichter und Sänger vorhanden gewesen. Ihr Leonard, es schüttelte sie, sie verabscheute es, ein Possessivpronomen zusammen mit seinem Namen zu verwenden, war ein typischer englischer Arbeiterjunge, bleiche Haut, große Ohren. Sie waren sich bei einem Fest in Sandhamn begegnet. Eine ihrer Cousinen feierte dreißigsten Geburtstag. Rose hatte einiges getrunken, nicht nur das, sie war vollkommen blau. Es war eines der wenigen Male in ihrem Leben, an denen sie zu viel getrunken hatte. Sie bewohnte ein Einzelzimmer im Hotel, sie war 29, hatte eine Reihe kurzer, intensiver Beziehungen hinter sich, war im Augenblick jedoch frei. Und sie fühlte sich sehr allein.

Er konnte mit seinen Fußballerbeinen gut tanzen, was sie eigentlich erstaunte, Fußballspielen und Tanzen schienen sich für sie auszuschließen. Während sie über die Tanzfläche schwebten, hielt er ihren Ellbogen auf eine Art, die prickelnd und aufreizend war, vielleicht hätte der richtige Leonard auch so geführt und sie schmachtend angesehen. Mit seiner dunklen, leisen Stimme hätte er gesummt: »You know who I am … sometimes I need you naked, sometimes I need you wild … You've stared at the sun, I am the one who loves changing from nothing to one …«

Als sie am nächsten Morgen in dem schmalen, harten Bett neben ihm erwachte, bereute sie es sofort. Sie zog sich an und verließ das Zimmer, sie wollte nicht zusehen, wie er das Laken beiseiteschlug. Mit Kopfschmerzen tigerte sie einige Stunden lang auf der Insel herum, und als sie zurückkam, war er weg.

Natürlich hätte sie ihn später suchen können. Nachdem sie es erfahren hatte. Wahrscheinlich hatte er sogar ein Recht darauf zu erfahren, dass ihre Begegnung Folgen gehabt hatte. Aber sie wollte nicht. Sie beschloss, das Kind zu behalten. Sie war nervös geworden, ihre biologische Uhr tickte immer schneller. Tomas hatte nie darauf bestanden zu erfahren, wer sein Vater war. Das war eigentlich ziemlich seltsam. Sie erwartete, dass er sie konfrontieren und von ihr verlangen würde, dass sie ihm dabei half, den geheimnisvollen Mr. Leonard aufzuspüren. Aber er war seltsam uninteressiert, als könnte er den Gedanken nicht ertragen, dass seine Mutter wie er einmal jung gewesen war und sich einem Mann hingegeben hatte.

Es kam vor, dass sie den Engländer in ihm wiedererkannte. Er hatte einen Zug um den Mund, der manchmal diese Erinnerung in ihr wachrief. Die Lippen waren groß und etwas aufgeworfen. Sein schmaler Hals ließ seinen Kopf größer erscheinen, als er eigentlich war. Sein Körperbau war ihrem ähnlich, zäh und sehnig, die Hände mit den langen, empfindsamen Fingern stammten jedoch nicht von ihr.

Tomas. Wo war er jetzt? Sie wusste es nicht. Als sie ihn zuletzt gesehen hatte, wollte er gerade als Rucksacktourist durch Südostasien reisen. Das war jetzt bald zwei Jahre her. Er war nach Hause gekommen, um einige seiner alten Noten zu holen. Er hatte abgenommen, fand sie damals. Das Flaumhaar auf seiner Oberlippe rührte sie.

»Wie lange bleibst du dort?«, fragte sie und drückte ihn an sich. Er ließ die Arme hängen.

»Keine Ahnung.«

»Ja, aber das wirst du doch wohl wissen, ob du einen Monat oder ein halbes Jahr dort bleibst oder nur ein paar Wochen?«

Er machte sich los. In seinem Blick las sie eine Warnung.
»Das kommt ganz darauf an!«
»Ach so. Ich meinte ja nur.«
»Falls du an den Keller denkst, dann kannst du ihn ja ab heute vermieten. Ich habe da fast nichts mehr stehen, nur noch ein paar Bücher und Zeug.«
Sie wusste nie, ob er Witze machte. Sie verstand seine Sprache nicht.
»Vermieten?«
»Ja klar, es herrscht doch Wohnungsmangel! Da unten hätte eine ganze Flüchtlingsfamilie Platz. Oder du könntest sie hier oben wohnen lassen und selbst in den Keller ziehen. Red doch mal mit diesem Lago, dem Bürgermeister. Der wird superglücklich.«
»Sprich doch nicht so!«, erwiderte sie lahm.
»Ich verschwinde jetzt jedenfalls. Also, tschüss Mama, pass auf dich auf.«
»Tomas …«
Er stand in der Tür und wollte gehen. Schwarzer, langer Mantel, weite Hosen. Sein Rucksack hing über seine Schulter.
»Pass auf dich auf. Besonders an den Stränden und so. Da kann es so Riesenwellen geben … du weißt schon. Ich würde es mir nie …«
»Ich versprech's.«
»Soll ich dich fahren?« Sie hatte noch ihren kleinen Ford, benutzte ihn aber nicht sonderlich oft. Außerdem sprang er nur schwer an.
»Nicht nötig. Ich laufe zum Bahnhof. Ein bisschen Bewegung ist immer gut. Was die da unten am Ufer wieder alles bauen, das fiel mir auf dem Herweg auf. Wohnungen für Flüchtlinge werden das auch wieder keine.«
»Das wird sicher nett«, meinte sie ablenkend.

»Ja, supernett.«

»Das werden Eigentumswohnungen. Hansta Strand. Eigentumswohnungen werden schließlich auch gebraucht.«

»Klar. Für Leute, die sie sich leisten können. Sonst noch was?«

»Nein … ich wollte nur …«

»Tschüss.« Er öffnete die Tür und ging hinaus.

»Pass auf dich auf«, sagte sie erneut. Das klang so nichtssagend wie etwas, das man zu Leuten sagte, die man nur oberflächlich kannte. Es war eine Plattitüde wie »Einen schönen Tag noch«, für die sie beide nichts übrig hatten. Er grinste und setzte seine Sonnenbrille auf.

»Klar doch, Mama. Und du, pass auch auf dich auf.«

Anschließend war sie traurig. Sie hatte Tee gekocht und stand am Fenster, während sie ihn trank. Es lag viel Schnee. Der Schnee funkelte. Es war ein kalter, aber sonniger Tag, und ihr traten Tränen in die Augen. Sie war schon eine Weile erkältet und hatte die Wohnung nicht verlassen. Das deprimierte sie immer.

Dann kam das Warten. Ab und zu traf eine Ansichtskarte ein. Zweimal hatte er auch angerufen. R-Gespräche natürlich.

Er hatte seine Gitarre dabei, die akustische, die er von Titus zum Abi bekommen hatte. Vermutlich verdiente er sich seinen bescheidenen Lebensunterhalt als Straßenmusiker. In Thailand arbeitete er bei einem Schweden, der ein Restaurant besaß, und zwar als Kellner und Musiker. Das war in Koh Lanta in der schwedischen Kolonie. Rose sah sie sich im Internet an: Sandstrände und badende blonde Kinder.

»Wann kommst du nach Hause?«, fragte sie ihn bei seinem letzten Anruf. Er antwortete, er habe es nicht eilig. Sie wollte ihm sagen, sie sehne sich nach ihm, dass er ihr fehle, aber plötzlich hatte sie nicht gewusst, ob es wirklich so war.

Sie richtete sich mit Mühe auf. Glücklicherweise hatte sie immer auf ihre Gesundheit geachtet. In den Jahren in Bromma besuchte sie regelmäßig ein Fitnessstudio. Sie war klein, nur 160 cm groß, aber drahtig und so zäh wie die Wurzel eines Wacholderbusches. Stark war sie auch. Beim Armdrücken hatte sie Titus gelegentlich besiegt. Gelegentlich hatte sie ihn aber auch gewinnen lassen.

Sie stützte sich am Baum ab und bekam feuchtes Moos unter die Nägel. Doch! Die Leiter hatte ihre besten Zeiten zweifellos hinter sich. Sie würde sie zu Kleinholz verarbeiten und verheizen. Claes Schröder würde eine neue bezahlen müssen. Sie hinkte ins Haus und kochte sich einen Kaffee. Sie zog ihre Hose aus und betrachtete die schräg verlaufende Wunde. Sie wirkte geschwollen und schimmerte blau, war aber vermutlich harmlos.

Wirklich ärgerlich, dass die Leiter kaputt gegangen ist, dachte sie, jetzt wo ich mich endlich überwunden hatte. Jetzt wird wieder nichts Rechtes draus.

In diesem Augenblick erinnerte sie sich an die Leiter, die in den Keller führte.

Ingrid

Titus. Titus. der Titan. Ein starker und schöner Mann, ein Unbesiegbarer. Die erste Zeit im Verborgenen. So glaubten sie zumindest beide. Viel später erkannten sie dann, dass geredet wurde. Als das Branchenblatt *Svensk Bokhandel* in seiner jährlichen Weihnachtsnummer Geschenkvorschläge für bekannte Verlags- und Buchhandelsgrößen abdruckte, schlug man für Titus Bruhn eine Gedichtsammlung mit dem Titel »Alles im Verborgenen« vor. Erst begriff sie nicht, und dann hatte sie das Gefühl, der Boden würde schwanken.

Titus wurde wahnsinnig wütend. Er griff zum Telefonhörer, um sein Abo zu kündigen, überlegte es sich dann aber in letzter Minute anders. Eine solche Reaktion hätte die Sache kaum besser gemacht.

Sie wusste natürlich, dass er verheiratet war. Der Gedanke daran schmerzte sie. Nicht nur, dass sie ein schlechtes Gewissen hatte, weil sie einer anderen Frau etwas antat, nein, der Schmerz betraf eher sie selbst. Es handelte sich ganz einfach um Eifersucht. Es war schwer erträglich, dass er dauernd nach Hause nach Bromma musste. Trotzdem kam er so oft wie möglich zu ihr. Ein Verleger ist viel auf Reisen. Sie fuhren zusammen ein langes Wochenende nach Paris. Sie machte so lange den Laden zu.

Rose. Seine Frau, diese Rose, einen Sohn hatte sie auch, der Tomas hieß.

»Aber der Junge ist doch nicht von dir, oder?«

»Nein, und ich habe ihn auch nicht adoptiert.«

»Wie alt ist er jetzt?«

»Er wird langsam groß. Er war zehn, als Rose und ich uns kennengelernt haben. Du kannst es dir selbst ausrechnen.«

Alle diese kaputten Beziehungen. Titus hatte sich allein um seine Töchter gekümmert, nachdem seine Frau sich in einen Musiklehrer verliebt hatte. Alleinerziehender Vater. Aber nach einem Jahr hatte die Mutter klein beigegeben und jede zweite Woche die Kinder übernommen. Titus hatte ihr nur schwer verzeihen können.

Ingrid waren kaputte Beziehungen bislang erspart geblieben. Sie war weder verheiratet noch verlobt gewesen. Sie hatte auch nie mit einem Mann zusammengewohnt. In dieser Hinsicht war sie Rose sehr ähnlich. Es dauerte jedoch lange, bis sie das erfuhr.

Ingrid war die älteste von drei Schwestern. Sie wuchs in Huskvarna auf, ihr Vater arbeitete in der Ventilatorfabrik in Jönköping und ihre Mutter war Hausfrau. Ein ordentliches Zuhause, eine gute und christliche Kindheit. Ihre Eltern waren jetzt schon etliche Jahre tot. Sie waren auf dem Östra Kyrkogården begraben. Was sie gesagt hätten, wenn sie davon erfahren hätten? Ihre älteste Tochter, auf die sie so stolz gewesen waren. Dass sie mit einem verheirateten Mann rumhurte. Dass sie, ihre Ingrid, ihn zur Scheidung überredet hatte. Du sollst nicht begehren … sie war die Schlange, die Verführerin.

Das Telefon klingelte. Sie musste drangehen, wollte nicht, aber musste. Vielleicht war es das Krankenhaus, vielleicht war auch er es. Sie befreite sich aus den Laken und stand auf. Am anderen Ende war Maria, ihre zwei Jahre jüngere Schwester. Distanziert und atemlos.

»Hallo, Ingrid. Wie … wie geht's euch?«

»Er ist wieder in der Klinik.«

»Ach?«

»Ja.«

»Wie das?«

»Es geht ihm nicht sonderlich gut.«

»Nein?«

»Nein. Aber die Krankenschwester meinte, dass es morgen vermutlich schon wieder besser ist.«

»Hat sie das gesagt?«

»Ja. Das hat sie gesagt. Sie haben ihm irgendeine Infusion gegeben.«

»Aber … dass du dann nicht bei ihm bist?«

»Nein, ich bin nach Hause gefahren. Er braucht seine Ruhe. Er wollte es selbst.«

Ein Säugling schrie irgendwo im Hintergrund. Maria hatte vor einiger Zeit einen Enkel bekommen.

»Willst du, dass ich vorbeikomme?«, hörte sie die Stimme ihrer Schwester.

»Danke, aber das ist nicht nötig.«

»Ich kann das wirklich tun, falls du nicht allein sein willst.«

Das Kind schrie immer lauter, und Marias Worte waren kaum zu verstehen.

»Kümmer dich doch lieber um das Baby«, meinte Ingrid.

»Er hat Magenkrämpfe, der Ärmste. Er kann einem leidtun. Er hat so wahnsinnige Schmerzen.«

»Wir können ja morgen wieder telefonieren.«

»Seiner Mutter Lilian geht es auch nicht so gut. Sie hat zu wenig Milch, und außerdem kämpft sie mit Beckenbeschwerden. Sie kann fast nicht gehen.«

»Da wirst du wirklich gebraucht«, meinte Ingrid.

Sie hatte keine Kraft mehr, sehnte sich nur noch nach Ruhe. Die unbeholfenen Angebote ihrer Schwester gingen ihr auf die Nerven. Sie hatte ihre Schwester immer beschützen und die Verantwortung für sie übernehmen müssen. Maria machte sich immer solche Sorgen und rechnete ständig mit dem Schlimmsten. Im Grunde genommen war sie genauso.

Ihre jüngste Schwester Cecilia war von einem ganz anderen Kaliber. Sie zog schon früh in die Welt hinaus und kümmerte sich jetzt um Straßenkinder in Rio.

Sie hob die Laken auf und legte sie aufs Bett zurück. Sie hatte nicht die Kraft, neue zu holen. Dann holte sie ein Glas und eine Flasche Wein. Glücklicherweise mit Schraubverschluss. Weniger Mühe beim Aufmachen. Sie trank ein paar Schlucke und wartete auf die Gelassenheit. Dann rief sie auf der Station an. Eine Schwester, der sie noch nie begegnet war, sagte, Titus schlafe. Sie sei gerade bei ihm im Zimmer gewesen. Sie klang gestresst. Wenn es Schwester Lena gewesen wäre, dann hätte Ingrid persönlicher werden können. Sie hätte sagen können: »Streichen Sie ihn von mir über die Wange, und geben Sie ihm von mir einen Kuss auf die Stirn.«

Das kam jetzt nicht in Frage.

Sie trank ein weiteres Glas. Es war halb neun, Samstagabend. Sie erinnerte sich an die Pâté, die im Kühlschrank stand, verspürte aber keinen Hunger mehr.

Pâté, das hatten sie damals auch immer abends gegessen, zu Hause bei ihr am Ringvägen. Titus hatte seltsamerweise eine Schwäche für Pâté. Eigentlich hätte er bei all den Verlagsfesten genug davon bekommen müssen.

An einem dieser Abende, an denen er schon längst auf dem Heimweg hätte sein sollen:

»Was hast du eigentlich mit mir vor?«

Wie ein Ruf!

Er lag in ihrem Bett, aber von ihr abgewandt. Er antwortete nicht. Sie stützte sich über ihm auf den Armen ab und schaute ihm ins Gesicht. Eine Falte zwischen den Brauen, tief.

»Titus …«

»Lass uns lieber so sagen«, erwiderte er heiser. »Was wollen wir voneinander, du und ich?«

»Ich liebe dich so sehr, so sehr.«

»Hm.« Er nickte.

»Mehr als ich eigentlich darf. Ich habe kein Recht auf dich, es ist falsch! Aber du bist mir zum Bedürfnis geworden. Du hast mich dazu gebracht, dass ich …«

Er legte sich auf den Rücken, zog sie auf sich. Seine Hände lagen auf ihrem Po. Sie wurde vor Erregung feucht und und weinte.

»Wir haben es uns wirklich nicht leicht gemacht«, murmelte er.

»Nein, aber was willst du?« Eigentlich wagte sie es gar nicht, die Fragen so direkt zu stellen, weil sie Angst hatte, ihn damit in die Enge zu treiben.

»Das weißt du doch.«

»Ich denke an sie, an Rose, was sie dir bedeutet und so.«

Sie sagte das, obwohl sie es eigentlich gar nicht wissen wollte, sie musste sich zum Zuhören zwingen. Es quälte sie.

»Sie ist meine gute, liebe Freundin und Ehefrau.«

Genau das, was sie nicht hören wollte.

Sie schlug ihm um die Ohren:

»Was willst du dann von mir?«

Sie sprang aus dem Bett und zog ihren Bademantel an, stellte sich mit hochgezogenen Schultern ans Fenster. Sie hörte, wie er mit seinen Kleidern hantierte.

»Ich gehe jetzt.« Er stand an der Tür, und es entstand eine Pause.

»Tu das!«

Es war zu Ende.

Drei Tage verstrichen. Sie ging in ihrem Laden umher und verkaufte Bücher. Bücher über Liebe, Gedichte. Und all die kleinen, entzückenden Kunden. Sie war die einzige Buchhandlung im Viertel, seit Hemlins zugemacht hatte. Hemlins, die Buchhandlung in der Västerlånggatan, die fast anderthalb Jahrhunderte existiert hatte. Sie selbst besaß ihre Buchhandlung jetzt seit elf Jahren.

»Jetzt haben wir nur noch Sie«, sagten die Frauen vom Lesezirkel, die immer über alle Bücher reden wollten, die sie durchgeackert hatten. Sie antwortete mit tonloser Stimme, und es war ihr sicher anzumerken, dass sie trauerte.

»Wir machen uns Sorgen um Sie.«

»Das geht schon vorbei. Ich bin momentan nur etwas down. Das geht mir im Herbst oft so.«

Sie nahm sich zusammen, schaute Richtung Tür.

Und dort stand er.

Sie spielten, jagten sich gegenseitig durch die Wohnung. Ingrids Nachbarin zur Linken klopfte an.

»Entschuldigung, aber ist auch alles in Ordnung?«

Ingrids Wangen waren gerötet, die Haare aufgelöst.

»Ja. Entschuldigen Sie, wir waren nur gerade etwas ausgelassen. Hoffentlich haben wir Sie nicht gestört.«

Er hieß Titus. Welch ein Name! Er war diesbezügliche Fragen jedoch gewohnt und hatte seine Antwort parat:

»Es gibt einen Verleger, der Brutus heißt, das weißt du doch wohl? Brutus Östlings Förlag.«

Titus. Titus. Der Titan.

Stark und unüberwindlich.

Eines Abends um acht:

»Ich werde es ihr jetzt sagen.«

»Was? Was willst du ihr sagen?«

»Du weißt schon.«

Ihr Herz klopfte wie wild, sie spürte das Pochen bis in die Fingerspitzen.

»Nein«, flüsterte sie.

»Dass ich sie verlassen werde.«

Sie hielt sich die Hände vor die Augen. In ihrem Inneren ein Lachen.

»Wie wird sie wohl reagieren?«

Er schüttelte den Kopf, schwieg.

Er wollte ihr nie irgendwelche Einzelheiten erzählen. Über Rose. Über ihr Temperament oder über ihre Art, sich zu bewegen. Über ihre Augen, wenn sie ihn ansah. Darüber, wie sie am Morgen erwachte. All das, was sie hatte wissen wollen. Es quälte sie wie eine Geißel.

Er sagte:

»Alles wäre so viel einfacher, wenn ich sie nicht so verdammt respektieren würde. Wenn sie so eine wäre … ja, wie Birgitta, die Mutter der Mädchen.«

»Und der Junge? Ihr Sohn?«

»Ja, Tomas auch. Er hat keinen Vater. Ich habe jetzt also … er hängt sehr an mir.«

»Aber er ist doch schon groß.«

»Ja, er ist erwachsen. Er hat letztes Jahr das Abi gemacht.«

»Sag mal, Titus, ich habe mir überlegt, du musst aber nicht antworten, wenn du nicht willst. Aber was hat dir an Rose gefallen, ich meine ganz zu Anfang?«

Er schwieg und machte ein gequältes Gesicht.

»Eine starke und fröhliche Partnerin.«

Immer diese Worte. Freundin und Partnerin.

»Und die Minne.« Immer diese altmodischen Ausdrücke, diese feierliche Sprache, wenn es um schwierige Dinge ging.

»Die Minne hat natürlich eine große Rolle gespielt.«

»Hat?«

»Ja, hat.«

»Und jetzt?«

»Verdammt, Ingrid, jetzt gibt es doch nur noch uns.«

Rose

Im Küchenboden gab es eine Klappe, die zum Keller führte, in den man auf einer Leiter hinabstieg. Diese war in zwei große Haken eingehakt und ließ sich hochziehen. Sie öffnete die Klappe, legte sich auf den Bauch und schaute hinunter. Die Leiter wirkte stabil. Sie ließ sich sicher ausgezeichnet an den Baum legen. Hoffentlich gelang es ihr, sie hochzuziehen.

Ihr Bein tat ihr immer noch weh, ein dumpfer, anhaltender Schmerz. Sie versuchte nicht an ihn zu denken. Das Beste war vermutlich, wenn sie ihre stabilen Arbeitshandschuhe anzog. Dann konnte sie richtig zupacken.

Sie lag eine Weile da und überlegte, ob sie ein Geräusch von unten hörte. Etwas glänzte, zwei rasch aufleuchtende Punkte.

»Fikon«, rief sie. »Bist du das?«

Ein schleppendes Geräusch raschelnder Pfoten. Nein, das war nicht Fikon. Das war ein größeres Tier. Schwerer. Sie holte ihre Taschenlampe, leuchtete nach unten, aber sah nichts. Vermutlich war es besser, nach unten zu klettern.

Der Boden bestand aus Zement, aber Tomas und seine Freunde hatten ihn mit quadratischen Plastikplatten ausgelegt, die sich leicht ineinander fügen ließen. Hießen sie Brago, oder war das ein Keks, der so hieß? Bragokeks? Jetzt erinnerte sie sich. Bergo hießen sie. Bergoplatten.

Sie stand mitten im Keller. Das Licht der offenen Falltür fiel in einem Rechteck auf sie herab. In den Ecken war es dunkel. Sie leuchtete mit der Taschenlampe die Wände ab und erblickte schließlich, was sie befürchtet hatte. Ein frisch genagtes Loch ganz unten in einer Ecke. Das war nicht gut. Sie musste die Ratten in Schach halten, die Meute durfte nicht unkontrolliert anwachsen.

Sie kletterte wieder nach oben. Holte ein Pressspanbrett, einen Hammer und die Schachtel mit Nägeln ohne Kopf. Sie packte alles in eine Plastiktüte, hängte diese über den Arm und stieg wieder hinab.

Dieses Mal wartete die Ratte auf sie. Ein Männchen. Er saß vor dem Loch. Es war ein großes Exemplar. Sie hatte es noch nie gesehen. Es saß auf den Hinterbeinen und starrte sie an, frech und ohne jede Angst.

»Hau ab!«, sagte sie erbost. »Du hast hier nichts zu suchen.«

Die Ratte rümpfte die Schnauze, und die langen, gelben Zähne kamen zum Vorschein. Sie ließ ihren Schwanz rasseln wie eine Klapperschlange. Sie war ganz anders als ihre Ratten. Das hier war ein Eindringling. Ein gigantisches Männchen mit borstigem Fell und einem Schwanz, der so dick war wie ein Finger.

Sie fuchtelte mit ihrer Tüte.

»Hau ab, habe ich gesagt! Kriech durch dein Loch und verschwinde aus meinem Haus. Lass dich hier nie wieder blicken.«

Die Ratte senkte ihre Vorderpfoten und ließ sich auf alle viere fallen. Dann richtete sie sich auf, sodass ihre Beine mit einem Mal länger wirkten. Die Ratte machte ein paar bedrohliche Sprünge auf sie zu. Sie bekam Angst. Stampfte mit den Füßen auf, dass es weh tat. Es hatte aber die erwünschte Wirkung. Die Ratte machte kehrt und schlüpfte durch das Loch. Sie ließ einen stechend riechenden, nassen Haufen zurück.

Rose kniete sich hin. Ihr Herz klopfte ganz schnell. Sie zwang sich dazu, ganz ruhig zu atmen. Sie leuchtete in das Loch, konnte aber nichts sehen. Rasch legte sie die Pressspanplatte davor und begann sie festzunageln. Das war nicht leicht. Sie saß unbequem in der Hocke und musste die Hand abwinkeln, um mit genügend Kraft zuschlagen zu können. Außerdem war die Wand sehr hart. Mehrere Nägel wurden krumm, und sie musste sie wieder heraushebeln, bevor die Platte endlich fest saß.

Als sie wieder oben war, begann sie plötzlich zu zittern. Was hatte dieses große Rattenmännchen bei ihr zu suchen? Wenn er sich jetzt an ihren kleinen, empfindlichen Weibchen vergriff! Sie versuchte den Stamm in Schach zu halten, und deswegen griff sie sich für gewöhnlich die neugeborenen Männchen und tötete sie. Soweit sie sie überhaupt entdeckte. Das war schwer, denn es dauerte einen Monat, bis man den Unterschied zwischen Männchen und Weibchen erkennen konnte. Aber der! Wie ein Mafiaboss!

Sie hinkte in den Schuppen und holte die Rattenfalle. Wenn sich das Riesenmännchen wieder durch die Wand nagte, dann würde sie ihn fangen. Sie bebte vor Wut, während sie einen Käsewürfel als Köder abschnitt. Sie wollte ihn gerade in der Falle befestigen, da hielt sie inne. Ihre eigenen Ratten durften nicht in den Keller kommen. Sie waren intelligent, vielleicht würden sie ja verstehen, dass hier eine Gefahr lauerte. Aber dann würde die große Ratte das auch begreifen. Mit einer müden Handbewegung schob sie die Falle beiseite. Es war zu riskant, sie zu verwenden. Das Einzige, was sie tun konnte, war, die Falltür eine Weile offenstehen zu lassen und ein Ohr darauf zu haben, ob das Männchen dabei war, ein neues Loch zu nagen. Oder sie legte sich in den Hinterhalt und fing ihn.

Sie kramte ihre dicken Arbeitshandschuhe mit dem Teddyfutter hervor, und es gelang ihr mit viel Mühe, die Leiter durch die Falltür nach oben zu wuchten. Eigentlich war ihr die Lust vergangen, den Apfelbaum zu beschneiden. Für heute war es genug. Eigentlich hätte sie sich hinsetzen und arbeiten müssen. Sie hatte zwei dicke Romane zum Korrekturlesen, den einen von einem Autor, den sie nicht einmal schätzte. Ein ausschweifender, langweiliger Spanier, der immer wieder mal für den Nobelpreis zur Diskussion stand. Sein neuer Roman hieß »Die Tränen der Esche«, und bereits im Titel hatte sie einen Druckfehler gefunden: »Die Tränen der Asche«. Das verhieß nichts Gutes. Bislang hatte sie nur etwas in der Fahne geblättert und sie dann beiseitegelegt. Das Problem war, dass sie in vier Tagen fertig sein musste. Wenn sie später abgab, dann wurde Oscar, ihr Gewährsmann im Verlag, sauer. Vielleicht würde er ihr dann keine Aufträge mehr geben. Oscar Svendsen war neununddreißig Jahre alt, das hatte sie auf einer Homepage mit Geburtstagen im Internet nachgeschaut. Sie pflegten den Kontakt überwiegend über Mail, Telefon und mit Boten. Sie war froh, dass sie ihn nicht mehr als nötig treffen musste. Er hatte so eine Art, sie anzuschauen, als würde er ihr einen wahnsinnigen Gefallen damit tun, sie für den großen, feinen Verlag Korrektur lesen zu lassen. Sein Gesicht war schmal und kindlich, und er steckte in der üblichen Intellektuellenkluft: schwarze enge Jeans und Rollkragenpullover. Keine Haare.

Als hätte er gespürt, dass sie an ihn dachte, rief er an, als sie gerade mit der Leiter auf dem Weg nach draußen war.

»Hier ist Oscar Svendsen von Karlbacks.«

Der Vorname hätte gereicht, und der Name seines Arbeitgebers war nun wirklich überflüssig, aber so war es immer. Er nannte seinen vollständigen Namen und den Namen des

Verlags, als wollte er einen deutlichen Abstand zwischen ihnen schaffen. Vielleicht wollte er auch betonen, dass er dem Spitznamen des Verlages, Backen, den alle sonst immer verwendeten, nichts abgewinnen konnte.

»Hallo«, sagte sie und hörte selbst, wie atemlos sie klang. Der Gedanke streifte sie, dass er vielleicht anrief, um ihr zum Geburtstag zu gratulieren.

»Bist du gerannt?«

»Nein. Ich habe nur gerade …«

»Wie kommst du voran?«, fiel er ihr ins Wort, und sie konnte ihn in seinem kleinen Verlagskämmerchen zwischen Büchern und Manuskriptstapeln sitzen sehen.

»Womit?«, fragte sie und war sich bewusst, dass er dieser Gegenfrage vermutlich nichts abgewinnen konnte.

»Ja, rate mal?«

»Wenn du Manuel Ramírez meinst, so bin ich fast durch«, log sie. »Du kriegst ihn wie vereinbart am Freitag.«

Sie hörte, wie er leise wie geistesabwesend vor sich hin pfiff.

»Hm«, sagte er dann. »Du kannst nicht vielleicht schon früher abgeben?«

»Früher?«

»Ja. Beispielsweise am Mittwoch.«

Sie tat so, als würde sie nachdenken.

»Ich weiß nicht …«

»Bei der Planung ist nämlich etwas durcheinandergeraten. Wir müssen etwas früher als vorgesehen in Druck gehen.«

Blieb ihr etwas anderes übrig?

»Das wird etwas schwierig«, erwiderte sie zögernd. »Ich arbeite schließlich nicht nur für euch.« Letzteres war eine Dummheit, und sie bereute sie sofort.

Oscar Svendsen lachte kurz und freudlos auf.

»Du schaffst das schon, Rose. Du bist unser Fels in der Brandung, das weißt du.«

Damit mahnte er sie, dass sie nicht sicher sein konnte, weitere Korrekturaufträge zu bekommen, wenn sie nicht bis Mittwoch fertig wurde.

Ingrid

Auch sie war schon gegangen. Nicht oft und außerdem nur halbherzig. *Denn so konnte es schließlich nicht weitergehen.* Sie hatte das Gefühl, dass die Leute sie anstarrten. Nicht nur Leute aus der Branche, auch die Kunden, einige von ihnen zumindest. Sie wurde immer nachlässiger. Bücher, die sie hatte bestellen wollen und dann vergessen hatte. Sie gab falsch raus. Sie vernachlässigte das Schaufenster, das immer dieselbe fantasielose Dekoration zeigte.

Ich muss mich zusammenreißen.

Der Gedanke an Rose und seltsamerweise auch an den Jungen.

Einmal sah sie sie alle drei. Sie gingen auf der anderen Straßenseite, auf der Drottninggatan. Der Junge blass und hoch aufgeschossen in Schwarz. Die Frau wandte sich ihm zu und sagte etwas. Seine Miene hellte sich auf. Die von Titus ebenfalls, sie lachten, alle drei lachten. Sie hatten sie nicht bemerkt. Sie musste ihnen einfach folgen, sah, wie sie die Konditorei Hurtig betraten. Kurz überlegte sie, ebenfalls hineinzugehen, einen Kaffee zu bestellen und sich zu setzen.

Nein.

Nicht.

Aber jetzt hat sie sie zumindest gesehen. Rose. Jetzt wusste sie. Wie klein und dünn sie war. Blond, zerzaust, keine richtige Frisur. Sie trug bequeme Schuhe ohne Absätze, provinziell, dachte sie gehässig, und eine Lederjacke, die mehrere Nummern zu groß war. Seine, ging es ihr durch den Kopf, sie hat einmal ihm gehört.

Dem musste sie später auf den Grund gehen.

Sie saßen auf einem Parkplatz in Råcksta in seinem Auto.

»Ich habe euch in der Stadt gesehen, aber du hast mich nicht gesehen. Jetzt weiß ich, wie Rose aussieht.«

Ein leichtes Zucken seiner Kinnpartie, aber sie fuhr fort.

»Ich war in der Stadt unterwegs, und ihr wart auf der anderen Straßenseite.«

Er war verärgert, das sah sie. Über gewisse Dinge sprach man nicht. Er packte das Lenkrad fester, seine Knöchel wurden weiß.

»Diese Lederjacke, die sie da anhatte …«

»Eine alte Pilotenjacke. Ja, das war meine, verdammt noch mal!«

»So kann es nicht weitergehen. Ich will nicht der Keil sein, der euch auseinandertreibt. Ihr gehört zusammen, die heilige Dreieinigkeit. Das wurde mir am Samstag plötzlich klar, als ich euch sah. Da war so eine Harmonie, eine Eintracht … wie komme ich nur dazu, euch zu stören?«

Er wandte ihr langsam sein Gesicht zu. Das Blau in seinen Augen war schwarz geworden.

»Was tun wir eigentlich?«, sagte sie schrill. »Was stellen wir da eigentlich an?«

Dann ging sie. Sie stieß die Beifahrertür auf und sprang aus dem Wagen. Erst lauschte sie angestrengt, ob er ihr folgte, seine Schritte. Oder ob er den Motor anlassen und langsam hinter ihr herfahren würde. Aber nichts dergleichen. Schließlich musste sie sich umdrehen. Sein Auto stand immer noch auf dem Parkplatz. Sie wollte zurückrennen, die Tür auf seiner Seite aufreißen und ihn prügeln. Stattdessen ging sie zur U-Bahn, es kam auch gerade ein Zug, und sprang hinein.

Sie hatte erwartet, dass er von sich hören lassen würde. Ihr würde das nicht im Traum einfallen! Sie war jetzt stark und *anständig*, das war ein Ausdruck, den ihre Mutter gebraucht hätte. *Wenn man nur ein sauberes Gewissen hat.* Sie befreite sich aus dem Morast, und die Erde trug sie. Er empfand das wohl genauso, denn er rief nicht an und kam auch nicht in den Laden.

Aber in der Woche vor Ostern schrieb er einen Brief.

»Egal was du denkst, ich werde es ihr sagen. Egal, was du für Pläne hast. Jetzt weißt du es. Und noch etwas: Am Donnerstag fahre ich nach Barcelona. Es gibt noch freie Plätze in der Maschine, falls du Lust hast. Ich habe ein Doppelzimmer reserviert. Hast du eigentlich mal die Prozession der katalanischen Kinder am Palmsonntag gesehen? Wenn nicht, nehme ich dich dahin mit.«

Kein Datum, keine Unterschrift.

Sie fuhr mit nach Barcelona. Er hatte noch nichts gesagt. Aber er würde das tun, musste sich nur noch sammeln.

»Ich muss Vorkehrungen treffen, um kein Unglück anzurichten. Ich muss mir einfach etwas Zeit nehmen, das verstehst du doch. Kannst du noch warten?«

Sie waren im Parc Güell und saßen auf einer langen, mosaikverzierten Bank. Sie strich mit ihrer Hand darüber.

»Wirklich wunderschön. Ich frage mich, wo sie nur diese ganzen, farbenfrohen Scherben herhatten.«

Er wusste alles.

»Das sind Glas- und Kachelscherben. Gaudí hat eine Menge Leute bezahlt, nur damit sie sie kaputtschlagen.«

Sie durchfuhr ein plötzlicher Schauer. Ihre Stimme klang plötzlich belegt.

»Zerschlagen, um neu zusammenzufügen.«

Er strich ihr rasch über die Wange.

Ihre Bluse klebte an ihrer Haut. Sie hatte Durst, ihre Füße waren geschwollen und schmerzten.

»Sag mir ehrlich. Was an mir ist es, das du … das dich …?«

Sie war schließlich so durchschnittlich. Eine füllige Frau mittleren Alters mit einer Buchhandlung. Sie hatte ein normales Leben gelebt und auch wieder nicht. Sie war so unerfahren. War es das? Wollte er es auskosten, derjenige zu sein, der mehr wusste?

Er antwortete, aber es fiel ihm schwer, die richtigen Worte zu finden.

»Alles an dir.«

»Was, alles?«

»So kleine Dinge, wie wenn du verlegen wirst, wie du dich windest und zu Boden schaust. Deine runden Wangen und dein Körper und dass du ihn mir schenkst.«

Um halb zehn Uhr abends klingelte das Telefon erneut. Sie hätte Angst bekommen können, denn wenn jemand so spät anrief, dann musste es etwas Fatales sein. Wie damals, als Papa gestorben war. Mamas vernünftige, metallische Stimme.

Der Arzt hat gesagt, wenn wir Kinder haben, dann sollten wir sie jetzt anrufen.

Aber es ist doch mitten in der Nacht?

Ja. Er sagte, dass es oft mitten in der Nacht passiert. Sowohl die Geburten als auch die Todesfälle.

Sie traf nicht mehr rechtzeitig in der Bezirksklinik Ryhov

ein. Der erste Zug ging morgens. Gegen Mittag war sie am Bahnhof. Erst fuhr sie in die Wohnung. Mama wartete im Wohnzimmer, sie hatte nicht geschlafen. Es war vollkommen still, kein Verkehr auf der Straße.

»Mama«, sagte sie und wollte sie in die Arme nehmen. Die Mutter wich ihr aus. Körperliche Nähe hatte sie immer vermieden. Sie ging in die Küche und kochte Kaffee. Sie wollte sich nicht helfen lassen. Ingrid schaute ins Schlafzimmer. Die Betten waren gemacht, und die Tagesdecke lag darauf. Papa hätte irgendwo sein können, vielleicht im Badezimmer oder an der Ecke bei Närlivs, um die rotbraunen Halspastillen der Marke »Kungen av Danmark« zu kaufen. Seine Schuhe standen ordentlich unter seinem Stuhl. Schnürschuhe. Sie betrachtete die dünnen Schnürsenkel und stellte sich seine Finger dabei vor, wie sie sich an dem Knoten zu schaffen machten.

»Jetzt ist er heimgekehrt«, sagte Mama. Sie tranken den Kaffee. Er war bitter und heiß. »Zu seinem Herrgott. Dort hat er es gut. So müssen wir denken, liebe Ingrid.«

Ihr Vater war nicht krank gewesen. Aber seit sie nach Jönköping gezogen waren, hatte er sich nicht mehr richtig wohl gefühlt. Im Grunde seiner Seele gehörte er nach Huskvarna. Er war nicht krank, es war die Hauptschlagader.

»Geplatzt«, sagte der Arzt. »Inoperabel.«

Er hatte ihrer Mutter den Arm getätschelt.

»So ist ihm das Pflegeheim erspart geblieben.«

»Er ist bei Gott«, wiederholte die Mutter und faltete ihre gichtigen Finger. Die Gelenke waren geschwollen und entstellt. Ingrid war das nie zuvor aufgefallen. So selten sah sie also ihre Mutter.

Ein Jahr später war ihre Mutter an der Reihe. Dieses Mal rief Cecilia bei ihr an, am Abend, wie jetzt. *Denn es passiert meist dann …*

Zusammen saßen sie an ihrem Bett und wachten. Alle drei Schwestern. Mama blinzelte ihnen zu und lächelte beinahe.

»Ich bin so froh, euch hier zu haben, meine lieben Kinder. Aber bald treffe ich euren Vater wieder. Ich kehre jetzt heim zu Gott.«

Klar und deutlich sagte sie das und bewegte dabei angestrengt die Lippen.

»Ich kehre jetzt heim zu Gott.«

Und jetzt klingelte bei Ingrid wieder das Telefon. Es war spät, und es war Samstagabend.

»Hallo, hier ist Ingrid.«

Sprach sie undeutlich? Sie musste sich zusammennehmen, das musste sie wirklich.

»Wer ist da?«

Ihr Herz raste. Sie hatte das heftige Verlangen, sich zu übergeben, nahm sich aber zusammen und sagte noch einmal:

»Hier ist Ingrid Andersson. Mit wem spreche ich bitte?«

Am anderen Ende weinte jemand.

»Hallo!«, schrie sie. »Sagen Sie doch, wer Sie sind!«

»Oh … hier ist Julia. Es ist vielleicht zu spät für einen Anruf.«

Julia. Seine jüngere Tochter. Wenn Ingrid früher auf der Bildfläche aufgetaucht wäre, dann hätte sie sie vielleicht noch in den Schlaf gesungen. Dann wären sie noch klein gewesen. Sie konnte ganz viele Kinderlieder, für die hatte sie, seit sie klein war, immer sehr viel Sinn gehabt. Sie hätte sie ihren eigenen Kindern vorsingen wollen. Jetzt hatte sie keine Verwendung mehr für sie. *Komm Julia, wir gehen mit unseren großen Holzschuhen, komm, Julia, komm, Julia, komm, Julia, wir gehen.*

Verdammt, Ingrid, nimm dich zusammen!

»Ist was passiert?«, fragte sie scharf.

»Es ist Papa …«

»Was ist mit Papa?«

»Er stirbt.«

Jetzt weinte sie selbst, sie weinten alle beide. Dann sagte sie:

»Auf der Station haben sie gesagt, dass es ihm morgen wieder besser geht. Wenn ihr ihn besucht, Jennifer und du, dann geht es ihm bestimmt schon viel besser.«

»Und wenn es zu spät ist? Wenn wir ihn nie mehr sehen?«

»Nein, nein, so schlimm ist es auch wieder nicht.«

Julia schluchzte.

»Er wollte uns heute nicht sehen.«

»Doch das wollte er, er war nur so müde. Wir waren gerade in der Klinik eingetroffen. Er war sehr erschöpft. Aber morgen wird er euch sehen wollen. Da bin ich mir ganz sicher.«

»Jennifer hat gesagt …«

»Was hat Jennifer gesagt?«

»Du hättest einfach aufgelegt.«

»Das stimmt nicht.«

»Aber das hat sie gesagt.«

»Das muss sie missverstanden haben.«

»Wird Papa sterben?«

»Ich weiß nicht. Nein! So dürfen wir nicht denken. Wir müssen gute, positive Gedanken haben.«

»Gute Gedanken! Glaubst du wirklich daran?« Plötzlich klang Julias Stimme klar und kritisch.

»Ich weiß nicht, aber ein Versuch schadet jedenfalls nicht.«

»Er war so lebendig, mein Vater. So war er immer. Er hat seine Zeit genutzt.«

»Ja.«

»Es ist so ungerecht!« Julia weinte erneut. Ingrid wollte auflegen, sie spürte, dass ihre Kopfschmerzen im Anzug waren, wie immer, wenn sie zuviel Wein getrunken hatte. Ein pochender Schmerz hinter der Stirn. Aber dass Julia anrief, war von Bedeutung, denn es kam so gut wie nie vor. Sie durfte diese Chance nicht vertun.

»Jennifer und du, ihr besucht ihn einfach morgen«, sagte sie, ein lahmer Versuch zu trösten und das Gespräch zu beenden.

»Bist du dann auch da? Du weißt doch, wie Jennie ist.«

»Geht ihr zuerst, dann besuche ich ihn später, gegen Abend.«

Rose

Die Unterhaltung mit Oscar Svendsen hatte ihr die Laune verdorben. Er vermittelte ihr immer das Gefühl, schwach und wertlos zu sein. *Du bist unser Fels in der Brandung, Rose.* Darüber konnte sie nur lachen.

»Es kann wohl eher von Fellen, die einem wegschwimmen, die Rede sein«, murmelte sie sarkastisch, schleppte die Leiter nach draußen und lehnte sie an den Baumstamm. Eigentlich hätte sie mit dem Beschneiden warten und sich hinter die Korrektur klemmen müssen, wenn er sie jetzt unbedingt übermorgen haben wollte. Was bildete er sich eigentlich ein? Sie fühlte den Trotz in sich aufsteigen. So ein Lektorenlackel konnte ihr noch lange nicht vorschreiben, wie sie sich ihre Zeit einzuteilen hatte.

Sie verspürte immer noch Schmerzen von ihrem Sturz. Sie räumte die alte Leiter beiseite. Sie würde sie irgendwann später zu Brennholz verarbeiten. Sie hatte von der körperlichen Arbeit ihres neuen Lebens schwielige Hände bekommen und war stärker denn je. Der Gedanke gefiel ihr. Gelegentlich stand sie im Schlafzimmer vor dem Spiegel, betrachtete ihre Oberarmmuskeln und ließ sie spielen wie ein Ringer. Sogar das Ekzem war verschwunden. Ab und zu meldete es sich wieder, es begann zu jucken, und sie musste sich sehr zusammennehmen, um nicht zu kratzen. Nach ein paar Minuten ging es meist vorbei.

Sie kletterte die Leiter hoch und begann zu schneiden. Es würde schwierig sein, alle dichten Schösslinge zu entfernen, aber einige würde sie jedenfalls schaffen. Es war anstrengender, als sie gedacht hatte, und außerdem schwierig, überall dranzukommen. Die kleineren Triebe konnte sie mit der Baumschere abschneiden. Nach einer Weile schmerzte ihr Daumen.

Sie klappte die Säge auf und nahm die dickeren Äste in Angriff. Unten am Ufer lief ein Jogger vorbei. Ein im Laufe der Jahre von unzähligen Füßen getrampelter Pfad führte um die Landzunge herum. Er war auch bei Wanderern sehr beliebt, nicht zuletzt seit das neue Wohngebiet Hansta Strand fertiggestellt war. Viele der Leute, die in die Eigentumswohnungen drüben beim Kanal eingezogen waren, hatten vorher in Einfamilienhäusern gewohnt. Ihnen war die Gartenarbeit zuviel geworden, aber nun vermissten sie ihre Gärten. Daher legten sie auf ihren Balkonen prunkvolle, rankende Pflanzungen an. Außerdem unternahmen sie ausgedehnte Spaziergänge auf der Landzunge, auf der Roses Haus lag.

Gelegentlich schlug ein Politiker vor, den Trampelpfad zu asphaltieren und zu beleuchten. *Zum Frommen aller Bürger.* Sie hoffte, dass es nie dazu kommen würde. Es war auch wenig wahrscheinlich, da die Finanzen der Stadt zu schlecht waren.

Ein paar Stunden lang arbeitete sie konzentriert. Der Baum war aber noch lange nicht fertig beschnitten. Sie war müde und beschloss, am nächsten Tag weiterzumachen. Langsam kletterte sie wieder auf die Erde herunter. Wenn ihr Bein nur nicht so weh getan hätte! Und wenn ihr die ausstehende Korrektur nicht vorgekommen wäre wie eine Zwangsjacke! Dann wäre sie sicher fertig geworden.

»Verdammter kleiner Lektorenschwanz!«, rief sie.

Die Leiter ließ sie stehen. Ihr fehlte die Kraft, sie hin und her zu schleppen. Es sah auch nicht nach Regen aus. Sie kochte Wasser auf und rührte eine Heiße Tasse mit Heidelbeergeschmack hinein. Dann strich sie sich ein paar Butterbrote. Das musste als Geburtstagsessen genügen. Als Tomas noch zu Hause wohnte, hatte sie es mit dem Kochen sehr genau genommen und keine Fertiggerichte gekauft. Aber es war nicht sonderlich inspirierend, nur für sich selbst zu kochen.

Wo er wohl war? Sie wusste nicht einmal, in welchem Land er sich aufhielt. Manchmal überfiel sie eine Ahnung, es könnte ihm etwas zugestoßen sein. Sie sah ihn irgendwo fiebrig und ausgezehrt auf einer schmutzigen Pritsche liegen. Ihr Sohn. Vielleicht hatte er ihr ja eine Geburtstagskarte geschickt? Die Post traf immer sehr spät ein, erst nach dem Mittagessen. Voriges Jahr hatte sie eine Karte bekommen. Da war er in Thailand gewesen.

»Uns beiden viel Glück, Mama. Alles Gute.«

Sonst nichts, aber immerhin ein Lebenszeichen.

Sobald ihre Schwangerschaft zu erkennen gewesen war, wurde sie mit Fragen bombardiert. Wer ist der Vater? Du hast doch gar keinen Freund!

Ihre Cousine Gunilla war mit am neugierigsten. Als hätte sie etwas geahnt oder ganz einfach den Zeitpunkt der Zeugung ausgerechnet. Als träfe sie eine gewisse Verantwortung. Schließlich war es ihr Fest gewesen.

Ihre Eltern reagierten ganz anders, als sie erwartet hatte. Sie war ein Einzelkind, und sie hatten schon lange die Hoffnung auf Enkel aufgegeben. Aber jetzt. Den Habichtsaugen der Mutter entging nichts. Sie kam direkt zur Sache.

»Rosa, schau mich an. Es gibt doch sicher etwas, was du mir erzählen willst?«

Auf frischer Tat ertappt. Sie merkte, wie sie errötete.

»Was, was meinst du?«

»Stell dich nicht so an. Seiner Mutter kann man nichts vormachen.«

Rose hatte noch keinen Bauch. Sie fand, dass noch nichts zu sehen war. Sie hatte nur einen größeren BH gebraucht. Morgens, wenn sie aufstand, wurde ihr schwindelig. Sie hatte einen mörderischen Hunger, der, wenn er nicht sofort gestillt wurde, in Erbrechen überging.

Die Mutter zog sie an sich. Sie roch trocken und alt, Ameisensäure und Tannennadeln. Ihr Geruchssinn war aus dem Gleichgewicht geraten.

»Papa und ich werden Großeltern, ist es nicht so? Endlich werden wir Großeltern.«

Sie hatte Vorwürfe und Entsetzen erwartet. Stattdessen begann ihre Mutter zu stricken, gelbe, unmoderne kurze Hosen mit Trägern, Socken, Jäckchen und Zipfelmützen. Das Kind sollte im April zur Welt kommen. Das war auch Roses Monat.

Ein einziges Mal befand sie sich mit ihrem Vater allein in einem Zimmer. Seine kleinen runden, müden Augen, die immer tränten und rot unterlaufen waren. Er litt an chronischer Lidrandentzündung, und im Badezimmerschrank standen klebrige und halb ausgedrückte Tuben, deren Haltbarkeitsdatum schon lange abgelaufen war.

»Meine Kleine«, sagte er unbeholfen.

Sie erstarrte.

»Wie geht es dir?«, fuhr er fort.

»Geht schon.«

»Das ist vielleicht ein heikles Thema, aber … verstehst du, ich habe da an was gedacht.« Er zog ein zerknittertes Taschentuch aus der Tasche und drehte den einen Zipfel zusammen. Dann wischte er sich damit den einen Augenwinkel aus.

»Tja«, meinte sie unsicher.

»Du befindest dich in gesegneten Umständen …« Dieser fast vergessene Ausdruck. Er verstummte, und schließlich musste sie ihm über seine Verlegenheit hinweghelfen.

»Gesegnete Umstände … ja. Genau das. Du meinst, dass ich ein Kind erwarte.«

»Hm. Ja. Ich dachte nur … dieses Kind hat doch auch einen Vater.«

»Nein, Papa.« Sie lachte erleichtert und zufrieden, dass sie den Mut aufbrachte. »Es handelt sich um eine Jungfrauengeburt. Ein Engel stieg herab und verkündete es mir. Ich war genauso erstaunt wie du.«

Seine Miene verfinsterte sich. Sie merkte, dass sie ihn verletzt hatte.

»Natürlich hat das Kind einen Vater«, sagte sie hastig. »Aber er oder sie wird ohne einen Vater auskommen müssen.«

»Dieser Mann gedenkt also nicht, dafür geradezustehen? Sag mir, wer es ist, dann rede ich ein Wörtchen mit ihm. So benimmt man sich einfach nicht.«

»Nein, Papa, nein. Es ist ganz anders, als du denkst. Ich habe ganz einfach beschlossen, dass ich mit dem Kindsvater nichts zu tun haben will. Und jetzt will ich nicht mehr darüber reden. Ich hoffe, du verstehst das.«

Er schüttelte den Kopf, stellte aber keine weiteren Fragen.

Cousine Gunilla war da schon zäher.

»Ich habe da so einen Verdacht. Ich glaube, ich weiß es!«

»Ach.«

»Aber warum muss das so geheim sein? Warum kannst du es nicht einfach erzählen? Ich verspreche, dass ich nichts sage.«

»Hör auf!«, sagte Rose.

»Das war einer auf diesem Fest, oder? Ich weiß es. Einer von denen, die kein Schwedisch gesprochen haben.«

»Hör schon auf, glaubst du etwa, dass ich außer deinen Freunden keine anderen Leute kenne?«

»Natürlich nicht. Das meinte ich auch nicht. Aber wenn es derjenige ist, den ich im Verdacht habe, dann hat er ein Recht darauf, es zu erfahren. Hast du daran nicht gedacht?«

»Mind your own business!«, fauchte Rose sie an und bereute sofort, dass sie das auf Englisch gesagt hatte.

Gunilla packte sie am Arm.

»Man muss ehrlich sein, weißt du. Es geht nicht immer nur um einen selbst. Und was willst du zu dem Kind sagen, wenn er oder sie alt genug ist, um Fragen zu stellen?«

»Das sehe ich dann. Außerdem geht dich das nichts an.«

Gunilla schnappte nach Luft.

»Vielleicht nicht. Aber für mich warst du immer so etwas wie eine Schwester. Und seiner Schwester vertraut man alles an.«

Weiter kam sie nicht. Sie war die Erste, die Rose auf der Entbindungsstation besuchte. Sie hob das Laken in dem kleinen Bettchen aus Plexiglas, in dem Tomas geschlafen hatte, an und sah Rose dann triumphierend an.

»A little Englishman. Just what I thought.«

Rose hatte Angst, dass sie Leonard anrufen und ihm erzählen könnte, dass er höchstwahrscheinlich einen Sohn bekommen hatte. Aber offenbar hatte sie das nie getan, und jetzt war es dafür zu spät. Gunilla befand sich in der Sturmnacht Ende September 1994 auf der Estonia. Sie schaffte es zwar noch in ein Rettungsboot, starb dort aber an Erschöpfung und aufgrund der Kälte.

Ingrid

Zu guter Letzt hatte Titus es ihr dann gesagt. Ja, am Ende hatte er sich soweit vorbereitet und gesammelt, dass er es ihr sagen konnte. Anschließend stand er, es war bereits Abend, mit einer Reisetasche vor Ingrids Tür.

»Ich muss ein paar Tage hier wohnen, bis sie sich beruhigt hat.«

Rose brauchte sich jedoch nicht zu beruhigen. Sie war bereits ruhig.

»Was hat sie gesagt? Wie hat sie es aufgenommen?«

Er saß mit von sich gestreckten Beinen auf einem Sessel. Sein Haar war fettig und schmutzig, er hatte etwas Ungepflegtes, was ihr nie zuvor aufgefallen war. Sie goss Wein in zwei Gläser. Eigentlich hätten sie jetzt Champagner trinken müssen, fand sie. Er fingerte nervös an seiner Brille, legte sie auf den Tisch und nahm sie dann wieder zur Hand. Ihr fiel auf, dass die Gläser geputzt werden mussten.

»Ich weiß nicht«, erwiderte er. »Ich weiß es wirklich nicht.«

Sie wartete darauf, dass er weitersprechen würde. Dann sagte er noch einmal:

»Ich weiß es wirklich nicht.«

»Du hast es einfach gesagt, ohne Umschweife? Rose, ich muss dich verlassen.«

»Ja, ungefähr so.«

»Und wie …?«

»Sie sah gerade fern. Aktuell. Absturz der Stockholmer Börse und ähnlich muntere Dinge. Ich habe die Fernbedienung in die Hand genommen und ausgeschaltet. ›Und‹, sagte sie. ›Glaubst du etwa, ich weiß das nicht? Ich habe es schon lange geahnt.‹«

»Ach.«

»Ja. Das hat sie gesagt.«

»Hat sie gefragt, ich meine, nach mir?«

»Nein. Aber ich habe es ihr trotzdem erzählt. Ich fand, dass sie das wissen soll. Dass wir uns schon eine ganze Weile kennen, dass ich nicht nur … Sie sagte, ja, also, dass ich den Mund halten solle.«

»Ach?«

»Sie fiel mir ins Wort und sagte, das sei ihr gleichgültig. Irgendwas in der Art, je mehr Dreck ich ins Haus brächte, desto schwerer sei es nachher zu verkaufen. Etwas in dieser Art. Aber sie war vollkommen gelassen. Ich glaube fast, sie war erleichtert.«

Er schüttelte sich und trank einen Schluck Wein.

»Das war so seltsam. Eine solche Reaktion hatte ich nicht erwartet. Ich war vorbereitet, hatte mir Erklärungen zurechtgelegt. Und dann das …«

»Vielleicht hat sie ja auch jemanden? Vielleicht hat sie ja auch darauf gewartet, endlich mal Farbe zu bekennen. Du bist ihr zuvorgekommen. Kein Wunder, dass sie erleichtert ist.«

Titus lachte, ein trockenes, eisiges, kleines Lachen.

»Rose? Nein. Keinesfalls.«

»Warum nicht? Warum sagst du das?«

»Rose ist so … wie soll ich das ausdrücken? Tugendhaft.

Bieder oder wie immer man es nennen will. Ich glaube nicht, dass Rose ein einziges Mal in ihrem Leben gelogen hat.«

Der Boden schwankte unter Ingrids Füßen.

»Und jetzt?«, fragte sie mit belegter Stimme. »Was geschieht jetzt?«

»Ich habe ihr gesagt, dass wir das Haus nicht verkaufen müssen. Alles ließe sich so einrichten, dass sie und der Junge dort wohnen bleiben könnten. Dass diese Fragen zumindest keine Eile hätten. Jennie und Julia könnten auch noch ihre Zimmer in dem Haus behalten. Also, zumindest solange sie sie noch benötigen. Es würde also keine enormen Veränderungen geben.«

»Mögen sie sie?«

»Wer wen?«

»Mögen deine Töchter Rose?«

»Das hat die ganze Zeit gut funktioniert. Aber meist wohnen sie ja bei Birgitta, also bei ihrer Mutter.«

»Und was hat sie darauf geantwortet. Ich meine darauf, in dem Haus wohnen zu bleiben?«

Er schwieg eine Weile. Dann räusperte er sich einige Male. Trank noch einen Schluck Wein.

»Sie hat es abgelehnt. Wir werden … ich werde also so rasch wie möglich einen Makler einschalten.«

Ingrid hatte eigentlich erwartet, von der Freude förmlich überschwemmt und hochgehoben zu werden, um dann neben der Lampe zu hängen und zu schweben. So war es nicht. Sie empfand eher eine Schwere, ein unbehagliches Kribbeln in der Magengrube.

»Aber wo sollen sie hin? Sie und ihr Junge.«

»Tomas ist eigentlich schon erwachsen. Er wird nächstes Jahr zwanzig.«

»Schon. Aber wo sollen sie wohnen?«

»Das findet sich. Die praktischen Dinge werden sich klären. Das war letztes Mal auch so. Nur dass ich damals der Verlassene war.«

Er erzählte, dass Rose und Birgitta sich sofort verstanden hätten. Die Chemie stimmte. Ingrid hörte raus, dass ihm das irgendwie nicht gefiel. Er hatte Angst, dass diese beiden Frauen die Erfahrungen, die sie mit ihm gemacht hatten, und ihre Geheimnisse austauschen könnten. Irgendwie war er in seiner Denkungsart immer etwas altmodisch. Und Frauen? Ja, die Solidarität unter Frauen. Er sagte das wie eine Verwünschung und voller Verachtung. Ingrid hatte ihn damit immer auf den Arm genommen und ihn zum Spaß als Chauvinisten bezeichnet. Das war aber vor allem zu Anfang gewesen. Als sie noch geglaubt hatte, ihn beeinflussen zu können.

In der ersten Zeit nach der Trennung suchte Rose ihre Zuflucht bei Birgitta. Den Jungen nahm sie mit, den fast erwachsenen Tomas. Er und dieser Lehrer, der neue Mann von Birgitta, hatten sich immer gut verstanden. Beide interessierten sich für Musik. Birgittas Reihenhaus war groß genug, obwohl auch die Töchter dort wohnten.

Rose wirkte weiterhin ungerührt. Seine Töchter jedoch reagierten. Sie wurden wahnsinnig wütend. Titus lieferte ihr eine kurze Zusammenfassung.

»Irgendwie verstehe ich sie, irgendwie aber auch wieder nicht. Das hängt vermutlich mit der Vergangenheit zusammen. Sie haben für mich Partei ergriffen, als Gittan abgehauen ist. Sie haben sich immer für mich eingesetzt, sich um mich gekümmert, schließlich hatte sie uns verraten. Die Mädchen waren damals noch klein, und ich bekam alles ab. Ich finde immer noch, dass das ein Unterschied ist. Seinen Partner mit zwei kleinen Kindern alleinzulassen ist unverzeihlich.

Das sehe ich immer noch so. Aber jetzt! Wir sind schließlich alle erwachsen. Julia und Jennie geht es verdammt noch mal nichts an, was ich mit meinem Leben mache. Sie könnten wenigstens ihre Gedanken für sich behalten.«

Er war erzürnt. Sie konnte es vor sich sehen, Bücher und Gegenstände flogen durchs Haus. Die Mädchen kamen, um zu packen und ihre Zimmer auszuräumen.

Jennifer hatte ihn angeschrien: »Jetzt machst du ja genau das, was du Mama immer vorgeworfen hast! Denkst du überhaupt nicht an Rose?«

Ihm war klar, dass sie auch auf Ingrid schlecht zu sprechen waren. Es dauerte über ein Jahr, bis er seinen Töchtern seine neue Frau vorstellen konnte. Er lud sie in die Tulegatan ein und zeigte ihnen das Gästezimmer, das er vollkommen unnötigerweise für sie eingerichtet hatte.

»Das bekommt ihr zusammen, Mädels. Pension Tulegatan. Dann müsst ihr nicht mehr mitten in der Nacht mit der U-Bahn nach Hause rumpeln.« Er hatte Witze gemacht und gelacht. Die beiden hatten nicht in sein Lachen eingestimmt. Sie hatten sich das Gästezimmer höflich angeschaut, aber auch nur, weil er es ihnen unbedingt hatte zeigen wollen.

Sie waren steif und kühl. Gaben ihr die Hand, nicht mehr. Sie spürte ihre abschätzigen Blicke. *So siehst du also aus, du fette Kuh.* Sie hatte Brot gebacken, einen Salat mit Krabben und Krebsschwänzen gemacht und sehr hübsch am Fenster gedeckt. Es war Frühling, und die Spatzen zwitscherten in der Regenrinne. Zum Nachtisch gab es Kaffee und Buttercremegebäck.

Jennifer und Julia. Zwei starke Teenager und seine Kinder. Dem Aussehen nach sehr unterschiedlich. Jennifer, die älteste, hatte schwarzes, etwas filziges Haar, aber das war wohl gerade Mode, vermutete Ingrid. Sie trug ein lilafarbenes, gehäkeltes

Top, das mehr an ein Unterhemd erinnerte. Nichts drunter. Haut und dunkle Brustwarzen ließen sich erahnen. Sie sah, dass Titus das ebenfalls auffiel, und erkannte, dass das beabsichtigt war. Jennifer hatte sich absichtlich provozierend gekleidet. Sie trug weiße Schuhe mit hohen Absätzen. Keine spitzen Pfennigabsätze, sondern viereckige, recht plumpe. Das sah grotesk aus. Unter ihrem Rock trug sie aufgekrempelte Hosen.

Natürlich ließ sich Titus provozieren. Er hielt sie ein Stück von sich weg und musterte sie.

»Soll man jetzt wirklich so aussehen?«

Sie wich seinem Blick nicht aus.

»Klar doch!«

Julia war blond und wirkte milder oder zumindest weniger kategorisch. Sie trug ein dünnes, ärmelloses Kleid mit Spaghettiträgern und Gummistiefel. Beide Mädchen waren stark geschminkt, dunkelroter Lippenstift und Kajal. Die ganze Zeit starrten sie, als müssten sie nie blinzeln. Sie schienen aus Porzellan und Alabaster zu sein. Sie sahen aus wie Puppen. Beide trugen keinen Schmuck, was zur Folge hatte, dass sie sich selbst wie ein Christbaum vorkam. Sie hatte die goldene Halskette angelegt, die ihr Titus geschenkt hatte, und natürlich ihre Ringe. Sie hatte einen Moment lang darüber nachgedacht, ob die Ringe vielleicht eine Provokation darstellten. Dann hatte sie sie an den Ringfinger gesteckt. Schließlich war sie mit dem Vater der Mädchen verheiratet. Irgendwann mussten sie das akzeptieren.

Sie betrachtete sie verstohlen und suchte nach Ähnlichkeiten mit Titus, fand aber keine. Das stimmte sie seltsam traurig.

»Setzt euch doch bitte«, sagte sie. Sie kam sich neben diesen grazilen jungen Wesen riesig und unbeholfen vor. Jennifer heftete ihren Blick auf sie. Ihre Miene war unbeweglich wie die einer Maske.

»Bitte«, sagte sie erneut und deutete auf die Stühle. Jennifer blieb stehen, als hätte sie nichts gehört. Irgendwas ist mit ihr nicht in Ordnung, ging es Ingrid durch den Kopf. Sie wirkt psychisch labil. Julia machte ein paar Schritte nach vorn und setzte sich auf den Stuhl. Schließlich nahm Jennifer neben ihr Platz. Titus und Ingrid saßen gegenüber.

»Und, wie geht es euch?«, fragte Titus munter.

»Gut.«

»Was ist das denn für eine Antwort?«

Julia zuckte mit den Achseln. Jennifer regte sich nicht.

»Jennie, du machst doch nächstes Jahr Abitur. Das muss doch alles recht stressig sein. Die ganze Büffelei und so. Ich erinnere mich noch, wie das damals war …«

»Schon okay«, lautete die kurze Antwort.

»Weißt du schon, was du werden willst?«, beteiligte sich Ingrid an der Unterhaltung.

»Nein.«

»Das ist vermutlich auch nicht so einfach. Ich wusste das auch nicht.«

»Du hattest doch davon gesprochen, dass du Kunstgeschichte studieren willst«, meinte Titus.

Jennifer ließ ihren Blick über die Wände schweifen. Sie schwieg. Titus wandte sich an Julia.

»Was ist denn mit dir, Jullan. Du machst dir doch immer Gedanken, das weiß ich. Und dann schreibst du auch. Sie schreibt richtig gut.« Er lächelte Ingrid an und wandte sich dann wieder an Julia.

»Kannst du uns nicht davon erzählen? Du wolltest doch Literaturwissenschaft studieren, oder hast du es dir inzwischen anders überlegt?«

»Ach, du möchtest in die Fußstapfen deines Vaters treten?«, fragte Ingrid.

»Keine Ahnung.«

»Literaturwissenschaft studieren«, fuhr Ingrid fort. »Das war immer mein Traum.«

Julia lächelte höflich.

»Und warum hast du es dann nicht getan?«

»Tja, gute Frage.«

»Ingrid hat eine Buchhandlung, wie ihr vielleicht wisst«, sagte Titus.

»Aber eben deswegen«, meinte Julia und klang plötzlich viel älter, als sie war. »Ist das nicht eine Voraussetzung, um Buchhändlerin zu werden? Dass man etwas von den Sachen versteht, die man verkauft?«

»Meine Kleine.« Titus lachte. »Auch du wirst die Wirklichkeit irgendwann zur Kenntnis nehmen. Manchmal habe ich das Gefühl, dass etliche von denen, die in Buchhandlungen arbeiten, ebenso gut Wurst verkaufen könnten.«

»Was spricht dagegen, Wurst zu verkaufen?«, fragte Julia.

»Nichts, solange man nicht glaubt, dass es sich dabei um Bücher handelt.« Er sah sie an, als erwarte er ein Lachen. Es kam keins. Ingrid lächelte nervös. Sie hielt Jennifer die Salatschüssel hin. Das Mädchen schien noch starrer zu werden. Sie machte keine Anstalten, die Schüssel entgegenzunehmen. Ingrid sah, dass Titus allmählich wütend wurde.

»Was soll denn das, Jennie? Nimm dir jetzt endlich. Ingrid hat den ganzen Tag in der Küche gestanden.«

Ihr wurde heiß.

»Ach was, das stimmt doch gar nicht.«

Titus zwang sich zu einem Lächeln.

»Aber was ist denn, Jennie, geht es dir nicht gut?«

»Papa, du weißt das doch.« Ihre Stimme war überraschend kräftig. »Ich habe eine Allergie gegen Schalentiere.«

Es war, als hätte sie eine Ohrfeige bekommen. Ingrid spürte, wie sie errötete. Die Hitze breitete sich von der Brust über den Hals zu den Wangen aus.

»Aber Titus, warum hast du denn nichts gesagt?«

Julia setzte nach:

»Papa, weißt du das nicht? Natürlich weißt du das. Jennie und ich, wir können beide keine Krabben essen.«

Rose

Der Manuskriptpacken war fast fünfhundert Seiten dick. Bislang hatte sie nur geblättert und hier und da ein paar Sätze gelesen. Dass sie, wie sie zu Oscar Svendsen gesagt hatte, fast fertig war, war eine grobe Übertreibung. Gewisserweise war sie selbst schuld. Aber jetzt gab es kein Ausweichen mehr. Sie setzte sich mit einem Kissen im Rücken seitlich aufs Sofa, lehnte die ersten hundert Seiten gegen die Knie, nahm einen Rotstift und fing an. Vor einiger Zeit hatte Oscar Svendsen sie aufgefordert, gründlich zu arbeiten. Sie hatte innerlich gekocht. Die wichtigste Eigenschaft eines Korrekturlesers war natürlich Gründlichkeit. Darauf musste man nicht besonders hinweisen. Es war die Wichtigtuerei dieses jungen Spunds, die sie nicht ertragen konnte. Sie wusste jedoch, dass der Verlag in letzter Zeit in Rezensionen immer wieder für allzu viele Druckfehler kritisiert worden war. Glücklicherweise handelte es sich dabei nicht um Bücher, die sie Korrektur gelesen hatte.

Sie begann zu lesen. Es ging schleppend. Lange, verschachtelte Sätze und philosophische Betrachtungen. Glaubten sie wirklich, dass sich dieses Buch verkaufen würde? Wenn Manuel Ramírez den Nobelpreis bekam, war es natürlich eine gute Investition. Dann würden alle das Buch zu Weihnachten verschenken. Es machte sich gut auf dem Couchtisch, auch wenn man nicht die Energie aufbot, es zu lesen.

Ihr Handy lag neben ihr. Seit dem Anruf von Oscar hatte sie es abgestellt. Außerdem war ein Vertreter hinter ihr her, der wollte, dass sie zu Tele 2 wechselte. Das Beste war natürlich, von vornherein nein und »Kein Interesse« zu sagen, aber als er sie am Freitag angerufen hatte, hatte sie gezögert. Er hatte sich über 3 G, mobiles Internet und bessere Erreichbarkeit ausgelassen. Außerdem stellte er ihr fast gratis ein neues Handy in Aussicht.

Schließlich hatte sie gesagt, sie wolle über das Wochenende darüber nachdenken.

»Okay, Rose, dann rufe ich Sie am Montag wieder an«, hatte er gesagt. Joakim von Tele 2. Rose, als würden sie sich kennen.

Sie spielte tatsächlich bereits mit dem Gedanken, ihr altes gegen ein moderneres Handy einzutauschen. Auf den Inseln war der Empfang teilweise schlecht. Im Haus hatte sie allerdings keine Probleme. Vielleicht sollte sie ja doch auf das Angebot eingehen. Als sie aber am Montagmorgen aufgewacht war, hatte sie sich über die Art dieses Joakim geärgert und beschlossen, mit ihm nichts mehr zu tun haben zu wollen. Dann musste sie eben in die Stadt fahren und ein neues Handy im Laden kaufen.

Sie las ein paar Seiten und fand drei oder vier Fehler. Dann ging sie in die Küche und trank ein Glas Wasser. Die kleine Neljä trippelte durch die Küche. Die Ratte war immer noch releativ klein und hatte ein silbrig schimmerndes Fell. Sie besaß offenbar Gene einer zahmen Ratte, denn sonst waren Ratten doch immer braun oder grau.

Sie öffnete den Kühlschrank und nahm die Plastiktüte mit dem Käse heraus. Neljä blieb wie angewurzelt stehen. Sie setzte sich auf die Hinterbeine und schnupperte.

»Lust auf Käse, wenn ich mich nicht irre«, lachte Rose.

Neljä schlug mit dem Schwanz auf den Boden. Ihre Schnurrhaare standen ab.

»Komm, meine Kleine!« Rose ging in die Hocke und hielt ihr einen Käsewürfel hin. Neljä schnappte ihn sich rasch. Sie hielt ihn zwischen den Pfoten und fraß.

Rose sprach leiser.

»Hast du diese Mafiosoratte gesehen? Vor dem musst du dich in Acht nehmen. Dem ist nicht zu trauen. Mit solchen Ratten wollen wir nichts zu tun haben.«

Ihr kam der Gedanke, dass die große Ratte vielleicht Neljäs Vater sein könnte. Es schauderte sie. Sie streckte die Hand aus, und mit staksenden, zögernden Schritten wagte sich Neljä näher heran. Ihre kleinen rosa Ballen waren warm und weich. Vorsichtig hob Rose den Finger, um ihr über das glänzende Fell zu streichen. Aber das war zuviel. Neljä duckte sich unter ihrer Hand hinweg und floh.

»Du kleines Dummerchen«, lachte Rose.

Sie kehrte zum Sofa zurück und blätterte lustlos. Las ein paar Seiten. Machte wieder Pause. Schaltete das Radio ein. P 1. Kulturnachrichten. Sie hörte mit halbem Ohr zu, schnappte einen Namen auf, den sie kannte. Einer von Bruhns Autoren. Die Kritik fiel mäßig aus. Titus würde sich maßlos ärgern.

Nein! Jetzt weg mit ihm! Weg mit ihm!

Sie schaute auf die Uhr. Fast halb drei. Inzwischen müsste die Post da sein.

Die Briefkästen hingen neben dem Torpfosten. Einer war ihrer und einer Claes Schröders. Das Tor war schon lange verschwunden. Sie schaute in Claes Schröders Briefkasten und nahm die Werbung und das Wochenblatt heraus. An ihrem und an Claes Schröders Briefkasten klebte ein Schildchen, dass sie sich Reklame verbäten, was jedoch nichts nützte. Dieselbe Werbung lag in ihrem eigenen Briefkasten, außerdem zwei Ansichtskarten. Rasch drehte sie sie um. Nein. Keine war von Tomas. Die Enttäuschung rauschte wie eine Welle über sie hinweg. Aber die Post dauerte natürlich lang, von dort, wo er sich jetzt vielleicht befand. Möglicherweise kam ja im Laufe der Woche noch etwas.

Die eine Karte war von Birgitta, mit der Titus vor vielen Jahren verheiratet gewesen war. Ein Korb mit Rosen und weißem Flieder.

»Herzliche Glückwünsche zum Geburtstag. Wir könnten uns doch bald mal treffen. Gittan.«

Die andere Karte war von Annie Berg und in London abgestempelt. Zu sehen war das Zifferblatt des Big Ben von unten, umrahmt von gelben Tulpen.

»Liebe Rose. Herzliche Glückwünsche zu deinem Geburtstag. Bin in London. Buchmesse kombiniert mit Urlaub. Hoffe, dir geht es gut. Wir müssen uns sehen, ich lade dich im Mai zum Mittagessen ein, ein Frühlingsmittagessen auf Djurgården. Ich rufe dich an, wenn ich zurück bin. Fühl dich umarmt, Deine Annie.«

Über Annie hatte sie Titus kennengelernt. Annie und sie hatten Anfang der 90er denselben Aufbaustudiengang Verlagswesen besucht. Sie verband sehr viel. Annie war alleinerziehende Mutter von zwei Jungen. Der ältere war so alt wie Tomas. Damals hatte sie für den Curt Lüdings Förlag gearbeitet.

Rose hatte sich mit Vertretungsstellen über Wasser gehalten und schließlich eine feste Stelle bei einem kleineren Verlag ergattert. Er hieß Blommans Bokhus und war auf Gartenliteratur spezialisiert. Die Besitzerin Ilse Blomberg war eine überschwängliche Frau mit einer ausladenden und sehr auffälligen Frisur.

Rose erinnerte sich an das Vorstellungsgespräch. Ilse Blomberg trug ein violettes und tief ausgeschnittenes Kleid, aus dem ihre Brüste hervorquollen. In ihren Haaren steckten Gänseblümchen. Als Rose sich zu ihr vorbeugte, fiel ihr auf, dass winzige Käfer in den Blütenblättern herumkrochen.

Die Frau legte Rose einen Arm um die Schultern und führte sie durch das Gewächshaus, durch das man in die Verlagsräume gelangte.

»Heißen Sie Rose, Kleines? Ich kann mir keinen passenderen Namen vorstellen.«

Es stellte sich leider heraus, dass Ilse Blomberg eine größere Begabung für Gartenbau als für Buchhaltung hatte, und nach ein paar intensiven Jahren musste sie den Verlag eingehen lassen. Rose hatte keine Arbeit mehr. Da eilte ihr Annie zu Hilfe und schob ihr Aufträge von Lüdings und später auch von Bladguld zu.

Und dort saß mit Hosenträgern und den Füßen auf dem Schreibtisch der Verlagsgründer. Titus Bruhn.

Das Erste war der Junge gewesen, Tomas. Er hatte sich so ungewöhnlich gut mit dem Jungen verstanden. Rose kannte das gar nicht. Die meisten fanden ihn immer nur ungezogen.

Er war zehn, als sie sich beim Drachenfest auf Gärdet kennenlernten. Annie war mit ihren Jungs auch dort. Picknickkörbe und Decken. Dann erschien Titus mit seinen kleinen Töchtern auf der Bildfläche. Die Mädchen mit geflochtenen Zöpfen. Mädchenfrisuren seien etwas gewesen, womit er sich habe auseinandersetzen müssen, erzählte er später. Bevor seine Töchter das selbst gelernt hätten.

»Das hat immer ewig gedauert. Mit den Gummibändern rummachen und sich verheddern, und eilig in die Kita. Ich fand, sie hätten die Haare kurz tragen können, aber was für ein Aufschrei! Das kam nicht in Frage, und ich musste klein beigeben.«

»Klein beizugeben ist doch sonst gar nicht deine Art«, hatte Annie gespottet.

Titus hatte gelacht.

Er breitete eine grau-rot-gestreifte Decke aus. Im Sommer darauf würde er dieselbe Decke in einer Waldlichtung in der Nähe von Nynäshamn ausbreiten.

»Rose, komm«, würde er flüstern und sie zu sich herabziehen. Er würde ihr die Bluse aufknöpfen und ihre platten, kleinen Brüste küssen. Aber bei dem Drachenfest ahnte sie davon noch nichts.

Er betrachtete sie interessiert.

»Und, wo hast du deine bessere Hälfte?«

»Ich habe keine.«

»Ach, du auch nicht? Club der einsamen Eltern. Yes! Wir bilden den zukünftigen Vorstand. Sollen wir nicht einen Verein gründen?«

Tomas saß abgewandt mit hochgezogenen Beinen da. Er hatte kaum gegrüßt. Rose schämte sich wie immer. Sie wollte etwas sagen, ihn bitten, zumindest etwas fröhlicher zu sein. Sie wusste zwar, dass das nichts fruchten würde, wollte es aber trotzdem tun, gewissermaßen um sich zu entschuldigen.

»Tomas«, begann sie. »Lieber Tomas, könntest du nicht …«

Titus sah sie an. Ihr fiel plötzlich auf, dass er blaue Augen hatte. Fast unmerklich schüttelte er den Kopf. Dann faltete er einen riesigen Drachen auseinander, den er dabeihatte.

Leuchtende Farben und ein Schweif aus Goldrosetten. Er hatte ihn selbst gebaut.

Er nahm Tomas an der Hand.

»Komm!«

Tomas war anfänglich langsam und steif, vergaß sich dann aber selbst. Sie beobachtete, wie sie sich zwischen den Decken einen Weg zur vertrockneten Wiese bahnten. Schließlich erhob sich der Drache in den Himmel. Tomas hielt die Leine ganz fest. Er rannte und rannte! Als er zurückkam, war er verschwitzt. Und er hatte einen Gesichtsausdruck, den sie noch nie an ihm gesehen hatte.

Währenddessen saß sie mit den Mädchen da. Sie waren schüchtern, aber auch albern.

»Gemeinsames Sorgerecht«, deutete Annie mit Lippenbewegungen an. »Ich erzähle dir später mehr.«

Ja. Später erfuhr sie dann alles. Über die Frau, die einfach weggegangen war, und dass er es sich in den Kopf gesetzt hatte, alles selbst zu bewältigen. Er wollte es dem Weibsbild zeigen!

Ähnlich wie ich, dachte Rose.

Club der einsamen Eltern.

Er besaß Humor, war begeisterungsfähig und ließ sie und den Jungen auftauen.

Eines Vormittags rief er unerwartet an.

»Hier ist Titus. Kommt ihr mit in den Vergnügungspark? Ich will da heute Nachmittag mit den Mädchen hingehen.«

Als sei ihm das einfach so eingefallen. Sehr viel später erzählte er ihr, dass er tagelang überlegt hatte, bevor er sich traute, sie anzurufen. Aus Angst, einen Korb zu bekommen, erneut verletzt zu werden. Sie erfuhr, dass das, was ihm seine erste Frau angetan hatte, bleibende Spuren hinterlassen hatte.

Er war nachtragend und aufbrausend, aber man konnte auch gut mit ihm reden. Er hörte zu und gab gute Ratschläge. Sie merkte, wie sehr ihr der Kontakt zu anderen Erwachsenen gefehlt hatte. All ihre freie Zeit hatte sie Tomas gewidmet.

Dann ging alles sehr schnell. Nach nur wenigen Monaten waren sie eine Familie. Sogar eine große Familie mit drei Kindern. Zumindest jede zweite Woche. Tomas und Rose packten ihre Siebensachen in Bananenkisten und zogen in das Haus in Bromma ein. Nun bin ich daheim, dachte sie. Es war sein Haus und das der Mädchen, sie hatten ihm ihre Note verliehen, und doch kam es ihr vor, als hätte sie dort ihr ganzes Leben gewohnt. Es vermittelte ihr Geborgenheit und Ruhe.

Auch Tomas schien sich wohl zu fühlen. Er musste die Schule wechseln, und das hatte ihr Kopfzerbrechen bereitet. Er war sensibel und scheute Veränderungen. Es hatte Augenblicke im Leben gegeben, in denen ihr der Verdacht gekommen war, er leide an irgendeiner Form von Autismus. Was wusste sie schon über das Erbgut des Engländers?

Einmal rief sie bei einem Kinderpsychologen an, aber die Wartezeit war sehr lang, und als sie endlich einen Termin bekamen, fand sie, dass Tomas schon offener geworden war. Sie sagte den Termin ab.

Mit Titus konnte man leicht leben. Zumindest das erste halbe Jahr. Er war sinnlich und liebevoll und brachte Geschenke nach Hause, die sie erst öffnen durfte, wenn es im Haus still geworden war. Exklusive Wäsche, Strumpfhalter. Ihr fiel auf, dass sie sich auf einmal gerne im Spiegel betrachtete. Sie hatte immer Komplexe wegen ihres Jungenkörpers gehabt. Sie stand vor dem großen Badezimmerspiegel und betrachtete sich ganz. Geschnürt in sahnefarbene Seide. Sie hatte nie gewusst, dass es so sein konnte. Titus wartete im Bett, ihr geliebter, lieber Mann. Er brachte sie dazu, ohne Scham über die Schwelle zu treten.

»Oh, wie schön! Dreh dich um, damit ich dich anschauen kann. Oh, Rose, du bist so schön, so schön.«

Ingrid

Sie rief am Sonntagvormittag nicht auf der Station an. Sie wollte den Mädchen so viel Zeit wie möglich mit Titus geben. Erst gegen Abend nahm sie den Bus, die Linie 3, zum Krankenhaus.

Es war wärmer, als sie erwartet hatte. Sie saß eingeklemmt auf einem Fensterplatz und merkte, dass es in allen Beeten und Rabatten blühte. Tulpen und Osterglocken und Scilla in Blau. Überall war es bunt, wo es vor einigen Tagen noch grau gewesen war. Der Sommer kam. Titus und sie hatten darüber gesprochen, nach Barcelona zu fahren, bevor es dort zu heiß war. Sie wollten die breiten Ramblas entlangflanieren und in einer Bar am Meer ein Glas Sangria trinken.

Das machen wir, dachte sie. Du wirst wieder stark, und dann machen wir das.

Der Wind wirbelte Sand und Staub auf, als sie an der Endhaltestelle ausstieg. Ihr flog etwas ins Auge, das sie auf einer Toilette ausspülen musste. Ihr Gesicht, bleich und geschwollen. Das Gesicht einer alternden Frau. Es ließ sich nicht leugnen. In dem grellen Licht erkannte sie deutlich, dass es höchste Zeit war, ihr Haar neu zu färben. Der Haaransatz war dunkel. Sie hatte Frauen immer verachtet, die es so weit kommen ließen. Am Kinn prangte eine seltsame, druckempfindliche Quaddel mit einer weißen, vereiterten Spitze, die sich aber nicht ausdrücken ließ. Bekam sie jetzt mit fast vierundfünfzig Akne wie ein Teenager? Es schauderte sie. Sie nahm den Kamm aus der Tasche und zog ihn ein paarmal durch die Haare. Das machte die Sache auch nicht besser. Sie fühlte sich plötzlich so müde, so unendlich müde. Am liebsten wäre sie zurück zur Bushaltestelle gegangen und wieder eingestiegen. Sie wollte einfach nur im Bus sitzen und weiterfahren. Der Bus verkehrte zwischen den beiden großen Krankenhäusern, dem Södersjukhuset und dem Karolinska Sjukhuset.

Sie überlegte voller Unruhe, wie es Titus heute ging. War er von dem Besuch seiner Töchter erschöpft? Sie warfen ihm nichts mehr vor. Zu guter Letzt hatten sie akzeptiert, dass er gewählt hatte. Was sie vor allem empört hatte, war, dass er sich genauso benommen hatte wie ihre Mutter, als sie klein waren. Diese hatte ihren Vater so verletzt, dass er nie richtig darüber hinweggekommen war. Sie waren damals für ihn da und trösteten ihn. Sie verurteilten wie er den VERRAT, der gewissermaßen nur in Großbuchstaben gedacht wurde. Und jetzt hatte er genau dasselbe getan. Das konnten sie einfach nicht verstehen.

Und das, obwohl Rose nicht mal ihre Mutter ist, dachte sie. Wie unversöhnlich sie waren. Unerklärlich. Es musste daran liegen, dass sie sie, Ingrid, aus irgendeinem Grund nicht leiden konnten. Sie schienen sich darauf geeinigt zu haben, sie in der Kälte stehen zu lassen. Wie war es nur so gekommen? Sie glichen zickigen Schulmädchen.

Plötzlich fiel es ihr siedend heiß wieder ein. Der Schulhof in Huskvarna. In jeder Pause rannte sie zum Ausgang des Gebäudes, weil sie von dort in mehrere Richtungen fliehen konnte. Karin und Kattis hatten in ihrer Klasse das Sagen. Die zwei K.s. Niemand wagte es, ihnen zu widersprechen. Ständig fanden sie etwas, worüber sie herziehen konnten. Einmal ging sie auf den nahegelegenen Friedhof, weil sie von dort rechtzeitig zurück sein konnte, wenn es klingelte. Sie ging zwischen den Grabsteinen herum und wünschte sich unter die Erde. Im Nachhinein kam ihr das pathetisch vor. Aber sie erinnerte sich noch an ihre wilde und grenzenlose Verzweiflung darüber, dass sie sich jeden Tag ihrer Angst stellen musste und dass sie vollkommen allein war.

Sie holte tief Luft, bebte. Rose? Hatten Jennifer und Julia noch Kontakt zu ihr? Sie war aus Stockholm weggezogen, soviel wusste sie. Sie wohnte in einer alten Häuslerkate in einem Wald bei Södertälje. Vermutlich saß sie dort und leckte ihre Wunden. Sie sprachen nicht mehr oft von ihr, Titus und sie. Es hatte früher Augenblicke gegeben, da konnte sie es nicht lassen, das Thema Rose anzuschneiden. Die meiste Zeit vermied sie es, an sie zu denken. Jetzt sind wir ein Paar, er hat mich gewählt. Er hat gewählt. Aber manchmal überkam sie ein schmerzhaftes Schuldgefühl. Als sei das ihre Buße, sich Rose vorzustellen und über sie zu sprechen. Wie hat sie sich wohl eingerichtet? Wie geht es ihr wohl jetzt? Schließlich explodierte Titus.

»Verdammt, hör auf! Es war nicht deine Schuld. Meine auch nicht. Man wird sich fremd. So ist das manchmal im Leben, falls du das nicht gewusst haben solltest.«

Und trotzdem. Sie sah das schmale, katzenhafte Gesicht vor sich. Wie eine zerzauste Katze stellte sie sich Rose vor. Die kleinen, verschreckten Augen. Sie kam einem vor wie ein Tier in einem Gebüsch. Sie hatte ein normales, aktives Leben gegen eine Eremitenexistenz eingetauscht. Das war doch nicht normal.

»Aber Titus … wir haben ihr weh getan.«

Er sprang von seinem Stuhl auf und warf die Zeitung auf

den Tisch. Die Blumenvase fiel um, Wasser tropfte von der Tischkante. Er verließ die Wohnung und knallte die Tür hinter sich zu.

Sie beugte sich über das Waschbecken und trank direkt aus dem Wasserhahn. Das Wasser schmeckte leicht nach Motoröl. Sie nahm eine Schmerztablette aus ihrer Handtasche und schluckte sie mit noch mehr von dem öligen Wasser. Einen Augenblick lang glaubte sie, ohnmächtig zu werden. Aber dann ging es vorbei.

Als sie wieder in die Eingangshalle kam, blieb sie einen Moment mit hängenden Armen stehen. Ich kann das nicht mehr, ich will nach Hause. Sie betrachtete das große Relief aus glasierter Keramik rechts im Foyer. Zwei Frauen mit ausgestreckten, nach oben gerichteten Händen. Sie waren von Vögeln umgeben, von Schwänen und biblischen Tauben.

Wie auf einer Todesanzeige.

Sie dachte an den gewebten Gobelin, den ihr ihre Mutter einmal geschenkt hatte. Auch solche weißen Vögel. Was hatte sie damit gemacht? Sie hatte ihn doch wohl nicht weggeworfen? Dinge aus dem früheren Leben, was wurde aus ihnen? Hatte sie den Gobelin in ihrer Wohnung im Ringvägen noch gehabt? Dort hatte sie ihn aber doch nicht aufgehängt? Sie erinnerte sich nicht. Eines war immerhin sicher. Titus hätte er nicht gefallen. Er hatte nichts übrig für Tinnef, und als Tinnef hätte er das Vogelbild bezeichnet, das ihre Mutter gewebt hatte. Sie nahm eine aufrechte Haltung an und räusperte sich, schluckte angestrengt, ging weiter.

Bereits im Korridor merkte sie, dass die Mädchen noch da waren. Das war nur ein Gefühl, aber es war stark und verhieß nichts Gutes. Sie verlangsamte ihre Schritte und warf einen Blick ins Schwesternzimmer. Eine Schwester mit glänzendem schwarzem Haar in einem Pferdeschwanz saß am Computer. Ingrid klopfte leise.

»Hallo?«

Die Krankenschwester drehte sich um. Ingrid hatte sie noch nie gesehen.

»Hallo. Ich bin die Frau von Titus, also von Titus Bruhn. Ich heiße Ingrid.« Sie hielt ihren Blick auf das Gesicht der Schwester gerichtet, damit ihr auch keine Veränderung ihrer Miene entgehen würde. Als könne sie so erste Informationen über Titus' Zustand gewinnen.

Die Frau erhob sich und streckte die Hand aus. Sie war älter, als Ingrid zuerst gedacht hatte.

»Ich bin Schwester Mariana.« In der Stimme schwang eine gewisse Reserviertheit mit, die Ingrid nicht entging.

»Wie geht es ihm?«, fragte sie rasch.

»Seine Töchter sind bei ihm, seine beiden hübschen Töchter.«

»Ach, sind sie noch da?«

Die Schwester nickte. Sie schaute weg. War das ein Anzeichen, dass es Titus schlechter ging?

»Und wie geht es ihm?« Sie zwang sich, noch einmal zu fragen.

Die Schwester schien Anlauf zu nehmen.

»Tja, was soll ich sagen«, begann sie. »Er hat letzte Nacht gut geschlafen und …«

Das Geräusch von Birkenstockpantinen auf dem Korridor. Eine weitere Krankenschwester kam ins Schwesternzimmer. Auch sie war neu. Nirgends konnte Ingrid Schwester Lena oder eine der anderen Schwestern, die sie bereits etwas kannte, entdecken. Die beiden Schwestern begannen mit leisen Stimmen eine eilige Unterhaltung.

»Entschuldigen Sie«, sagte Ingrid.

Sie sahen sie an, verärgert, fand Ingrid. Aber sie musste schließlich Bescheid wissen.

»Schwester Lena … hat sie heute Abend keinen Dienst?«

Schwester Mariana warf den Kopf zurück. Ihr dicker Pferdeschwanz rutschte ihr auf die Brust und über ihr Namensschild.

»Hätte sie, aber sie ist krank.«

»Ach?«

»Ja.«

»Und was hat sie? Ich hoffe, nichts Ernstes?«

Schwester Mariana zuckte mit den Achseln.

»Das weiß man nie. Burnout. Das kann dauern.«

Jennifer und Julia erhoben sich, als sie das Zimmer betrat. Hinter ihnen erblickte sie Titus. Er hatte die Augen geschlossen und einen Sauerstoffschlauch in der Nase. Sie wollte auf ihn zurennen, die Mädchen beiseite stoßen, neben ihm ins Bett kriechen und einfach nur neben ihm liegen. Aber sie blieb stehen.

»Hallo«, sagte sie gedämpft.

Julia murmelte ebenfalls ein Hallo. Von Jennifer war nichts zu hören.

Ingrid trat vorsichtig näher. Ein Steinchen unter ihrer einen Sohle verursachte ein durchdringendes Geräusch, das von den Wänden zurückgeworfen wurde. Verechote, dachte sie. Ein schönes Wort, aber gab es das überhaupt?

Das Bett gegenüber, in dem der ältere Mann gelegen hatte, war leer. Es war frisch und glatt bezogen. Der Nachttisch war abgewischt, steril.

Keines der Mädchen machte Anstalten, sie vorbeizulassen, und sie musste um das Bett herumgehen. Sie beugte sich vor und legte eine Hand auf Titus' beide Hände. Warum lag er so da, mit auf der Brust gefalteten Händen, als habe ihn bereits der Tod ereilt? Aber seine Haut war fiebrig und heiß.

»Hallo«, sagte sie leise. »Ich bin das, Ingrid.«

Er reagierte nicht.

Sie hörte ein Flüstern und wusste erst nicht, woher es kam. Es war heiser, zischend und zornig.

»Kant …«

Ingrid zuckte zusammen. Sie merkte, dass Julia eine Bewegung machte, als versuche sie etwas zu verhindern. Sie hob den Blick. Jennifer war sehr bleich. Die Wimperntusche war ihr über die Wangen gelaufen. Sie verzog die Lippen, und ihre Zähne waren zu sehen.

»Kant, Kant, Kant.«

Ingrid starrte sie an. Sie wollte sich setzen, aber die Stühle standen auf der anderen Seite des Bettes bei den Mädchen.

»Was sagst du da?«, flüsterte sie. »Kant?«

»Das ist Englisch«, meinte Jennifer. »Du kannst das ja zu Hause nachschlagen. Es wird mit c und u geschrieben.«

Da verstand sie. Es schwindelte ihr.

Schritte auf dem Korridor. Schwester Mariana eilte ins Zimmer. Sie fühlte Titus die Stirn und kontrollierte dann seinen Puls. Dann strich sie ihm etwas Vaseline auf die Lippen und drehte sein Kissen um.

»Ich glaube, er braucht jetzt Ruhe«, sagte sie an die Mädchen gewandt.

Julia erwiderte sofort:

»Wir wollten auch gerade gehen.«

Sie nahm ihre große Tasche und warf sie sich über die Schulter. Jennifer blieb stehen. In dem Augenblick, in dem die Schwester das Zimmer verließ, machte sie ein paar rasche Schritte um das Fußende des Bettes herum. Dann: ein wahnsinniger Schmerz in Ingrids rechtem Oberarm. Es ging so schnell, dass sie nicht reagieren konnte. Ein Karateschlag. Jennifer hatte ihr einen Schlag mit der Handkante versetzt. Ihr Arm war schlapp und gefühllos. Sie war vollkommen sprachlos, und Tränen schossen ihr in die Augen.

Die Mädchen verließen das Zimmer. In der Tür drehte sich Jennifer noch einmal um und lächelte. Dann sprach sie erneut das hässliche, widerwärtige Wort aus.

»Cunt.«

Dann verschwand sie auf den Korridor.

Titus schien das Intermezzo nicht bemerkt zu haben. Sie stellte sich ans Fenster, weinte ein wenig, zitterte. Als wäre sie Freiwild. Langsam wurde sie wütend. Warum hatte sie sich nicht verteidigt? Oder zumindest aufgeschrien? Passiv und unschlüssig hatte sie dagestanden und eingesteckt.

Sie kehrte zum Bett zurück und ließ sich auf den einen Stuhl sinken. Sie suchte nach einem Papiertaschentuch, fand aber keins. Sie stand auf, hängte ihren Mantel auf und setzte sich wieder. Als sie sich wieder beruhigt hatte, fiel ihr auf, dass Titus die Augen geöffnet hatte.

»Hallo, du«, sagte er mit belegter Stimme.

Sie zwang sich dazu, ruhig zu atmen.

»Hallo.«

»Du bist also doch gekommen.«

»Das ist doch klar.«

»Ich dachte, dass es dir vielleicht zuviel wird.«

»Zuviel? Natürlich komme ich klar, aber ich wollte schließlich auch, dass die Mädchen …«

»Ja, die Mädchen.«

»Titus, hör zu! Jennifer muss psychisch krank sein!« Nein. Natürlich sagte sie das nicht. Sie musste ihm verheimlichen, was er hoffentlich nicht mitbekommen hatte. Sonst hätte er doch wohl …

Aber so musste es sein. Psychisch krank, ja, geradezu total verrückt. Kein normaler Mensch benahm sich so, wie Jennifer das eben getan hatte. Sie hatte immer noch kein Gefühl in ihrem Arm. Auch ihre Finger waren gefühllos. Sie konnte sie bei der Polizei wegen Körperverletzung anzeigen. Die Irre hinter Gitter bringen, ehe es zu weit ging.

Laut sagte sie:

»Sie sind eben gegangen.«

Er nickte langsam. Sein Gesicht war grau und ausgezehrt. Sie fand, dass seine Nase ihre Form verändert hatte. Seit dem Vortag. Sie war rund und ausladend gewesen, mit gewölbten Nasenflügeln. Plötzlich war sie schmal und fast scharf. Die Haut über seinen Fingergelenken war gespannt und erinnerte an verschlissenen Stoff. Wie hatte es nur so schnell gehen können? Oder realisierte sie es erst jetzt, wie krank er in Wirklichkeit war? Sie sah, dass sich seine Adern auf dem Handrücken abzeichneten und Hügelkämme bildeten.

»Wie geht es dir?«, fragte sie, und dann weinte sie. Sie machte sich nicht mehr die Mühe, es zu verbergen. Sie weinte so sehr, dass sie Halsschmerzen bekam. Er drückte ganz leicht ihre Hand.

»Mein geliebtes Mädchen.«

Es schüttelte sie. Sie schluchzte und schniefte. Wie sie das doch hasste, dass sie sich nicht beherrschen konnte. Sie war immer so gewesen. Eine Heulsuse. Das riefen sie ihr auf dem Schulhof auch immer hinterher. Heulsuse, Heulsuse!

Schließlich musste sie die Toilette aufsuchen und Papier holen. Als sie merkte, dass jemand das Zimmer betrat, zog sie die Tür ganz zu und schloss ab. Vor Angst drehte es ihr den

Magen um. Sie presste ihr Ohr an die Tür und hörte, dass es eine Krankenschwester war.

»Lena«, flüsterte sie an die weißlackierte Tür gedrückt. »Liebe Schwester Lena, wenn du doch nur hier wärst!«

Als sie aus dem Bad kam, schien Titus etwas munterer zu sein. Jemand hatte das Kopfende seines Betts nach oben verstellt und er saß halb aufrecht. Sein Haar war zerzaust und teilweise plattgelegen.

Sie riss sich zusammen.

»Und dein Zimmergenosse?«, fragte sie. »Dieser alte Mann. Den haben sie offenbar entlassen.«

»Er ist gestorben.«

»Bitte?«

»Er ist letzte Nacht gestorben.«

»Ach?«

Titus nickte langsam.

»Wir lagen hier, er und ich. Ich hörte, wie er hustete. Dann starb er.«

Sie strich ihm über die Finger. Diese Hände, die er … diese geliebten Titushände. Ihr Mann.

»Wie traurig«, brachte sie mit Mühe über die Lippen.

»Tja. Er war schließlich alt und krank.«

Sie schwieg. Er fuhr fort.

»Und bald bin vermutlich ich an der Reihe.«

»Hör auf … das darfst du nicht sagen. Keinesfalls! Du machst mir Angst!«

Er lächelte mit blutlosen, gesprungenen Lippen. In seinen Mundwinkeln hing etwas Weißes, wie Schaum.

»›Diktate über Sterben und Tod.‹ Erinnerst du dich an dieses Buch? Peter Noll?«

»Ja. Brombergs Förlag, oder?«

»Der Autor war so alt wie ich. Er hatte dieselbe Krankheit.«

»Es ist lange her, dass dieses Buch erschienen ist. Aber ich glaube, es ist noch als Taschenbuch lieferbar.« Sie redete, um die Unterhaltung in andere Bahnen zu lenken.

»Er schrieb über seine Gedanken und Gefühle. Über das, was, wie er wusste, kommen würde.«

»Ja«, flüsterte sie. »Aber das war er, und du bist nicht er.«

Er hörte sie nicht.

»Ich liege auch hier und denke nach.«

Jetzt kam sie wieder, diese aufsteigende, erstickende Trauer, obwohl sie stark und mutig sein musste. Sie musste für ihn da sein. Unter Weinen hörte sie, wie er weitersprach:

»Ich habe in meinem Leben so viele Dummheiten begangen.«

»So geht es doch allen!«, schluchzte sie. »Du hast auch keine größeren Dummheiten begangen als andere!«

Er schloss die Augen. Der Brustkorb hob sich.

»Sei still«, sagte er.

Eine Weile wirkte er in sich gekehrt, vielleicht war er auch eingeschlummert. Schwester Mariana schaute einige Male herein. Auf dem Korridor klapperte ein Wagen. Es roch durchdringend nach Kaffee. Wie spät war es eigentlich? Zwanzig vor acht. Die Besuchszeit war lange vorüber. Warum durfte sie bleiben? Warum warfen sie sie nicht raus? Seien Sie doch bitte so gut, jetzt zu gehen! Aber nein. Nicht einmal ein vorwurfsvoller Blick. War es, weil Titus heute Nacht sterben würde, wie der alte Mann im Bett gegenüber gestorben war? Sie dachte an die Frau des Alten, ihre alles wiederkäuenden Monologe. Jetzt saß sie mit allen ihren Erinnerungen allein zu Hause.

»Draußen in einer Thermoskanne ist Kaffee, wenn Sie einen wollen.« Eine Pflegehelferin, die Ingrid schon kannte, schaute zur Tür herein. Eine rundliche junge Frau mit einem etwas watschelnden Gang und ständig geröteten Wangen. Wahrscheinlich Erfrierungen aus der Kindheit.

»Danke.«

Aber sie wollte keinen Kaffee. Sie wollte nach Hause fahren und sich mit einem Glas Wein in die Badewanne legen. Sie würde die Tür ordentlich abschließen und die Kette vorlegen. Sie wollte sich verbarrikadieren.

Seine Hand suchte ihre, scharrend und schwach. Sie nahm sie. Sein pfeifender, rasselnder Atem.

»Ich habe hier gelegen und nachgedacht«, sagte er erneut.

»Ich weiß.«

»Da gibt es etwas, worum ich dich bitten muss.«

»Ach? Und was?«

»Es geht um Rose … Ich will, dass du sie holst. Ich muss mit Rose sprechen.«

Rose

Er war ein Mann, dessen Stimmung mit einem Mal umschlagen konnte. Auch das lernte sie. Eines Abends, nachdem die Kinder eingeschlafen waren und sie noch auf der Terrasse saßen, begann er sie über Tomas' Vater auszufragen. Erst interessiert und vorsichtig. Nach und nach immer zudringlicher. Sie wehrte sich.

»Ich habe das nie jemandem erzählt.«

»Aber ich bin nicht irgendjemand. Ich bin der Mann, der dich liebt.«

»Ja. Ich weiß.«

»Dann gibt es doch wohl keine Grenzen?«

Sie schwieg.

»Vertraust du mir nicht?«

»Doch. Aber … darum geht es nicht.«

»Worum geht es dann?«

Sie hatte darauf keine Antwort. Der Ton seiner Stimme beunruhigte sie. Er begann auf der Terrasse auf und ab zu gehen.

»Verstehst du denn nicht? Das interessiert mich. Ich wüsste gerne, wie du damals gedacht hast, als du gemerkt hast, dass du schwanger bist, als du beschlossen hast, das Kind zu bekommen. Als du beschlossen hast, den Vater geheim zu halten. Dass nicht einmal er es erfahren sollte. Der Vater des

Jungen! Als sei er nicht ein Teil dessen, was ihr gemeinsam zuwege gebracht hattet.«

Es war so, als würde er Gericht über sie halten. Verzeih!, wollte sie rufen. Verzeih! Obwohl sie wusste, dass sie es immer wieder so gemacht hätte. Titus polterte weiter:

»Siehst du denn nicht, dass du ihm eine der größten Gaben des Lebens verweigert hast, die Existenz eines kleinen Jungen. Seines Sohnes.«

»Titus, bitte …«

»Wo ist er? Triffst du ihn noch?«

War er eifersüchtig? Nein, das war etwas Tieferes, etwas Schwerwiegendes und Bedrohliches. Schweigend schüttelte sie den Kopf.

»Sieh mich an! Sieh mich an, habe ich gesagt!«

Er packte sie an den Armen, zwang sie.

»Nein«, flüsterte sie und weinte jetzt zum ersten Mal seit sehr langer Zeit wieder.

»Er lebt in England … wir sind uns nur an diesem einen Wochenende begegnet, bei diesem Fest in Sandhamn. Ich weiß nichts über ihn.«

Diese Stimmungsschwankungen, aber trotzdem Stabilität. Für Tomas war er ein Mentor, all die Jahre, in denen der Junge Teenager war. Tomas hörte auf ihn, er motivierte ihn, das Gymnasium nicht abzubrechen, obwohl er mehrfach kurz davor stand. Ich hätte das vermutlich nicht geschafft, dachte sie. Mir wäre er vollkommen entglitten.

Mit den Mädchen war es einfacher, teils weil sie nur jede zweite Woche da waren, teils weil sie ihren Vater vergötterten. Sie schienen sich zu freuen, dass Rose mit ihm zusammengezogen war. Am Abend nach ihrer Hochzeit fand sie einen Strauß welken Weißklee auf ihrem Kopfkissen im Doppelbett. Ein kleiner Zettel mit kindlichen Buchstaben war um die Stängel gewickelt.

»Rose! Willkommen bei uns zu Hause und als unsere Bonus-Mama.«

Sie war gerührt gewesen und hatte Titus den Zettel gezeigt. Alle Kinder waren an diesem Abend bei Birgitta. An ihrem Hochzeitstag. Eine einfache, feierliche Zeremonie im Rådhuset, bei der die drei Kinder Trauzeugen waren.

Er kümmerte sich um sie. Sie hatte so lange die Starke sein müssen. Oder: Sie kümmerten sich umeinander. Nachts lag sie mit dem Rücken an seinem warmen Bauch und spürte, wie er an ihrem Oberschenkel hart wurde. Sein ruhiger, gelassener Rhythmus, wie er in ihr kam, während seine Worte verstummten: »Du, meine Geliebte, du bist schön, du bist wunderbar, du bist ein Traum.« Nie zuvor hatte jemand zu ihr gesagt, sie sei schön. Und sie wurde es auch. Schön. Sie kaufte neue Kleider. Die Mädchen begleiteten sie, um ihr beizustehen. Obwohl sie so klein waren, interessierten sie sich unglaublich für Mode. Jennifer kämmte ihr die Haare und probierte verschiedene Frisuren aus. Julia massierte ihr die Füße und cremte sie mit Hautlotion ein, bis sie geschmeidig waren. Sie kleisterten ihr Masken ins Gesicht und zupften ihr die Augenbrauen. Sie träumten beide davon, Kosmetikerinnen zu werden, und sie war ihr Versuchskaninchen.

Sie traf auch Birgitta, das war nicht zu vermeiden. Beim ersten Mal war sie nervös und reserviert. Aber die Mädchen begleiteten sie. Sie nahmen die U-Bahn nach Hässelby. Dort wohnte Birgitta mit ihrem neuen Mann in einem Reihenhaus. Dem Klavierklimperer, wie ihn Titus verächtlich nannte. Seine richtige Berufsbezeichnung war Musikpädagoge. Das Viertel, in dem sie wohnten, hieß Kärleksörten, Liebeskraut. Auch das veranlasste ihn zu sarkastischen Kommentaren.

Birgitta war großzügig und fröhlich. Das Haus war gemütlich. Hier wohnten Bohemiens. Mitten im Wohnzimmer stand ein Klavier und Noten lagen über den ganzen Fußboden verstreut. Elmer spielte, als sie eintrafen. Sie hörten die Musik schon von ferne auf der Straße. Es war ein Abba-Song. »The Winner Takes it All.«

»Ich habe Rhabarberkuchen gebacken«, sagte Birgitta. »Wir haben ein kleines Beet hinter dem Haus, nicht sonderlich groß, aber für Rhabarber und Johannisbeeren reicht es.«

Sie schnitt den Kuchen an. Tomas und die Mädchen waren im Obergeschoss verschwunden. Birgitta sprach leiser.

»Gott, wie froh ich bin, dass du aufgetaucht bist«, sagte sie. »Ich meine, nicht nur hier, sondern auch in Titus' Leben. Er war so verdammt verbittert. Das hat auch auf die Mädchen abgefärbt. Er wird so gehässig und negativ. Vielleicht kannst du ihn ja dazu bringen, dass er etwas – wie soll ich sagen? – duldsamer wird.«

Rose mochte diese Frau. Das empfand sie ganz spontan.

Birgitta fuhr fort:

»Und dass ihr geheiratet habt. Dazu muss ich wirklich gratulieren, obwohl ich gar nicht weiß, ob ich das eigentlich zu dir sagen darf. Ich müsste das eher zu ihm sagen. In jedem Fall wünsche ich euch, dass ihr es gut zusammen habt. Ein gutes Leben … und ich glaube auch, dass ihr das bekommt. Wir hatten das auch … aber dann habe ich halt einen anderen getroffen.«

Sie verstummte und lächelte Elmer zu.

»Liebe macht blind.«

Er lachte.

»Was soll das schon wieder heißen, Liebling?« Er sprach mit einem Singsang und hatte eine milde Stimme. Er stammte aus Estland. »Hast du dich nicht zuallererst in mein schönes Gesicht verliebt? Das habe ich immer geglaubt.«

Später wollte Titus alles ganz genau wissen. Erst sagte er, er wolle gar nichts wissen, aber nach und nach kamen dann die versteckten Fragen.

»Wie wirkte sie auf dich?«

»Willst du nicht eher wissen, wie er wirkte? Der Klavierklimperer?«

Es zuckte in seinem Gesicht, als wisse er nicht recht, wie er reagieren sollte. Dann lachte er, angestrengt, aber nach und nach immer mehr erleichtert. Vielleicht, dachte sie, vielleicht würde es ihr ja wirklich gelingen, ihn duldsamer zu machen.

Ingrid

Sie ging durch die Wohnung von einem Zimmer ins nächste. Das Licht, das durch die Fenster fiel, spiegelte sich im Parkett, große, grelle Rechtecke. Sie blendeten sie. Sie hatte einen schweren Kopf und schwere Glieder. Am Vorabend konnte sie nicht einschlafen. Schließlich hatte sie aufgegeben und eine Schlaftablette genommen. Ihr Hausarzt hatte sie ihr, kurz bevor sie gezwungen gewesen war, die Buchhandlung aufzugeben, verschrieben. Ihr ganzes Dasein war ins Wanken geraten.

Ungefähr wie jetzt. Wie jetzt!

Sie schlief ein, aber erwachte einige Stunden später aus einem Alptraum. Jennifer war ins Schlafzimmer getreten, hatte ihr ihre spargelbleichen Finger um den Hals gelegt und sie langsam erwürgt. Und sie hatte das geschehen lassen. Passiv, ohne sich zu wehren.

Jennifer sah sie traurig und entschuldigend an.

»Du weißt, dass ich das tun muss. Du weißt doch, warum. Oder? Ich will, dass du mir sagst, warum.«

Im Traum war Ingrid klein. Wie ein Küken lag sie auf Jennifers knochigen Knien. Eine Trauer erfüllte sie. *Rette mich.* Aber gleichzeitig musste es geschehen. Das verstand sie besser als alle anderen.

Sie fror, als sie erwachte. Stirn und Zähne schmerzten, als

hätte sie eine Nebenhöhlenentzündung. Sie erinnerte sich sofort. Titus hatte sie um etwas gebeten. Sie konnte ein Jammern nicht unterdrücken.

Erst hatte sie versucht sich zu wehren.

»Aber du kannst sie doch selbst anrufen«, hatte sie gefleht.

»Ich weiß nicht, wie sie reagiert. Ich möchte nicht riskieren, dass sie einfach auflegt.«

»Kannst du nicht deine Töchter bitten? Die kennen Rose schließlich, es ist doch viel passender, wenn sie das tun und nicht ich.«

»Ich will sie da nicht reinziehen. Und noch etwas. Das ist etwas, was auch dich betrifft. Ich weiß doch, wieviel du an sie gedacht hast, dieses ganze Gerede von Schuld. Ich will, dass ihr miteinander sprecht. Verstehst du? Ich will, dass ihr euch versöhnt. Außerdem will ich, dass sie herkommt. Kannst du so lieb sein und das für mich tun, Ingrid? Ich bitte dich.«

Sie stellte sich ans Fenster des Krankenhauszimmers. Die Farbe des Fensterrahmens blätterte etwas. Sie kratzte mit dem Daumennagel daran herum und löste einen weißen Splitter ab, der zu Boden fiel. Es hatte zu regnen begonnen. Die Tropfen schlugen gegen die Fensterscheiben. Was war nur mit ihm los? Warum stellte er diese absurde Forderung? Wusste er, was er ihr da abverlangte? Vielleicht hatten die Metastasen schon sein Gehirn befallen? Sie erinnerte sich an eine Nachbarin ihrer Eltern. Dort hatte sich der Krebs auf das Vorderhirn ausgedehnt. Die Nachbarin war sehr fromm gewesen, aber durch die Krankheit war es ins andere Extrem umgeschlagen. Sie begann ihren mageren, tiefbetrübten Mann ordinär zu beschimpfen. Sie bezeichnete ihn als Hurenbock und stellte sich auf einen Stuhl ins Küchenfenster und entblößte sich. Sie erinnerte sich an das Entsetzen ihrer Mutter. Sie hatten diese Familie lange gekannt und luden sich gegenseitig zum Kaffeetrinken ein. Herr und Frau Dahlin. Sie waren beide über siebzig und hatten zusammen ein frommes, fleißiges und ordentliches Leben geführt.

»Ingrid?«, hörte sie seine Stimme vom Bett.

»Bitte, zwing mich nicht, bitte, erspar mit das.«

Gequält sah er sie an und wandte dann den Kopf ab. Eine schwindelnde Verzweiflung erfüllte sie. Sie rief:

»Ich weiß doch nicht mal, wo sie wohnt.«

Er bewegte sich ganz schwach auf seinem Kissen.

»Zieh die Schublade raus«, hörte sie mit Mühe. Er war jetzt müde, brauchte seine Ruhe. Sie sah, wie überanstrengt und ermattet er war. Wie sie selbst. Sie wollte nur noch nach Hause und sich einschließen. Schlafen. Oh, wie sehr sie schlafen wollte, im Dunkeln, tief unter ihrer Decke vergraben.

Sie tat, worum er sie gebeten hatte, und zog die schiefe Schublade seines Nachttischs heraus.

»Links … liegt ein Zettel.«

Der lag dort, wie er gesagt hatte. Ein zusammengefaltetes, etwas zerknittertes Blatt Papier aus einem Spiralblock. Sie reichte es ihm schweigend.

»Nein, schau es an«, murmelte er.

Die Verzweiflung überkam sie erneut. *Ich will nicht. Zwing mich nicht.* Aber sie tat es. Faltete das Papier auseinander und las ihren Namen. Rose. Daneben eine Handynummer und eine Adresse. Borgsviks Gård in Södertälje.

Sie kochte Tee. Beim Gedanken an Kaffee drehte sich ihr der Magen um. Dann aß sie ein paar Löffel Joghurt. Es war neun Uhr. Neun Uhr am Montagvormittag. Sie hielt den Telefonhörer in der Hand. Es war zu früh zum Telefonieren. Vielleicht schlief Rose noch, vielleicht schlief sie morgens immer lang. Sie würde ihr noch etwas Zeit lassen.

Stattdessen rief sie in der Klinik an. Das Schwesternzimmer. Zu spät fiel ihr ein, dass gerade Visite abgehalten wurde.

Eine Schwester Camilla war am Apparat:

»Ihr Mann hat doch ein eigenes Telefon am Bett. Sie können doch dort anrufen.«

Sie wollte nicht. Sie hatte nicht die Kraft, jetzt mit ihm zu sprechen.

»Aber wie geht es ihm?«, fragte sie mit schwacher Stimme.

Die Schwester blätterte in irgendwelchen Papieren. Sie hörte Stimmen und Gelächter. Klar. Das war auch nur ein Arbeitsplatz. Obwohl der Tod ab und zu auf Besuch kam, war das ein Arbeitsplatz mit Menschen, die lebten und Witze machten.

»Ungefähr so wie gestern. Tja, vielleicht etwas besser. Er war eine Weile auf. Wir haben ihm geholfen. Aber Sie können ihn wie gesagt auf seinem eigenen Apparat erreichen. Er ist wach, ich war gerade in seinem Zimmer.«

Sie stand im Badezimmer. Ihr Bademantel war auf den Boden gerutscht. Sie sah ihren Körper, ihren Bauch, das gefährliche Bauchfett, BMI. Body Mass Index. Seit sie die Buchhandlung verloren hatte, war sie nachlässig geworden. Sie aß zuviel. Aß die falschen Sachen. Sie trank auch zuviel und zu oft. Alle Kleider waren zu eng, sie musste eigentlich eine Größe größer kaufen, aber das wäre einer Kapitulation gleichgekommen. Rose war zart wie ein Schmetterling. Aber auch älter, dachte sie. Mindestens zwei Jahre älter.

Sie durchsuchte ihren Kleiderschrank. Sie musste gut aussehen. Gut aussehen und stark sein, wenn sie mit Rose sprechen würde, auch wenn es nur am Telefon war. Selbstwertgefühl. Darum ging es. Eine schwarze Jeans, Schwarz machte schlanker, ein Slip aus einem glänzenden, glatten Stoff. Damit ließ sich die Hose auch leichter anziehen als mit einem zähen Baumwollslip. Was sollte sie für einen Pullover anziehen? Sie entschied sich für einen in Minzgrün. Der sah sehr gut aus, als sie ihn vergangenen Herbst gekauft hatte. Sie zog ihn an. Ihr Bauch kam unvorteilhaft zur Geltung. Verdammt, dachte sie, verdammte Scheiße!

Sie aß noch ein paar Löffel, dann wählte sie die Handynummer. Alle Zahlen bis auf die letzte. Dann legte sie furchtsam den Hörer wieder auf.

Ich werde ihm sagen, dass sie nicht zu Hause war, dass ich es immer wieder versucht habe. Vielleicht ist sie ja auch gar nicht zu Hause. Sie könnte Urlaub machen. Im Ausland. Ja, sie könnte sich auf einem langen Thailandurlaub befinden!

Würde sie Titus wirklich so eine Lüge auftischen können? Würde sie sich das je verzeihen können? Dass sie zu feige gewesen war, ihm diesen vielleicht letzten Dienst zu erweisen? Ohne nachzudenken griff sie wieder zum Hörer und wählte die Nummer erneut, dieses Mal mit allen Ziffern. Es klingelte. Einmal, zweimal, dreimal. Nach dem vierten Klingeln legte sie auf und blieb mit dem Hörer in der Hand sitzen. Ihr Herz klopfte wie rasend. Falls Rose noch geschlafen haben sollte, dann müsste sie vom Klingeln aufgewacht sein. Es war jetzt halb zehn.

Eine halbe Stunde später versuchte sie es erneut. Jetzt wartete sie so lange, bis der Anrufbeantworter ansprang.

»Hallo. Das ist das Telefon von Rose Bruhn. Ich kann Ihren Anruf gerade nicht entgegennehmen. Sprechen Sie mir doch bitte nach dem Signalton eine Nachricht auf Band, dann rufe ich zurück. Oder versuchen Sie es später wieder.«

Ingrid hielt den Atem an. Es piepte dreimal kurz. Sie knallte den Hörer auf die Gabel. Ihre Handflächen waren schweißnass. Roses Stimme. Sie hatte sie zum ersten Mal gehört. Rau und dunkel, überhaupt nicht so, wie sie sie sich vorgestellt hatte. Dieses kleine, zerbrechliche und leichte Wesen. Und trotzdem: fast eine Bassstimme. Vielleicht rauchte sie ja. Raucher hatten oft so eine gegerbte Stimme. Vielleicht war sie auch deswegen so schlank. Ingrid hatte vor vielen Jahren geraucht und zwar eine Schachtel Prince pro Tag. Damals war sie auch schlank gewesen. Als sie mit dem Rauchen aufgehört hatte, hatte sie rasch fünfzehn Kilo zugenommen. Und es war ihr bislang nicht gelungen, auch nur ein einziges davon wieder loszuwerden.

Was sollte sie jetzt tun? Das Telefon klingelte, und sie zuckte zusammen. Rose? Wenn sie jetzt ein Display hätte. *Warum rufst du bei mir an und hinterlässt keine Nachricht?* Aber es war nicht Rose, es war Titus.

»Hallo, Liebling.« Er klang stark.

»Hallo!«

»Wie geht's?«

»Du klingst fit? Bist du das auch?«

»Vielleicht ein wenig. Ich war auf und bin rumgelaufen. Allerdings mit einem Rollator. Du weißt schon, so einem Gestell mit Rädern, wie es die Rentner haben. Aber immerhin.«

»Wie schön.«

Jetzt kam die unvermeidliche Frage.

»Hast du Rose erreicht?«

»Ich habe sie immer wieder angerufen.«

»Und?«

»Sie geht nicht ans Telefon. Vielleicht ist sie ja verreist.«

»Glaubst du?«

»Ich weiß nicht. Jedenfalls geht sie nicht ans Telefon.«

»Fahr hin, Ingrid. Tu mir den Gefallen. Fahr hin.«

»Wie bitte?«, rief sie.

»Wir verlieren Zeit. Du musst zu ihr nach Hause fahren und nachsehen, ob sie da ist.«

»Das kann nicht dein Ernst sein!«

»Ich will wissen, wie sie wohnt und wie es ihr geht. Ob es ihr gut geht. Du sollst das für mich herausfinden. Du sollst das für uns herausfinden.«

»Bitte!«

»Hör zu! Ich bitte dich nur um diesen kleinen Dienst. Es bedeutet mir so unendlich viel. Verstehst du das nicht? Schließlich liege ich im Sterben!«

»Nein!«, schrie sie. »Das darfst du nicht sagen!«

Er schwieg. Sie atmete schwer und fuhr sich mit der Zungenspitze über die Lippen.

»Titus«, schluchzte sie. »Versprich mir, nie mehr, nie mehr …«

»Liebling«, erwiderte er müde.

Eine weitere Stille, ein verhaltenes, wortloses Warten. Bis sie nachgab.

»Aber wo wohnt sie denn? Ich weiß doch nicht mal, wo sie wohnt. Irgendwo im Wald. Wie finde ich das?«

»Telefonbuch im Internet. Schau nach. So viele Borgsviks Gård kann es schließlich nicht geben.«

Er unterbrach sich und begann zu husten, ein dumpfes Geräusch von tief unten. Sie bekam Angst. Es vergingen mehrere Minuten, bis er wieder etwas sagen konnte.

»Entschuldige«, sagte er undeutlich.

Sie schluchzte.

»Ich tue, worum du mich gebeten hast. Ich mache das. Ich sehe im Internet nach, das finde ich schon. Aber stirb nicht. Versprich mir das! Stirb nicht, lass mich nicht allein!«

»Ich liebe dich«, sagte er. Seine Stimme klang ganz fern.

»Ich liebe dich auch«, sagte sie bedrückt.

Zweiter Teil

Die Frauen

Ingrid

Sie fuhr den Computer hoch. Dann holte sie ihre dicke, grüne Fleecejacke, die Titus so hässlich fand. Die Rechtecke auf dem Parkett leuchteten stärker, obwohl keine Sonne schien. Bekam sie etwa Migräne? Ihre Schwester Maria hatte an Migräne gelitten, als sie jünger gewesen waren. Sie hatte ihr das als Angriffe von Blitzen beschrieben. Sie hatte sich ein altes Halstuch um die Augen gebunden, um sie abzuschwächen.

»Unlogisch«, hatte Ingrid ihr zu erklären versucht. »Diese Blitze müssen doch in dir selbst entstehen. Es hilft nichts, die Augen abzudecken. Das muss dir doch auch klar sein.«

Maria war geknickt, jetzt im Nachhinein konnte Ingrid sehr gut verstehen, warum.

Auf dem Monitor tauchte das Hintergrundbild auf. Ein Foto von Titus und ihr. Sie standen auf einer Hängebrücke, die im Nationalpark Rincon de la Viejas in Costa Rica über einen Fluss führte. Die Hochzeitsreise. Der Führer hatte sie fotografiert. Titus hatte ihn darum gebeten. Sie erinnerte sich, dass sie das für eine Dummheit gehalten hatte. Die Kamera war neu und teuer. Er musste sie für Millionäre halten, reagierte jedoch nicht weiter. Er machte ein paar Fotos, die ziemlich gut geworden waren.

Sie schaute ihre Mails durch. Das hatte sie schon seit über einer Woche nicht mehr getan. Sie bekam fast keine persönlichen Mails mehr, nur noch Spam. Auch jetzt. Insgesamt 328 neue Spammails. Penisvergrößerungen. *Make sure your tool grows to immense proportions. Your new rod will shoot deeper into her mouth.* Rolexuhren für nur 99 Dollar, obwohl sie doch mehrere tausend Dollar wert waren. Sie löschte sämtliche Spams. Nichts Privates. Sie hatte das Gefühl, sich aus dem aktiven Leben zu entfernen.

Sie klickte auf Eniro, das Telefonbuch, und trug den Namen Borgsviks Gård im Suchfeld ein. Sie erhielt eine Beschreibung, wie man mit dem Auto dorthin gelangte. Das Haus schien auf einer Landzunge zu liegen. Nah am Wasser. Mälaren. Konnte sich Rose ein Haus am Wasser leisten? Wohl kaum. Wahrscheinlich hatte sie sich dort nur eingemietet.

Wie sollte sie dorthin kommen? Das Auto stand in der Garage, ein nougatbrauner Audi, aber Ingrid hatte ihn nie gefahren. Titus saß immer am Steuer. Sie selbst war zu feige. In dem dichten Verkehr bekam sie Angst. Vor vielen Jahren besaß sie einen rostigen Mazda, den konnte sie fahren, ohne Angst zu bekommen. Vor vielen Jahren war sie in jeder Beziehung mutiger.

Taxi? Nein, das kostete Unsummen. Titus war sparsam. Er würde sie nachher fragen. Er würde wütend werden, wenn sie Geld verschwendete. Erneut wählte sie Roses Nummer. Immer noch keine Antwort.

Sie öffnete die Homepage von SL, Stockholms öffentlichem Nahverkehr. Sie trug ein, wohin sie wollte und wo die Fahrt beginnen sollte. Die Auskunft erschien detailliert. Um 16.12 Uhr konnte sie eine S-Bahn vom Hauptbahnhof nehmen und würde um 16.55 Uhr in Södertälje Central eintreffen. Von dort fuhr der Bus 751 nach Ritorp. Dieser würde sie jedoch nicht ganz an ihr Ziel bringen. Sie musste also noch ein gutes Stück zu Fuß gehen. Diese Gegend war ihr vollkommen unbekannt. Sie musste sich etwas Vernünftiges anziehen. Es war zwar sehr sonnig gewesen, aber jetzt zogen Wolken auf.

Die S-Bahn fiel wegen eines technischen Defekts aus. Auf dem Bahnsteig drängten sich die Leute. Stoßverkehr. Sie erkannte, dass sie bedeutend früher von zu Hause hätte aufbrechen müssen, aber plötzlich hatte es dort so viel zu tun gegeben. Spülen und aufräumen. Tagebuch führen. Die ganze Zeit war ihr etwas Neues eingefallen.

Aber schließlich brach sie auf. Kurz vor halb fünf fuhr ein alter, mit Graffiti beschmierter Zug ein. Der Uzbekistanexpress, dachte sie und musste fast lachen. Gerne hätte sie einige von den anderen Fahrgästen angestupst und sie an ihrem Spaß teilhaben lassen. Uzbekistanexpress! War das das Schicksal der armen Pendler? Sie hatte gehört, wie unzuverlässig die S-Bahnen waren, ständige Verspätungen und lausige Züge. Jetzt durfte sie es einmal selbst erproben. Sie dankte dem Himmel, dass sie in Stockholm wohnte.

Natürlich bekam sie erst ab Tumba einen Sitzplatz, wo viele Leute ausstiegen. Sie stand eingeklemmt zwischen einer Ausländerin und einem Mann in Anzug und mit Rucksack. Die Kombination wirkte seltsam. Ein Kabel hing aus seinem Ohr, er starrte vor sich hin und sprach ins Leere. Es klang geschäftlich. Hinter ihr schrie ein Säugling aus vollem Hals. Die junge Mutter rüttelte nervös am Griff des Kinderwagens, und das ganze Gefährt schwankte bedrohlich.

»Sch«, zischte sie. »Pst.«

Sie wollte an der Endstation Södertälje aussteigen. Ingrid half ihr mit dem Kinderwagen. Das Kind schrie immer noch. Sie sah nur ein paar fuchtelnde Arme. Dachte wieder an ihre

Schwester. Sie war inzwischen Großmutter. Sie selbst würde nie Enkel bekommen. *Titus' Mädchen? Nein.* Eine kurze Sehnsucht nach den Ihrigen, Mama und Papa, ihre kleinen Schwestern. Damals hatte sie noch Träume. Sie schob diese Gedanken von sich. Sie musste jetzt stark sein und durfte ihr Ziel nicht aus den Augen verlieren!

Sie fand den Bus nach Ritorp. Stieg ein und zeigte ihre Fahrkarte vor. Sie bat den Fahrer, ihr bei der Haltestelle Ragnhildsborgsvägen Bescheid zu geben. Dort musste sie aussteigen. Er schüttelte mürrisch den Kopf und machte eine Handbewegung.

»Erscheint automatisch auf dem Display.«

»Danke«, erwiderte sie lahm.

Ihr Magen rumorte. Bald würde sie dort sein. Ob Rose sie wohl wiedererkannte? Wusste sie überhaupt, wie sie aussah? Einmal in der Buchhandlung. Eine Episode. Eine Kundin, die vielleicht Rose gewesen war. Schmal und gehässig. *Kann ich Ihnen helfen?* Ein glühender Blick voller Verachtung. *Nein, das glaube ich kaum.* Sie hatte es Titus anschließend erzählt. »Glaubst du, dass sie das war?« Er hatte jedoch nur unwillig den Kopf geschüttelt.

»Warum? Warum sollte Rose das tun?«

»Tja, vielleicht um …«

»Du bildest dir soviel ein. Hör schon auf mit diesen Schuldgefühlen. Sie ist nicht so. Rose ist ein anständiger Mensch. Nett und direkt. Und keinesfalls hinterhältig.«

Aber wie würde sie reagieren, wenn die Frau, die ihr ihren Mann weggenommen hatte, plötzlich an ihre Tür klopfte? Titus verabscheute den Ausdruck wegnehmen.

»Als wäre ich ein Objekt, das man einfach hin- und herschieben kann.«

Er hatte Recht. Natürlich hatte er Recht.

Was sollte sie sagen, wenn sie Rose gegenüberstand? Verschiedene Sätze gingen ihr im Kopf herum.

»Ich komme mit einer Botschaft von Titus.« Das klang fast biblisch. Sie fühlte sich an die Worte, »dass ein Gebot von Kaiser Augustus ausging, dass alle Welt geschätzt würde«, erinnert.

Oder:

»Hallo. Du findest es vielleicht seltsam, dass ich hier stehe, aber ich bin Ingrid, und ich muss mit dir sprechen.« War das besser? Ja. Besser. Aber würde Rose ihr zuhören? Würde sie sich darauf einlassen, Titus zu besuchen? Das musste sie doch wohl? Wenn ihr klar wurde, wie ernst es war. Dass Titus krank war, schwer krank …

Ingrid schluckte. Sie versuchte aus dem Fenster zu schauen und sich auf die Umgebung zu konzentrieren. Sie fror nicht mehr. Sie trug eine Daunenjacke über ihrer Fleecejacke. Das sah dick und unförmig aus, wärmte aber. Rose würde sie eingehend betrachten. Von Kopf bis Fuß.

Sieht sie so aus, derentwegen er mir den Laufpass gegeben hat. Ich dachte, Titus hätte etwas gegen Fettklöße.

Aber andererseits brauchte Rose ihre betonte Taille gar nicht aufzufallen. Falls sie sich überhaupt begegneten, so würde sie das Haus jedenfalls nicht betreten. Dann brauchte sie ihre Jacke nicht auszuziehen. Sie würde anklopfen und die Nachricht überbringen. Genau. Sie würde sie überbringen.

Schweiß brach ihr unter den Brüsten aus, und ein klebriges Gefühl breitete sich auf ihrem Bauch aus. Sie roch doch wohl nicht nach Schweiß? Sie hatte lange geduscht und sich mit einer ganz neuen Lotion eingecremt. Titus hatte immer gefunden, dass sie so gut roch. Aber in den letzten Wochen hatten ihn Gerüche irritiert. Sogar vom Zahnpastageruch war ihm übel geworden.

Sie faltete den Kartenausschnitt auseinander, den sie sich ausgedruckt hatte. Sie musste aussteigen. Sie hoffte, dass sie nicht so weit gehen musste. Die Karte war etwas unübersichtlich. Sie fühlte sich zittrig. Der Bus hielt an, und mit einem großen Schritt stand sie auf dem Asphalt. Mit einem zischenden Geräusch schlossen sich die Türen hinter ihr, und der Bus fuhr weiter. Es roch nach Dieselauspuffgasen. Sie hielt den Atem an. Dann überquerte sie die Straße und marschierte los. Zuerst passierte sie Einfamilienhäuser und Reihenhäuser. Alles sehr ordentlich und überhaupt nicht so, wie sie sich das von Bandenkriegen und Kriminalität gegeißelte Södertälje vorgestellt hatte. Menschenleere Straßen. Ordentliche Gärtchen mit Frühlingsblumen in den Beeten. Eine Idylle. Das bedrückte sie. Sie war wieder einmal froh, in der Innenstadt zu wohnen. Dort war man anonymer, weniger exponiert. Hier wussten vermutlich alle alles übereinander.

Titus und sie hatten immer ein Sommerhaus kaufen wollen, aber es war nie dazu gekommen. Nach vielen Jahren mit Haus und Garten war er das Rasenmähen leid gewesen. Für ihn kam nur ein Sommerhaus ohne Garten in der freien Natur in Frage. Nicht zu weit weg, vorzugsweise in den Schären.

Dazu würde es nie kommen. Sie konnte genauso gut realistisch sein. Selbst wenn Titus wieder gesund wurde, würden sie kein Sommerhaus kaufen.

Annie Berg, seine Geschäftspartnerin, hatte sie letztes Jahr in ihr Sommerhaus in Södermanland, ein gutes Stück von Flen entfernt, eingeladen. Sie hatte es von ihren Eltern übernommen. Es gab dort einen See. Ingrid erinnerte sich nicht an den Namen. Aber dort war es sehr hübsch. Das Haus war einfach und unmodern. Waschen konnte man sich an einem Steg am See.

Sie waren etwas mit einem Kahn herumgerudert. Annie

hatte in Shorts und ärmellosem Top an den Rudern gesessen und ihre breiten, nackten Füße gegen die Planken gestemmt. Sie war braun und wirkte ganz anders als die Annie, die sie bis dahin gekannt hatte.

»Hier sammele ich Kraft«, erklärte sie.

»Hast du nie Angst?«, hatte Ingrid sie gefragt.

»Nein.«

»Nicht einmal bei Gewitter oder wenn du nachts aufwachst?«

»Nicht alle sind so ängstlich wie du, mein kleiner Angsthase«, hatte Titus lachend gesagt.

Wie sehr sie sich doch nach ihm sehnte. Wenn dieser Tag doch endlich vorüber wäre. Wie weit war es eigentlich noch bis zu diesem Borgsviks Gård? Viel weiter, als sie gedacht hatte. Außerdem hatte sie die falschen Schuhe an. Sie hatte ein paar eingelaufene Wanderschuhe aus rissigem Leder, braun und mit roten Schnürsenkeln hervorgesucht. Die Schnürsenkel passten nicht, eigentlich hätten sie ebenfalls braun sein sollen, aber sie hatte nur rote gefunden, als die alten zerrissen waren. Das war ihr gleichgültig. Es war eine Weile her, dass sie die Wanderschuhe zuletzt verwendet hatte. Sie erinnerte sich nicht. Jetzt merkte sie, dass sie etwas zu klein waren. Ihre Füße schienen gewachsen zu sein. Es scheuerte an der linken Ferse, wo sie bereits eine Blase hatte. Sie blieb stehen und wühlte in ihrer Tasche. Manchmal lag ein Pflaster in einem der Fächer, aber nicht jetzt. Sie musste sich etwas ausruhen. In den Straßengräben wuchs Huflattich. Sie hatte schon seit Jahren keinen Huflattich mehr gesehen. In der Stadt wuchsen weder Huflattich noch Leberblümchen. Sie erinnerte sich an etwas, das sie vor langer Zeit einmal gehört hatte. Die Blätter des Huflattichs ließen sich auf Wunden legen und hatten eine heilende Wirkung. Aber dafür durften sie natürlich nicht so staubig sein.

Sie ging weiter. Die Ferse schmerzte immer mehr. Die Blase musste geplatzt sein. Sie schaute auf die Karte, stimmte sie wirklich? Sie wusste es nicht. Die Wege verliefen kreuz und quer. Sie musste jemanden fragen. Das Problem war nur, dass da niemand war, den sie hätte fragen können. Keine Menschenseele. Es war sechs Uhr. Alle mussten doch wohl inzwischen von der Arbeit nach Hause gekommen sein? Sie bekam langsam Durst. Warm war ihr auch. Sie öffnete den Reißverschluss ihrer Jacke und fächelte sich Luft zu.

Sie entfernte sich immer weiter von der dichteren Bebauung. Jetzt wurde es ländlicher mit nur vereinzelten Häusern. Auf Wiesen weideten Pferde. Sie kam an eine Weggabelung. Zwischen den Bäumen funkelte Wasser. Es konnte also nicht mehr allzu weit sein.

Sie kniete sich hin und zog ein Hosenbein hoch. Zog an ihrer Socke. Sie saß fest. Es schmerzte so sehr, dass sie einen Schrei ausstieß. Daran ist Titus schuld mit seiner unsinnigen Forderung, dachte sie verbittert. Sie hob einen Stein vom Weg auf und schleuderte ihn mit aller Kraft in den Wald. Staub wirbelte hoch, wo er auftraf. Sie schüttelte verzweifelt den Kopf. Zurück musste sie auch, denselben langen Weg, denselben quälenden Canossagang. Und das mit dieser Blase! Nein! Sie würde sich verdammt noch mal ein Taxi nehmen und zwar bis nach Hause in die Tulegatan.

Rose

Etwas bewegte sich auf der Treppe. Das klang nach Schritten. Kam da jemand? Wer konnte das sein? Sie erwartete niemanden und bekam nur selten Besuch. Tomas? War er nach Schweden zurückgekehrt? Wollte er sie überraschen! Kam er etwa als Geburtstagsgeschenk zu ihr, wie er das schon einmal getan hatte? Vor sechsundzwanzig Jahren. Ein Schauer überlief sie. Rose legte die Fahne weg. Lauschte. Doch, da war es wieder. Jemand ging dort draußen herum. Tomas! Es konnte sonst niemand sein.

Sie sprang vom Sofa und vergaß ihr schmerzendes Bein. Auf Socken ging sie zur Haustür. Lauschte. Ja. Es klopfte. Jemand klopfte an die Tür. Ihre Lippen zuckten, und eine wilde und kindische Freude überkam sie.

»Ich komme«, rief sie. »Gleich. Ich komme!«

Und dann öffnete sie die Tür.

Eine Frau. Nicht er. Eine Frau in Daunenjacke. Sie schien in Schweiß geraten zu sein. Ihre kleinen Augen glänzten. Die Enttäuschung raubte ihr fast die Luft. Die Frau öffnete den Mund und leierte etwas. Ihre Stimme war tonlos und schwach.

»Rose? Sind Sie Rose?«

Sie streckte die Hand aus. Rose nahm sie, kraftlos.

»Kennen wir uns?«, fragte sie.

Irgendwas kam ihr bekannt vor, ein Gefühl der Unlust.

»Nicht direkt. Ich bin Ingrid. Ingrid, Sie wissen schon … ich habe eine Botschaft von Titus.«

Als würde sie von einer Mauer umgeben. Einer hohen, durchsichtigen Mauer. Hinter dieser Mauer stand sie jetzt, und alles war still. Sie sah, wie die Frau den Mund öffnete, sah, wie sie sprach, befand sich aber in einem Vakuum.

Kurz darauf war es vorüber. Ihr Gehör kam mit einem Brausen zurück.

Die Frau stützte sich am Türrahmen ab. Ihre Fingernägel waren rosa lackiert. Sie lächelte gezwungen.

»Darf ich einen kleinen Augenblick hereinkommen? Ich gehe dann auch sofort wieder, ich will nicht stören. Wenn ich nur ein Glas Wasser bekommen könnte. Und falls Sie zufällig ein Pflaster hätten. Ich habe mir eine Blase gelaufen.«

»Botschaft?«, fragte sie, denn das war das einzige Wort, das zu ihr durchgedrungen war. Sie war verblüfft, dass ihre Stimme überhaupt trug. Noch verblüffter war sie darüber, dass sie die Tür ganz öffnete und die fremde Frau eintreten ließ.

Jetzt stand sie in der Diele, neben Roses Mänteln und Stiefeln. Sie zog die Brauen hoch.

»Ich gehe gleich wieder, ich wollte nur eben …«

»Treten Sie doch ein und nehmen Sie einen Moment Platz«, hörte sie sich sagen, eine schrille, metallische Stimme, die aus ihrer zugeschnürten Kehle drang. »Sie sehen vollkommen erledigt aus. Wie sind Sie hergekommen? Sie sind doch nicht etwa gelaufen?«

Die Frau, die Ingrid war, lächelte erneut. Flehend. Dann entgleisten ihr die Gesichtszüge und sie brach in Tränen aus. Sie schluchzte wie ein kleines Kind.

»Doch, ich bin gelaufen. Es war so weit, und ich habe mir eine fürchterliche Blase gelaufen.«

»Kommen Sie doch einfach eine Weile herein.«

Die Frau sah sie unsicher an. Sie beugte sich vor und machte sich an den Schnürsenkeln zu schaffen. Dann stand sie in Socken da. Rose führte sie ins Wohnzimmer. Sie nahm ein paar Kleider vom Sessel, schob sie hinein. Ihre Trommelfelle pochten. Wie Hammerschläge. Bonk. Bonk. Sie holte eine Tasse Wasser. Die Frau trank mit großen Schlucken. Wasser lief ihr das Kinn und den Hals herunter auf die Jacke. Sie wischte es nicht weg, saß da, ließ ihre Daumen umeinander kreisen, beruhigte sich nach und nach.

»Was hatten Sie noch gleich für ein Anliegen?«

Die Frau hob den Kopf und sah ihr in die Augen. Ein stechender Blick. Kleine Pupillen.

»Titus hat mich geschickt.«

»Wer?«

»Titus. Er bat mich hierher zu kommen.« Die Frau nahm Anlauf. Rasch und forciert begann sie zu sprechen, als müsse sie sich beeilen, alles loszuwerden, was sie zu sagen hatte, solange sie noch den Mut hatte.

»Ich wäre nie selbst … ich weiß schließlich … aber es geht um Titus. Er will Sie sehen.«

Rose hatte sich auf die Armlehne des Sofas sinken lassen. Sie hatte einen üblen Geschmack im Mund, bitter und ätzend. Sie nickte.

»Ach so«, erwiderte sie.

»Er ist krank, ich weiß nicht, ob Sie das gehört haben, aber ich vermute, dass Sie noch Kontakt zu seinen Töchtern haben, und dann wissen Sie es sicher. Die ganze Verlagsbranche weiß es schließlich auch, vielleicht haben Sie es ja auch auf diesem Wege erfahren.«

Doch, das Gerücht war ihr zu Ohren gekommen, dass Titus Bruhn an Krebs erkrankt war. Der große Verleger Bruhn. Sie hatte das nicht hören wollen. Es ging sie nichts an.

»Nein«, sagte sie.

»So ist es jedenfalls. Er liegt im Krankenhaus. Er …« Sie verstummte und trank einen Schluck Wasser. Die Tasse zitterte in ihrer Hand.

Auch Rose schwieg. Eine Amsel sang, klare, jubelnde Töne. Sie saß oft ganz oben in der Birke. Von unten sah sie zwischen den Zweigen aus wie eine kleine schwarze Rispe. Die hat auch über Akela gesungen, dachte sie immer. Die hat auch über ihrem Grab gesungen. In diesem Winter, der kein richtiger Winter gewesen war, hatte sie unter einem Reisighaufen hinten neben der Laube gewohnt. Sie hatte von Fallobst gelebt. Sie hatte mir ihr gesprochen, und sie hatte zugehört. Sie war nicht weggeflogen, sondern war rund und aufgeplustert sitzengeblieben und hatte sie mit ihren Knopfaugen angesehen.

Die Frau im Sessel setzte sich auf.

»Mein Lieblingsvogel«, sagte sie. »Wissen Sie, dass die Amsel mein Lieblingsvogel ist? Jedes Jahr, wenn man sie hört, ahnt man, dass das Leben zurückkehrt. Wie das Dunkle und Düstere gewissermaßen weggefegt wird.«

»Hm.«

»Wie schön sie singt«, fuhr die Frau fort. »Wie ein Musikinstrument, eine Flöte oder so etwas. Wie wunderbar die Natur sein kann. Ich dachte das auch, als ich vom Bus hierher ging. Welch ein Idyll das hier ist.«

»Ja.«

»Fühlen Sie sich hier wohl? Das müssen Sie doch wohl.«

»Ja, ich fühle mich hier wohl.«

»Ich wohne ja, also, wir wohnen in der Stadt, mittendrin sozusagen. Das ist aber irgendwie auch ganz schön. Ich bin vermutlich eigentlich ein Stadtmensch. Das Leben ist dort spontaner mit Konzerten und Theatern …« Sie strich sich eine Haarsträhne aus dem Gesicht. Ihr Hals war fleckig gerötet. »Nicht dass wir das im Augenblick noch tun würden. Dazu fehlt ihm die Kraft.«

Ihm. Titus.

Rose stand am Tisch, die Füße vollkommen erstarrt auf dem Boden. Als sei sie auf den Dielen festgenagelt. Sie spürte, wie ihre Lippen erstarrten, alles erstarrte, die Finger, der Brustkorb, die Zehen. Sogar die Augenlider. Die Mauer aus Glas war wieder da. Sie stand hinter ihr. Sie umschloss sie.

»Ich … ich sollte Sie … he… herzlich von ihm grüßen«, stotterte es vom Sessel. »Er zieht gewissermaßen Bilanz. Darüber, was gewesen ist … und er …« Sie lachte auf und rieb sich dann die Lippen. »Entschuldigung … ich bin nicht ganz ich selbst, es war eine stressige Zeit, er war so krank, ich wusste nie, ob ich hoffen oder verzweifeln soll. Heute klang er etwas besser, aber das ändert sich, die ganze Zeit ändert es sich, man kann es nie sicher wissen, es geht auf und ab, aber jetzt sagen sie, dass er nicht mehr dort bleiben kann, also in der Klinik, sondern dass sie ihn in ein Hospiz verlegen müssen … das klingt so, ja, Sie wissen schon …«

Sie presste die Fäuste vor die Augen, weinte aber nicht. Nach einer Weile sagte sie:

»Es ist sein Wunsch, Sie zu sehen. Ich habe seine Telefonnummer auf einen Zettel geschrieben. Und die Nummer des Zimmers und der Klinik. Ich lege den Zettel hier hin.«

Ein Papier auf dem Tisch zuoberst auf dem Fahnenstapel. Ein Papier mit Worten und Zahlen. Die Hand, die es dorthin legte, am Finger Ringe aus Gold. Zwei Stück mit Steinen. Sie fuhr fort:

»Ich weiß schließlich … was er Ihnen angetan hat. Also … wie Sie das aufgefasst haben, was er getan hat, obwohl … oder, was wir getan haben. Rose, können Sie uns verzeihen? Es war nicht unsere Absicht, Ihnen weh zu tun. Das verstehen Sie doch hoffentlich. Und auch wenn Sie es nicht ganz und gar verzeihen können, so geht es jetzt nur um ihn. Wir müssen von uns absehen, von Ihnen und mir. Es würde so unendlich viel bedeuten, wenn Sie zu ihm fahren könnten, nur auf einen kurzen Besuch, nur damit er …«

Rose rührte sich nicht. Selbst ihre Atmung schien ausgesetzt zu haben. Durch die Glaswand sah sie, wie sich die fremde Frau mühsam von dem Stuhl erhob. Einen Augenblick lang stand sie schwankend da. Sie hob die leere Tasse hoch und ging hinkend Richtung Küche.

»Tja, ich gehe dann mal. Vielen Dank, dass Sie mich empfangen haben. Also … ich stelle die Tasse in die Spüle. Aber bevor ich gehe … glauben Sie, dass Sie zufällig ein Pflaster hätten?«

Jetzt war sie draußen in der Küche. Sie hörte, wie sie aufschrie. *Da ist ein Tier, eine Ratte!* Sie schrie weiter. Die Tasse zerbrach auf dem Boden.

Und dann ein anderes Geräusch, ein stärkeres Geräusch wie von einer Glasscheibe, die zerbarst.

Mit einem Schrei wurde sie durch die Scheibe katapultiert.

Ingrid

Dunkelheit, eine durchdringende Dunkelheit.

Ihre Glieder sind entzwei, abgebrochen.

Und alle Pferde des Königs und alle seine Mannen,
die bekamen nicht aus dem Sumpf den Måns Klumpedump.

Jemand liest vor. Großmutter? Eine zitternde Großmutterstimme.

Du sollst jetzt schlafen, mein liebes Mädchen. Schlaf, es ist spät, es ist Nacht.

Etwas zog sie heraus. Zurück in den Schmerz, weiß wie Glut. Sie lag auf dem Rücken mit schrägem, verdrehtem Hals. Die Atemzüge. Eins und zwei. Ein unerträglicher Druck auf der Brust. Rippen gebrochen, ab.

Mama, hilf mir, komm.

Glitt davon. Behaglich. Großmutter mit ihrem Haar. Geflochten und hochgesteckt.

Gott will mich so, verstehst du. Braut des Herrn.

Und sie zog die Haarnadeln heraus, eine nach der anderen. Legte sie nebeneinander auf den Tisch. Das Haar war lang und dünn. Es fiel über Großmutters Schultern. Vor Ingrids Augen verwandelte sich Großmutter in eine Hexe. Die Hexe im Blaubeerwald. In einem Haus aus Melasse und Brot. Packte mit ihren knochigen Fingern zu.

Aber was ist denn mit dir los, mein Mädchen?

Und jetzt? Jetzt? Wo bin ich?

Immer noch in derselben Stellung. Versuche einen Arm zu bewegen! Kann nicht. Zu schwer. Eisenträger als Arm, als Arme.

War das ein Erdbeben, das uns heimgesucht hat? Bin ich blind? Denn ich kann trotz meiner aufgesperrten Augen nichts sehen.

Die Fingerspitzen. Fühler.

Lieber kleiner Gott, wo bin ich?

Rose

In der Küche waren Blutspritzer, auch an der Wand klebte Blut. Die Tasse war zerbrochen, Scherben. Zwischen den Scherben lag etwas Totes mit ausgestreckten, leblosen Gliedern.

Rose hatte die Falltür zugeknallt und den Teppich darüber gezogen. Bedeckt. Sie fiel auf die Knie und hob das noch warme kleine Tier hoch. Der Kopf war eingedrückt. Der lange Schwanz war schlapp. Blut und etwas Nässendes, graunass.

»Neljä«, flüsterte sie. »Neljä.«

Aber alles war vorbei. Zu spät. Sie spürte, dass ihre Schultern bebten.

Sie ging in die Abstellkammer. Ein Schuhkarton. Sie bewahrte ihre guten Schuhe darin auf, die mit den hohen Absätzen, die sie nur ein einziges Mal getragen hatte. Bei der Verleihung des Augustpreises in der Berwaldhalle. Annie hatte sie überredet, obwohl sie nicht wollte. Sie war scheu, hasserfüllt. Das war genau nach dem Crash gewesen.

Annie hatte sie gelockt.

»Du musst unter die Leute. Und *er* wird nicht dort sein. Keines seiner Bücher ist nominiert. Du weißt, wie er denkt. *Warum soll ich da hingehen und eine Menge Geld bezahlen, nur um zuzuschauen, wie die Autoren der anderen Preise be-*

kommen? Es ist teuer, und du weißt ja, was für ein Geizhals er sein kann.«

Sie hatte sich überreden lassen.

Die Schuhe. Ein einziges Mal. Sie nahm sie heraus und stellte sie auf den Fußboden. In dem Karton waren Staubflusen. Sie trug ihn in die Küche und wischte ihn aus. Dann verteilte sie die ganze Watte auf seinem Boden, ein weiches, gewelltes Bett. Sie suchte die Servietten hervor, die zu der Tasse passten. Sie hatten dasselbe Blumenmuster. Zwei Tassen, Servietten und Kerzen. Tomas hatte ihr alles vor vielen Jahren gekauft. Zu Weihnachten. Sie hatte noch sämtliche Servietten. Sie hatte nie Gäste. Zwei geblümte Tassen, nein, noch eine. Die andere lag in blutigen Scherben auf dem Boden.

Neljä.

Das Tier lag auf dem Rücken in ihrer Handfläche. Die Pfoten in die Luft gestreckt, ohne Leben. Die Krallen glichen wohlgeformten Fingern. Sie hatten sogar Nägel.

Sie hüllte es in eine der Servietten. Legte es behutsam auf die Watte.

Draußen das letzte Licht der Dämmerung. Sie zog die Stiefel an. Unter der Birke war die Erde porös und mit Sand und Tannennadeln vermischt. Es ließ sich leicht graben. Tief. Ganz nahe bei Akelas letzter Ruhestätte. Sie leuchtete mit der Taschenlampe. Leberblümchen. Sie riss ein paar Stängel ab und kleidete die Grube hübsch damit aus. Dann senkte sie den Karton herab.

Dort drinnen sollte alles unberührt sein. Sie hatte aufgeräumt. Aufgewischt. Den Teppich über die Falltür im Boden gezogen.

Jetzt wollte sie schlafen.

Unberührt.

Nichts war geschehen.

Genau da, ein leises Surren. Es kam von der Tasche. Sie bemerkte sie erst jetzt. Eine große braune Tasche aus Wildleder. Sie zog sie zu sich heran und öffnete sie.

Das Geräusch kam von einem Handy. Es sah aus wie ihr eigenes. Sie hob es hoch und hielt es ans Ohr. Die Stimme deutlich, aber verängstigt.

»Ingrid? Wo bist du? Ist was passiert?«

Sie hielt den Atem an.

»Ingrid, mein geliebtes Mädchen! Du musst etwas sagen, ich mache mir solche Sorgen.«

Da stellte sie ab.

Ging mit dem Spaten wieder nach draußen.

Ingrid

Fragmente von Erinnerungen, wie Lumpen.

Ich.

Bin.

Ingrid Margareta Andersson, geboren am 9. September 1954 im Städtischen Krankenhaus Jönköping. Vater und Mutter Andersson. Edvin und Vega. Ich war ihr Kind, ihre hübsche älteste Tochter.

War ich eine gute Tochter? Das war ich doch wohl? Ich habe immer versucht, mein Bestes zu geben.

Klebrig von Tränen. Sie bewegte die Hand, es gelang ihr ein Gelenk zu rühren. Dort auf dem Rücken in der Dunkelheit gelang es ihr, ihre Wimpern zu spüren.

Heulsuse. Aber jetzt? Wer würde da nicht weinen?

Denn jetzt liege ich im Winterschlaf. Ingrid Andersson Bruhn.

Nixons brutaler siebter Sinn.

»Du hast es ja richtig nett hier. Eine schöne kleine Buchhandlung. Ein richtiges kleines Nest! Und ich beschere dir jetzt noch mehr Leckerbissen. Dieses Mal, Ingrid, werden sie dir den Laden einrennen. Du wirst dich vor Käufern nicht retten können und steinreich werden.«

Alle neuen schicken Cover. Er reihte sie auf dem Tisch im Hinterzimmer auf. Titus hatte sie dort hingebettet, auf dem Rücken wie jetzt. Auf dem Rücken auf der roten Tischdecke, die sie gekauft hatte, damit es etwas gemütlicher wurde. Er hatte ihren Rock hochgeschoben. Doch, sie hatte angefangen, Röcke zu tragen. Plötzlich fühlte sie sich feminin.

Alle neuen schicken Umschläge.

»Oder hast du dich vielleicht schon eingedeckt? Bevorzugst du vielleicht einen bestimmten Verlag?«

Nixon verzog das Gesicht, sein nasses Lachen. Spucke auf ihren Händen.

Nein. Sie besaß ihn nicht mehr. Der Akademibokhandel hatte sich ihre kleine, gut geführte Buchhandlung unter den Nagel gerissen. In ihrer Branche war sie lange ein Vorbild gewesen. Seht mal, es funktioniert auch noch, eine Buchhandlung privat zu führen. Ganze Studiengruppen reisten an, um ihr einen Besuch abzustatten. Die Buchhändlerin in der Gamla Stan. Schaut mal, hier ist eine, der es gelungen ist!

An einem Vormittag waren zwei abgesandte Späher der großen Kette über ihre Schwelle getreten. Eine Frau und ein Mann.

»Sie haben hier wirklich einen hübschen kleinen Laden.«

»Danke«, hatte sie erwidert, und die Unruhe hatte sich in ihrer Magengrube ausgebreitet.

Sie waren herumgegangen und hatten das eine oder andere Buch aus den Regalen genommen, dann hatten sie einen Blick ins Hinterzimmer geworfen. Die Frau hatte Stiefel mit hohen Absätzen getragen. Enge Hosenbeine. Sie war jung.

»Wirklich ein hübscher kleiner Laden«, hatte sie genickt.

Sie döste wieder eine Weile, fror. Tastete nach ihrer Decke. In den frühen Morgenstunden wurde es immer so kalt im Zimmer. Die Stunde des Wolfs. Titus lachte und breitete die Arme aus.

»Komm rüber zu mir, du kleiner Wurm. Kriech hier rüber, damit ich dich wärmen kann.«

Ein Flattern von Purpur, von Schmerz.

Rose

Sie sah den Fahnenstapel und erinnerte sich wieder. Sie hatte eine Arbeit zu erledigen. Mitternacht. Zurück zum Sofa. Sie begann zu lesen. Sie wollte nicht, dass Oscar Svendsen etwas gegen sie in der Hand haben würde. Denn sie war der Fels, als den er sie etwas von oben herab beschrieben hatte.

Sie hatte sich einen starken, munter machenden Kaffee gekocht, den sie jetzt trank. Allerdings nicht aus der geblümten Tasse, die allein zurückgeblieben war, sondern aus einer anderen, getöpferten, die sie im Freilichtmuseum Torekällberget gekauft hatte. Sie hatte dort zusammen mit Annie den Weihnachtsmarkt besucht. An sich mochte sie solche Spektakel nicht. Zu viele Leute und zu viele quengelnde Kinder. Aber eine schöne blaue Tasse, aus der sie ihren Morgenkaffee trank, erstand sie dort. Auch Annie nahm sich eine solche Tasse mit.

»Ich denke an dich, wenn ich sie benutze. Dann können wir aneinander denken.«

Annie war nicht mehr so betrübt. Das war schön. Die sterblichen Überreste ihrer etliche Jahre verschollenen Kollegin Berit Assarsson waren gefunden worden. Die Ungewissheit hatte an Annie gezehrt. Aber jetzt gab es eine Erklärung. Berit hatte sich offenbar bei Hässelby auf dem dünnen Eis des Mälaren verirrt. Sie war ertrunken. Mehrere Jahre später trieb sie an

Land. Oder das, was von ihr übrig war. Jetzt konnte man ein Grab besuchen, einen Schlussstrich ziehen.

Manchmal versuchte Annie von Titus zu erzählen. Sie sah ihn schließlich jeden Tag. Sie waren Partner. Rose wollte nichts hören.

»Ich kündige dir die Freundschaft, wenn du diesen Namen nennst.«

»So schlimm ist es also.«

»Ja, so schlimm ist das.«

Sie las einige Seiten. Keine Fehler. Konnte das wirklich sein? Sie musste sie noch einmal lesen. Sofort fand sie mehrere. *Es wird allmählich zeigen.* Wird *sich* allmählich zeigen. Wütend ergänzte sie das Reflexivpronomen. Der Übersetzer war ein bekannter, vielbeschäftigter Mann. Ihm sollten solche Flüchtigkeitsfehler nicht unterlaufen.

Weiterhin: zwei fehlende Kommata. Ein falsch geschriebenes Wort. Kongruenz. Da stand Konkruenz. Oder täuschte sie sich?

Sie hob ihre Brille zur Lampe. Schmutzig. Dann ging sie ins Bad und hielt sie unter fließendes Wasser. Sie schielte Richtung Küche. Die Falltüre war geschlossen. Der breitgestreifte Teppich lag gerade und glatt. Am heißesten Tag des Sommers wusch sie ihn immer. Sie trug ihn runter ans Wasser und klopfte ihn, so wie die Frauen das früher gemacht hatten. Dann ließ sie ihn in der Sonne trocknen. Es duftete nach Schmierseife, sauber!

Als sie damals mit Tomas in die Kate gezogen war, wusste sie von dem Keller nichts. Sie entdeckte ihn erst beim Großreinemachen. Da fiel ihr die Falltüre mit dem Ring im Fußboden auf, sie hatte sich jedoch nicht weiter darum gekümmert. Da lag der Crash noch nicht lange zurück und solche Kleinigkeiten interessierten sie nicht. Als sie den Teppich aufgerollt hatte, hatte Tomas mit angezogenen Beinen auf dem Sofa gesessen. Er beugte sich interessiert über den Couchtisch:

»Guck mal! Was ist das?«

»Sieht aus wie eine Falltür.«

Im Handumdrehen war er aufgesprungen und hatte den Ring gepackt. Gemeinsam wuchteten sie die Falltüre hoch. Es gab einen Haken, der das Zuschlagen verhinderte. Ein Modergeruch schlug ihnen entgegen. Eine Leiter führte in das Dunkel hinab. Tomas holte die Taschenlampe, eine große Stablampe, für die sie auf dem Land wirklich Verwendung hatten, wie sie bald bemerkte. Er kletterte mit einer kindischen Begeisterung nach unten. So hatte sie ihn schon sehr lange nicht mehr erlebt. Der Lichtschein irrte unten hin und her.

»Ist da was?«, rief sie.

»Nein, alles leer.«

Eine vage Erleichterung bemächtigte sich ihrer.

»Ach, überhaupt nichts?«, fragte sie.

Sein Kopf tauchte in der Öffnung auf.

»Aber daraus lässt sich was machen, Mama. Das kann hier unten richtig schick werden. Man muss natürlich erst etwas lüften.«

Sie rümpfte die Nase.

»Doch, ganz sicher«, fuhr Tomas fort. »Ich hole meine Freunde, und dann bringen wir das in Ordnung.«

Er war schon groß und auf dem Weg von ihr weg. Die Schule hatte er hinter sich, er war erwachsen.

»Mach, was du willst«, sagte sie.

Sicherheitshalber rief sie Claes Schröder an.

»Haben Sie etwas dagegen, dass wir den Keller aufmöbeln? Er steht ja wohl kaum unter Denkmalschutz?«

Claes Schröder lachte in den Hörer. Motorengeräusch, manchmal verschwand seine Stimme.

»Nein, kein Problem«, hörte sie ihn sagen, dann wurde die Verbindung unterbrochen.

Tomas hatte sich ein Musikstudio gewünscht, und die anderen Burschen, seine Freunde, halfen ihm dabei, den Keller unter dem Fußboden gegen Schall zu isolieren. Sie diskutierten sogar, das Fundament freizulegen und einen Kellereingang von außen zu bauen, damit man nicht immer durch die Luke zu klettern brauchte, aber daraus wurde dann nichts.

Einer von ihnen hatte Kontakte zum Baugewerbe und organisierte Glaswolle und und Glasfasergewebe. Anschließend wurde lange energisch gehämmert und gesägt. Sogar eine Chemikalientoilette stellten sie hinter einer Trennwand auf. Sie wurde allerdings nie richtig installiert. Erst war von einem Gebläse und einen Abluftschacht die Rede gewesen. Sie wusste nicht, wie oft diese Toilette verwendet worden war. Oder ob überhaupt. Im Übrigen gab es keinen elektrischen Strom dort unten. Tomas ließ einfach ein Verlängerungskabel nach unten hängen, wenn sie mit ihren Instrumenten loslegten.

»Braucht ihr da unten wirklich eine Toilette?«, wandte Rose ein. »Das ist doch übertrieben. Könnt ihr nicht die hier oben verwenden?«

»Wenn man komponiert, muss man manchmal ganz dringend«, scherzte der Bursche, der die Glaswolle besorgt hatte. »Dann geht es um Sekunden.« Er war ein fröhlicher und lauter junger Mann, der eigentlich überhaupt nicht zu Tomas passte.

Sie kochte für sie, während sie arbeiteten. Pfannkuchen und Gemüsegerichte mit Bulgur. Sie backte Zimtschnecken wie damals, als Tomas noch in den Kindergarten ging. Sie aßen mit Heißhunger.

Sie gründeten eine Band und nannten sie »Nameless«, weil ihnen nichts Besseres einfiel. Tomas spielte Gitarre, und Rogge, der junge Mann mit den Dämmplatten, spielte Schlagzeug. Es waren auch noch ein paar andere dabei, sie hatte sie fast vergessen.

Die Isolierung erfüllte ihren Zweck. Wenn sie sich unter dem Fußboden befanden und spielten, drangen nur schwache Vibrationen und ein dumpfes, stoßweises Schwingen in die Küche. Eines Abends durfte sie auch nach unten kommen und zuhören. Sie hatten Teelichter und Lämpchen an den Wänden aufgestellt, und sie hatte erst Angst gehabt, es könne zu brennen beginnen. Tomas hatte sowohl den Text als auch die Musik geschrieben. Nackte, rohe Worte, die sie beunruhigten. Sie versuchte, stolz zu sein, aber dann kamen ihr doch die Tränen. Als sie das bemerkten, hörten sie auf.

»Das liegt irgendwie an der Luft …«, entschuldigte sie sich. »Ich habe da offenbar eine Allergie.«

Sie sah ihnen an, dass sie ihr nicht glaubten.

Aus den Tourneen wurde nichts, auch nicht aus dem Plattenvertrag, von dem sie geträumt hatten. Die Nameless-Musik existierte nicht mehr, denn irgendetwas war geschehen. Die Band löste sich auf. War ihnen einfach die Lust vergangen? Oder hatten sie sich gestritten? Sie wagte nie zu fragen.

Nach Tomas' Aufbruch war sie nur wenige Male unten im Keller gewesen. Einfach nur, um nach dem Rechten zu sehen. Das schmale Bett war frisch bezogen, falls er zurückkommen würde. Aber eigentlich hatte er nie dort unten schlafen wollen. Es war ihm zu beengt.

Von den meisten Habseligkeiten hatte er sich getrennt, als er abgehauen war. Nur noch ein Regal mit Büchern und Noten, ein paar stapelbare Stühle und ein Couchtisch aus Rauchglas, auf den er so stolz gewesen war, waren übrig. Der Tisch hatte bei IKEA fast zweitausend Kronen gekostet. Er hatte ihn von seinem eigenen Geld bezahlt und selber zusammengeschraubt. In der Anleitung hatte gestanden, man müsse ihn behutsam verwenden, und sie hatte an die Jungen und ihre heftigen Bewegungen gedacht.

Bei ihrem ersten Besuch dort unten hatte sie einen Lappen dabeigehabt und den Tisch abgewischt. Auf dem Tisch lag ein Stift, und als sie ihn hochhob, war deutlich zu sehen, wie staubig alles war. Sie fragte sich, wo der Staub in diesem geschlossenen Raum herkam.

Bevor sie wieder nach oben geklettert war, hatte sie den Deckel der Toilette geöffnet. Es hatte schwach nach Chemikalien gerochen.

Ab und zu öffnete sie die Falltüre, um zu lüften. Aber meist blieb sie geschlossen und unter dem Teppich versteckt.

Ingrid

Nach und nach kehrte sie zurück. In eine Art von Jetzt.

Sie hatte sich aus dem Sessel in Roses Wohnzimmer erhoben, um die Tasse wegzustellen. Die Frau, die Rose war, hörte ihr zu. Alles war glatt gegangen. Der Auftrag war fast ausgeführt. Sie hatte das Haus gefunden, war von Rose hereingelassen worden und hatte ihre Mitteilung überbracht. Sie wollte sich nur noch ein Pflaster für die üble Blase geben lassen. Rose sollte ihr ein Pflaster geben. Anschließend wollte sie das Haus verlassen. Sie wollte gehen. Für immer.

»Ciao, Rose, vielen Dank, dass Sie so viel Geduld hatten.«

Wieder auf dem Weg wollte sie ein Taxi rufen. Borgsviks Gård. Die Taxifahrer wussten, wo das war. Während sie wartete, wollte sie Titus anrufen.

»Ich habe getan, worum du mich gebeten hast. Sie wirkte okay. Ich glaube, sie hat versprochen, dass sie bei dir vorbeischauen würde.«

Bis dahin.

Aber dann?

Es gelang ihr immer mehr, die Kontrolle zurückzugewinnen. Ihr Körper schmerzte und fühlte sich verbraucht an. Sie hatte einen Geschmack von Eisen auf der Zunge.

Die Beine. Sie zog sie an und berührte ihre Knie. Mit der Rechten. Die Linke wollte noch nicht so recht, sie musste noch etwas liegenbleiben und warten. Die Knie. Ihre runden Knie in den Hosen. Im Sommer sonnengebräunt, kleine Hügel. Er legte gerne seine Hände darauf. Sie passten zusammen, sagte er. Ihre Knie unter seinen Handflächen.

Es war doch jetzt kein Sommer, oder? Sie fror. Vielleicht war Winter. Ihre Kniescheiben schmerzten. Erst hatte sie geglaubt, sie seien zerschmettert. So hatte es sich angefühlt. Aber so schlimm war es doch nicht.

Sie setzte ihre Untersuchung fort. Zu den Waden hinunter. An der Ferse brannte es. Hm. Das war die Blase. Die Socke war festgeklebt, sie riss sie ab. Der Schmerz tat ihr gut. Das war die Art von Schmerz, für den es eine Erklärung gab.

Sie drückte mit dem Po gegen die Unterlage. Da wurde es kalt und feucht. Ihre Hose war nass. Sie hatte in die Hose gemacht. Mein Gott. In die Hose gemacht. Der Seidenslip, sie hatte ihn von Titus bekommen. Ein kleines Paket zum Frühstück. Am oberen Ende der Drottninggatan gab es ein Geschäft für exklusive Unterwäsche. Dort kaufte er ziemlich oft ein. Sie hatte das Gefühl, dass das lange her war. Dann erinnerte sie sich an das Krankenhaus und an Titus. Daraufhin musste sie einen Moment zur Ruhe kommen und sich fest in die Backe beißen.

Lag sie auf einem Fußboden? In ihrem Seidenslip und in einem nassen und schweren Jeansstoff. Sie bibberte. Drückte die Schulterblätter nach unten, eines nach dem anderen. Das linke schmerzte. Ein Schmerz wie Feuer den ganzen Arm entlang. Irgendetwas war mit diesem Arm, aber was?

Sie glitt wieder davon. Ein Unfall. Richtig. Jetzt wusste sie es. Sie hatte in einem Taxi gesessen, das mit etwas zusammengestoßen war. Der Taxifahrer schreit, ein Gebrüll, sie sieht ein

Auto. Es kommt geradewegs auf sie zu. Jetzt ist alles vorbei, denkt sie, sie hat tatsächlich noch genug Zeit, das zu denken. Ja. So muss es gewesen sein.

Vor dem Unfall erinnert sie sich noch an einen Donner vor ihrem Gesicht.

Richtig. Ein Autounfall.

Ist sie jetzt im Krankenhaus? So muss es sein. Befindet sie sich vielleicht in Narkose und träumt? Haben sie ihren linken Arm amputiert und wollen es ihr nicht sagen? Phantomschmerzen. Sie muss ein paar Scherze machen, um sich zu beruhigen. *Das macht nichts. Habt keine Angst. Glück im Unglück, dass ich Rechtshänderin bin. Aber ihr müsst sehen, dass ihr die Blutung stillt. Ich habe keine Reserven.* Eine Krankenschwester, es ist Schwester Lena mit dem milden, traurigen Lächeln. Sie sagt etwas, leise, presst die Lippen zusammen.

Das können wir nicht garantieren.

Wie hart sie auf einmal ist, diese Schwester Lena. Ingrid wimmert, sie sucht ihren Arm. Und sie hat Glück, sie findet ihn. Er liegt ja doch neben ihr auf dem Fußboden. Erleichterung. Eine Weile lang. Aber sie hat Durst, immer größeren Durst. Lippen und Kehle sind wie Pergament. Sie denkt an fließendes Wasser. Sie hört auch ein rieselndes Geräusch, ein Rauschen direkt neben sich. Sie schnalzt mit der Zunge, sie fühlt sich am Gaumen vollkommen trocken und ausgedörrt an.

Sie sieht Titus. Er lacht. Sie sieht seine Zähne.

Du entzückender kleiner Klumpedump.

Und die anderen auf dem Floß. Sie lachen.

Oh, was für ein kleiner unbeholfener Klumpedump.

Ein Geräusch dringt aus ihrer Kehle.

»Bring mich hier weg, ich will nach Hause.«

Trockenes Schluchzen in der Dunkelheit. Kurze Schreie.

Wo ist die Tasche, wo ist ihr Handy? Sie wird jemanden anrufen, Hilfe holen. Sie wird Titus anrufen, ihren Mann.

»Wo bist du, mein Mäuschen?«, wird er sie mit leichtem Tadel in der Stimme fragen. »Ich mache mir Sorgen um dich, das ist dir doch klar. Mein Mäuschen, warum lässt du nichts von dir hören.«

Nein, kein Verkehrsunfall.

Sie sieht wieder, wie sie aus dem Sessel aufsteht.

Sie wollte nur eben mit der Tasse in die Küche gehen.

Wollte sie wohlerzogen in die Küche stellen.

Dann:

Eine Bewegung auf dem Teppich. Etwas Lebendiges, ein Tier!

Sie begann rasend schnell zu atmen. Eine widerwärtige, stinkende Ratte. Sie sah den langen Schwanz mitten im Sprung. Sie schleuderte die Tasse weg. Zielte. Der Sprung kam nie zu einem Ende. Selbstverteidigung, an soviel erinnerte sie sich noch und an ihr Erstaunen darüber, getroffen zu haben.

An sonst nichts, nichts mehr.

Rose

Alles war wie immer. Die Küche aufgeräumt und fertig. Sollte sie schlafen? Nein, dazu fehlt mir die Zeit, Oscar hat angerufen und den Abgabetermin geändert. Dieser eingebildete Affe Oscar. Er war verheiratet, das wusste sie. Seine Frau arbeitete bei Sveriges Radio. Sie hatten Kinder, sechsjährige Zwillinge, Arthur und Benjamin. Benjamin würde nie Benny genannt werden, jedenfalls nicht von seinen Eltern. Sie trank einen Schluck Kaffee. Das warme Getränk lief durch ihre Kehle und wärmte ihren Bauch. Sie starrte auf den Text. Die Buchstaben wimmelten wie Ameisen. Sie versuchte, sie mit den Fingerspitzen zu fassen zu bekommen, aber sie entschlüpften ihr.

Kongruenz.

Nein, da war nichts falsch. Das sah sie jetzt. Und das »sich« stand, wo es stehen sollte.

Sie war ganz einfach zu müde. Sie musste schlafen. Nur ein paar Stunden. Sie lehnte sich auf dem Sofa zurück und ließ sich fallen. Nicht das Bett mit seiner unendlichen Tiefe. Sie kuschelte sich ins Polster und schlief ein.

Als sie erwachte, war es fünf Uhr. Das erste Licht ließ sich ahnen. Die Amsel begleitete die Dämmerung mit ihrem Gesang.

Wissen Sie, dass die Amsel mein Lieblingsvogel ist?

Meiner auch. Im Grunde genommen.

Sie ging auf die Toilette. Duschte. Heiß und lange. Cremte ihre trockene Haut ein.

Die kaputte Cordhose. Sie musste sie flicken, sobald sie mit der Arbeit fertig war. Alles andere musste warten. Oscar Svendsen stand zuoberst auf der Liste ihrer Pflichten. Sie befühlte vorsichtig ihr Bein. Blau und sehr schmerzhaft, aber besser.

Sie trat auf die Querstreifen des Küchenteppichs, entdeckte ein paar Blutspritzer, hielt inne.

Sie würde den Teppich waschen müssen. Sie würde ihn ans Wasser schleppen müssen, obwohl es kalt war. Es war viel zu kalt. Vielleicht lag sogar noch Eis auf dem Wasser.

Sie rollte den Teppich mit dem Fuß auf und vermied es, sich den Griff anzusehen, der zum Vorschein kam. Den Eisenring, mit dem sich die Falltür öffnen ließ und der ein wenig im Boden eingelassen war. Sie holte die Plastikflasche mit der Schmierseife, eine Wurzelbürste und ein Paar Gummihandschuhe. Luft, wie sehr sie sich doch nach etwas Luft sehnte!

Die Kanadagänse schnatterten und schrien auf den Inselchen. Ein Schiff fuhr vorbei und schreckte sie auf. Die Sunnanvik, stellte sie fest, eines der größten, jenes mit dem orangenen Rumpf. Es war auf dem Weg in den Mälaren. Es fuhr so nahe an ihr vorbei, dass sie die Männer auf Deck in ihren leuchtenden Overalls sehen konnte. Einer von ihnen winkte. Sie konnte nicht zurückwinken, denn sie schleppte den zusammengerollten Teppich, die Schmierseife und die Bürste.

Unterhalb des Hügels lag eine Bucht mit einem Sandstrand, an dem das Wasser sehr seicht war. Im Sommer kamen die Leute zum Baden hierher. Ließen ihren Müll liegen. Leere Tüten und Plastikflaschen. Sie ging manchmal dort vorbei, und sie sahen sie missbilligend an. Saßen in ihrer Badekleidung dort. Kippen und Bier. Sie konnte sie nicht daran hindern. Der Strand gehörte der Stadt. Ihr Grundstück reichte nicht bis ans Wasser.

Sie breitete den Teppich aus und schüttelte ihn. Dann legte sie ihn in das eisige Wasser. Ihre Finger wurden sofort gefühllos. Ihre Fingernägel schmerzten. Das war alles andere als gut für ihre empfindliche, von Ausschlägen geplagte Haut. Sie drückte etwas Schmierseife auf die Wurzelbürste und begann zu schrubben. Mit kaltem Wasser ließen sich Blutflecken entfernen, nahm man warmes, dann geronn das Blut und die Flecken blieben für immer.

Sie schrubbte mit kräftigen Bewegungen. Schrubbte, bis ihre Knöchel in den Handschuhen schmerzten. So war es ihnen früher ergangen, den Landarbeiterfrauen. Und dem Gesinde auf den großen Gütern. Sie hatten mit ihrer Arthrose auf Stegen gekniet und gewaschen. Dann hatten sie die vom Wasser schwere Wäsche nach Hause geschleppt. Wie sollte sie den Teppich eigentlich trocknen? Der Himmel war bewölkt, heute ließ sich keine Sonne blicken. Diese Frage würde sie später klären.

Sie hörte etwas hinter sich, eine Stimme. Sie zuckte zusammen. Ein Mann mit einem Jack-Russell-Terrier. Sie hatte sie noch nie gesehen, und nickte zurückhaltend. Der Mann blieb stehen und sah sie an.

»Waschtag, oder?«

»Ja.«

»Ziemlich kalt.«

»Nicht so schlimm.« Sie ging wieder mit der Bürste auf den Teppich los, um ihm zu zeigen, dass sie keine Zeit zum Schwatzen hatte. Im Haus lag die Korrekturfahne. Sie hatte heute weit über die Hälfte zu lesen.

»Entschuldigen Sie, dass ich frage, aber warum warten Sie damit nicht, bis es etwas wärmer geworden ist?«

Sie wusste nicht, was sie antworten sollte. Sie warf den Kopf in den Nacken, was soviel bedeuten sollte wie ein Achselzucken. Schließlich gab er auf und ging Richtung Werft weiter. Rose stand mit Gummistiefeln im Wasser und spürte die Kälte in den Zehen. Sie beugte sich vor und hob den Teppich an, begann, ihn auszuspülen. Das Problem bestand darin, ihn nach Hause zu bekommen. Wie hatte sie das früher gemacht? Da war Sommer gewesen. Da hatte sie der schwere, nasse Teppich einfach nur abgekühlt, sie hatte ihn über die Schulter geworfen und nach Hause getragen.

Schließlich gelang es ihr, ihn wieder zusammenzurollen. Wasser lief aus dem Stoff, und der Teppich war glatt und unhandlich. Sie packte die Rolle und zog sie über die Erde. Sie würde dabei zwar wieder schmutzig werden, aber nicht auf dieselbe Art. Diesen Schmutz würde sie ausbürsten können, wenn der Teppich erst wieder trocken war.

Der Fußboden wirkte nackt. Die Futterschalen der Tiere waren leer. Sie spülte sie und füllte sie dann mit Grießbrei. Den kaufte sie fertig bei Ellbes Livs. Einmal in der Woche fuhr sie zum Großeinkauf dorthin. Jetzt war es bald wieder soweit.

Sobald die Schalen den Boden berührten, waren Fikon und Smultron da. Auch Tranbär streckte seine kleine Schnauze vor. Sie fragte sich, ob er gemerkt hatte, dass Neljä nicht mehr da war. Es kam nur selten vor, dass sie sich zusammen vorwagten. Im Kreis saßen sie um die Schalen herum. Sie nahmen den Brei mit den Pfoten auf und leckten die Pfoten dann ab. Sie sah ihnen beim Fressen zu. Plötzlich wandten sich ihr alle zu und sahen sie mit zitternden Schnurrhaaren an. Fikon saß auf den Hinterbeinen, den langen Schwanz ganz starr. Das war ein Zeichen von Angst, das hatte sie gelernt.

»Was ist los?«, flüsterte sie. »Vor mir hast du doch wohl keine Angst?«

Dann erinnerte sie sich. Fikon war Neljäs Mutter.

Sie dachte daran, was sie von Elefanten gehört hatte. Wenn jemand aus der Herde gestorben war, versammelten sich die anderen, um zu trauern. Jedes Mal, wenn sie an dem Ort vorbeikamen, wo der Tod eingetreten war, hielten sie eine Weile inne. Mit hängenden Rüsseln standen sie da. Sie hatte das auch einmal im Fernsehen gesehen, ein ergreifender, schöner Film, nach dem sie den ganzen Abend traurig gewesen war.

»Neljä ist tot«, sagte sie langsam. »Neljä kommt nie mehr zurück. Neljä schläft da draußen unter der Birke.«

Fikon rieb sich mit den Pfoten an der Schnauze. Bald würde auch Fikon tot daliegen. Zwei Jahre. Älter wurden sie nicht. Einige wurden nicht einmal so alt. Fikon ließ sich wieder auf alle viere herab und tappte auf sie zu. Sie hob sie hoch und strich ihr über das samtige Fell. Die Ratte hatte Angst. Ihr kleines Herz pochte gegen ihren Daumen.

»Das ist nicht gefährlich«, murmelte sie. »Rose kümmert sich um euch. Alles wird wie früher.«

Aber sie wusste, dass das nicht wahr war.

Ingrid

Es war ihr gelungen, auf alle viere zu kommen. Oder alle dreie, denn der linke Arm war unbrauchbar. Sie sah zwar ein, dass er immer noch an ihrem Körper befestigt war und zu ihr gehörte, aber irgendetwas war damit passiert. Er war auf eine fatale Art verdreht, und die Schmerzen raubten ihr den Atem.

Die Rückenlage zu verlassen hatte sie fast unmenschliche Anstrengungen gekostet. Mehrmals verlor sie das Bewusstsein. Jedes Mal wenn sie die Kontrolle verlor, nahm der Schmerz in dem verletzten Arm noch weiter zu. Aber jetzt kniete sie immerhin und tastete sich mit der Rechten vor.

Die Dunkelheit war, abgesehen von einem Punkt über ihr, immer noch kompakt. Dort ahnte sie ein Flimmern, ein Viereck. Jetzt wusste sie es. Sie war gefallen. Sie erinnerte sich an ein Loch und an eine Klappe. Sie hatte wie eine Falle offengestanden. Absolut lebensgefährlich.

Mit äußerster Mühe kam sie auf die Füße. Das schwache Licht schien zu hoch. Da würde sie nie raufkommen. Sie würde nie zur Falltüre hinaufgelangen, um sie aufzudrücken. Sie begann zu gehen, machte winzige Schritte wie eine Ameise. Sie stieß gegen etwas und streckte die rechte Hand aus, um es abzutasten. Die Kante eines niedrigen, runden Tisches, ein paar Stühle. Links davon stand ein Bett. Raue Wolle, eine Decke. Das Bett war bezogen. Sie setzte sich zitternd auf die Bettkante, dann ließ sie sich schwer auf das Kissen fallen.

Schlief eine Weile oder dämmerte. Die Luft war seltsam. Sie schwitzte und fror gleichzeitig. Die nasse Hose brannte auf der Haut. Langsam zog sie die festgesteckte Wolldecke heraus und wickelte sich ein.

Rose. Rose hatte sie in das Loch gestoßen. Jetzt erinnerte sie sich deutlicher an die Einzelheiten. Plötzlich fiel ihr das Gebrüll wieder ein, das sich in ihren eigenen Aufschrei gemischt hatte. Dann war die Frau auf sie zugestürmt.

Offenbar war Rose krank.

Sie befand sich in den Händen einer Psychopathin.

Entsetzen erfüllte sie, und sie klapperte mit den Zähnen. Plötzlich wurde ihr übel. Ehe sie es noch unterdrücken konnte, hatte sie sich auf ihre Jacke und die Decke übergeben. Sie versuchte es wegzuwischen und strich die Hand über die Bettkante. Es klebte und stank zwischen den Fingern.

Später. Andere Gedanken, Hoffnung: Rose hatte sie gar nicht stoßen wollen. Es war ein Unfall. Also musste sie sie bald rauslassen. Vielleicht wollte sie ihr auch nur einen Schrecken einjagen. Schließlich musste sie recht wütend auf sie sein. Sie hatte ihr ihren Mann gestohlen und ihr angenehmes Leben auf den Kopf gestellt. Ihr nur einen kleinen Schrecken einjagen, sie bestrafen. Sicher würde sie bald aufmachen und sie zu einem Arzt bringen. Sie musste ihren verletzten Arm versorgen lassen. Rose würde sehen, wie verletzt er war, wie seltsam und schief er hing. Ganz sicher war er gebrochen. Falls sie ihn überhaupt wieder verwenden konnte, musste sie ihn operieren lassen, damit er nicht falsch verheilte.

Titus. Jetzt erinnerte sie sich. Er musste außer sich sein vor Sorge.

Wie spät konnte es sein? Sie hatte keine Ahnung. Ihre Armbanduhr hatte keine Leuchtzeiger. Sie versuchte nachzudenken. Wie lange lag sie hier unten? Es war Abend, als sie eintraf. Vielleicht waren ein paar Stunden vergangen. Sie war weggedämmert. Vielleicht war es jetzt Nacht. Ja. Nacht war es. Nacht.

Sie erinnerte sich an ihr Handy. Das war doch wohl noch an? Doch, das war es. Es musste noch oben in ihrer Tasche liegen. Jedenfalls, wenn die Tasche nicht unten bei ihr war. Das wusste sie nicht. Das konnte sie auch nicht sehen. Aber wahrscheinlich befand es sich dort oben. Titus musste sie angerufen haben. Rose musste drangegangen sein. Was hatte sie wohl gesagt? Dass Ingrid wieder gegangen sei und bald wieder zu Hause sein würde? Natürlich. Das musste sie gesagt haben. Wohl kaum, dass sie seine neue Ehefrau in ein Kellerloch gestoßen hatte.

Dann kommt sie wohl bald, hatte er sich vermutlich getröstet.

Aber wenn sie nicht nach Hause kam? Wer würde das merken? Wen kümmerte das?

Titus! Er würde es merken. Er wusste auch, wo sie war und konnte jemanden schicken. Um ihr zu helfen. Falls es ihm nicht schlechter ging natürlich nur. Denn dann hätte er nicht die Kraft. Sodass er … Aber dann hätte sie das Krankenhaus ja doch wohl angerufen und sie gebeten, zu kommen. Und wenn sie sie nicht erreichten? Was würden sie dann tun? Natürlich seine Kinder anrufen. Wir haben versucht, seine Frau zu erreichen. Wissen Sie vielleicht, wo sie ist?

Sie verzerrte das Gesicht und stöhnte.

»Hör auf!«, sagte sie laut. »Hör auf, verdammt!«

Jemand würde kommen. Und sie finden.

Wenn sie nur die Falltür entdeckten! Rose hatte sie zugemacht. Und wenn sie jetzt sagte: Ingrid ist nie hier gewesen? Ich weiß nicht, wovon Sie reden.

Vor Angst begann sie zu wimmern.

Dann beruhigte sie sich wieder. Warum in aller Welt sollte Rose die Sache so weit treiben? Nein. Alles würde sich klären.

Aber da war noch etwas. Diese Ratte in der Küche. Diese Ratte, die sie mit der Tasse getroffen hatte. Sie war groß und räudig gewesen mit einem widerlichen Schwanz. Die Ratte hatte sie anfallen wollen, und sie hatte sie daran gehindert.

Und wenn sie nicht allein gewesen war? Ratten lebten doch in Rudeln? Sie hielten sich in dunklen Räumen auf. Wenn es jetzt weitere hier unten gab! Sie jammerte und schluchzte, und zog ihre Beine an.

In der Stadt wimmelte es von Ratten. Sie hatte etliche Male Ratten gesehen, und sie erfüllten sie mit Abscheu. Sie hatte Angst vor ihnen. Eine Rattenphobie. Unterwegs zu den Mülltonnen wieselten sie unter den Autos hervor. Irgendwo hatte sie einmal gehört, dass auf jeden Menschen in der Stockholmer Innenstadt fünf Ratten kamen. Sie konnten auch gefährlich werden. Es war von einem Angriff auf ein Baby die Rede gewesen. Die Mutter hatte den Kinderwagen im Hof abgestellt. Nach einer Weile hörte sie herzzerreißendes Schreien. Sie lief hin und sah eine große Ratte im Wagen sitzen. Sie hatte die Wange des Kindes angefressen. Titus hatte die Sache als einen Alltagsmythos abgetan. Er fand, sie übertreibe wie immer. Er konnte ihre panische Angst vor diesen Tieren nicht verstehen. Um ihr über ihre Angst hinwegzuhelfen, kaufte er ihr eine DVD, einen Zeichentrickfilm mit Ratten. Er hieß »Ratatouille«. Sie schauten ihn zusammen an, aber nicht einmal das hatte geholfen. Als sich Horden von Zeichentrickratten über den Fernsehschirm ergossen, musste sie die Augen schließen.

Einige Ratten waren so groß wie Katzen. Die in der Küche war kleiner gewesen. Aber sie hatte ihre Zähne gesehen. Lang und gelb. Sie waren direkt auf sie zugekommen. So hatte es zumindest ausgesehen.

Sie kauerte sich zusammen und hielt sich den verletzten Arm. Sie drückte ihn ans Herz. Sie spürte, wie erschreckt es pochte. Sie musste raus! Sofort!

»Hallo!«, rief sie. Das Geräusch klang matt und gedämpft. »Hallo«, schrie sie wieder, jetzt lauter, aber bei jeder Anstrengung schwindelte es ihr vor Schmerzen. »Rose, sind Sie da? Lassen Sie mich raus!«

Vielleicht war auch alles nur ein Missverständnis. Später dachte sie das. Später, nachdem die Luke immer noch nicht geöffnet wurde und sie auch keinen Laut von oben hörte. Rose hatte sie vielleicht nicht gesehen. Sie war vielleicht auch nicht in die Küche gestürzt. Sie erinnerte sich falsch. Rose musste glauben, dass sie bereits das Haus verlassen hatte.

Rose

Es war so still dort unten.

So musste es natürlich sein.

Aber trotz der Isolation waren von den Jungen, wenn sie im Keller zugange waren und probten, Geräusche zu hören. Ein hitziges Schlagzeugsolo. Ein zitternder Lautstrom von der Gitarre. Dumpf und gedämpft, aber doch deutlich hörbar.

Jetzt war eine Frau dort unten. Ein fremder, unwillkommener Gast war in Roses Haus eingedrungen und durch die weit offen stehende Falltüre gestürzt. Wie von einem riesigen Schlund verschlungen.

Ob sie es überlebt hatte? Rose war klar, dass sie nachschauen musste. Sie wollte nicht, aber sie musste. Erst dann konnte sie überlegen, wie sie mit diesem Wahnsinn, in den sie so vollkommen unverschuldet hineingeraten war, umgehen sollte.

Hätte nicht die braune Wildledertasche noch vor dem Sessel im Wohnzimmer gelegen, hätte alles ein böser Traum sein können. Aber sie lag dort, zusammengesunken und lappig. Sie hob sie hoch. Die Tasche der fremden Frau. Die Handgriffe waren durch die Berührung ihrer Hände gedunkelt. Der Reißverschluss war offen. Richtig, sie selbst war das gewesen. Sie hatte sie geöffnet, um das Handy herauszunehmen. Als sie an das Handy und Titus' Stimme dachte, musste sie die Augen schließen und tief durchatmen.

Immer mit der Ruhe. Ihr Herz raste. Ruhig!

Sie zog die beiden Seiten auseinander und schaute hinein. Ein Taschenschirm, ein Paar Handschuhe, eine Brieftasche, eine Haarbürste, in der sich Haare verfangen hatten. Blond. Die Haare der Frau. Ein Schminktäschchen aus Plastik mit Lippenstift, Puder und Kajalstift. Ein Schlüsselring mit einem Herz aus Glas mit mehreren Schlüsseln daran. Sie starrte den Schlüsselring an. Ein Text war in das Glas eingraviert. »Je t'aime«, las sie.

Sie breitete eine Zeitung auf dem Fußboden aus, die *Dagens Nyheter* vom Vortag, und kippte alles darauf aus. Ganz unten in der Tasche lag ein Taschenkalender aus schwarzem Leder mit dem Namen der Frau in Goldschrift. Ingrid Andersson. Ach. Also nicht Bruhn. Aber Rose wusste, dass sie verheiratet waren.

Früher hatte sie selbst von Titus jedes Jahr einen solchen Kalender bekommen. Er bestellte ihn irgendwo und ließ die Namen auf das Cover drucken. Im November verteilte er sie dann an seine Angestellten und an die erfolgreichsten Autoren.

Sie betrachtete das kleine Buch. »INGRID ANDERSSON« in Gold und in hübschen Großbuchstaben. Sie hatte die Schrift ausgesucht. Sie erinnerte sich, dass er ihr eine schnörkelige Schreibschrift gezeigt und sie gefragt hatte, was sie davon halte. Zu kitschig, hatte sie geantwortet. Er hatte auf sie gehört und sich ganz auf ihren Geschmack verlassen.

Mit Widerwillen schlug sie Ingrid Anderssons Kalender auf. Er duftete süßlich nach Konfekt oder Parfüm. Namen und Adresse auf der ersten Seite in einer kindlichen, nach links geneigten Handschrift. Schlau, dachte sie. Perfekt für jeden Dieb. Adresse und Schlüsselbund, smart.

Die Seiten des Kalenders waren fast leer, die Eintragungen

spärlich. Am kommenden Mittwoch hatte sie einen Termin beim Frauenarzt. Ganz hinten war ein Adressenverzeichnis mit Namen und Telefonnummern. Sie kannte nicht viele davon.

Sie öffnete die Brieftasche. Vier Hunderter und zwei Zwanziger bei den Scheinen. Ein paar Münzen. Ein Führerschein, der im März 2015 ablief. Ingrid war jünger als sie, stellte sie fest, ein gutes Jahr. Weiterhin eine Visakarte und eine ICA-Kundenkarte sowie eine Streifenkarte.

Dann sah sie das Foto. Es steckte hinter einer verknautschten durchsichtigen Plastikfolie, die die Gesichtszüge verzerrte. Aber das war er. Das war Titus. Er sah sie mit seinen blauen Augen direkt an.

Sie warf Ingrids Sachen zurück in die Wildledertasche. Dann stopfte sie die Zeitung dazu. Sie musste die Tasche loswerden, wollte sie nicht im Haus haben. Sie trug sie hinunter in den Schuppen und schob sie hinter ein paar Säcke mit Torf, die seit dem vergangenen Sommer dort standen.

Was tue ich da eigentlich?, dachte sie. Was tue ich da, um Gottes willen? Sie legte den Kopf in den Nacken, und das schwache Licht fiel ihr ins Gesicht. *Stärke mich, mache mich rein.* Doch sie war rein. Jetzt gab es Dinge zu erledigen. Sie musste sich an ihre Routinen halten, es gab Verrichtungen, die alles am Laufen hielten. Es waren diese Aufgaben und Gewohnheiten, die einen Menschen zusammenhielten, durch die allein das Dasein funktionierte. Sie war eine Meisterin der Gewohnheiten. Ihnen hatte sie es zu verdanken, dass ihr nach dem Crash ein Neubeginn gelungen war.

Heute war Dienstag. Oscar Svendsen erwartete am folgenden Tag, am Mittwoch, die Korrektur. Sie hatte also noch etwa vierundzwanzig Stunden Zeit, um die Arbeit fertigzustellen.

Wenn es eilig war, schickte er ihr einen Kurier, um die Korrektur abzuholen. Das würde er auch jetzt wieder tun müssen.

Sie machte sich eine große Kanne Tee und zwei Brote. Sie war nicht hungrig, aber sie musste etwas essen, um arbeiten zu können. Die Vögel sangen laut an diesem Vormittag. Das Zwitschern drang durch die geschlossenen Fenster herein und erfüllte das ganze Haus. Zum ersten Mal störte sie das. Sie nahm sich wieder den großen Stapel vor und versuchte sich zu konzentrieren. Als sie sah, wieviel noch übrig war, schwindelte ihr. Sie zwang sich erneut, tief durchzuatmen, Zwerchfellatmung, die sie einmal in einem Entspannungskurs gelernt hatte. Das half ein paar Minuten lang, dann kehrte der Schwindel zurück.

Der Tee war heiß. Sie verbrannte sich die Zunge und fluchte, obwohl das gar nicht ihre Art war. Eine reine und schöne Sprache, frei von Phrasen und Unkraut. Tomas hatte sie deswegen immer auf den Arm genommen.

»Sei nicht so altmodisch, Mama, verdammt. Die Sprache verändert und erneuert sich, das ist der Lauf der Dinge.«

Tomas. Wie spät war es? Die Post war noch nicht da. Nein, jetzt musste sie sich wirklich zusammennehmen. Sie begann laut zu lesen, es war dann einfacher, sich zu konzentrieren. Vier Seiten, fünf. Dann wanderte ihr Blick die Fußleiste entlang Richtung Küche.

»Lass das!«, sagte sie laut.

Sie zwang sich, noch ein paar Seiten zu lesen. Fand keine Fehler. Starrte plötzlich auf die Falltür im Boden. Reglos und mit halb geöffnetem Mund. Wie der zurückgebliebene Junge im Nachbarhaus, als sie ein Kind gewesen war. Ihre Mutter hatte ihr immer einen Stoß versetzt. »Mach den Mund zu, Rosa, du willst doch nicht aussehen wie Conny.«

»Ich muss arbeiten«, sagte sie laut. Dann stand sie auf und

schloss die Tür. Sie war etwas verzogen und ließ sich nur mit Mühe ganz schließen. Außerdem kam ihr das irgendwie falsch vor. Diese Tür stand immer offen. Sie las noch acht Seiten. Wenn es wenigstens etwas Spannendes wäre und nicht diese ewige Phrasendrescherei. Das würde sie zu Oscar Svendsen sagen. Das Buch wird ein Flop. Was für eine Auflage ist eigentlich geplant? Er würde sich wie immer schon eine spitze Bemerkung einfallen lassen. Rose war nur eine Handlangerin. Sie hatte sich in die Überlegungen und Veröffentlichungsstrategien des Verlags nicht einzumischen, denn davon verstand sie nichts.

Sein knochiges Gesicht mit den leicht abstehenden Ohren tauchte vor ihrem inneren Auge auf. Rolli und Jackett. Ohne es zu wollen sah sie auch seine Frau vor sich. Eine Bettszene, Oscar mit der Unterhose in den Kniekehlen. Sie schüttelte sich angeekelt und legte ihren Stift beiseite.

Sie stand in der Küche, sehr leise, hielt den Atem an. War da außer den Vögeln noch ein anderes Geräusch? Blaumeisen und Kohlmeisen, die lärmten bereits seit der Dämmerung. Und jetzt fiel auch noch die Amsel ein.

»Wissen Sie, dass die Amsel mein Lieblingsvogel ist?«

Nein. Woher zum Teufel soll ich das wissen?

»Wissen Sie, dass …?« Das war offenbar ein Ausdruck. Das sagte man offenbar in Norrland. Es gab Leute, die immer so sprachen und immer wieder diese Wendung benutzten. Curt Lüding hatte das auch immer getan. Er stammte aus Norrland, dorthin war er dann auch mit seinem Verlag umgezogen. Warum dachte sie jetzt an ihn? Sie war ihm nur einige wenige Male begegnet. Titus hatte ein paar Verlagsleute, die er mochte, nach Hause eingeladen. Sie erinnerte sich an das Kleid, das sie damals getragen hatte. Weiß mit Puffärmeln und einem breiten elastischen Gürtel. Sie war fröhlich. Titus hatte den Arm um ihre Schultern gelegt und sah stolz aus. Während des Essens sah er sie ab und zu unerhört zärtlich an. Und jetzt erinnerte sie sich an die Worte die sie vergessen hatte. Curt Lüding sprach sie aus.

»Wissen Sie, dass ich finde, dass Sie eine Schönheit sind?«

Das war sicher ein Kompliment gewesen, aber ganz so hatte sie es nicht aufgefasst.

Sie setzte sich auf den Fußboden. Ihre Kraft verließ sie und sie sank in sich zusammen. Alles drehte sich im Kreis, es pfiff in ihren Ohren. Sie blieb eine Weile sitzen, bis es vorbei war. Sie legte sich auf dem nackten Boden auf den Bauch. Kopf zur Seite, das Ohr neben der Luke auf die Dielen gedrückt.

Nichts regte sich dort unten.

Tot, dachte sie mechanisch. Ingrid Andersson ist tot.

Wenn sie überhaupt hier ist.

Wieder dieses Gefühl von Unwirklichkeit. Sie strich mit der flachen Hand über den Fußboden und riss sich einen Splitter in die Beuge zwischen Daumen und Zeigefinger. Als sie eingezogen war, hatte ein langweiliger PVC-Boden in der Küche gelegen. Darunter Dielen in ziemlich gutem Zustand, die aber teilweise aus ungehobelten Brettern bestanden. Sie hatte das PVC weggerissen und die Dielen abgeschliffen. Offenbar hatte sie dabei ein paar Stellen vergessen. Außerdem lag hier ja immer der Teppich. Im Augenblick hing er über dem Geländer der Außentreppe. Sie wusste, dass es eine Weile dauern würde, bis er trocknete. Die Luft war viel zu feucht.

Sie blieb auf dem Bauch liegen und streckte den Arm aus. Sie spürte, wie die Hand nach der Luke tastete, ohne dass sie sie unter Kontrolle gehabt hätte.

»Nein«, wehrte sie sich. Aber es war, als hätte sie keine

Macht mehr über ihren eigenen Körper. Denn jetzt waren die Finger dort. Sie fanden den Ring, umfassten ihn, griffen um das Kühle, Harte.

Sie ging in die Knie, wandte den Kopf ab und öffnete.

Ingrid

Ein quietschendes Geräusch und ein Strom von Licht. Sie hatte zusammengekauert und in die Decke gewickelt dagelegen. Füße wie Eisblöcke. Die dünnen Socken wärmten nicht. Sie setzte sich auf und versuchte etwas zu sagen.

»Rose?«

Ein ersticktes, unschönes Krächzen.

Ein Gesicht nahm Gestalt an. Kurzes, blondes Haar, schmale Wangen.

Ingrid ließ sich zu Boden gleiten und schlurfte zum Licht. *Mach nicht zu, mach nicht zu, warte.* Sie starrte nach oben. Das Gesicht schien über ihr zu schweben.

»Bitte …«, nuschelte sie, und vor Eifer überschlugen sich ihre Worte. »Ich muss hier runtergefallen sein … Ich glaube, ich habe den Arm gebrochen. Sie sind doch sicher so nett und helfen mir.«

Das Rosegesicht wächsern. Die Augen starr wie Emaille.

»Bitte, können Sie …?«

Krachend fiel die Klappe zu. Es fühlte sich an wie eine Ohrfeige. Ingrid schrie, hörte ihre Stimme, sie überschlug sich.

»Das können Sie nicht machen! Ich muss hier raus und nach Hause. Rose! Öffnen Sie die Klappe!«

Die Worte fielen wie Steine zu Boden.

In der Küche war es hell gewesen. Soviel hatte sie gesehen. Es war Tag. Also hatte sie eine ganze Nacht hier unter dem Fußboden zugebracht. Dort oben war Rose. Sie wohnte in diesem Haus. Rose wusste, dass sie sich in dem Keller befand. Daran konnte jetzt kein Zweifel mehr bestehen. Aber warum hatte sie die Luke wieder zugeschlagen? Was hatte sie vor?

Ingrid hatte keine Zeit gehabt, sich in dem Keller umzusehen. Als die Falltür offen gewesen war, hatte sie sich ganz auf das magere, tierähnliche Gesicht in der Öffnung konzentriert. Titus hatte diese Frau geliebt. Er hatte sie umarmt, liebkost, getröstet. Hatte er je etwas von ihrer dunklen und kranken Seite geahnt? Oder war Rose einfach in eine vorübergehende Verwirrung geraten? War sie derart schockiert, Ingrid in ihren eigenen vier Wänden zu treffen, dass sie irgendwie psychotisch geworden war? Aber das ging doch wohl vorüber? Bestimmt. Es blieb ihr also nichts anderes übrig, als mitzuspielen und alles nicht noch schlimmer zu machen.

Es konnte nicht lange dauern, bis Titus zu suchen begann. Er würde sie so lange auf ihrem Handy anrufen, bis jemand dranging. Wie sah es mit dem Akku aus? Doch, der dürfte noch eine Weile reichen. Wenn Rose jedoch das Handy gefunden und abgestellt hatte? Das würde ihn noch mehr beunruhigen. Er würde bei Rose anrufen und sich nach ihr erkundigen. Dann erinnerte sie sich jedoch daran, was sie vor einigen Stunden gedacht hatte, und begann zu heulen. Sie konnte sich nicht beherrschen. Nichts hinderte Rose daran zu behaupten, sie sei wieder nach Hause gegangen oder sie sei nie da gewesen. Aber dann würde Titus doch wohl die Polizei verständigen? Sie würden eine Streife schicken und den Wald durchkämmen. Sie würden zu Roses Haus gelangen und es durchsuchen. Sie würde schreien und Lärm machen, und man würde sie hören. Die Polizei besaß auch Hunde. Große Schäferhunde mit ausgezeichnetem Gehör. Sie würden an etwas schnüffeln, was ihr gehört hatte, und die Fährte aufnehmen.

»Gehört«, korrigierte sie sich. »Nicht gehört hatte. Sie werden an meinen Sachen schnüffeln und die Witterung aufnehmen. Sie werden in die Küche kommen und sich an die Falltür heranarbeiten. Dann werden sie sich vor ihr aufbauen und bellen.«

Sie fror, mehr als sie je zuvor gefroren hatte. Sie stand auf dem Boden und machte Kniebeugen. Sie musste den Blutkreislauf in Gang setzen. Ihr Arm tat wahnsinnig weh, sobald sie sich bewegte. Sie biss die Zähne zusammen und versuchte den Schmerz zu ertragen.

»Hallo!«, schrie sie. »Hörst du mich da oben! Du musst die Falltür aufmachen!«

Später. Das Dunkel immer noch durchdringend. Sie musste pinkeln. Sie robbte zum Kurzende des Bettes, zog die Hose herunter und hockte sich hin. Ein paar verschreckte Tröpfchen. Durst hatte sie auch, sie fing an, durstig zu werden. Und wenn Rose jetzt nicht mehr aufmachte? Bei diesem Gedanken explodierte ihr der Kopf. Falls Rose vorhatte, nie mehr diese verdammte Falltüre aufzumachen? Wenn sie ihr weder Wasser noch Essen gab? Wenn sie sie hier festhielt, bis sie …

Nein. So nicht. Sie musste versuchen, positiv zu denken. Das lag ihr nicht sonderlich. Sie war eine geborene Pessimistin. Titus hatte sie deswegen immer auf den Arm genommen.

»Du siehst alles immer nur schwarz.«

»Nein, das tue ich nicht mehr«, sagte sie zu sich selbst. »Sobald ich hier raus bin, werde ich ein fröhlicher und positiver Mensch. Du wirst es schon sehen, Titus, du wirst es schon sehen!«

Titus würde sie retten. Titus. Ihr geliebter, kranker Mann.

Seine Sorge um sie würde ihm neue Kräfte verleihen. Er würde die Klinik verlassen und eine Rettungsaktion starten. Bald, sehr bald würde sie frei sein.

Sie legte sich im Bett auf den Rücken. Hier musste sie sich einstweilen einrichten. Die Dunkelheit war erstickend, sie lastete auf ihren Augen. Sie sperrte sie auf und schielte auf das etwas hellere Rechteck. Plötzlich meinte sie in der Nähe ein Scharren zu hören. Ganz nah. Ein Knabbern und Nagen in der Dunkelheit.

Sie setzte sich kerzengerade auf der Matratze auf.

Schrie.

Rose

Die fremde Frau hatte direkt unter der Falltüre gestanden, schmutzig und aufgedunsen. Wie ein Schwein. Grunzend und schniefend. Der Gestank von Schweinepisse und Erbrochenem. Sie hatte eine Weile heruntergestarrt und versucht, sich einen Reim auf das Bild zu machen. Die Frau befand sich noch in dem Keller.

Sie hielt den Anblick nicht mehr aus und knallte die Falltür zu.

Ihre Gedanken überschlugen sich, wie Bienen schwärmten sie in ihrem Schädel herum. Ja, sie hatte einen Bienenschwarm im Kopf.

Das ist nicht wahr, was macht sie hier? Sabotiert. Sie hat schon einmal mein ganzes Leben zugrunde gerichtet. Jetzt ist sie wieder da. Jetzt tut sie es wieder, was für eine Demütigung. Was für eine unerhörte Demütigung!

Lesen. Sie musste lesen.

Sie ging ins Wohnzimmer, nochmals vier Seiten. Sie legte sie auf den Stapel mit den gelesenen Seiten. Das fiel kaum ins Gewicht. Der Stapel mit den ungelesenen Seiten maß fünf Zentimeter. Die gelesenen umfassten erst ein paar Millimeter.

Nimm dich zusammen, Rose. Du schaffst das schon.

Nochmals vier Seiten, sie zwang sich dazu. Dann meinte

sie, ein Motorengeräusch zu hören. Sie schaute auf die Uhr. Halb eins. Sie schnappte sich ihre Jacke und ging ins Freie. Es war kühl, bewölkt, ein paar Regentropfen trafen sie. Sie kroch unter den Teppich, den sie zwischen die beiden kurzen Bänke auf der Vortreppe gehängt hatte. Er war tropfnass und voller Tannennadeln und Laub. Dann rannte sie im Dauerlauf zu den Briefkästen. Das Auto des Briefträgers stand da. Er streckte ihr seine Hand entgegen und winkte mit etwas.

»Heute gibt es eine Ansichtskarte. Aus Übersee.«

»Danke.«

Ohne sie anzusehen steckte sie sie in die Tasche. Der Mann lächelte sie an. An einem Schneidezahn fehlte eine Ecke.

»Kühl heute.«

»Ja.«

»Der Frühling lässt auf sich warten.«

»Das macht nichts«, hörte sie sich sagen. »Ich muss arbeiten.«

»Ich auch. Aber man träumt wirklich von fremden Ländern.« Er schaute auf die Tasche, in die sie die Karte gesteckt hatte.

»Ja«, erwiderte sie. »Weißer, weicher Sand und laue Wellen.«

Sie war eine gute Schwimmerin. Es kam vor, dass sie bis zur Fahrrinne hinausschwamm und dann zurückkraulte. Einmal war sie frühmorgens mit Tomas um die Wette geschwommen. Das war eines der wenigen Male gewesen, an denen sie ihn richtig fröhlich erlebt hatte. Als er sie besiegt hatte. Seine große, bleiche Gestalt, sie hatte nach dem Handtuch gegriffen und ihn abgerubbelt wie früher, als er klein gewesen war. Verlegen hatte er sich ihr entzogen, aber immer noch mit dem Lachen im Gesicht.

Das Postauto setzte zurück und wendete.

»Tschüss!«, hörte sie noch. »Frohes Schaffen.«

Sie winkte zurück.

Sie wollte die Karte nicht im Haus lesen. Sie ging zum Ufer hinunter. Kleine, harte Wellen mit Schaumkronen. Vorsichtig zog sie die Karte aus der Tasche. Zu sehen waren zwei thailändische Tänzer, eine Frau und ein Mann. Beide trugen einen aufwendigen Kopfschmuck und perlenbestickte Kleider. Die Frau hatte einen Gürtel mit einer runden Schnalle unter dem Nabel.

Sie drehte sie um. Richtig. Von ihm, von Tomas.

Liebe Mama,

herzliche Glückwünsche zum Geburtstag. Ich feiere den meinigen in Uttradit. Hier wohne ich am Fluss Nan. Ich habe ein Geschenk für dich, aber das bekommst du später, wenn ich demnächst nach Hause komme.

Tomas.

Sie las noch einmal und konnte über seine Wortwahl nur den Kopf schütteln. Ein Geschenk? Das sah ihm gar nicht ähnlich. Für Konventionen hatte er nie viel übrig gehabt.

»Wenn ich demnächst nach Hause komme.« Er hatte also Pläne, zurückzukehren. Aber kein Wort darüber, wann genau. Sie verspürte eine heftige Freude, als sie realisierte, dass er sich in der Tat an ihren Geburtstag erinnert hatte, dass die Karte von ihm war. Jetzt wurde sie jedoch wütend. Seine Nonchalance, sein Mangel an Respekt. »Wenn ich demnächst nach Hause komme.« Es hätte genauso gut »falls« dort stehen können.

Ingrid

Sie bekam immer mehr Durst. Ihre Spucke war vertrocknet. Sie verschluckte sich, musste husten. Jedes Mal, wenn sie hustete, tat ihr der Arm so weh, dass sie fast ohnmächtig wurde. Jetzt machte sich auch der Hunger bemerkbar. Aber sobald sie an Essen dachte, musste sie würgen.

Wie spät war es? War es jetzt Abend? Welcher Tag war es? Sie zwang sich dazu nachzudenken. Sie war Montag am Spätnachmittag hierher gekommen und hatte eine Nacht im Keller verbracht, also musste Dienstag sein. Ja, Dienstag! Dann konnte es nicht lange dauern, bis Hilfe kam. Wenn jemand verschwand und so lange wegblieb, musste es einfach auffallen. Rettungsmaßnahmen würden ergriffen werden. Alsbald. Jeden Augenblick konnte die Klappe geöffnet werden, einige Polizisten würden zu ihr herabspringen und sie hochtragen. Polizisten und Sanitäter. Sie würden sie in warme, saubere Decken wickeln und auf eine Trage legen. Dann würde sie ein Krankenwagen in rasendem Tempo ins Krankenhaus bringen.

Es erleichterte sie, so zu denken. Einen Augenblick meinte sie, dass es bereits passiert sei, dass sie auf der Trage liege, und sie spürte den Rhythmus der Schritte derjenigen, die sie trugen. Ihre Eile, jetzt ist es vorbei.

Aber so war es nicht.

Sie suchte in ihren Hosentaschen herum, manchmal hatte sie dort ein paar Bonbons, zitronengelbe, einzeln verpackt. Dann hatte man etwas im Mund, wenn man Hunger bekam. Jetzt fand sie nichts, nur ein leeres, knittriges Bonbonpapier. Sie hielt es einen Augenblick an die Zungenspitze, aber es schmeckte nach nichts.

Von oben war es still, sogar das knabbernde Geräusch hatte aufgehört. Vielleicht war es ja nichts, vielleicht hatte sie es sich nur eingebildet. Dass eine Ratte zu ihr in den Keller gekommen war. Dass sie jeden Augenblick zu ihr aufs Bett springen könnte, das ihre einzige Geborgenheit darstellte.

Immer wieder rief sie, weinte und flehte:

»Rose, liebe Rose, du kannst doch aufmachen.«

Aber mit zunehmender Verzweiflung wurde sie wütender und schrie aus vollem Hals:

»Verdammtes Stück, du bist doch nicht ganz bei Trost! Warte nur, das wirst du büßen müssen, das ist Misshandlung und Folter! Kidnapping! Sie werden dich für den Rest deines Lebens wegsperren!«

Nach jedem solchen Ausbruch verfiel sie in Schweigen und war vollkommen ausgelaugt. Sie hatte Todesangst. Wenn Rose sie gehört hatte? Dann würde sie sie nie rauslassen. Niemals.

Aber was dachte sie eigentlich, diese kranke und verrückte Frau da oben? Je länger sie wartete, desto schwerer würde es doch werden. Bislang konnte sich für alles noch eine unkomplizierte Lösung finden. Rose würde ihr beispielsweise erklären können, sie wäre plötzlich krankheitsbedingt nicht in der Lage gewesen, ihr zu helfen. Gemeinsam könnten sie sich dann eine glaubwürdige Geschichte einfallen lassen. Sie wäre gerne dazu bereit, mehr als gerne. Aber je mehr Zeit verging, desto unmöglicher wurde es. Rose konnte jeden Augenblick einsehen, dass es zu riskant war, sie laufen zu lassen. Dass sie gezwungen sein würde, alles zu erzählen, weil sie so lange fort gewesen war. Auch wenn sie hoch und heilig versprach, kein Wort preiszugeben. Rose würde es niemals wagen, sich darauf zu verlassen.

Sie konnte sie hier kaum viel länger gefangen halten. Jedenfalls nicht ohne Essen und Wasser. Aber wenn sie Essen und Trinken bekam, dann war sie wirklich eine Gefangene. Dann ging es um etwas anderes. Dann steckte eine Absicht dahinter. Eine Weigerung, Hilfe zu leisten. Dann wurde es strafbar, ein Verbrechen.

Und wenn nicht? Wenn die Falltüre geschlossen blieb? Wenn sie nie mehr geöffnet wurde?

Sie weinte erneut. Woran starb man zuerst? Am Durst oder am Hunger? Fiel man zuerst ins Koma? Würde es weh tun? Panik erfüllte sie.

»Ich will nicht sterben!«, rief sie. »Ich hatte mir nicht vorgestellt, dass mein Leben so enden würde.«

Rotz und Tränen bedeckten ihre Wangen. Ohne es verhindern zu können, begann sie sich mit ihrer unverletzten Hand die Haare zu raufen, voller Verzweiflung riss und zerrte sie. Lebendig begraben. So war es. Sie war begraben und würde nie mehr ans Licht und in die klare, frische Luft kommen. Die Toten in ihren Särgen, die Scheintoten, die erwachten, wenn sich die Särge senkten, sie die Erde auf den Sargdeckel prasseln hörten. Die den Mund öffneten und zu schreien versuchten: »Nein, ich lebe noch, begrabt mich nicht, ich bin hier.« Als Kind hatte sie sich das vorgestellt. Wie grauenvoll das sein musste. Würde es ihr auch so ergehen? Dass jemand in ferner Zukunft den Boden aufbrach und ihre vertrocknete Leiche fand?

Sie schlug sich fest auf den Mund. *Schluss damit!* Dann erhob sie sich im Dunkeln und tastete herum. Vielleicht gab es ja doch einen Weg nach draußen? Das war typisch für sie, direkt aufzugeben. Sie hatte ihr Gefängnis nicht einmal gründlich untersucht. An sich war sie davon ausgegangen, dass Rose sie rauslassen würde. Aber jetzt musste sie sich den Tatsachen stellen.

Mit der ausgestreckten Rechten folgte sie der Wand. Sie tastete die Oberfläche mit den Fingerspitzen immer weiter ab. Wofür Rose diesen Keller wohl verwendet hatte? Er war als Schlafzimmer eingerichtet. Aber wie kam man herunter, schließlich gab es keine Treppe? Das schien sehr unpraktisch zu sein. Sonderlich viele Möbel schien es auch nicht zu geben. Einen runden Couchtisch, drei Stühle und das Bett. Etwas später fand sie ein Bücherregal. Sie fuhr mit den Fingernägeln die Buchrücken entlang und versuchte sich die Titel vorzustellen. Sachbücher oder Belletristik? Es kam ihr wie ein Hoffnungsschimmer vor, ein Trost.

Rechts vom Bücherregal verliefen ein paar senkrechte Rohre. Manchmal hatte sie es rauschen hören, wenn Rose irgendwo einen Wasserhahn aufdrehte oder die Wasserspülung betätigte.

Obwohl sie nichts getrunken hatte, musste sie wieder pinkeln. Ihre Harnröhre brannte wie bei einer Blasenentzündung. Wieder dieselbe Prozedur. Sie hockte sich auf den Boden und rang sich ein paar klägliche Tropfen ab. Sie war dort unten empfindlich, so war es immer gewesen, und nach dem Klimakterium war es nicht besser geworden.

Ihr Slip war immerhin wieder trocken. Er stank, das merkte sie selbst. Mit Mühe gelang es ihr, den Reißverschluss ihrer Hose wieder zu schließen. Als sie gerade mit dem Knopf herummachte, rasselte es an der Decke. Sie erstarrte mitten in der Bewegung, blieb stehen. Mit einem Knarren ging die Falltüre auf und ein helles Rechteck tauchte auf dem Boden auf, genau dort, wo sie stand.

Sie legte den Kopf in den Nacken und wartete.

Rose

Einen Tag, so alt war Tomas genau zu dieser Zeit vor fünfundzwanzig Jahren gewesen. Ein winziges, bläuliches Wesen mit angezogenen Gliedern und kleinen Äffchenaugen. Er hatte sie blinzelnd angeschaut. Wer bist du? Ja, Neugier hatte sie in seinen schrägen Augen zu sehen gemeint. Sie war im Laufe der Jahre verschwunden.

Nach der Entbindung war sie ziemlich mitgenommen. Anschließend hatte die Hebamme mit ihr gesprochen:

»Das war eine normale und schöne Entbindung.«

Ach, hatte sie nur gedacht.

Sie erinnerte sich, dass sie geschrien hatte, sie hatte nicht aufhören können. Dafür hatte sie sich geschämt. Schließlich hatten Frauen zu allen Zeiten Kinder zur Welt gebracht.

»Sie haben einen strammen Jungen.« Die Hebamme hatte ihr über den Arm gestrichen.

»Danke.«

»Ich finde, dass er Ihnen ähnlich sieht.«

Solange er nicht aussieht wie sein Vater, dachte sie. Die Hebamme stellte keine Fragen. Als sie in die Klinik gekommen war, hatte das etwas anders ausgesehen.

»Haben Sie niemanden dabei? Den Vater?«

»Ich habe keinen Kontakt zu ihm«, konnte sie mit Mühe

antworten, während sie das Gefühl hatte, die Wehen würden ihr das Becken zermalmen. So fühlte es sich zumindest an. Sie wurde plattgemacht und in ihre Einzelteile zerlegt.

»Sie haben also niemanden dabei?«, fragte die erste Hebamme, die dann glücklicherweise bald Feierabend gemacht hatte. Rose empfand ihr gegenüber eine Distanz. Ihre Hände waren kalt, als sie sich nach einem raschen Blick auf die Uhr zwischen ihre Beine stemmten.

»Das wird dauern. Es hat sich erst eine Fingerspitze weit geöffnet.«

Wie eine Art Bestrafung.

Ihre Mutter hatte sich erboten, sie zu begleiten, bei ihr zu sitzen und ihr den Schweiß von der Stirn zu wischen und ihr den Rücken zu massieren, wenn es sich kaum noch aushalten ließ. Sie hatte abgelehnt. Das bereute sie ein wenig, nachdem die Wehen die ganze Nacht anhielten, ohne dass etwas Nennenswertes passiert wäre. Die meiste Zeit verbrachte sie allein in ihrem Zimmer. Durch die Tür zum Korridor hörte sie langgezogene Schreie. Die Schwestern waren gestresst, es herrschte Hochbetrieb.

Gegen Morgen ging es dann schneller. Die neue Hebamme hieß Ingegerd. Sie studierte ihre Krankenakte genauestens.

»Herzliche Glückwünsche zum Dreißigsten«, sagte sie. »Da werden Sie ja ein schönes Geburtstagsgeschenk bekommen.«

»Nein«, hatte sie gejammert. »Heute wird das noch nichts, das wird viel länger dauern.«

Ingegerd hatte ihr Gesicht in ihre Hände genommen.

»Das kriegen wir schon hin, Sie und ich. Keine Sorge.«

Sie war nicht mehr allein. Jetzt war es Teamarbeit. Um Viertel nach zwölf kam der Junge zur Welt. Nachdem sie ihn versorgt hatten, legten sie ihn neben sie, ein warmes und schweres kleines Bündel. Sie war müde und fürchtete, er könnte auf den Boden rollen. Sie hatte nicht mehr die Kraft, ihn festzuhalten. Ingegerd schien ihr das anzusehen und hob ihn in das kleine Babybett.

Er sollte Tomas heißen. Das hatte sie bereits lange bevor sie ihn gesehen hatte entschieden.

Sie blieb ein paar Tage auf der Entbindungsstation. Tomas hatte Gelbsucht. Sie lag in einem Zimmer mit zwei anderen Frauen. Ihre Männer kamen mit Pralinenschachteln und Goldarmbändern zu Besuch. Sie warfen sich insgeheim Blicke zu und bemitleideten sie. Sie merkte das. Sie reckte sich und versuchte fröhlich zu summen, wenn sie am Waschbecken stand und sich kämmte.

Ich bin glücklich, dachte sie.

Und irgendwie war sie das auch.

Ihre Mutter besuchte sie natürlich. Und ihr Vater. Die frischgebackenen Großeltern. Mama hatte Tränen in den Augen.

»Rosalills Baby. Wie süß und nett er doch ist. Schau dir mal die kleinen Ohren an. Und die Nase. Wie ein kleiner Boxer.«

Rose nickte. Sie staunte darüber, dass alles so perfekt war. Die kleinen Finger, die sich spreizten und bewegten. Sie kannte die Bewegungen bereits aus ihrer Gebärmutter.

Ihre Mutter sah sie flehend an:

»Du wohnst die erste Zeit doch bei uns, Rosa? Wir haben dein altes Zimmer schon vorbereitet. Wir haben ein Gitterbett und ein paar andere Sachen von den Nachbarn geliehen, du weißt schon, von Cissi und John, ihre Kinder werden schon eingeschult, sie haben die Babysachen aufgehoben. Vielleicht kommt da noch ein Nachzügler. Ich glaube das fast, die beiden wirken so verliebt.«

Erst hatte sie protestiert, gab dann aber ziemlich schnell auf. Sie war müde und mitgenommen. In den letzten Monaten hatte sie Krämpfe in den Beinen gehabt und Sodbrennen, wenn sie sich hingelegt hatte. Jetzt konnte sie schlafen, solange sie wollte. Außerdem konnte sie endlich wieder auf dem Bauch liegen. Ihr Bett, in dem sie als Mädchen geschlafen hatte, war mit Spitzenlaken frisch bezogen. Ihre Mutter hatte nie etwas für Neuerungen übrig gehabt, zu denen sie auch Bettbezüge zählte. Das Kopfkissen zierten Rüschen und ein mit weißem Faden gesticktes Monogramm.

Ihre Mutter brachte ihr bei, mit dem Kleinen umzugehen, ihm die Windel zu wechseln und ihn sorgfältig zwischen den Hoden und dem winzigen Penis zu waschen. Mit der Fontanelle vorsichtig umzugehen. In der ersten Zeit fiel ihr das Stillen schwer. Ihr Busen war so klein. Er war zwar während der Schwangerschaft größer geworden, aber es fiel ihr immer noch schwer, daran zu glauben, dass sie genug Milch haben könnte. Ihre Mutter zeigte ihr, wie sie den Kleinen halten sollte.

»Steck ihm die ganze Brustwarze in den Mund, damit er ordentlich was zwischen die Lippen bekommt.«

Ihre Mutter hatte nur ein einziges Kind gestillt. Sie selbst. Das war lange her. Dreißig Jahre. Trotzdem schien sie sich noch an alles zu erinnern.

Abends, wenn Tomas seine Schreiphase hatte, trug ihn ihr Vater durch die Wohnung und sang Lieder von Evert Taube. Rose wusste, dass sie ohne die Hilfe ihrer Eltern nie zurechtgekommen wäre. Zumindest wäre alles sehr viel komplizierter geworden.

Manchmal kam das Thema auf den Kindsvater. Ihre Mutter setzte sich zu ihr auf die Couch und stieß sie freundschaftlich in die Seite.

»Rosa, willst du uns nicht erzählen, wer der Vater des Kleinen ist?«

Ihre Stimme hatte dann etwas Vorwurfsvolles, was Rose nur noch distanzierter und schweigsamer werden ließ.

»Er hat doch das Recht auf einen Vater, siehst du das denn nicht ein, Rosalill? Sei nicht so hart, meine Kleine.«

Bleich und verbissen saß sie auf der Couch. Schließlich gab ihre Mutter auf.

»Naja, schließlich hat der kleine Kerl ja uns drei.«

Gelegentlich überlegte sie, wie der Engländer wohl reagiert hätte. Wenn sie seine Adresse in Leeds in Erfahrung gebracht hätte und mit dem Kind im Arm dorthin gefahren wäre. Von einem Schwarm neugieriger Kinder umgeben hätte sie vor seinem heruntergekommenen Backsteinhaus gestanden. Und er hätte ihr in Fußballshorts mit seinen mageren, langen Beinen die Tür geöffnet.

»Who the hell are you?«

Er war ebenso betrunken gewesen wie sie. Es war ein Wunder, dass es überhaupt zum Geschlechtsverkehr gekommen war. Dass es ihnen gelungen war, diesen kleinen Jungen zu zeugen, der jetzt zu einem fünfundzwanzigjährigen Mann herangewachsen war.

Sie ging ins Schlafzimmer und betrachtete das Foto auf der Kommode. Die mürrische Miene des Schulkindes Tomas.

Mein Sohn, dachte sie.

Er war ein kleiner Pedant gewesen. Hatte es mit allem genau genommen. Diese Eigenschaft hatte Titus gefallen.

Nein! Vorbei!

Die Heidelbeerzweige waren verdorrt. Sie hatte vergessen, Wasser aufzufüllen. Sie konnte sie genausogut wegwerfen. Sie trug die Vase in die Küche. Fikon tauchte unter der Bank auf. Bewegte ihren langen Schwanz, drehte sich um sich selbst. Ihr Verhalten war seltsam. Sie drehte sich um sich selbst und konnte nicht mehr aufhören.

»Fikon, was ist?«, flüsterte sie. Sie fiel auf die Knie, und es gelang ihr, die Ratte einzufangen. Sie hielt sie zwischen den Händen. Die dünnen Schnurrhaare zitterten.

»Du bist traurig«, sagte sie leise. »Du trauerst natürlich um dein Kind.«

Die glänzenden schwarzen Augen des Tieres schienen größer zu werden.

»So ist das, verstehst du, meine kleine Freundin? Unsere Kinder erhalten wir nur als Leihgabe. Eines schönen Tages sind sie für uns verloren. Als hätten wir sie nie besessen, wären nie mit ihnen schwanger gewesen, hätten sie nie zur Welt gebracht.«

Sie setzte Fikon auf den Boden. Das Tier wetzte über die Falltüre und den Ring zum Öffnen hinweg und dann wieder zurück. Blieb wie angewurzelt stehen.

»Sie ist dort unten«, sagte Rose. »Die, die dein Kind getötet hat.«

Es lief ihr eiskalt über den Rücken, als sie daran dachte.

Es gelang ihr fünfzig Seiten zu lesen. Sie zwang sich dazu. Jedes Mal, wenn ihre Gedanken abschweiften, stand sie auf und ging einige Male im Zimmer auf und ab. Anschließend zurück zu den Bogen. Das Langweilige an diesem Manuskript war, dass es keine Kapitel gab. Alles war so viel einfacher, wenn man sich vornehmen konnte, soundso viele Kapitel zu lesen. Fünfzig Seiten waren allerdings auch schon einiges. Sie hatte jetzt insgesamt dreiundsiebzig Seiten gelesen. Es waren »nur« vierhundert übrig. Dicht beschrieben, ohne Zäsuren.

Sie bekam Kopfschmerzen, bemerkte, dass sie vergessen hatte, etwas zu essen. Sie ging in die Küche und öffnete vorsichtig den Kühlschrank. Was war darin? Fast nichts. Der Brei für die Ratten. Sie hatte einen Vorrat Grießbrei und Milchreis gekauft. Es war billiger, alles selbst zu kochen, aber im Laden gab es beides fertig, das war praktisch und nicht einmal sonderlich teuer. Sie nahm ein Paket Milchreis aus dem Kühlschrank und öffnete es. Gab einen Klacks auf einen Teller. Die Milch war fast leer. Ich muss einkaufen, dachte sie. Aber nicht jetzt, nicht heute. Ich erledige das, wenn ich fertig gelesen habe. Erst die Arbeit. Ora et labora.

Sie aß den Reisbrei und trank direkt aus dem Wasserhahn.

Gestern um diese Zeit.

Die Frau war auf dem Weg zu ihrem Haus gewesen.

Sie ist noch da.

Sitzt dort unten unter dem Fußboden.

Ich will nicht. Aber sie sitzt da. Sitzt im Zimmer meines Jungen.

Sie begann zu weinen. Beugte sich vor und riss die Klappe auf. Das ging so schnell, dass sie sich einen Nagel abbrach.

Die Frau stand mitten im Keller. Das Haar strähnig und fett.

Rose nahm Anlauf:

»Wenn Sie doch nie gekommen wären!«

Jetzt weinte sie, laut und aus vollem Hals. Sie verabscheute sich dafür. Bislang hatte sie nicht geweint. Aber jetzt. Jetzt, wo alles zu spät war.

»Wenn Sie doch nie mein Haus betreten und alles besudelt hätten.«

Der Mund der Frau, getrocknetes Erbrochenes am Kinn. Sie hielt sich den einen Arm. Das sah lächerlich aus. Sie bewegte die Lippen wie ein Fisch, der nach Luft schnappt.

»Verzeihen Sie«, sagte sie undeutlich. »Liebe Rose, verzeihen Sie mir.«

Ingrid

Rose weinte. ein gutes Zeichen, doch, das musste es sein. Offenbar war sie doch nicht so abgebrüht und gefühlskalt. Titus hatte ihr Einzelheiten anvertraut. Nach der Scheidung. Seine Art, sie zu beschreiben, hatte gekränkt gewirkt.

»Rose, verstehst du, ist es gewohnt, auf eigenen Beinen zu stehen. Sie braucht eigentlich keinen Mann. Sie ist so verdammt stark, sowohl psychisch als auch physisch.«

Jetzt musste Ingrid ihren Panzer durchbrechen. Sie daran hindern, die Falltüre erneut zuzuschlagen. Sie hatte das Gefühl, das nicht verkraften zu können. Sie würde zusammenbrechen, unten in diesem Rattenloch wahnsinnig werden. Es juckte sie am ganzen Körper.

»Rose?«, sagte sie vorsichtig. »Bitte, bitte, können Sie mir je verzeihen, was ich Ihnen angetan habe?«

Rose saß in der Hocke. Ihre Tränen tropften durch die Öffnung auf Ingrids Kopf. Es schüttelte sie. Roses Körper schaukelte vor und zurück, sie weinte und jammerte.

»Sie haben mir alles kaputtgemacht. Alles. Mein ganzes Leben liegt in Trümmern.«

»Verzeihen Sie, liebste Rose, verzeihen Sie mir.«

Rose blieb sitzen, schlug sich die Hände vor die Augen und schaukelte weiterhin vor und zurück. Rasch schaute sich Ingrid im Keller um. Couchtisch, Stühle, Bett. Und das Regal mit den Büchern. Jetzt wusste sie Bescheid. In der Ecke hinter ihr stand so etwas wie ein Kleiderschrank, was ihr bislang nicht aufgefallen war.

Die Frau dort oben wurde still.

»Rose«, murmelte Ingrid, und die Worte schienen ihr im Mund festzukleben. »Ich habe solchen Durst. Bitte, darf ich Sie … um etwas zu trinken bitten?«

Sie hörte, wie die Frau sich erhob, dann lief Wasser. Es schmerzte sie im Rachen. Wenig später knallte neben ihr etwas auf den Boden. Eine PET-Flasche mit Schraubverschluss. Es schwappte. Sie beugte sich vor und hob sie auf. Dann klemmte sie sie zwischen die Knie. Es gelang ihr, sie zu öffnen. Der Verschluss fiel zu Boden und rollte davon. Sie hob die Flasche an die Lippen und trank, trank. Noch etwas wurde herabgeworfen und landete vor ihren Füßen. Es sah aus wie eine weiche, graue Wurst mit einem Plastiküberzug.

»Brei«, hörte sie Roses Stimme von oben.

»Oh, danke«, erwiderte sie. Dann sagte sie rasch, ohne richtig nachgedacht zu haben:

»Rose, jetzt will ich, dass Sie mir helfen hochzukommen.«

Rose stand an der Klappe. Ingrid sah ihre Füße in schwarzen Socken und die Korksohlen ihrer Pantoffeln. Sie hob einen Fuß und stampfte auf den Boden.

»Glauben Sie, Sie können mir Anweisungen geben? Da haben Sie sich geirrt!«

Ingrid schrie:

»Nein, Entschuldigung, so hatte ich das nicht gemeint, Verzeihung, Verzeihung!«

Aber zu spät. Die Klappe knallte zu.

Sie stand an derselben Stelle und wartete, umrahmt von dem kaum wahrnehmbaren Licht. Bald würde die Klappe wieder aufgehen, sie würde Rose weiter um Verzeihung bitten, sie würde sich auf die Knie fallen lassen, ich tue, was Sie wollen, wenn Sie mich nur rauslassen. Nie mehr Anweisungen geben, nur noch bitten und flehen.

Wartete, lauschte.

Stille.

Sie hatte Wasser. Sie umklammerte die Flasche mit der Rechten, ging mit schweren Schritten zum Bett. Trank noch ein paar Schlucke. Wartete.

Schließlich sah sie ein, dass es keinen Sinn hatte. Sie hatte zu viel riskiert und ihre Chancen zunichte gemacht. Jetzt musste sie sich eine neue Strategie einfallen lassen. Wenn es nicht zu spät war. Wenn sie jetzt nur die Klappe noch mal öffnete.

Doch. Das musste sie. Rose hatte ihr zumindest Wasser gegeben. Und diesen Brei? Sie erinnerte sich an die Plastikverpackung, die Rose herabgeworfen hatte. Sie erinnerte sich in etwa, wo sie gelandet war.

Sie musste essen, Nahrung haben. Ihr Magen rumorte, sie wurde zwischen Hunger und Übelkeit hin und her geworfen. In der Dunkelheit auf die Knie. Aber erst die Flasche an einen sicheren Ort, wo sie sie nicht versehentlich umstoßen würde. Oh, sie umstoßen … sodass das Wasser des Lebens versickerte. Sie fand ein Tischbein, tastete sich hoch. Die Tischplatte. Da. Eine Handbreit nach innen. Die Flasche nach innen geschoben. In Sicherheit.

So musste es sein, nicht sehen zu können, blind zu sein. Das bin ich jetzt. Blind. Was ich im Laufe der Jahre doch für selbstverständlich gehalten habe. Ihre Gedanken gingen im Kreis, dann drang ihre Verzweiflung wieder an die Oberfläche und sie kauerte sich auf dem Boden zusammen und weinte.

Nach einiger Zeit wurde sie ruhiger. Schwer und ruhig. Sie erinnerte sich an den Brei. Wie sollte sie ihn in der Dunkelheit finden? Ihr kam die Idee, dass sie sich auf den Rücken legen und mit dem rechten Arm ausholende Bewegungen machen könnte, als würde sie im Schnee liegen und einen Engel in den Schnee zeichnen. Mit einem gestutzten Flügel, aber nicht ganz verloren. So konnte sie den Fußboden absuchen. Den linken Arm hielt sie ans Herz gedrückt. Es war ihr gelungen, sich ihrer Jacke zu entledigen, weil sie ihre Bewegungen behinderte. Sie wünschte, sie hätte etwas, um ihren verletzten Arm zu fixieren, damit er unbeweglich an ihrem Oberkörper anlag. Sie dachte an das Laken auf dem Bett. An das untere Laken. Aber das war zu groß. Das würde ihr ohne Hilfe auch nicht gelingen. Sie zog die Unterkante ihres Fleecepullovers hoch, und es gelang ihr, ihn über ihren verletzten Arm zu ziehen. Sie hielt ihn mit den Zähnen fest. Dort konnte der Arm ausruhen. Für kurze Zeit funktionierte das. Jetzt lag sie auf dem Rücken auf dem Boden und robbte in einer Art einseitigem Rückenschwimmen vorwärts.

Es dauerte eine Weile, aber schließlich fand sie die Verpackung. Weich und kühl unter ihrer Handfläche. Sie packte sie. Es gelang ihr, sich aufzusetzen. Sie ließ die Pulloverkante mit den Zähnen los und sie glitt nach unten. Eine Weile saß sie vollkommen erschöpft einfach nur da.

Sie musste ein Loch in die Plastikverpackung machen, um an den Inhalt zu kommen. Gierig hielt sie das Paket an den Mund und versuchte es mit den Eckzähnen einzureißen. Der weiche Inhalt ergoss sich über ihre Finger. Sie schmatzte und schlürfte, leckte und biss. Grießbrei.

Als sie schluckte, überkam sie die Übelkeit.

Ihre Großmutter hatte ihr Grießbrei gekocht, als sie richtig klein gewesen war.

»Mild und gut und nahrhaft.«

Bei ihrer Großmutter hatte es Milch dazu gegeben. Die war von dem warmen Brei auf dem Teller lauwarm geworden. Zucker und Zimt. Heimlich löffelte sie knirschenden Zucker darüber. An Heiligabend gab es Reisbrei. Mama legte eine Mandel hinein, weiß, abgezogen, und eine saubergekochte Silbermünze. Zehn Öre.

»Diese Münze bringt Glück, versteht ihr, Mädchen! Wer diese Münze bekommt, wird reich, aber wer die Mandel bekommt, heiratet.«

Immer hatte Ingrid die Münze gefunden.

Die Schwestern prügelten sich um die Mandel. Sie waren so klein. Für sie war es blutiger Ernst.

Sie grämte sich, dass sie nicht auf die Uhr gesehen hatte, als die Klappe offen gewesen war. Sie vermutete, dass es inzwischen Abend war. Der Abend nach eines langen Tages Reise in die Nacht. Und jetzt. Jetzt würde eine lange Nacht kommen. Und ein ebenso trostloser Morgen nach einer langen und trostlosen Reise in den Tag.

Rose

Um Viertel vor fünf am Dienstagnachmittag musste sie kapitulieren. Es war unmöglich, bis zum nächsten Tag fertig zu werden. Sie wurde wahnsinnig wütend. Was bildete sich dieser Oscar Svendsen eigentlich ein, sie diesem Druck auszusetzen! Sie beschloss ihn anzurufen. Dann kam es eben hart auf hart. Sie würde ihn zwingen, ihr mindestens noch einen Tag einzuräumen. Das war nicht verhandelbar. Er würde gezwungen sein, das zu akzeptieren, da er einsehen musste, dass das immer noch schneller ging, als jemand anderen zu finden, der die Arbeit übernehmen und zu Ende bringen würde.

Wo war ihr Handy? Jetzt erinnerte sie sich. Sie hatte es ausgeschaltet. Sie suchte eine Weile, fand es schließlich auf dem Sofa. Es war hinter ein Kissen gerutscht. Sie musste sich beeilen, Oscar Svendsen noch zu erreichen, bevor er Feierabend machte. Bevor er zu seinem Familienidyll nach Hause fuhr.

Sie gab den Code ein. Ehe sie noch Oscar Svendsens Nummer im Verzeichnis gefunden hatte, machte es Pling. Sie hatte mehrere Nachrichten bekommen. Vielleicht war ja eine von Tomas dabei? Sie hätte es gestern nicht abstellen sollen.

Sie wählte 222 und hörte ihren AB ab. Eine automatische Frauenstimme sagte:

»Eingegangen gestern um 11.05 Uhr.«

Kein Tomas.

Der Typ von Tele 2.

»Hallo, hier ist Joakim von Tele 2. Ich wollte fragen, ob Sie sich über das Wochenende entschieden haben. Wir hatten doch vereinbart, dass Sie nachdenken würden. Ich sehe gerade, dass Sie heute Geburtstag haben. Herzlichen Glückwunsch. Wirklich! Als Geschenk kann ich Ihnen ein paar zusätzliche Extras in Aussicht stellen. Rufen Sie mich doch bitte unter dieser Nummer an, dann klären wir die Einzelheiten.«

Joakim von Tele 2. Den hatte sie ganz vergessen. Einige der Nachrichten waren von ihm. Sie löschte sie.

Am Montagabend um 21.18 Uhr hatte Titus angerufen. Darauf war sie nicht vorbereitet. Sie hatte seine schwache und gebrochene Stimme direkt im Ohr. Hätte er seinen Namen nicht gesagt, hätte sie sie nicht wiedererkannt.

»Hallo. Hier ist Titus. Kannst du mich anrufen.« Heiser und rau, ein alter Mann. Sie schloss die Augen und versuchte sich von dem Schock zu erholen.

Um 22.02 Uhr hatte er wieder angerufen. Mit äußerster Anstrengung gelang es ihm, sein Anliegen vorzubringen:

»Titus hier. Entschuldige … dass ich dich störe. War Ingrid … war sie bei dir? Ich muss das wissen. Sei so nett und ruf mich an. Du kannst … so spät wie du willst anrufen … warte.«

Er war krank. Offenbar ging es ihm richtig dreckig. Im Hintergrund war Geklapper und Gerumpel zu hören, typische Krankenhausgeräusche. Sie bekam feuchte Hände, und es fiel ihr schwer, das Handy festzuhalten. Ihre Lippen zuckten. Sie drückte den Zeigefinger fest auf die Lippen und brachte sie schließlich zur Ruhe.

Die nächste Nachricht war um zehn Uhr am Dienstagvormittag eingegangen. Sie war von Jennifer.

»Hallöchen. Es ist jetzt eine Weile her. Hoffe, bei dir ist alles okay. Du, ich wollte dich um was bitten. Es geht um Papa … er ist … sehr krank. Offen gesagt weiß ich nicht …« Es war ein paar Sekunden lang still, sie hörte, wie das Mädchen schluckte und sich räusperte. »Also. Hm. Wie gesagt. Ich weiß, wie du das siehst und so … aber ich glaube, es würde ihn irgendwie erleichtern, dich zu treffen. Nur ganz kurz, er ist ohnehin sehr geschwächt. Aber damit er eine Art … wie soll ich sagen … tja, damit er etwas ruhiger wird. Bitte, ruf mich doch an, dann können wir über die Einzelheiten sprechen.«

Sie war gezwungen, nach draußen zu gehen. Das Handy in der Tasche. Sie folgte dem Weg, der in die Stadt führte. Hier würden bald die Buschwindröschen blühen, wenn die Zeit der Leberblümchen vorüber war. Anschließend kamen alle Maiglöckchen. Und nach diesen die Walderdbeeren. Sie pflückte immer Unmengen, was für ein ganzes, wunderbares Abendessen reichte. Sonst schien sich niemand für sie zu interessieren. Die Walderdbeeren wurden von den süßen, wilden Himbeeren abgelöst. Diese schönen Gefilde, die sie zu ihrer Domäne gemacht hatte.

Ein Fahrrad rasselte vorbei, sie hatte es fast nicht gehört und musste beiseite springen, um nicht angefahren zu werden. Das gelbe Haus aus Stein, das als Erstes auf der linken Seite nach dem Wald kam, sollte offenbar verkauft werden, wie ihr jetzt auffiel. Es war eine Weile her, dass sie hier vorbeigekommen war. Die Fenster waren leer, und an einem der Balkons hing ein Schild. »Zu verkaufen«. Hier hatte ein Paar mittleren Alters mit einem Dackel gewohnt. Sie fragte sich, wo sie wohl hingezogen waren. Akela hatte den kleinen Hund gemocht. Sie hatten sich freundlich beschnüffelt, wenn sie sich begegnet waren, und Vertraulichkeiten ausgetauscht.

Am Hang bog sie nach rechts ab und ging die Uferpromenade entlang vorbei an den gelben Ziegelhäusern, die einmal für die leitenden Angestellten von Scania gebaut worden waren. Beste Lage mit Blick aufs Wasser und Steg. Etwas weiter weg auf der anderen Seite des Wassers ragten die vielen Gebäude des großen Pharmaunternehmens Astra Zeneca auf. Abends, wenn alle Fenster erleuchtet waren, konnte man sich an Manhattan erinnert fühlen. Das Hauptgebäude glich einem Palast.

Sie kam am Bootsclub vorbei. Um diese Jahreszeit herrschte hier Hochbetrieb. Mitte Mai wurden alle Boote zu Wasser gelassen. Sie ging den staubigen Kiesweg entlang und schaute durch den Zaun. Die Abendsonne brach durch die Wolken und wärmte ihre Schultern. Sie fühlte sich vollkommen steif und zerschlagen.

»Sollen wir ein Boot kaufen?«, hatte er gefragt. Titus. Ganz zu Anfang.

Sie war einverstanden gewesen, und einige Monate lang waren sie herumgefahren und hatten sich Boote angesehen. Aber aus dem Bootskauf wurde nichts. Sie konnte sich nicht in Erinnerung rufen, warum eigentlich. Aber einen Sommer mieteten sie in England ein Kanalboot und tuckerten durch die Schleusen und kleinen Orte. Tomas und die Mädchen waren dabei. Sie wechselten sich mit dem Öffnen der über hundert manuellen Schleusen ab. Titus saß sonnengebräunt auf einer Bank und fotografierte Rose dabei, wie sie steuerte. Das war der schönste Urlaub ihres Lebens gewesen, und das, obwohl er kurz vor dem Crash stattgefunden hatte. Zu dem Zeitpunkt musste er bereits mit Ingrid angebandelt haben. Die Affäre dauerte lange. Alle in der Branche wussten davon, alle außer ihr. Doch sie merkte, wie sehr er sich veränderte. Aber es dauerte, bis sie begriff, warum. Bis sie sich erlaubte, einzusehen, warum!

Bevor sie die neuen Häuser in Hansta Strand erreichte, hatte sie genug Mut gesammelt, um anzurufen. Sie ging neben dem Weg in die Hocke und wählte Jennifers Nummer. Das Mädchen antwortete direkt.

»Jennie. Hier ist Rose. Du hattest bei mir angerufen.«

»Oh, hallo, nett, dass du anrufst. Wie sieht's aus?«

»Gut. Und … und bei dir?«

»Nicht so gut. Du weißt schon, Papa …«

»Das habe ich gehört.«

»Glaubst du, kannst du dir vorstellen, bei ihm vorbeizuschauen, ihn zu besuchen?«

»Ich weiß nicht.«

»Nein?«

»Worum du mich da bittest, Jennie …«

»Okay, das musst du natürlich selbst entscheiden. Aber …«

»Geht es ihm …?«

Jennifer unterbrach sie:

»Er ist auch so unruhig, und das macht es noch viel schlimmer. Er liegt da und denkt nach und grübelt. Glaubt ihr, Rose kann mir verzeihen?, leiert er immer wieder. In dieser Art. Ich weiß nicht, offenbar ist es ihm wahnsinnig wichtig, irgendwie einen Schlussstrich zu ziehen.«

»Einen Schlussstrich zu ziehen?«

»Ja, du weißt schon.«

»Es geht ihm also um eine Art Absolution?«

»Was?«

»Um eine Vergebung der Sünden und ein ewiges Leben. Amen.«

Jennifer lachte nervös.

»Vielleicht. Oder er will dich noch einmal sehen … ein letztes Mal. Ich weiß nicht. Verquer.«

»Wie geht es Julia?«, wich sie aus.

»Wahnsinnig fertig. Wie ich auch. Diese verdammte Pestseuche. Du weißt schon, wir drei waren immer zusammen, Pappa, Jullan und ich. Seit Mama, du weißt schon. Er war unser wunderbarer Papa … wir lieben ihn! Und jetzt liegt er einfach da, es ist wirklich so verdammt traurig … und man kann nichts machen und ist vollkommen machtlos.«

»Ja, wirklich traurig«, entgegnete sie steif.

»Übrigens, etwas anderes. War diese Nutte Ingrid bei dir?«

Obwohl Rose auf diese Frage gewartet hatte, zuckte sie zusammen.

»Ja, gestern«, brachte sie endlich über die Lippen. »Aber nur kurz.«

»Aha, okay. Es wirkt, als sei sie … ich weiß nicht, aber Papa scheint sich einzubilden, sie sei verschwunden. Er hat mich zu ihr geschickt, um nach ihr zu suchen, also zu ihr nach Hause in die Tulegatan, aber da war niemand.«

»Merkwürdig.«

»Stimmt. Und das macht ihn natürlich noch unruhiger.«

»Habt ihr versucht, sie auf ihrem Handy zu erreichen?«

»Ja, Papa hat das versucht. Unzählige Male. Er hat ihr auch einige SMS geschickt. Sie antwortet aber nicht. Sie ist ja etwas wirr, um es einmal so auszudrücken, vielleicht hat sie ja einfach nur vergessen, den Akku ihres Handys aufzuladen. Aber zu Hause müsste sie eigentlich sein, dachte ich.«

»Ja, das sollte man meinen.«

»Hat sie was zu dir gesagt? Wie wirkte sie?«

Die Lüge wurde genau in diesem Augenblick in ihr geboren.

»Tja, du … ich kenne sie ja eigentlich nicht direkt, aber sie wirkte bedrückt, down. Ich glaube, sie deutete an, dass sie keine Kraft mehr habe. Genau. Jetzt erinnere ich mich. Ich verreise vielleicht eine Weile, sagte sie. Irgendwas in dem Stil. Um etwas auszuruhen.«

»Verreisen?«

»Ja. Das hat sie gesagt.«

»Blöde Kuh!«

»Jennie …«

»Das sieht ihr ähnlich, ihn einfach so im Stich zu lassen. Immer nur nehmen, alles abräumen, aber wenn es dann drauf ankommt …«

»Schon, aber jetzt wollen wir nicht …«

»Verdammt, willst du sie auch noch verteidigen, diese verdammte Schlampe!«

»Das nicht, aber …«

Jennifer fiel ihr ins Wort.

»Weißt du was? Jetzt erzähle ich dir was, aber versprich, es nicht weiterzuerzählen. Jullan und ich haben Voodoo an ihr praktiziert. Gewissermaßen um sie wegzukriegen. Und jetzt … Wow! Es hat sicher funktioniert. Toll! Dass so was funktionieren kann! Aber auch unheimlich. Verdammt. Es schüttelt mich fast.«

»Voodoo? Wie meinst du das?«

»Tja, so eine Art Hexerei. Jullan hat diese schicke Puppe angefertigt. Dann haben wir sie mit Nadeln und so gespickt.«

Rose zwang sich zu einem Lachen.

»Ihr seid doch nicht ganz bei Trost. Sie lässt sicher bald von sich hören.«

Eine Weile wurde es am anderen Ende still. Dann ließ sich Jennies Stimme wieder vernehmen:

»Sie ist also abgehauen? Und du glaubst, schon gestern?«

»Offenbar. Aber vielleicht hat sie das ja auch nur so dahingesagt.«

»Wohl kaum. Schließlich ist sie weg. Sie hat nicht gesagt, wo sie hinwill?«

»Tja … nein, ich glaube nicht. Tatsache ist, dass wir uns

nicht so fürchterlich lange unterhalten haben. Ich hatte es eilig. Ich habe gerade gearbeitet. Ich bin mit einer Sache, die morgen fertig sein muss, im Verzug. Eine Riesenkorrektur, fast fünfhundert Seiten.«

»Fünfhundert Seiten! Meine Güte! Dann will ich nicht länger stören. Aber du kannst ja mal über diese Sache mit Papa nachdenken. Man sollte vielleicht gelegentlich – wie soll ich es ausdrücken – großmütig sein.«

Ingrid

Sie döste, verschwand in einem flimmernden Schlummer. Erwachte von ihrer eigenen Stimme, sie hatte geschrien, gerufen.

Seinen Namen.

Titus.

Wie es ihn schmerzen musste! Dass sie nicht mehr da war. Dass er nichts wusste und nichts begriff. Wo er sie jetzt doch am allermeisten brauchte. Wo sie jetzt für ihn da sein, ihm die Hand halten, ihn beruhigen sollte. In guten und in schlechten Zeiten. Nein, so war das im Standesamt nicht formuliert worden. Aber so hatte sie gedacht. In ihrem Innersten hatte sie sich eine Riesenhochzeit gewünscht. In ihrem Innersten war sie immer noch ein träumendes kleines Mädchen gewesen. Dort drinnen hatte sie seine beiden bösartigen Töchter zum Teufel gewünscht. Sie waren wie die Stiefschwestern Aschenputtels. Sie hasste sie.

»Versuche sie zu verstehen«, hatte er gefleht. »Ich war so hart ihrer Mutter gegenüber, als sie mich verlassen hat. Vermutlich zu hart. Das ist mir anschließend klar geworden, seit du und ich … das hat Spuren bei den Mädchen hinterlassen. Dann kam Rose, und die Wellen haben sich geglättet. An sich sind sie ja jetzt schon groß, sie sollten verdammt noch mal einsehen, dass ich mein eigenes Leben lebe. Aber da ist diese alte Sache, sie hängt einem nach.«

Ingrid hatte Angst vor ihnen. Schließlich musste sie sich das eingestehen. Sie sagte das natürlich nicht zu Titus. Nur zu sich selbst. Sie machten ihr Angst. Wie konnten sie nur ein Teil von ihm sein? Unfassbar.

Wenn sie jünger gewesen wäre. Und Titus auch. Wenn sie beide. Dann hätten sie Kinder bekommen können. Kinder, die Züge von ihnen beiden gehabt hätten. Ausgeglichene, harmonische Kinder ohne Grausamkeit.

Wenn er jetzt nicht länger lebte! Wenn er jetzt in diesem Augenblick in seinem Krankenhausbett seinen letzten Atemzug tat! Und sie ihn nie, nie mehr!

Entsetzt sprang sie von der Matratze auf. Ihr Herz schlug rasend, es dröhnte und schmerzte in ihrem Brustkorb. Und der Arm. Der Arm schmerzte mehr denn je zuvor. Sie lehnte sich zurück und presste den Kopf fest gegen die Wand. Sie kniff sich in den Oberschenkel, um den Schmerz zu überwinden. Sie heulte und weinte.

»Helft mir, kann denn niemand kommen und mir helfen.«

Und nach einer Weile, so kläglich, dass es ihr selbst auffiel:

»Was habe ich im Leben nur verbrochen, um das zu verdienen?«

Darauf eine Wut, die sich gegen ihn richtete:

»Das ist deine Schuld, Titus, deine Schuld, begreifst du das! Du hast mich hierher geschickt. Du hast mich gezwungen, erinnerst du dich? Das hast du. Du hättest es wissen müssen, du hast mit ihr so lange zusammengelebt. Sie ist psychisch krank, sie ist gefährlich. Kein normaler Mensch würde das tun. Sie wird mich töten, ich kann das in ihren Augen sehen, mich töten. Wenn du das gewusst hast, wenn du das wolltest …«

Kehlige Laute drangen aus ihrem Mund wie ein paar rasche Bewegungen mit einer Säge.

»Sie wird mich tö … hö … hö … höten. Ich werde hier unten sterben, kann mich denn niemand retten, kann denn niemand kommen, mein Arm tut so weh, oh, so weh, so weh, ich will hier nicht mehr sein, ich will nach Hause.«

Wenn sie die Augen fest schloss, sah sie Sternchen. Mit einem zischenden Geräusch schossen sie in ihrem Schädel herum. Erst glaubte sie, die Klappe sei geöffnet worden. Dann erkannte sie, dass dem nicht so war. Das Gehirn konnte auf sehr unerwartete Weise reagieren. Epileptischer Anfall. Schlaganfall.

Sie musste wieder pinkeln. Außerdem etwas Schlimmeres. Ihr Darm. War der widerliche Brei vergiftet gewesen? Das würde sie auch nicht mehr wundern. Sie kniff die Pobacken zusammen, und es ging vorüber. Aber bald, sehr bald, würde sie gezwungen sein.

Sie dachte an ihre Schuhe, die noch in Roses Diele standen. Treue, braune Wanderstiefel, die sie schon seit vielen Jahren besaß. Sie hatten ihr immer gepasst. Viele, viele Kilometer hatte sie in ihnen zurückgelegt. Ihre stabilen Reisegefährten mit den fröhlichen roten Schnürsenkeln. Letzten Endes hatten sie sie im Stich gelassen. Sie waren auf ihrer Seite, auf Roses. Sie hatten ihr Blasen verursacht, als sie vom Bus gekommen war. Deswegen hatte sie den Fehler begangen, das Haus zu betreten. Wann war das eigentlich gewesen? Vorgestern? Gestern? Sie erinnerte sich nicht mehr. Und dann diese Dunkelheit. Wenn sie Licht gehabt hätte, hätte sie für jeden Tag eine Kerbe machen können. So wie es Gefangene zu allen Zeiten getan hatten, um nicht vollkommen den Boden unter den Füßen zu verlieren. Wenn sie Licht hätte … Es gab eine Folter, bei der beim Eingesperrten ständig die Leuchtstoffröhre in der Zelle brannte. Ihr wäre Licht lieber gewesen, Dunkelheit hatte ihr immer Angst gemacht.

Warum war ihr das zugestoßen, dieser Alptraum? Sie hatte doch nie jemandem etwas zu Leide getan. Sie war der netteste, gehorsamste und nachgiebigste Mensch. Ja, in der Tat, nachgiebig.

Sie dachte an die Männer, mit denen sie Verhältnisse gehabt hatte. Hasse. Wenn sie sich gestritten hatten, war sie immer verstummt. Das provozierte ihn.

»Verdammt, was für eine Duckmäuserin du doch bist! Hast du denn nie eine eigene Meinung?«

Seine Worte verwirrten sie. Er wurde doch immer so wütend, wenn sie ihre Meinung sagte. Einmal schlug er sie. Er hob die Hand und gab ihr eine schallende Ohrfeige. Bereute sofort, weinte fast. Aber das weckte sie auf. Endlich konnte sie die Kraft aufbieten, ihn zu verlassen. Er heiratete einige Jahre später eine Kommunalpolitikerin, die oft in den Medien war. Irgendein Doppelname.

Jetzt rumorte es erneut in ihrem Darm. Sie konnte es nicht mehr zurückhalten. Sie ließ sich vom Bett gleiten und kroch zur Wand, so weit sie kam. Dann zog sie sich mit Mühe die Hose herunter. Hockte.

Dann schrie sie zur Decke gewandt:

»Verdammte Rose, lass mich raus!«

Rose

Sie folgte der Uferpromenade, die gerade nach dem Häuserbau saniert wurde. Ein schwacher Asphaltgeruch stieg ihr in die Nase. Sie hatte befürchtet, man würde diese Gegend zu dicht bebauen, aber dieses Gefühl hatte sie nicht mehr. Alles machte einen guten Eindruck. Sie erinnerte sich an Tomas' Kommentar, dass man ja wohl kaum Wohnungen für Flüchtlinge hier am Kanal bauen würde. Wahr. Hier wohnten die Reichen und Etablierten, die ein paar Millionen zahlen konnten.

Sie betrachtete die Balkone der neugebauten Häuser. Im Erdgeschoss bepflanzte eine Frau zwei riesige Tontöpfe. Sie lächelte Rose begeistert zu und hielt eine kaktusähnliche Pflanze in die Höhe.

»Eine Agave«, sagte sie.

»Ach.«

»Die hält auch Frost aus, und in diesem Land weiß man ja nie. Aber ich glaube, dass es jetzt endlich Frühling wird. Was meinen Sie? Gott, wie sehr ich mich nach dieser Zeit gesehnt habe.«

Auf dem Tisch stand eine halbleere Weinflasche, aus der Wohnung erklang fröhliche Musik. Ihre innere Leere nahm zu. Beim Minigolfplatz harkte ein Mann. Ein anderer brachte die Bahnen auf Vordermann. Die Saison würde bald beginnen. Sie wollte Annie für ein Wochenende einladen. Das hatte sie schon seit mehreren Jahren vor. Dann konnten sie zum Minigolfplatz gehen und eine Runde spielen. Anschließend würden sie bei ihr zu Abend essen. Annie konnte bei ihr übernachten, so hatte sie sich das vorgestellt.

Aber was würde jetzt geschehen? Was würde aus ihrem ganzen Dasein und Leben werden? Sie schüttelte sich. Sie fror, obwohl sie rasch ging. Wohin war sie eigentlich unterwegs? Hatte sie etwas in der Stadt zu erledigen? In der Apotheke? Sie erinnerte sich nicht mehr. Eine Art Trägheit hatte sich ihres Gehirns bemächtigt und hinderte sie daran, klar zu denken.

Ich muss zurück! Das kam wie ein Gurgeln aus ihrer Brust. Sie war inzwischen bei der alten Tabakfabrik angekommen, dort drehte sie auf dem Absatz um und begann zu rennen. Sie hatte das deutliche Gefühl, dass etwas passierte. Etwas mit dem Keller. Etwas Schlimmeres als das, was schon passiert war. Die fremde Frau hatte die Klappe aufgehebelt und war herausgekrochen. Sie stand in der Küche und wartete auf sie. Oder sie war bereits verschwunden. Ein Streifenwagen würde langsam auf den Vorplatz fahren.

Wieso ist sie gekommen?, dachte sie. Warum musste sie zu mir kommen? In mein Haus, in meine Geborgenheit … sie macht immer alles kaputt, nicht nur einmal, sondern schon wieder, jetzt, wo ich endlich …

Ich lasse sie raus! Das ist das Einzige. Ich fahre sie zur S-Bahn und sage, es sei ein Unfall gewesen.

Aber dann:

Nein. Es ist zu spät. Es ist zuviel Zeit verstrichen.

Aber wenn ich sage, dass ich davon nichts wusste?

Das ist nicht plausibel, es sind vierundzwanzig Stunden

vergangen. Sie werden dich festnehmen. Es ist zu spät, Rose. Viel zu spät.

Zwischen den Bäumen blieb sie stehen. Ihre Backenzähne schmerzten.

»Hör auf!«, sagte sie hart. »Gebrauch deinen Kopf! Es ist nicht deine Art, die Nerven zu verlieren! Und das weißt du.«

In diesem Augenblick brach die Amsel im Baumwipfel hinter ihr in Gesang aus. Das kam ihr wie ein Zeichen vor.

»Alles wird wieder gut«, sagte sie dumpf. »Mir wird schon einfallen, wie sich alles regeln lässt, ich löse das Problem.«

Sie war etwas ruhiger geworden. Plötzlich musste sie lachen.

»Jeder ist sich selber der beste Psychiater. Gut, beiß die Zähne zusammen. Das ist dir doch immer gelungen.«

Ein Auto stand auf dem Vorplatz. Sie sah es sofort. Die Polizei, kam ihr in den Sinn, und sie hatte einen Kloß im Hals. Sie sah genauer hin. Claes Schröders BMW. Sie warf einen Blick auf das große Haus, entdeckte ihn dort aber nicht. Sie eilte zu ihrer Kate hinunter, ging unter dem schweren, nassen Teppich hindurch und schloss auf. Eine Weile lang stand sie da und lauschte. Lauschte. Das Rascheln kleiner Pfoten, sonst nichts. Sie bekamen Angst, wenn sie so ins Haus stürmte, *verzeiht, meine Kleinen, falls ich euch Angst eingejagt habe, aber ich bin das nur, Rose, keine Gefahr.*

Die Klappe im Fußboden. Alles war unberührt. Alles war, wie es sein sollte.

Ja!

So war es!

Sie lehnte sich, Schweiß auf der Stirn, an die Spüle. Öffnete den Reißverschluss ihrer Jacke. Trank direkt aus dem Wasserhahn. Lauschte gespannt zum Fußboden hin. Schlurfte sie dort unten rum? Schlief sie? Sie hatte Essen und Wasser bekommen. Alles war, wie es sein sollte, keine Geräusche.

Sie ging zurück und schloss die Tür sorgfältig hinter sich ab.

Claes Schröder stand auf der Küchentreppe und rauchte. Er hörte ihre Schritte im Kies.

»Guten Tag, Rose«, sagte er feierlich. »Ich war unten bei Ihrem Häuschen und habe angeklopft, aber Sie waren nicht zu Hause.«

»Nein, ich bin eben gekommen. Ich habe nur einen kleinen Spaziergang gemacht.«

»Wie geht's?«

»Gut.«

»Sie wirken gehetzt. Sind Sie das?«

»Ein wenig, um ehrlich zu sein.«

Er schaute sie über den Brillenrand hinweg an.

»Ehrlichkeit ist eine Tugend.«

Sie schwieg.

»Sie sehen aus, als hätte Sie jemand gejagt.«

Rose hustete.

»Ja … dieses Gefühl habe ich auch. Dieser Sklaventreiber von einem Lektor. Er jagt mich. Ich muss mit einer Arbeit fertig werden. In allerkürzester Zeit. Wir Freiberuflichen haben es nicht leicht.«

Claes Schröder sah sie interessiert an. Zog den Rauch seiner Zigarette tief in die Lunge. Sein graues Haar war kurz und dicht. Es lief in der Stirn spitz zu. Sie fühlte sich an »Star Wars« erinnert. Er trug ein dunkles Jackett, das maßgeschneidert wirkte, und eine schwarze Hose aus einem glänzenden Stoff mit einem ausländischen Schnitt. Das Hemd war am Hals aufgeknöpft, und ein paar gekräuselte Haare schauten hervor. Trotz der Jahreszeit war er sonnengebräunt.

»Und?«, fragte er. »Ist es ein interessanter Job?«

»Ein Autor, der für den Nobelpreis im Gespräch ist. Sein neues Buch. Ein Spanier, von dem Sie sicher noch nie gehört haben.«

Er drückte die Zigarette in einer kleinen Tasse aus, die auf der obersten Treppenstufe stand.

»Sie werden es mir vielleicht nicht glauben«, erwiderte er und klopfte sich etwas Zigarettenasche vom Jackettärmel, »aber ich lese gerne. Ich bin ein großer Literaturverbraucher. Nein, nicht Verbraucher, das ist das falsche Wort, eher Gourmet. Ein Literaturgourmet. Und wie heißt dieser Spanier?«

»Manuel Ramírez.«

»Richtig. Der wohnt in Madrid oder ein wenig außerhalb. No es así? Von ihm habe ich zwei grandiose Romane gelesen, ›Sonnenwender‹, der auf seinem Leben basiert, und ›Zum Rand der Welt‹. Der erste hat mir besonders gut gefallen.«

»Grandios? Ist das wirklich Ihr Ernst?«

»Absolut. Außerdem war ich mal bei einer Lesung von Ramírez.«

»Oh!«, rief Rose.

»Überrascht?«

»Ja.«

»Hm. Und Sie sagen also, dass Sie gerade mit seinem neuen Buch beschäftigt sind. Was machen Sie da genau? Übersetzen, oder?«

Sie schüttelte den Kopf.

»Nein, so gut ist mein Spanisch nicht. Ich lese Korrektur.«

»Hm. Und wie heißt das Buch?«

»Die Tränen der Ascheinsel.«

Er wiederholte den Titel so, als würde er ihn abschmecken.

»Gefällt es Ihnen?«, fragte er dann.

»Leider nicht.«

Er sah sie bedauernd an.

»Nicht, nein, also nicht.«

»Sie sind jetzt also eine Weile hier?«, fragte sie dann, um das Thema zu wechseln.

»Nein, nur ganz kurz. Ich fahre morgen wieder. Hat sich irgendwas hier in der Gegend ereignet?«

»Nein.«

»Sie hatten wohl Großreinemachen.«

»Bitte?«

»Der Teppich, der bei Ihnen vor der Tür hängt.«

»Richtig, ich habe versehentlich … was draufgekippt. Ich musste es auswaschen, habe aber nicht bedacht, dass es dauern würde, bis er wieder trocknet.«

»Nicht?«

»Nein«, erwiderte sie unsicher.

»Und dann beschneiden Sie die Bäume, habe ich gesehen.«

»Ja … ich hatte auf einmal Lust, mich etwas um diesen alten Apfelbaum zu kümmern. Der sieht zwar nicht nach viel aus, trägt aber gute Äpfel.«

»Ingrid Marie.«

Ein paar Sekunden lang wurde es ihr schwarz vor Augen.

»Bitte?«

»Die Sorte heißt Ingrid Marie.«

»Ach so, natürlich, sie sind jedenfalls sehr gut.«

»Rose, darf ich Sie zu etwas einladen, wo ich jetzt ausnahmsweise mal in Södertälje bin? Ein Glas Wein vielleicht?«

»Danke, aber ich habe wirklich keine Zeit. Ich muss rübergehen und mit dem Ramírez weitermachen.«

Er sah sie lange an.

»Schade«, sagte er dann. »Es gäbe sicher einiges, worüber wir uns unterhalten könnten. Wenn Sie es sich anders überlegen, können Sie ja einfach anklopfen.«

Ingrid

Die Wanderschuhe standen noch oben bei Rose. Sie wollte sie unten bei sich haben. Der Gedanke an die Wanderschuhe machte sie schwach. Sie sah sie vor sich, wie sie sie weggestellt hatte, Zehenkappe an Zehenkappe. Das rissige, gute Leder. Die grellroten Schnürsenkel. Sie hatte immer große Füße gehabt. Größe 42. Sie hatte sich dafür geschämt. Sie hatte die Schuhe hinter den Vorhang in Roses Diele geschoben, einen gelben Vorhang mit kleinen schwarzen Störchen darauf. Sie erinnerte sich so deutlich an das Muster, als hätte es sich in ihre Netzhaut eingebrannt.

Einmal vor langer Zeit waren die Wanderstiefel neu. Das war vor zehn Jahren, wenn nicht mehr, was auf Qualität schließen ließ. Teuer waren sie auch, sehr teuer. Obwohl sie sie im Schlussverkauf erstanden hatte. Wie hätte sie sie sich sonst leisten können, sie, eine arme Buchhändlerin?

»Die Schuhe«, schluchzte sie, »ich will meine Schuhe haben, meine lieben, schönen Schuhe, ich will sie bei mir haben, anhaben.«

Irgendwo in ihrem Bewusstsein hörte sie, wie krank das klang. Als sei der Verlust der Schuhe die größte Katastrophe. Trotzdem redete sie weiter über die Schuhe, wie eine Art neue Sprache. Sie weinte so sehr, dass ihr Kopf schmerzte.

Schließlich kam ihr ein Name über die Lippen. Sie zwang ihn aus sich heraus, abgehackt und kraftlos, aber immerhin:

»Ing-rid.«

Heißer, wässriger Rotz. Ein plötzliches Jucken. Es kribbelte und juckte in den Haaren.

»Ing-rid, Ingridingrid …«

Sie verdrängte den Gedanken an diese verdammten Wanderstiefel. Sie versuchte es. Aber dann blitzte eine Erinnerung auf, eine unbehagliche Erinnerung, die sie verdrängt hatte. Sie gingen spazieren, Titus und sie. Sie begegneten einer Gruppe junger Leute. Die Mädchen waren da, seine Töchter. Sie spürte ihre Blicke wie Pfeile.

Schau dir die Treter an. Und erst die Schnürsenkel!

Nicht laut, nicht so, dass Titus es gehört hätte.

Aber sie. Und das war ihre Absicht.

Jetzt ruft er an, ich weiß, dass er anruft.

Ja. Guter Gott. Das Handy. Aber das liegt ja bei ihr, sie hat es, Rose.

Sie spürte es ganz deutlich, dass Titus gerade in diesem Augenblick die Nummer ihres Handys wählte.

Und dann hörst du diese Stimme, die nicht ich bin, denn die kommt vom Band. Und dann erreichst du mich nicht … und bald ist es zu spät … zu spät … aber du weißt doch trotzdem, dass wir uns lieben, dass wir zusammengehören … bis dass der Tod uns scheidet … und stirbst du jetzt, dann folge ich dir …

Wofür sollte sie leben, wenn Titus nicht da war? Ohne ihn war sie nichts. Sie lag auf dem Rücken und weinte, sie heulte richtiggehend. Die Tränen liefen ihr in die Ohren und von dort weiter auf den Hals.

Bis sie keine Kraft mehr hatte.

Bis sie verstummte und in einen Dämmerzustand verfiel. Und dort, auf der Grenze zum Schlaf, sah sie Titus, wie er sich eine breite, goldene Treppe hinaufmühte. Er war in ein Tuch gehüllt, etwa so wie der Jesus in der Kinderbibel, die sie in der Sonntagsschule bekommen hatte. Sie rief seinen Namen, kroch hinter ihm her und rutschte ab, als sei die Treppe vereist.

»Warte, ich bin das, dreh dich um, damit du mich sehen kannst!«

Aber er bemerkte sie nicht, kämpfte weiter, das Haar wehte um seinen Kopf, es war lang und lockig und kastanienbraun, und das Tuch bauschte sich und flatterte. Weit oben, wo die Treppe zu Ende war, gab es Türen mit Eisenbeschlägen. Und ein Choral erklang, ein Brausen, *dass er das Tor zum Himmelreich öffnen wird.* Sie war wieder klein und saß im Kirchensaal. Saß in der Bank, grau und blankpoliert von allen, die seit dem Anbeginn der Zeit dort gesessen hatten. Es gelang ihr, das Gesangbuch auf das schmale Bord vor sich zu legen. Es war so dick, dass sie es nicht halten konnte.

Plötzlich gleitet das Gesangbuch herab. Sie sehen es beide, Mama und sie. Mamas Mund verzieht sich zu einem Schnabel, die Augen weiten sich zu Kratern. Das Buch fällt, fällt. Ein Krachen, danach tiefe Stille.

Sie war sehr hungrig gewesen. Aber als sie das Plastik der Breiverpackung aufgerissen hatte, wurde ihr übel. Sehr lange saß sie da und versuchte zu schlucken, kleinste Mengen, schließlich musste sie essen, wenn sie überleben wollte. Sie konnte es nicht. Das Würgen schüttelte sie. Wütend schleuderte sie das Breipaket in die Dunkelheit.

Sie hatte sich nach Äpfeln und Cider gesehnt. Noch war Wasser in der Flasche. Etwas hatte sie auf dem Bett vergossen, aber ein Schluck war noch da. Sie musste trinken. Sie setzte sich auf und schrie vor Schmerz. Einen Augenblick lang war es ihr gelungen, ihren Arm zu vergessen. Sie tastete mit ihren Fingern unter dem Tisch, fand die Flasche und nahm sie. Sie schüttelte sie mit einem Daumen auf der Öffnung und versuchte sich ein Bild zu machen, wieviel übrig war. Nicht viel. Einen Schluck würde sie sich trotzdem gönnen, einen Schluck, um den widerlichen Geschmack im Mund zu vertreiben.

Sie trank ein paar Schlucke.

Da hörte sie ein Geräusch auf dem Boden. Ein Schnauben.

»Nein!«, jammerte sie.

Eine Sekunde lang war es still. Dann war das Geräusch wieder da. Ein Schmatzen und Schniefen. Etwas aß.

Sie war hier unten nicht allein.

Die Flasche rutschte ihr aus den Händen. Sie hörte, wie sie auf den Boden fiel, dann das Gluckern, als die letzten Tropfen herausliefen.

Rose

Mechanisch ging sie zurück. Direkt zur Couch, nahm das Manuskript zur Hand, las weiter.

An nichts anderes denken, einfach lesen, lesen, lesen!

Fünfzehn Seiten. Vier Fehler. Ein Satz schien ganz einfach falsch übersetzt zu sein. Oder fehlte etwas? Sie machte ein Zeichen an den Rand.

»Metaphern können verglichen werden mit aus Güte bist du entsprungen.«

Was sollte das heißen? War das einfach ein Beispiel für Nobelpreissprache? Sie fuhr mit dem Daumen den Manuskriptstapel entlang, Panik bemächtigte sich ihrer. Gehetzt. Das war sie. So sehr, dass ihr das geradezu anzusehen war.

Sie hätte Oscar Svendsen anrufen sollen! Das hatte sie vollkommen vergessen. Wie spät war es jetzt? Halb neun? Dann war es doch wohl noch nicht zu spät, um bei ihm zu Hause anzurufen. Eigentlich wollte sie das nicht, sie wollte nicht mit dem privaten Oscar Svendsen in Kontakt treten, aber jetzt war es notwendig.

Sie suchte seine Privatnummer heraus. Es klingelte mehrere Male. Gerade als sie auflegen wollte, ging eine Frau an den Apparat. Wütende, kurz angebundene Stimme:

»Fabiola.«

»Entschuldigung?«

»Hier ist Fabiola. Fabiola Svendsen.«

»Ach.« Rose hätte beinahe den Faden verloren. Hieß seine Frau Fabiola? Was für ein Name. »Entschuldigen Sie, ich würde gerne …« In diesem Augenblick begannen im Hintergrund ein paar Kinder zu schreien. Schrille, durchdringende Stimmen. Die Zwillinge.

»Mama, er macht mein Lego kaputt … Mama!!!!! Tu doch was.«

Krachen und Schreie. Gebrüll. Rose musste den Hörer auf Abstand halten. Sie hörte, dass die Frau die Kinder anschrie.

»Hallo?«, sagte Rose.

»Ja? Wer ist da bitte? Wen wollten Sie sprechen?«

»Hallo, ich heiße Rose Bruhn. Ich arbeite für den Karlbacks Förlag. Ich wollte nur rasch ein paar Worte mit Oscar wechseln. Ich hätte auch nicht bei Ihnen zu Hause angerufen, wenn …« Neue Schreie der Jungen ließen sie verstummen.

»Er ist nicht zu Hause«, erwiderte die Frau zornig.

»Nein?«

»Er ist auf irgendeinem Verlagsfest. Oder auf einer Veröffentlichungsparty oder so. Jedenfalls ist er nicht zu Hause.«

»Wissen Sie, wann er nach Hause kommt?«

Die Frau lachte gellend. Dann schien sie eines der Kinder zu fassen zu kriegen. Rose hörte Weinen und Schläge.

»Nein. Das weiß ich nicht.«

»Dann bitte ich um Entschuldigung für die Störung. Ich rufe ihn dann morgen in der Arbeit an.«

»Tun Sie das.«

Sie knallte den Hörer auf die Gabel.

Anschließend wurde ihr klar, dass sie um seine Handynummer hätte bitten sollen. Tja, die ließ sich vielleicht irgendwo finden. Gleichzeitig wäre es ihr peinlich, ihn während eines

Verlagsfestes anzurufen. Irgendwie würde es ihre Ausgangslage verschlechtern. Nein, ihn morgen früh bei der Arbeit anzurufen, war das Beste, was sie tun konnte.

Hochkonzentriert las sie ein paar Seiten. Sie hatte sich mit dem Rücken zur Küche hingesetzt. Plötzlich meinte sie, jemand stehe im Zimmer. Direkt hinter ihr. Mit aufgerissenen Augen drehte sie sich um. Nein. Niemand da.

Aber ein Geräusch? War da nicht ein Geräusch?

Sie steckte ihre Füße in ihre Pantoffeln und ging in die Küche. Hielt den Atem an. Starrte auf die Klappe und den eingelassenen Eisenring. Bewegte er sich? Nein. Natürlich nicht. Wie hätte er sich auch bewegen sollen?

Die Küche war ohne Teppich hässlich und nackt. Ungastlich. Wenn er nicht bald trocknete, musste sie einen neuen kaufen. Sie wollte diese Klappe nicht mehr anschauen, dazu fehlte ihr die Kraft.

Vielleicht sollte sie auch einfach einen Holzboden verlegen. Alles abdecken.

Sie ließ sich auf die Knie sinken. Ihre Finger umschlossen den Eisenring, und es kam ihr so vor, als würde er ihr elektrische Schläge versetzen. Ohne es zu wollen, drückte sie den Mund auf den Spalt und stieß Geräusche aus. Kurze, verzweifelte Schluchzer.

»Ich muss arbeiten«, stöhnte sie. »Ich muss verdammt noch mal fertig werden.«

Sie spürte, wie sie ihre Finger anspannte. Die Klappe glitt auf. Abgestandene Luft schlug ihr in einem Wirbel entgegen. Es stank nach Erbrochenem und Exkrementen. Mit trockenen Augen starrte sie ins Dunkel. Wartete auf eine Reaktion.

Die Frau hatte sich aufs Bett gelegt. Die Decke über den Beinen, ein Bündel. Atmete sie? Rose konnte das nicht erkennen. Ihr Magen zog sich zusammen. Auf dem Boden lag die leere Breiverpackung. Vollkommen saubergeleckt.

»Hallo?«, sagte sie laut.

Das Bündel auf dem Bett bewegte sich. Die Decke rutschte herab, ein grauweißes Gespenstergesicht.

»Hilf … mir …«

Der eine Arm unnatürlich verdreht, groß und deformiert. Aber gegessen hatte sie, soviel war klar. Rose stand auf und ging zum Kühlschrank. Nahm eine weitere Breipackung heraus. Warf sie ins Loch. Sie landete auf dem Bett und traf das eine Bein der Frau. Sie jammerte, dann setzte sie mit ihrer kehligen Stimme erneut an, die kaum menschlich klang.

»Bitte, bitte … hilf mir.«

Noch bevor Rose antworten konnte, klopfte es an der Haustür.

Ingrid

Saubere und säuerliche Luft strömte zu ihr in einem Lichtschwall herab. Sie verdrehte ihre Augen zum Licht und zwang sich dazu, mit kräftiger Stimme zu sprechen.

»Hilfe … bitte, hilf mir.«

Über ihr, weit oben, hing wie ein Mond das Rosegesicht.

Sie musste den Kopf heben und den Blick über den Boden irren lassen. Was da geschmatzt und gekaut hatte, war das noch da? Oder waren das ihre verschreckten Fantasien gewesen? Sie hatte immer zu Übertreibungen geneigt. Den Teufel an die Wand zu malen. Das hatte Titus immer gestört, daran erinnerte sie sich jetzt ganz deutlich.

Würdest du jetzt auch finden, dass ich übertreibe? Würdest du?

»Hallo?«, flüsterte sie, aber es war nichts zu hören. Muss den Kopf heben, muss sehen. Ihr Hals fühlte sich steif und geschwächt an, als hätten die Muskeln schließlich aufgegeben. Aber dann kam sie auf einen Ausweg. Mitten in aller Verzweiflung, wie ein Bild in einem Comic: die klassische aufblitzende Glühbirne!

»Rose, ich tue, was Sie wollen, wenn Sie mich nur rauslassen. Ich überlasse Ihnen alles, was mir gehört. Sie treten an meine Stelle, Sie ziehen in die Tulegatan … mein Geld, meine

Habe, alles. Das muss doch tausendmal besser sein, als wie eine Einsiedlerin im Wald zu leben. Ich gebe es Ihnen, stifte es … und ihn auch, er ist noch da … alles will ich Ihnen geben … denn ich stehe so in Schuld, das Böse, was ich Ihnen angetan habe und immer noch antue. Eine einzige Sache erwarte ich als Gegenleistung … und Sie wissen, was das ist … Sie wissen das.«

Das Mondgesicht, keine Reaktion.

Vielleicht hatte sie das nur gedacht? Vielleicht hatte sie das nie laut gesagt?

Aber eine Lösung wäre das, eine Lösung.

Titus' Erbe. Ihr gesetzlicher Erbteil. Rose sollte ihn bekommen. Selbst brauchte sie nichts. Sie könnte zu Maria ziehen, und später, wenn sie wieder stark war, würde sie sich eine Mietwohnung suchen. Zurück nach Huskvarna, ja, nach Hause, außerdem war in der Provinz alles billiger, und am Vättern hatte sie ihre Wurzeln, dort fühlte sie sich geborgen. Sicher würde sie im Akademibokhandel in Jönköping Arbeit finden, mit ihren soliden Kenntnissen.

»Was sagen Sie? Das wollen Sie doch!«

Das reglose Mondgesicht leuchtete.

»Bitte, bitte … Wenn Sie sich das vorgestellt haben … so … dann verspreche ich, nie etwas zu erzählen … Ich leiste einen Eid. Ich lege ein heiliges Gelöbnis ab.«

Keine Gnade, nein, Gnade war keine zu erwarten.

Sie schloss die Augen, aber öffnete sie erneut, als etwas aufs Bett plumpste. Sie schrie auf. Was war das? Ein Tier? Eine Ratte, die einen Satz gemacht hatte und zu ihr hochgesprungen war? Sie unternahm eine Kraftanstrengung, und es gelang ihr, sich aufzusetzen. Gleichzeitig fuhr ein Schüttelfrost durch ihren Körper, von innen bis in die Poren.

Oben bei Rose klopfte es. Irgendwo weit hinter ihr. Den

Kopf schwer an die Wand gelehnt sah sie, wie sie sich mit einem Ausdruck des Entsetzens in den Augen rasch umdrehte.

Danach wieder Dunkelheit.

Rose

Sie fiel hin, als sie aufstehen wollte, rutschte aus und verlor den einen Pantoffel. Es pochte erneut. Auf Socken rannte sie in die Diele. Wer besuchte sie noch so spät? Wer besuchte sie überhaupt? Nicht Tomas, der nicht, das glaube ich nicht mehr. Sie lauschte an der Tür, hörte Schritte.

Wenn ich leise bin, glauben sie, dass ich schlafe.

Aber das ganze Haus war erleuchtet.

Verdammt.

Wer konnte das sein? Der Typ mit dem Schäferhund, der rausgekriegt hatte, wo sie wohnte, und sich rächen wollte? Oder … nein …? Titus? Der sich von einem Krankenwagen hatte herbringen lassen?

Ein weiteres Pochen dröhnte ihr direkt ins Ohr. Sie öffnete einen Spalt weit, dachte, dass sie sich eine Sicherheitskette hätte zulegen sollen. Warum hatte sie das nicht getan! Als Akela noch am Leben gewesen war, hatte sie nie Angst gehabt. Aber jetzt!

Ein Mann stand auf der Vortreppe. Er hatte sich unter den nassen Teppich geschoben und versuchte ihn von sich wegzuhalten. Claes Schröder. Er hatte eine Fahne.

»Wirklich schwierig, verdammt schwierig.«

»Ich weiß, Entschuldigung. Aber er will einfach nicht trocknen.«

»Hören Sie, Sie haben doch noch nicht geschlafen? Da noch Licht brannte, habe ich es einfach drauf ankommen lassen.«

»Nein. Ich arbeite.«

»Ich wollte Ihnen nur rasch was zeigen, verstehen Sie. Was ich in meiner eigenen Bibliothek gefunden habe. Hier, schauen Sie mal!«

Triumphierend hielt er ihr etwas unter die Nase. Ein Buch. Geheftet und aufgeschnitten. Kein Bild auf dem Cover, nur Text. Sie las:

»Gedichte von Manuel Ramírez.«

»Welch ein Zufall, nicht wahr!«, rief Claes Schröder. »Er ist auch Lyriker, wussten Sie das?«

»Eh … nein.«

»Entschuldigen Sie, aber dürfte ich einen Augenblick reinschauen, Rose? Ich weiß, dass Sie sehr beschäftigt sind, aber nur einen Moment. Ich würde gerne einen Blick auf dieses Manuskript werfen.«

Ihr fiel kein Vorwand ein, unter dem sie ihm dies hätte abschlagen können.

»Ich habe nicht aufgeräumt«, murmelte sie.

Er neigte den Kopf zur Seite.

»Auf so was achten Männer nicht«, lächelte er. Kokett, wie sie fand. Er machte ihr doch wohl keine Avancen?

»Neinnein«, erwiderte sie. »Bitte!«

Er trat ein, ohne sich die Schuhe auszuziehen. Er wohnte schließlich überwiegend im Ausland. Da war das so, man betrat die Wohnungen anderer Leute nie in Socken. Er schien seinen Weg sofort zu finden. Ins Wohnzimmer, zum Sofa. Das war auch die einzige Sitzgelegenheit. Auf Sessel und Stuhl lagen Papierberge.

»Erlauben Sie, dass ich mich setze?«

»Natürlich.«

Er sah sich im Zimmer um.

»Sie haben es sich hier wirklich gemütlich gemacht.«

»Danke.«

»Sie scheinen sich hier im Haus wohl zu fühlen.«

Sie nickte.

»Und es gibt nichts, was Sie brauchen? Nichts, was gerichtet werden müsste oder so?«

»Nein.«

»Sie müssen nur Bescheid sagen, das wissen Sie.«

Nein. Das wusste sie eigentlich nicht. Aber sie nickte. Sie musste versuchen, ihn rasch aus dem Haus zu bekommen, aber ohne ihn vor den Kopf zu stoßen. Fieberhaft versuchte sie sich einfallen zu lassen, wie. Er lehnte sich auf der Couch zurück und faltete die Hände hinter dem Kopf.

»Wohnen Sie jetzt allein hier?«, fragte er. »Sie hatten doch einen Sohn, wenn ich mich recht erinnere. Spielte er nicht irgendein Instrument?«

Ihr Herz setzte einen Schlag aus.

»Ja«, erwiderte sie. »Tomas. Aber der ist jetzt im Ausland, Sie wissen schon, Rucksacktourist.«

»Gut. Das soll sich ein junger Mann auch gönnen.«

»Ja, das finde ich auch.«

»Frauen natürlich auch. Aber der Junge, hat er nicht sogar eine Rockband gegründet?

»Er hätte wohl gerne diese Laufbahn eingeschlagen«, meinte sie leichthin, »aber Sie wissen ja, wie das ist. Die Jugend von heute hat keine Geduld.«

»Sie haben doch einmal davon gesprochen, den Keller einzurichten. Als Übungsraum für Jamsessions oder wie immer man das nennt. Ist da eigentlich je was draus geworden?«

»Die Jungen haben ein wenig angefangen, aber es wurde nie fertig. Sie gaben auf. Wie gesagt, kein Durchhaltevermögen.«

»Wozu benutzen Sie ihn dann?«

»Was?«

»Den Keller.«

»Zu nichts. Ich stelle da Sachen ab, die ich nicht mehr brauche. Sachen, die im Weg sind und so.«

Er warf ihr einen Blick zu, auf den sie sich keinen Reim machen konnte. Sie beeilte sich, auf den Manuskriptstapel auf dem Tisch zu deuten. Griff sich ein paar bereits gelesene Seiten.

»Tja, hier ist es also. Das Manuskript. Enthält etliche Fehler. Aber hier haben Sie es also. Wenn Sie es sich anschauen wollen.«

Er nahm ein paar Seiten und blätterte zerstreut.

»›Die Tränen der Ascheinsel‹, tja …« Er lachte. »Ja, damit haben Sie wirklich gut zu tun, das sehe ich.«

»Im Verlag glaubte man, dass Ramírez den Nobelpreis erhalten wird.«

»Den hat er sicher verdient.«

»Was halten Sie davon?«, sie blätterte bis zu der Seite, auf der sie steckengeblieben war. »›Metaphern können verglichen werden mit aus Güte bist du entsprungen.‹ Ergibt dieser Satz für Sie einen Sinn?«

Er sah sie aufgeregt an.

»Aber verstehen Sie denn nicht? Man kann nicht nur …«

Er nahm ihr das Blatt ab und las. Dann runzelte er die Stirn.

»Springen, gesprungen, Ursprung … das sind Ausdrücke, mit denen Ramírez gerne spielt.« Er unterbrach sich und schlug den Gedichtband auf. »Hören Sie hier!« Er begann zu deklamieren:

»Die Klinge
am springenden
PUNKT

Vergebung
für
lassen
fallend.«

Die Worte machten ihr Angst. War das seine Absicht? Vergebung und fallen, warum hatte er ausgerechnet dieses Gedicht ausgesucht? Ahnte er was? Ihr schwindelte. Sie musste sich setzen, und es gab keinen anderen Platz als neben ihm auf dem Sofa.

»Was ist?«, fragte er freundlich. »Ist Ihnen nicht gut?«

»Ich weiß nicht … mir ist etwas schwindlig … aber das geht vorüber.«

Er tätschelte ihr das Bein.

»Der Dichter Ramírez verursacht Ihnen Schwindel! Dann hat er einen Nobelpreis wahrhaftig verdient!«

Sie war sehr bleich, das spürte sie. Der Schweiß lief ihr aus den Achselhöhlen. Seine Augen kamen nahe, zu nahe.

»Aber … jetzt mache ich mir richtig Sorgen um Sie, meine gute Nachbarin. Ich glaube, Sie könnten was Starkes vertragen. Sie sind ganz einfach überanstrengt. Papa geht hoch und holt was Hochprozentiges. Warten Sie einfach hier.«

»Nein, nein, das ist wirklich nicht nötig.«

»Ich wage es im Übrigen nicht einmal, Sie allein zu lassen. Haben Sie denn nichts im Haus? Gegen einen Whisky hätte ich nichts einzuwenden. Ich könnte jetzt wirklich einen vertragen, um ehrlich zu sein.«

»Nein«, flüsterte sie. »So etwas habe ich nicht im Haus, ich trinke fast nie.«

In diesem Augenblick hörte man es. Einen Ruf. Einen erstickten, heulenden Ruf. Er kam aus der Küche.

Claes Schröder erstarrte.

»Was zum Teufel war das?«

Sie stand mitten im Zimmer. In Socken.

»Das war nichts.«

»Doch, mit Sicherheit. Ich habe es doch gehört! Ein Kind … das war ein Kind, das geschrien hat, ein Junge.«

»Nein, nein«, sagte sie und ging eilig in die Küche. Da sah sie es! Die Klappe war nicht ganz geschlossen. Ihr einer Pantoffel war in die Spalte geraten. Sie beugte sich vor und riss ihn heraus. Die Falltür knallte zu. Als sie sich umdrehte, stand Claes Schröder in der Tür.

»Was machen Sie da?«, fragte er leise.

Ingrid

Sie lag da und hielt die Folienverpackung fest, wärmte sie. Schob sie unter den Pullover, die Haut war heiß. Hatte sie Fieber? Es wird besser, wenn ich etwas esse, ich esse bald etwas, ich werde das ganze Breipaket in mich reinstopfen. Dann kommen die Ratten auch nicht … und ich werde mich nicht übergeben, nur essen.

Döste eine Weile. Eiskalte Hände und Füße. Erinnerte sich dann, dass etwas vorgefallen war. Rose hatte Angst bekommen. Jemand hatte an die Tür gehämmert.

»Titus«, jammerte sie und öffnete die Augen. Ein diffuses helles Dreieck lag wie ein Fisch auf dem Boden. Die Klappe war nicht richtig geschlossen.

Sie hielt den Atem an. Stimmen von oben, eine Männerstimme und Roses. Dumpf und leise drangen sie zu ihr herunter, als befände sie sich unter Wasser. Wie damals, als sie unter den Steg geraten war. Wie sie nach ihr gerufen hatten. Komm raus! Das war im Sommerlager der Kirche gewesen. Sie hatte sich versteckt, um ihnen einen Schrecken einzujagen. Sowohl den Betreuern als auch den anderen Kindern. Damit sie nicht immer so gemein sein würden. Als sie dann wieder hochwollte, saß sie fest. Hätte sie nicht einer der Betreuer entdeckt, wäre sie ertrunken.

Sie versuchte zu lauschen. Sich nichts entgehen lassen, nichts kaputt machen. War es Titus, dann würde er nicht klein beigeben. Er würde in dem Häuschen herumgehen und suchen. Jeden Millimeter würde er absuchen.

Sie sammelte Kraft, um zu rufen. Verschluckte sich, bekam einen Hustenanfall.

Er war mit dem Auto gekommen. Mit ihrem bequemen, nougatbraunen Audi. Er war vom Krankenbett aufgestanden:

»Jetzt reicht's, verdammt noch mal, jetzt reicht's! Ich kann hier nicht länger in Ungewissheit liegenbleiben.«

Seine schönen, breiten Hände mit den ordentlich geschnittenen Nägeln. Drehen den Zündschlüssel herum, lösen die Handbremse. Fahren.

»Jetzt komme ich, Ingrid. Ich hole dich.«

Sie zwang sich zu einem Blöken, dem Ansatz eines Rufs. Dem flimmernden Dreieck entgegen.

»Hallo. Ich bin hier unten.«

Es war, als würde es ihr den Brustkorb zusammendrücken. Keine Stimme, nur Keuchen und Krächzen.

Erneut:

»Um Gottes willen … ich bin hier … hier unten.«

Wenn er doch nur in die Küche ginge! Wenn er das doch nur täte! Er würde es sofort begreifen. Er würde sich vorbeugen und die Klappe aufreißen. Dann würde er verstehen. Er würde wütend werden. Rasend. Sie hatte ihn einige Male so erlebt. Er schien über sich hinauszuwachsen, die Adern an seinem Hals schwollen an. Dann war mit ihm nicht zu reden. Man drang nicht zu ihm durch. Einige Male hatte sich sein Zorn gegen sie gerichtet. Nicht oft, nur ein paar wenige Male.

Aber jetzt. Jetzt würde Rose ihn abbekommen! Welch eine Erleichterung, nach oben zu kommen!

Aus weiter Ferne ein gedämpftes Gemurmel. Eine Unterhaltung. Was taten sie? Fragte er sie aus? Verhörte er sie? Wie ein Richter, der eine Strafe bemisst. Warum kam er nicht? Warum fing er nicht sofort mit dem Suchen an? Er musste doch erkennen, wie schlecht es um sie stand.

Titus ist krank, Ingrid. Er liegt in seinem Krankenbett und stirbt.

Woher kam diese fremde Stimme?

Sie fingerte mit den Fingern an ihrem Hals, sie hatte plötzlich Mühe Luft zu bekommen.

Und dann wieder, mit einer letzten Kraftanstrengung:

»Hallo … ich bin doch hier, hier unten …«

Polternde Schritte über den Boden.

Ein ratschendes Geräusch.

Dann Dunkelheit.

Rose

Claes Schröder stand da und hielt sich den Kopf. Er lehnte schwer am Türrahmen, sah aus, als würde er zusammenbrechen. Rose ging auf ihn zu. Sie war immer noch erschüttert. Was hatte er wohl gesehen?

Sie verlieh ihrer Stimme Festigkeit, das war jetzt wichtig:

»Ist Ihnen nicht gut?«

»Ich … ich muss ins Freie.«

»Ja, ja, ich begleite Sie.«

Sie schob ihn vorsichtig Richtung Diele. Dort packte er ihren Oberarm, klammerte sich fest.

»Aber lieber Claes …« Zum ersten Mal redete sie ihn mit seinem Vornamen an. »Ist Ihnen übel? Das war doch wohl kein Schlaganfall?«

Es könnte ihn hier ereilen, bei ihr in der Diele. Leute bekamen Gehirnblutungen und starben. Was unternahm man noch gleich, wenn man den Verdacht hatte, jemand hätte einen Schlaganfall erlitten? Drei Dinge. Die Person bitten zu lächeln. Sie bitten, ihren Namen zu sagen. Und das dritte, was war das noch gleich? Was war das?

Die Hand hielt sie immer noch fest, ein Griff aus Stahl.

»Nein«, sagte er schrill. »Kein Schlaganfall.«

»Ich habe mir einen Augenblick lang Sorgen gemacht.«

»Komm mit!« Das klang wie ein Befehl. Er hatte die Türe geöffnet. Mit einer raschen Handbewegung riss er den Teppich beiseite, der davor hing. Warf ihn einfach auf die Erde. Immer noch hielt er sie am Arm fest. Das tat weh, aber sie wagte nicht, ihn zu bitten loszulassen. Er führte sie die Anhöhe hinauf, über den Kiesplatz, ins Haus. Erst als sie dort angekommen waren, ließ er sie los. Da begann er auch wieder, normal zu atmen.

»Entschuldigen Sie, falls ich Sie erschreckt habe«, sagte er und räusperte sich. »Aber als ich diese Klappe im Boden sah …«

Sie war aufs Äußerste gespannt und wartete. Wagte nicht, ihn anzusehen.

»… alles kam zurück«, hörte sie.

»Was, alles?«

Er holte tief und mühevoll Luft. Als würde er weinen.

»Alles. Ich werde es erklären.«

»Geht es Ihnen jetzt besser? Sollen wir nicht einen Krankenwagen rufen?«

»Nein, verdammt! Es geht mir besser. Aber gehen Sie noch nicht, bleiben Sie.«

Sie sah sich wachsam um. Die Diele war teilweise holzgetäfelt und grün tapeziert. Eine Textiltapete. An einer Wand hingen fächerförmig und mit Ketten gesichert fünf Gewehre. Daneben ein ausgestopfter Rehkopf. Sie hatte den Eindruck, das tote Tier starre sie an. Claes Schröder fiel ihr Blick auf.

»Ich habe es zum Fünfzigsten bekommen«, erklärte er. »Gute Arbeit, oder? Ein guter Freund von mir ist Präparator. Er hat diesem Geschöpf aufgelauert. Es kam jede Nacht in seinen Garten und verschlang seine Tulpen. Jetzt ist es damit vorbei.«

Sie dachte an das Reh, das sie manchmal morgens sah. Eine

magere Hirschkuh mit einer Verletzung an der Flanke. Sie hatte sie seit dem Herbst nicht mehr gesehen.

»Kommen Sie doch weiter!«

Zwei Glastüren standen offen. Er deutete darauf.

Ihr fiel auf, dass sie sich zum ersten Mal in seinem Haus befand. Den Mietvertrag hatten sie in ihrem Haus unterschrieben. Der Raum hinter der Diele war groß und vollgestellt, als sei er gerade erst eingezogen und hätte die Platzierung der Möbel noch nicht entschieden. Stühle standen aufgereiht an den Wänden. Wahrscheinlich Antiquitäten. Mitten im Zimmer stand ein orientalischer Tisch mit eingelassener Kupferplatte. Daneben zwei klassische braune Ohrensessel. Sie nahm auf dem einen Platz. Das Leder war glatt und kalt.

»Ich hole uns was zu trinken«, sagte Claes Schröder. »Das können wir jetzt beide brauchen.«

Er hat etwas gemerkt, schoss es ihr durch den Kopf. Wird er jetzt etwas sagen?

Claes Schröder kehrte mit einem Tablett zurück, einer Intarsienarbeit aus Streichhölzern in Schachbrettmuster. Auf dem Tablett standen zwei Gläser mit Eiswürfeln und eine Flasche Whisky. Er schenkte ein, seinen Blick, der nicht mehr schwach war, auf sie gerichtet.

»Jetzt, Rose, werde ich es Ihnen erzählen.«

Ingrid

Stäbe aus Eis. Stäbe aus weißglühendem Eis. Sie meinte über dieses Eis zu springen. Ein krachendes Geräusch, das war gefährlich. Das Eis konnte brechen.

Die Kiefer zitterten unkontrolliert, die Zähne schlugen aufeinander. Wie die Nadel einer Nähmaschine. Kam die Zunge dazwischen, gab es Verletzungen, Schwellungen, und es blutete.

Bis ich nicht mehr atmen kann. Bis ich ersticke.

Jetzt war es still. Es war eine andere Stille. Sie waren gegangen, sie wusste das.

Sie lag mit angezogenen Beinen da, die Folienverpackung Brei an den Bauch gedrückt. Wie eine Mikrowelle, dachte sie diffus. Denn das war sie. Sie wärmte den Brei mit ihrem Körper. Später wollte sie ihn aufmachen und essen.

Später.

Das Fieber schlug ihr an die Trommelfelle. Rasche, pochende Schläge.

Er hatte sie verlassen.

Rose hatte ihn begleitet.

Rose hatte auf sie gehört und ihr Angebot angenommen.

Jetzt zog sie nach Hause in die Tulegatan. Zu Titus. Jetzt ging es dort weiter, wo es einmal aufgehört hatte.

Ein Vertrag mit Rose.

Sie hatte nur eines vergessen.

Die Klappe zu öffnen.

Es war inzwischen nicht nur der Arm, sondern der ganze Körper. Gelenke, Muskeln. Alle ihre Körperteile schmerzten. Sie drehte sich auf den Rücken. Die Breifolie lag auf ihrem Bauch, gehalten von ihrem mintgrünen Pullover. Der Pullover schien im Übrigen größer geworden zu sein.

Ich magere ab, dachte sie, aber egal. Ich magere ab und verwandele mich in ein Skelett.

Mit der Rechten tastete sie sich ab. Sie spürte die Knochen unter der Haut. Sie hatte immer kräftige Knochen gehabt, deswegen war es ihr auch immer schwer gefallen, schlank zu werden.

Das Haar fettig. Die Kopfhaut juckte, sie hatte gekratzt und Blut unter den Fingernägeln.

Die weiche Muschelform der Ohren.

Sie sah so durchschnittlich aus.

Aber er hatte etwas anderes gesehen.

Sie tastete sich zum Schlüsselbein weiter. Dort, neben der linken Schulter, hatte sie ein Muttermal. Es erinnerte an eine Erdkugel. Maria und sie hatten darüber Witze gemacht. Zu Cecilia, ihrer jüngsten Schwester, hätte es besser gepasst. Schließlich symbolisierte es das Abenteuer.

Die kleine Cecilia. Was sie wohl jetzt gerade tat? Sehnsucht wallte in ihr auf. Cecilia, die sich nie unterkriegen ließ. Die ständig bereit war, für die Kleinen und Benachteiligten zu kämpfen. Sie hatte ein Foto aus Brasilien geschickt. Sie saß auf einer baufälligen Treppe umgeben von zerlumpten Kindern, die mit ihren weißen Zähnen lachten. Auch Cecilia lachte.

»Hier bin ich mit den Kindern«, schrieb sie im Begleitbrief. »Wir brauchen Geld für die Schule. Alles, was Ihr entbehren könnt, ist willkommen.«

Fast ein Bettelbrief, fand Maria. Sie fragte auch nicht, wie es ihren Schwestern ging. Sie wusste nicht einmal, dass Maria Großmutter werden würde. Maria ärgerte sich darüber. Man brauche seine eigene Familie schließlich nicht zu vergessen, bloß weil man ins Ausland zog. Trotzdem hatte jede von ihnen fünfhundert Kronen gegeben. Die Scheine in einen Umschlag gesteckt und abgeschickt. An eine Adresse in Rio. Banken gab es dort vermutlich auch. Dort konnte Cecilia hingehen und wechseln.

Wann würden Maria und Cecilia es erfahren? Dass ihre älteste Schwester verschwunden war? Würden sie sich jemals wiedersehen? In ihrem Kopf wurde es eiskalt. Und wenn es jetzt nicht Titus war, der ins Haus gekommen ist? Sondern jemand anderes. Natürlich war es nicht Titus, wie hatte sie sich das nur einbilden können. Wie naiv und bescheuert durfte man eigentlich sein! Titus war krank. Er konnte nicht plötzlich so gesunden, um sich auf die Suche nach ihr zu machen. Wie besorgt er sein musste. Vielleicht rief er ja Maria an. Ist sie bei dir? Habe ich sie verloren? Und Maria würde den schreienden Säugling ihrer Schwiegertochter reichen. Sie würde nicht mehr die Ruhe haben, eine tröstende Großmutter zu sein.

Sie weinte erneut. Sah sich selbst nach einer Ewigkeit, wenn die Klappe geöffnet wurde.

»Um Gottes willen, da liegt ja was! Das sieht aus wie die Überreste eines Menschen.«

Sie erinnerte sich an eine Filmsequenz, eine Matineevorstellung, die sie einmal besucht hatte, eine Szene aus Tarzan. Überreste eines Baumhauses im Dschungel. Ganz hinten ein Totenschädel, zur Hälfte von Schlingpflanzen überwachsen. Die leeren Augenhöhlen von Tarzans Mama hatten sie in ihren Alpträumen verfolgt, bis sie ein Teenager gewesen war. Die munter grinsenden Zähne.

Jetzt blühte ihr das selbst.

Ein Totenschädel.

Sie glitt in einen verwirrten Schlummer. Erwachte mit einem Schrei.

»Nein, ich will leben, ich will leben!«

Sie befühlte weiter ihren Körper, machte da weiter, wo sie aufgehört hatte. Noch war sie da, noch gab es sie. Finger in ihrer linken Achselhöhle, einige Stoppeln. Sie rasierte immer ihre Beine und Achselhöhlen. Mindestens jede zweite Woche. Mit einem elektrischen Rasierapparat, der Ladyshave hieß. Sie wollte attraktiv sein.

Hatte das gewollt.

Einmal hatte Titus eine Frau erwähnt, die ihn ekelte. Sie absolvierte ein Praktikum im Verlag, Mirjam.

»Du solltest sie mal sehen! Trägt ein altes Herrenhemd über einem Unterhemd, aber im Lauf des Vormittags zieht sie das Hemd immer aus, und dann sieht man diese Haarbüschel in ihren Achselhöhlen. *Disgusting!* Geht man so an einen Arbeitsplatz? Ich habe nicht übel Lust, ihr mal was zu sagen. Gewissermaßen bin ich schließlich ihr Chef, was meinst du, soll ich etwas sagen?«

Der Gedanke an Mirjam hatte sie fasziniert. Wie sie unverfroren und ohne sich zu verstellen in den Verlagsräumen herumstolzierte. Sie nahm sich vor, unter einem Vorwand dort vorbeizuschauen. Und dort saß dann das Mädchen Mirjam an einem Tisch gegenüber von Annie. Sie trug ein Hemd und eine Kette aus Plastikperlen um den Hals. Ingrid hatte sich alt gefühlt.

Annie lächelte sie an.

»Titus ist beim Verlegerverein. Er wollte nach dem Mittagessen wieder hier sein.«

»Hallo«, sagte Ingrid unsicher und hielt dem Mädchen die Hand hin.

»Richtig«, rief Annie, als wäre ihr erst jetzt aufgefallen, dass sie unhöflich war. »Das hier ist Mirjam. Sie studiert Literaturwissenschaft. Sie will Lektorin werden, sagt sie.«

Die Praktikantin hatte ihre Augen so stark geschminkt, dass sie unter der Farbe kaum noch zu sehen waren. Sie wirkte so unglaublich jung. Sie hielt ihr eine runde, knubbelige Hand hin. Am Zeigefinger trug sie einen Ring mit dem Frauensymbol.

Titus war erstaunt, als Mirjam später einen eigenen Verlag gründete. Sie verlegte Bücher von Frauen. Der Verlag hieß Syster, Schwester, was Titus zu einem schallenden Gelächter veranlasst hatte.

Warum denke ich jetzt daran, an solche Dinge?

Die Hand tastete weiter nach unten. Legte sich um die Brüste, die schwer und reif auf den Rippen lagen. Die Haut brannte, wie heiß man doch werden konnte. Aber ihr Körper, die Finger und Zehen waren eiskalt. Sie ließ ihre Finger eine Weile lang liegen und versuchte sie zu wärmen. Aber sie blieben kalt.

Vorsichtig berührte sie den Arm, den gebrochenen, kaputten. Würde er sich je wieder verwenden lassen? Etwas Scharfes dort drinnen tat wahnsinnig weh. Sie drückte mit den Nägeln hinein. Und schrie.

Sie verlor das Bewusstsein. Als sie wieder erwachte, lag sie immer noch auf dem Rücken, aber die Breifolie war zur Seite geglitten. Sie zog die Knie an und legte die Hand auf den Oberschenkel. Die Hose war feucht von Schweiß. Trotz der Socken waren ihre Fersen wie Eisklumpen.

Wenn sie etwas aß? Sie tastete nach der Breifolie, die entglitt ihr. Sie suchte mit dem Fuß danach, kam aber nicht dran. Spielte keine Rolle. Sie konnte genausogut warten. Ihr war klar, dass ihr übel werden würde, und dazu hatte sie nicht die Kraft, sie hatte nicht die Kraft zu würgen, hatte nicht die Kraft den klebrigen Brei zu schlucken.

Jetzt berührten ihre Zehen die Breifolie. Sie war immer noch lauwarm von ihrem Körper.

Plötzlich spürte sie eine Bewegung an ihrem Bein. Als sei etwas hochgesprungen. Hätte vom Boden einen Satz gemacht und sei zu ihr hochgesprungen.

Sie wusste, was das war. Sie zog ihre Füße an und schrie aus vollem Hals.

Rose

Rose hob das Glas an die Lippen und trank. Sie war Hochprozentiges wirklich nicht gewohnt. Es brannte wie Essig in ihrer Kehle und hinunter in den Magen. Sie öffnete den Mund und schnappte nach Luft. Dann trank sie noch einen Schluck.

In dem anderen Sessel saß Claes Schröder, vorgebeugt, die Ellbogen auf den Oberschenkeln. Er ließ sein Kinn auf den Händen ruhen.

»Es ist so aufwühlend«, sagte er. »So unerhört aufwühlend. Als ich diese Falltür sah … okay, ich werde es erklären.«

Er verstummte und ließ sein Glas kreisen. Eiswürfel klirrten.

»Dieses kleine Haus, das Sie mieten«, fuhr er fort. »Das Nebenhaus. Einmal vor langer Zeit wohnte dort ein Mann. Er hatte sein Bett genau an der Stelle stehen, wo du deine Couch hast. Der Bettüberwurf war aus Seide und dunkelrot.«

Sie warf ihm einen besorgten Blick zu. Sah, wie sich sein Gesicht verzerrte.

»Er hieß Onkel Gunder. Oder, verdammt … Gunder, meine ich. Gunder Lärkeman.«

Er runzelte die Stirn und nagte an seiner Oberlippe. Er saß mit hochgezogenen Achseln da und erinnerte an einen zerzausten Storch.

»Und? Wie … woher wissen Sie das?«

»Er war immer so nett, Onkel Gunder. Er war immer so nett zu den Kindern.«

Er stand rasch auf und verließ das Zimmer. Kam mit einer ungeöffneten Flasche Whisky zurück. Er rieb sich den Nacken und füllte dann sein Glas bis zum Rand.

»Und?«, wiederholte sie unsicher.

»Dieses Haus, in dem wir uns jetzt befinden. Dieses große, schöne Haus. Das hat eine sehr lange Geschichte.«

»Ja, das ist mir klar.«

»Als ich klein war, war dies ein Heim für Jungen. Eine Erziehungsanstalt für missratene Knaben. So hieß das natürlich nicht. Aber in der Praxis verhielt es sich so.«

Sie wartete.

»Die Schlafsäle lagen im Obergeschoss. Hier unten wohnte der Rektor. Rektor Eyvind Dahl. Er war Norweger. Von ihm stand eine Gipsbüste im Speisesaal. Damit er immer über uns wachen konnte, oder wie immer ich das ausdrücken soll. Ich sehe dieses freundlich verzogene Antlitz immer noch vor mir. Sogar die Falten waren da, die Lachfältchen um die Augen. Schon seltsam, denn man sah ihn nie lachen. Die Türen in diesem Teil waren immer abgeschlossen, damals waren es noch andere, ich habe alles umbauen lassen. Ganz und gar habe ich dieses verdammte Haus umkrempeln lassen, denn jetzt besitze ich es. Und ich mache damit, was ich will.«

»Ich verstehe«, sagte sie nervös.

»Wir Jungen sind nie hier reingegangen, wir mussten den Kücheneingang benutzen.«

»Wir Jungen?«

»Genau. Jetzt ahnen Sie es vielleicht.«

Sie nickte.

Er schwieg eine Weile und trommelte mit dem kleinen Finger auf den Tisch. Er trug an ihm einen Ring, einen schmalen, glatten Goldring.

»Ich würde Sie gerne etwas fragen«, sagte er dann. »Sie haben doch mit Verlagen zu tun. Wie bringt man ein Buch bei einem Verlag unter?«

»Haben Sie ein Buch geschrieben?«

»Yes.« Er beugte sich gleichzeitig eifrig und verlegen vor. »Ich habe ein Buch über die Zeit hier geschrieben. Über meine traurige, entzückende Kindheit.«

»Schöner Titel!« Sie versuchte enthusiastisch zu klingen. Sie durfte ihn nicht verärgern.

»Soll ich es irgendwo hinschicken?«, fragte er flehend. »Ich vermute, dass man es so macht. Und wohin? Oder sollte ich erst anrufen? Und gibt es irgendein vorgeschriebenes Prozedere?«

»Es gibt eine Menge Verlage«, erwiderte sie. »Warum beginnen Sie nicht einfach mit dem größten?«

»Und der wäre? Bonniers?«

»Nein, Karlbacks.«

»Was? Ach! Karlbacks Förlag ist der größte?«

»Ja.«

»Sie glauben also, dass die sich dafür interessieren könnten?«

»Das kann man nie wissen. Sie geben übrigens Ramírez heraus. Ich arbeite viel für sie.«

»Wirklich?«

Sie nickte, bereute dann aber ihre Worte. Er hakte sofort nach.

»Können Sie vielleicht einen Kontakt vermitteln?«

»Ja, vielleicht …«, erwiderte sie vage.

»Aber eine muntere Lektüre ist es natürlich nicht.«

»Das kann ich mir vorstellen. Aber oft sind es ja gerade

solche Bücher, die sich verkaufen. Wie lange haben Sie hier gelebt?«

»Ich kam mit vier Jahren her und blieb, bis ich fünfzehn wurde.«

»Elf Jahre!«

»Ja. Elf blutige und erniedrigende Jahre.«

»War das so?«

Er nickte mit Nachdruck. Er hatte seine Brille abgenommen und rieb sich die Stirn.

»Aber warum haben Sie dann dieses Haus gekauft? Wäre es nicht natürlicher gewesen, sich davon loszumachen?«

»Im Gegenteil!«, rief er. »Jetzt gehört es mir, und jetzt habe ich hier das Sagen.«

Sie konnte seinen Gedanken nachvollziehen, verstand es aber trotzdem nicht.

»Und Ihre Eltern? Warum haben Sie nicht bei Ihnen gewohnt?« Sie merkte, dass der Whisky seine Wirkung zeitigte. Sie fühlte sich angenehm entspannt. Als er ihr die Flasche hinhielt, gestattete sie ihm, ihr nachzuschenken. Am nächsten Morgen würde sie Oscar Svendsen anrufen. Sie hatte ohnehin keine Kraft mehr, an diesem Abend noch zu arbeiten.

»Sie sind jung gestorben. Mein Vater hatte ein Faible für schnelle Autos. Er importierte Ferraris, aber die schwedischen Straßen sind für so hohe Geschwindigkeiten schlecht geeignet. In der Nähe von Anderstorp flog er aus einer Kurve und verbrannte in seinem Wagen. Und meine Mutter … ihr wurde das Leben als Witwe zu eintönig. Einen Monat später kletterte sie auf den höchsten Berg, den sie finden konnte, und machte einen Schritt ins Leere. Vermutlich glaubte sie, sie könne fliegen.«

»Wie schrecklich.«

»So war es nun einmal. Manchmal muss man akzeptieren,

dass Eltern keine Kraft mehr haben. Aber was hier geschah, kann ich nicht akzeptieren – oder verzeihen.«

Sie schwieg. Ließ ihm Zeit.

»Onkel Gunder, verstehen Sie. Wir mussten ihn so nennen, obwohl er eigentlich noch gar nicht so alt war. Er war eine Art Mädchen für alles. Hackte Holz, arbeitete im Garten, hielt Häuser instand. Damals gab es hier noch weitere Gebäude, unter anderem ein Waschhaus und einen Holzschuppen unten am Ufer. Aber die wurden inzwischen abgerissen.«

»Ich habe die Grundmauern gesehen.« Sie strich über die lackierten Zündhölzchen des Tabletts. Hörte ihn hart und hässlich lachen.

»Onkel Gunder, ja. Das war so einer. Er hatte für uns Jungen sehr viel übrig. Er nahm uns in sein Häuschen mit, also dorthin, wo Sie jetzt wohnen. Er war so lieb. So lieb, so lieb … solange wir auch zu ihm lieb waren, natürlich nur. Waren wir das nicht … ja, dann kamen wir unter die Klappe.«

»Die Klappe?«, flüsterte sie.

»Er hat uns dort hinuntergeworfen. Hat uns am Kragen gepackt und uns hinuntergeworfen. Dann konnte man da sitzen, bis man mürbe war. Ich habe dort unten eine Spinnen-Phobie entwickelt und musste mich jahrelang teuer therapieren lassen, um damit klarzukommen.«

Sie wagte es nicht, ihn anzusehen.

»Hat denn nie jemand etwas gesagt?«

Claes Schröder schnaubte.

»Glauben Sie, dass jemand auf einen Rotzbengel gehört hätte? Glauben Sie das wirklich? Alle wussten doch, dass man es bei Onkel Gunder gut hat. Er galt als eine Art Vorbild für uns Jungen. Zu ihm nach Hause zu dürfen, wurde sogar als eine Belohnung angesehen. Wenn man sich ordentlich betragen hatte und so. Deswegen wollte man das nicht, sich ordentlich betragen, also. Sondern man benahm sich daneben und führte sich auf, nur damit einem das erspart blieb. Wenn man sich aufführte, bekam man Prügel. Aber das war trotzdem … wie soll ich das ausdrücken … angenehmer.«

»Wie schrecklich. Ich weiß gar nicht, was ich sagen soll.«

»Du siehst doch dieses Tablett.« Claes Schröder deutete auf das Streichholztablett. Er wischte ein paar Tropfen geschmolzenes Eis davon weg. »Ich hatte einen Freund, er hieß Johnny. Er hat es für mich angefertigt. Er war der Liebling des Alten. Ihn hat Onkel Gunder in die Mangel genommen. Nach einer Nacht unter der Klappe konnte der Alte mit ihm machen, was er wollte. Pfui Teufel.«

Sie schüttelte den Kopf. Trank.

»Wir planten, ihn zu ermorden. Wir versuchten uns eine Menge guter Methoden einfallen zu lassen, aber natürlich wurde nie etwas daraus. Wir waren so klein. Und er war so stark und erwachsen.«

»Haben Sie darüber in dem Buch geschrieben?«

»Ja. Ich war in Nizza und habe dieses Buch geschrieben. Ich habe dort eine Wohnung. Morgen fahre ich zurück.«

»Das muss doch eine Art Therapie gewesen sein, ich meine, sich das von der Seele zu schreiben?«

»Natürlich. Aber ich habe mich auch einer normalen Therapie unterzogen. Ich gehe immer noch. Irgendwann will ich auch länger hier sein können, das beabsichtige ich jedenfalls. Im Augenblick halte ich es immer nur tageweise aus. Vielleicht kann ich ja irgendwann ganz hier wohnen. Das ist mein Ziel. Manchmal finde ich, das hier ist der schönste Platz auf Erden.«

»Ja, das stimmt vermutlich.«

Er reckte sich.

»Aber dafür ist es noch zu früh. Das wurde mir klar, als ich zu Ihnen ins Nebenhaus kam. Da stürzte alles wieder über mir zusammen. Diese fürchterliche Klappe.« Er verstummte und zündete sich eine weitere Zigarette an.

»Glauben Sie an Halluzinationen?«, fragte er heiser. »Vorhin, als wir bei Ihnen waren … ich könnte schwören, dass ich jemanden weinen gehört habe.«

Dritter Teil

Pläne

Rose

Es war Viertel vor eins, als sie endlich in ihr Bett kroch. Sie war beschwipst. Ein angenehmes Gefühl. Gerade vor dem Einschlafen fiel ihr die Lösung ein. Eine vorübergehende zwar, aber immerhin. Sie stellte den Wecker, hatte fast vergessen, wie das ging. In den letzten Jahren war sie jeden Morgen von selbst aufgewacht.

Sie hatte bei Claes Schröder gesessen und ihn beruhigt. Hatte ihn reden lassen. Sie hatte immer als gute Zuhörerin gegolten.

Vielleicht war es ihr gelungen, ihn zu überzeugen.

»Ich weiß, dass man manchmal Stimmen hört, wenn man unter starkem Druck steht. Und das war bei Ihnen sicher der Fall nach all dem Schrecklichen, von dem Sie mir erzählt haben. Diese ganze Geschichte mit diesem abscheulichen Mann ist sicher erneut über Sie hereingebrochen. Und das in meinem netten kleinen Haus.«

Sie brachte ihn zum Lachen. Zusammen lachten sie darüber, dass Onkel Gunder gestorben war. Das lag erst ein paar Wochen zurück. Claes Schröder erzählte ihr die Einzelheiten.

»Sie müssen mir versprechen, es nicht weiterzuerzählen. Das war wirklich eine geniale Rache. Sie wissen schon, er wurde sehr alt, nicht senil, aber richtig alt und unbeweglich. Er saß im Rollstuhl und musste sich bei fast allem helfen lassen. Konnte sich nicht einmal allein den Hintern abwischen. Er hatte einen Helfer, der ihm vom Pflegedienst zugeteilt worden war. Raten Sie mal, wen? Johnny.«

Er lachte gackernd und pfeifend. Als er sich den nächsten Whisky einschenkte, verschüttete er einiges davon auf seine glänzende Hose. Das fiel ihm aber nicht weiter auf.

»Der Alte wohnte in einer Zweizimmerwohnung in Bagarmossen. Er unternahm gerne Ausflüge. Sie wissen schon, ständig in der Wohnung eingesperrt zu sein, kann nicht sonderlich spaßig sein. Johnny unternahm also manchmal Ausflüge mit ihm. Sie fuhren mit der U-Bahn in die Stadt. Und eines späten Abends, rein zufällig, rein zufällig … meine Güte … Da ereignete sich in der U-Bahn ein Unfall. Irgendein Defekt des Rollstuhls, ich glaube, es war was mit den Bremsen. Während Johnny einen winzigen Augenblick woanders hinschaute, begann der Rollstuhl sich zu bewegen. Rollte direkt über die Kante. Genau als der Zug einfuhr. Keine Zeugen, auf dem Bahnsteig war es vollkommen menschenleer. Johnny sagte anschließend zu mir, der Alte hätte seinen Rollstuhl vermutlich selbst in Bewegung gesetzt. Er wollte nicht mehr leben.«

Er warf Rose einen durchtriebenen Blick zu.

»Klare Sache, oder?«

»Gab es denn keine Überwachungskameras?«

»Nein, offenbar nicht. Dann kam die Feuerwehr und zog ihn heraus. Oder das was von ihm übrig war.«

»Bedauerlich.«

»Ja, sehr bedauerlich. Ich weiß nicht, was sie mit ihm gemacht haben. Er hatte keine Verwandten. Wahrscheinlich musste der Staat für die Beerdigung aufkommen. Der schwedische Steuerzahler. Ich sehe das richtig vor mir. Leiche in einem Billigsarg. Ein paar Kerzen und ein Choral. ›Ein feste Burg …‹ Der wird doch immer gesungen. Vielleicht eine Rose auf dem Sargdeckel. Rot wie diese alte Überdecke von Onkel Gunder. Sonst nichts.«

»Gutes Gefühl, oder?« Sie lächelte ihn an.

»Ja, verdammt gutes Gefühl. Und jetzt stoßen wir darauf an.«

Sie fühlte sich ausgelassen und verspürte für den Bruchteil einer Sekunde Lust zu tanzen. Dann erinnerte sie sich wieder und sank in sich zusammen.

»Im Mai kommt Johnny nach Nizza und wohnt bei mir«, sagte Claes Schröder. »Er war noch nie in Frankreich. Es gibt so viel, was ich ihm zeigen will. Kennen Sie Nizza?«

»Nein.«

»Eine wunderbare Stadt. Dort habe ich auch meinen Therapeuten.«

Es erleichterte sie, dass er bereits am nächsten Tag zurückfahren würde. Wenn er jetzt auf die Idee kam, die Klappe öffnen zu wollen? Als einen weiteren Schritt in seiner Therapie. Dieser Johnny war offenbar geheilt worden. Aber nicht Claes Schröder.

Es gab eine bestimmte Art von Therapie, das wusste sie. Sie hieß Kognitive Verhaltenstherapie. Der Patient erhielt die Aufgabe, sich selbst Situationen auszusetzen, die seine Ängste auslösten. Sie hoffte nur, dass Claes Schröder nicht mit dieser Methode behandelt wurde.

Sie erwachte eine halbe Stunde vor Klingeln des Weckers. Ihr Kopf schmerzte, aber was hatte sie erwartet? Sie hatte mindestens zwei große Gläser Whisky getrunken. Sie schluckte eine Kopfschmerztablette, und während sie duschte, ging es ihr schon etwas besser. Der Plan der vergangenen Nacht war unverändert.

Sie nahm die Kleider aus dem Schrank, die sie trug, wenn sie einen geschäftlichen Termin hatte. Schwarze Hose, Rollkragenpullover und eine Jacke aus Samt. Die Jacke hatte sie vor einigen Jahren bei Kapp-Ahl gekauft. Sie sah immer noch neu aus.

Ein Frühstück würde sie nicht runterkriegen. Sie trank ein Glas Wasser und eine große Tasse schwarzen Kaffee. Dann drückte sie Brei in die kleinen Näpfe. Ging dann direkt zur Klappe und riss sie auf. Sie starrte nach unten.

Der Gestank war noch durchdringender. Es gab doch eine Toilette in diesem Schrank. Warum konnte diese Person sie nicht benutzen? Sie dachte an die Bodenplatten. Sie waren perforiert.

»Sie!«, rief sie wütend. »Sie brauchen ja nicht gleich auf den Boden zu scheißen. Der ist so gut wie neu. Das dringt in die Löcher und geht dann nicht mehr weg!«

Ingrid schien zu schlafen. Der Brei war aufgegessen, nur die Folie lag noch da. Saubergeleckt und achtlos unter einen der Stühle geworfen. Vielleicht brauchte sie was zu trinken. Rose suchte eine weitere PET-Flasche hervor und füllte sie mit Wasser. Sie band eine Schnur daran fest und ließ sie auf den Glastisch herab.

Die Frau bewegte sich nicht.

»Wasser!«, sagte Rose. Sie ließ die Schnur los. Sie fiel in einer Spirale zu Boden.

»Wasser!«, sagte sie erneut, dieses Mal lauter.

Keine Reaktion.

Ich muss zu ihr nach unten.

Nein. Das muss ich nicht.

»Hallo!«, rief sie. »Ich gehe jetzt. Mal sehen, wann ich zurückkomme.«

Letzteres war gemein, aber sie konnte nicht anders. Es war

ihr einfach so rausgerutscht. Aber es zeitigte Wirkung. Ingrid stöhnte und bewegte sich.

Rose warf eine Folienverpackung Brei nach unten. Sie zielte aufs Bett und traf. Ein dünner, spitzer Schrei drang aus Ingrids Kehle.

»Sei still!«, schrie Rose, ganz verblüfft über die Wut, die sie erfüllte.

Unbeholfen krabbelte Ingrid aus dem Bett. Sie rollte auf die Seite und plumpste zu Boden. Sie sah wirklich beschissen aus.

Ausdrucksweise, Rose, Ausdrucksweise! Du erlaubst dir Nachlässigkeiten mit der Sprache.

»Zurückkommen? Was?« Sie schnappte mit ihrem Fischmaul nach Luft. Dieses Maul hatte Titus geküsst. Er war mit seiner Zungenspitze immer ihren Lippenkonturen gefolgt, hatte sie bestürmt, und sie war vor Lust vergangen.

»Mal sehen!«, sagte sie hart. »Mal sehen, ob mir danach zumute ist.«

»Aber … dann … müssen Sie mich doch wohl jetzt rauslassen …?« Sie hob den einen Arm, den anderen hielt sie an den Oberkörper gedrückt. Das Haar war platt, graue, fettige Strähnen. Rose betrachtete sie. Ein Schauer durchfuhr sie in der Schamregion.

»Muss ich das?«

»Hören Sie? Wie denken Sie eigentlich? Was haben Sie vor?«

»Ich werde einen Krankenbesuch machen.«

Ingrid schwankte. Sie machte ein paar schlurfende Schritte. Stieß ein gurgelndes Geräusch aus. Rose zog ihr Revers glatt.

»Erinnern Sie sich noch, wie Sie sich mit ihm verlustiert haben? Erinnern Sie sich? Waren das all jene Male, als er sagte, er müsse Überstunden machen? Natürlich zu Hause bei Ihnen? Oder in der Buchhandlung? Sie Schlampe. Sie verdammte Schlampe. Es gibt einen besonderen Platz in der Hölle für Frauen, die anderen Frauen die Männer ausspannen. Soll ich ihm übrigens was ausrichten? Von seiner Schlampenbraut?«

Ingrid schluckte und rang nach Luft. Ihr Mund war verschmiert.

»Zu Titus …? Ich bitte Sie … Haben Sie etwas gehört? Wie geht es ihm?«

»Es geht ihm sicher genau so, wie er es verdient hat.«

»O nein, nein … Sie können nicht …«

»Wenn er nach Ihnen fragt? Falls er das tut. Was soll ich ihm dann ausrichten?«

Jetzt weinte Ingrid, hemmungslos.

»Bitte … können Sie denn … nicht verzeihen?«

»Nein«, sagte sie kurz und sah im selben Augenblick ein, dass es sich genau so verhielt.

Sie führte ein paar Telefongespräche. Das erste mit dem Verlag. Oscar Svendsen war krank. Verkatert, dachte sie schadenfroh. Umso besser. Dann habe ich diesen Tag Aufschub.

Der nächste Anruf galt Claes Schröder. Er war wach, die Stimme belegt.

»Danke für gestern«, sagte sie.

»Ich habe zu danken. Sie klingen wirklich beklemmend munter.«

»Das bin ich aber nicht. Wann wollten Sie abreisen?«

»In einer Stunde. Die Maschine geht kurz nach eins. Man muss jetzt immer so verdammt zeitig dort sein.«

»Ich dachte, Sie könnten mich vielleicht in die Stadt mitnehmen? Ich habe ein paar dringende Sachen zu erledigen.«

»Warum nicht. Dann sehen wir uns in einer Stunde.«

Sie ging in den Schuppen und hob die Torfsäcke beiseite. Die Tasche lag darunter. Das braune Wildleder hatte Flecken bekommen. Sie klopfte ein paar Spinnweben ab und öffnete sie. Sie nahm die Zeitung heraus, in die sie Ingrids Sachen eingewickelt hatte. Nahm sich das, was sie brauchte.

Es war eine Übergangslösung. Aber sie würde ihr Zeit zum Nachdenken verschaffen.

Ingrid

Sie trank von dem Wasser. Sie fand, dass das Fieber gesunken war. Ein wenig jedenfalls, ihre Stirn war nicht mehr so brennend heiß. In der Dunkelheit öffnete sie die Folienverpackung mit dem Brei. Saugte vorsichtig an einem Loch. Die Übelkeit kam wieder, aber sie überwand sie. Atmete tief ein und aus. Die klebrige, körnige Masse. Sie drückte sie in sich hinein. Hinein in ihren geschrumpften Magen.

»Die Ratte«, murmelte sie jedes Mal, wenn sich ihr wieder der Magen umdrehte. »Sie merkt sofort, wenn es hier etwas zu essen gibt. Und das willst du doch wohl nicht, du willst doch wohl nicht ein paar Ratten im Bett haben.«

Sie redete wie mit einem Kind. Ermahnend.

Einem kleinen Kind, das nicht essen wollte.

Den Geräuschen nach zu urteilen war es ein kräftiges Tier. Es schnaubte und mümmelte an der Folie. Sie hörte die Zähne kauen. Sie hatte den Tisch abgetastet und etwas Spitzes zu fassen bekommen. Einen Stift. Den wollte sie verwenden, wenn sich die Bestie noch einmal aufs Bett wagte. Sie wollte auf sie einstechen, ihr das Herz durchbohren. Die Bestie konnte sich verteidigen und sie totbeißen. Aber dann hatte sie sich zumindest verteidigt.

Sie aß den ganzen Brei. Es gelang ihr, die Folie aufzurollen und auch noch das Letzte herauszudrücken. Für die Ratte war nichts übrig. Der Brei lag ihr wie ein Klumpen im Magen. Es schmerzte und rumorte, aber das war nicht weiter schlimm. Das war Nahrung, Nahrung.

Rose hatte das Haus verlassen. Das wusste sie, es herrschte eine besondere Stille. Solange Rose dort oben war, registrierte sie das selbst durch ihre Fieberschauer hindurch noch als äußerst schwache Vibrationen. Wenn Rose herumging. Wenn sie arbeitete. Selbst, wenn sie atmete.

Aber jetzt. Eine spürbare Stille.

Als Rose ihr angedroht hatte, vielleicht nie mehr zurückzukommen, geriet sie in Panik. Aber sie fasste sich wieder. Sie brauchte Ruhe bei dem, was sie jetzt vorhatte. Niemand durfte sie davon abhalten. Jetzt nahm sie die Situation wieder in die Hand, schließlich ging es um ihr Leben.

Rose

Der Tag war klar und sonnig. Sie saß neben Claes Schröder in seinem BMW, nagelneu, hatte er ihr stolz erzählt. Sie sah solche Unterschiede nicht. Wieviel Geld hatte er eigentlich? Der Junge aus dem Heim.

»Trotz Kater würde ich die ganze Strecke nach Südfrankreich am liebsten mit dem Auto zurücklegen«, sagte er. »Vielleicht nächstes Mal. Ich bin ja bald wieder in Schweden. Aber heute stelle ich den Wagen auf dem Parkplatz für Dauerparker am Flughafen ab.«

Das letzte Mal, als sie so neben einem Mann im Auto gesessen hatte, war mit Titus. Er fuhr gerne Auto. Sie waren im Urlaub durch Deutschland gefahren, und er ließ sich auf den Autobahnen zum Rasen verleiten. Sie hatte manchmal Angst. Und obwohl sie das nicht gesagt hatte, hatte er das gemerkt und gereizt reagiert.

»Relax! Vertraust du mir nicht? Glaubst du, dass ich diese Karre nicht beherrsche?«

Claes Schröder nahm die alte Landstraße nach Stockholm. Sie war kurvig und wenig befahren und verlief parallel zur E 4. Er deutete auf die Wiesen mit dem ersten, spärlichen Grün.

»Jetzt kommt es! Jetzt geht es dann ganz schnell. Viel zu schnell.«

Sie dachte an ihre Korrektur.

»Ja«, erwiderte sie.

»Es ist so unglaublich schön. Besonders jetzt, bei diesem wunderbaren nordischen Licht.«

»Ich dachte, Ihnen sei das französische lieber?«

»Beides, beides. Ich bin in ein paar Wochen wieder hier. Dann bringe ich Ihnen mit, was ich geschrieben habe. Vielleicht haben Sie ja Gelegenheit, einen Blick draufzuwerfen?«

»Warten Sie bis zum Herbst«, erwiderte sie rasch. »Bald ist Urlaubszeit. Das ganze Verlagswesen liegt in den Sommermonaten darnieder. Dann herrscht absolute Flaute.«

Er sah etwas mitgenommen aus. Die Brille vergrößerte die Haut unter seinen Augen. Er lutschte eine Halspastille.

»Möchten Sie auch? Die Tüte liegt im Handschuhfach.«

»Nein, danke.«

»Wo soll ich Sie absetzen?«

»Skärholmen wäre mir sehr recht. Von dort kann ich die U-Bahn nehmen.«

Er hielt an und behielt ihre Hand in seiner.

»Noch einmal vielen Dank, Rose, dass Sie mir zugehört haben. Nächstes Mal, wenn ich komme, werde ich Sie zum Essen einladen.«

»Das ist nicht nötig«, erwiderte sie lahm.

»Doch, das ist nötig.«

Die Mädchen warteten vor dem Haupteingang der Klinik. Sie hatte sie lange nicht mehr gesehen. In der ersten Zeit nach dem Crash hatten sie noch regelmäßig Kontakt. Dann immer weniger.

Sie wirkten älter. Das waren sie auch. Sie umarmte sie fest und lange. Julia weinte leise. Rose strich ihr übers Haar. Ihr fehlten die Worte.

»Nett, dass du gekommen bist«, sagte Jennifer.

Rose zuckte mit den Achseln.

»Wie geht es ihm?«

»Wir waren heute noch nicht dort. Wir haben auf dich gewartet.«

»Ach so.«

»Und du? Alles okay.«

»Ja. Ja, natürlich.«

»Dann gehen wir. Er wartet sicher auf uns.«

Als sie das Foyer betraten, fiel ihr ein, nach Ingrid zu fragen.

»Ich hoffe, sie sitzt nicht gerade bei ihm?«

»Wohl kaum«, erwiderte Jennifer. »Niemand scheint etwas von ihr gehört zu haben. Es ist also vermutlich, wie du sagtest, dass sie sich dünngemacht hat.«

»Sie hätte zumindest etwas sagen können!« Julia strich sich mit dem Jackenärmel über ihre geschwollenen Augen. Sie war ungeschminkt, es war ungewohnt, sie so zu sehen.

»Ja«, pflichtete ihr Jennifer bei. »Wahnsinnig egoistisch, einfach so zu verschwinden.«

»Falls sie das wirklich getan hat …«

»Aber sicher. Das ist genau ihre Art. Außerdem, wo sollte sie sonst sein?«

Sie gingen einen langen Gang entlang. Ihre Kleider raschelten. Überall waren die Türen angelehnt. Als sie an einem Schwesternzimmer vorbeigingen, hörten sie, dass nach ihnen gerufen wurde. Die Mädchen blieben stehen. Eine sehr junge Schwester mit schmalen Schultern eilte über den polierten Boden hinter ihnen her. Sie trug rosa Plastikschuhe. Sie wirkten unbequem.

»Hallo. Wir haben Ihren Vater in ein anderes Zimmer gelegt«, sagte sie. »Er liegt jetzt auf der Elf.«

»Warum?«, fragte Jennifer.

»Jetzt hat er ein Einzelzimmer. Das ist sicher angenehmer.«

»Wie geht es ihm denn?«, fragte Julia mit erstickter Stimme.

Die Schwester nahm sie in den Arm. Das sah seltsam aus, denn sie war einen Kopf kleiner als Julia.

»Er ist unruhig. Ist es Ihnen immer noch nicht gelungen, Ingrid zu erreichen?«

»Wir glauben, dass sie verreist ist«, sagte Julia.

»Verreist?«

Julia zuckte mit den Achseln.

»Ja. Aber das hier ist jedenfalls Rose, seine Ex. Papa wollte sie sehen, das hat er gesagt. Er wollte sie sehr gerne sehen.«

Die Schwester sah Rose an. Ihre Augen wirkten bekümmert. Sie streckte die Hand aus.

»Ich heiße Linda. Ich bin Krankenschwester.«

»Rose Bruhn.«

»Dr. Stenström schlägt vor, Titus gänzlich zu verlegen. Das ist ja so üblich. Wenn es keine … Die Sache ist jedoch folgende, sämtliche Hospize sind im Augenblick belegt. Und bei ihm zu Hause … Wir konnten mit seiner Ehefrau Ingrid bislang nicht zu einer Einigung kommen. Aber zumindest hat er jetzt ein eigenes Zimmer. Vorläufig. Es liegt am Ende des Ganges.«

Das Erste, was ihr auffiel, war der Geruch. Durchdringend, wie von fauligen Äpfeln gemischt mit Azeton. Er lag mit dem Gesicht zur Tür. An einem Gestell hing eine Infusion. Sie erkannte ihn nicht.

Die Mädchen liefen auf ihn zu.

»Papa, hier sind wir, wie geht es dir?«

Er sah sie nicht an. Er sah nur sie. Die Augen waren klein und eingesunken. Sein Gesicht kam ihr kleiner vor. Er schien geschrumpft zu sein. Seine Haut spannte über den Wangenknochen.

Julia wandte sich an sie.

»Papa, schau mal, wir haben Rose mitgebracht. Du wolltest sie doch gerne treffen.«

Schleim rasselte in seiner Brust.

»Rose«, keuchte er. »Danke. Du bist gekommen.«

Sie näherte sich dem Bett. Jemand schob ihr einen Stuhl hin. Sie ließ sich darauf sinken. Seine Hand tastete nach ihr, seine magere, gealterte Hand. Sie war heiß, brennend heiß.

»Ja, ich bin gekommen«, erwiderte sie.

Es ging wie ein Zittern durch seinen Körper.

»Du machst mir eine solche Freude.«

Die Luft im Zimmer bereitete ihr Mühe. Sie musste den Atem anhalten. Sie drückte ganz leicht seine Hand. Eine Weile war es still. Die Mädchen hatten sich ans Fenster gestellt. Sie sah an ihren Rücken, dass sie weinten.

Sie richtete ihren Blick auf die Infusion.

»Wie geht es dir?«, fragte sie.

Er bewegte den Kopf, und seine Lider zuckten.

»Schlecht.«

»Ach?«

»Am Ende der Reise.« Er versuchte zu lächeln.

»Das wollen wir doch nicht hoffen.«

Er runzelte die Stirn.

»Tu nicht so! Ich weiß das. Am Ende der Reise. Dort bin ich angelangt.«

Julia drehte sich um. Tränen liefen ihr die Wangen herunter.

»Es könnte aber auch eine Sackgasse sein. Woher willst du wissen, dass es keine Sackgasse ist? Du wirst wieder gesund, ich weiß das, ich spüre das hier drinnen!« Sie drückte die Faust aufs Herz.

»Kleines …«

Julia kramte ein nasses Papiertaschentuch hervor und drehte sich um. Jennifer legte ihr einen Arm um die Schultern. Wiegte sie hin und her.

»Rose …«, flüsterte Titus.

Sie starrte auf den Infusionsschlauch. Auf dem Nachttisch standen ein klebriges Glas mit Hagebuttencreme, ein paar Nierenschalen aus Pappe und zwei bunte Plastikschälchen für Medikamente. Dort lag auch seine Armbanduhr. Die hatte er immer getragen. Am rechten Arm, weswegen sie ihn verspottet hatte.

»Rose«, flüsterte er erneut. »Ich wollte dich nur sehen … ein wenig …«

»Ich bin hier.«

»Und hören …«

»Kein Problem, alles ist gut.« Sie wusste nicht, was sie sagen sollte. Sie dachte an die amerikanischen Filme. »It's okay, honey, it's okay.« Warum gab es solche praktischen Ausdrücke nicht im Schwedischen? Die zu nichts verpflichteten.

Er runzelte die Brauen, sie waren schütter geworden und hatten die Farbe verloren.

»Und hören …«, wiederholte er.

»Hören?«

»Dass du nicht schlecht von mir denkst …«

»Ich denke nicht schlecht von dir. Was passiert ist, ist passiert. Schwamm drüber!«

Seine Züge entspannten sich. Er schloss die Augen. Sie sah, wie sich die Augen unter der dünnen Haut der Lider bewegten. Die Mädchen hatten sich umgedreht. Beide sahen sie sie unter Tränen an. Ein paar Minuten lang wirkte es, als schliefe Titus. Dann zuckte er zusammen und riss die Augen auf. Die Finger fassten scharrend nach ihr.

»Und Tomas? Dein Junge?«

»Ja, Tomas!«, sagte sie rasch. »Der ist im Augenblick in Thailand. Er wohnt in einem kleinen Dorf mit einem seltsamen Namen, an den ich mich nicht erinnern kann. Ich habe gestern eine Karte bekommen.«

Von Julia ein Aufschrei.

»Shit! Ihr hattet ja Geburtstag! Tomas und du. Shit, das wir das vergessen konnten. Shit, shit, shit. Aber noch herzliche Glückwünsche nachträglich!«

Rose machte eine abwehrende Handbewegung.

»Spielt keine Rolle. Wir feiern sowas ohnehin nicht mehr.« Eigentlich stimmte das nicht. Sie hatte sich immer an den Geburtstag der Mädchen erinnert und ihnen kleine Geschenke geschickt. Auch nachdem sie bei ihnen ausgezogen war.

Julia packte ihre Schwester am Arm.

»Wie peinlich. Sie haben doch am selben Tag Geburtstag, Rose und Tomas. Dass wir uns daran nicht erinnert haben, Gott, wie peinlich!«

»Hör auf«, sagte sie freundlich. »Ihr hattet andere Sorgen, als euch an irgendwelche trivialen Geburtstage zu erinnern.«

Sie schaute auf Titus herab. Seine Lippen waren gesprungen. Er bewegte sich und versuchte etwas zu sagen. Als ihm klar wurde, dass sie nichts hörte, krallte er sich an ihr fest und zog ihren Kopf zu ihrem herunter.

»Ingrid«, flüsterte er.

Sie machte sich frei.

»Ingrid!«, kam es röchelnd vom Kissen.

»Was meinst du? Ingrid?«

»Ingrid ist … verschwunden.«

»Ich bat sie, zu dir nach Hause zu gehen. Ich habe sie geschickt … und jetzt …«

»Richtig, das stimmt. Sie war bei mir zu Hause. Letzten Montag.«

»Ja, Montag. Und heute ist?«

»Mittwoch, Papa«, mischte sich Jennifer ein.

»Zwei Nächte! Und bald zwei ganze Tage. Etwas muss passiert sein.«

»Das kannst du doch nicht wissen.«

»Doch, sie … Ingrid würde nie … Was hat sie zu dir gesagt, als sie kam?«

»Dass du mich sehen willst. Sie hatte versucht, mich anzurufen, glaube ich, aber ich schalte das Handy oft aus, wenn ich arbeite. Ich will nicht gestört werden.«

»Ja, sie sagte, dass du nicht ans Telefon gehst.«

»Genau. Und dann ist sie zu mir nach Hause gefahren. Du hast dir da wirklich ein rühriges Frauenzimmer zugelegt.«

Sie merkte, dass ihn das verletzte.

»Wie wirkte sie?«

»Tja, ich kenne sie ja gar nicht.«

»Nein … aber …«

»Sie wirkte angespannt. Soviel kann ich sagen. Vielleicht lag das ja an der Begegnung mit mir, ich weiß nicht. Aber sie war auch deutlich deprimiert. So etwas kann man ja eigentlich vor Leuten verbergen, die man nicht kennt. Ihr gelang es aber nicht wirklich. Ich glaube in der Tat, dass sie einem Zusammenbruch nahe war. Sie sprach von irgendeiner Reise. Dass sie nicht weiterkönne, dass sie vorhabe zu verreisen. Ich dachte, ihr hättet darüber gesprochen, du und sie.«

Sie meinte, er hätte aufgehört zu atmen.

»Sie war …«, fuhr sie fort.

Titus begann plötzlich zu husten. Es rasselte und pfiff in seiner Brust. Er spannte seine Glieder wie einen Bogen und fuchtelte so heftig mit den Armen, dass er das Glas mit der Hagebuttencreme umwarf.

»Klingel!«, schrie Julia. »Drück auf die Klingel, dann kommt jemand!«

Rose beugte sich über den Mann im Bett. Den Mann, den sie geliebt hatte, der ein Teil ihres Lebens gewesen war. Davon war nichts übrig. Sie drückte ganz fest auf den Klingelknopf. Fast sofort wurde die Tür aufgerissen. Schwester Linda erschien, schnappte sich eine Nierenschale und hielt sie Titus unters Kinn.

Rose wandte rasch den Blick ab. Trotzdem sah sie, dass Blut kam.

Ingrid

Der Arm war viel größer geworden. So kam es ihr zumindest vor. Sie konnte ihn nicht mehr an ihren Oberkörper drücken, er stand ab. Die Schmerzen waren unerträglich.

»Offenbar doch nicht«, sagte sie mit belegter Stimme. »Du hast doch inzwischen lange ausgehalten, nicht wahr?«

Sie stand auf dem Boden und bemerkte die Struktur, von der Rose gesprochen hatte. Die perforierten Platten. Sie spürte sie durch ihre dünnen Socken.

Sie streckte den gesunden Arm aus und begann sich zu bewegen. Vielleicht gab es irgendwo eine Tür oder ein paar lose Bretter. Sie hatte sehr viel Zeit verloren, in der sie nicht gesucht, sondern nur wie ein passiver Klumpen dagelegen hatte.

Typisch für dich, Ingrid, die ganze Zeit darauf zu warten, dass andere eine Lösung finden.

Kleine Schritte, bereit, jederzeit irgendwo anzustoßen. Etwas Lebendiges. Ein Fell. Ein kahler, schlagender Rattenschwanz. Es schauderte sie. Sie stampfte mit dem Fuß auf. Rief:

»Verschwindet, aus dem Weg, ich schlag euch tot!«

Den rechten Arm hielt sie ausgestreckt mit geraden Fingern. Empfindlich wie Antennen. Stieß an etwas Glattes. Eine

Klinke. Was hatte Rose noch gleich gesagt? Irgendwas, dass sie die Toilette benutzen sollte.

Die Tür ging quietschend auf. Sie beugte sich vor und tastete mit den Fingerspitzen. Tatsächlich, eine Art Klosett. Ein Deckel, der sich aufklappen ließ, ein schwacher Geruch von Chemikalien. Papier gab es auch, eine ganze Rolle. Sie zog sich mit Mühe die Hose herunter und setzte sich. Pinkelte. Es kamen nur wenige Tropfen. Die Harnröhre brannte.

Sie versuchte, die Wasserspülung zu betätigen, aber es gab keine. Sie wischte sich vorsichtig ab. Dann klemmte sie die Rolle zwischen die Knie und riss einige Längen ab, die sie in die Taschen steckte. Die konnten nützlich sein. Von jetzt an war es sicher gut, alles Brauchbare zu sammeln.

Während sie sich mit dem Knopf ihrer Jeans abmühte, fiel ihr etwas ins Haar. Sie schrie auf und begann hysterisch, es abzustreifen. Ein kalter, kleiner Körper. Eine Spinne. Oder ein Käfer. Die starken, kleinen Beine klammerten sich einen Augenblick an ihr fest, ehe sie losließen. Normalerweise hatte sie eine panische Angst vor allen Insekten und allem Ungeziefer. Normalerweise wäre sie ohnmächtig geworden. Sie schüttelte sich und strich sich das Haar glatt. Sie hatte keine Zeit mehr für Schwäche. Sie musste ihre Kräfte schonen, sowohl ihre physischen als auch ihre psychischen. Sie durfte sie nicht an Zusammenbrüche verschwenden.

»Das musst du aushalten«, sagte sie, und ihre Stimme war gröber geworden, hart. »Jetzt musst du hier raus, das ist alles was zählt.«

Sie suchte den ganzen Keller ab, ohne einen Hinweis auf einen zweiten Ausgang zu finden. Eine geraume Weile war das eine niederschmetternde Erkenntnis. Sie saß wieder auf dem Bett. Sie fand die Wasserflasche und trank. Die Schnur ringelte sich über ihr Handgelenk, die Schnur, die mit der Flasche heruntergekommen war. Ließ sie sich zu etwas verwenden? Vielleicht konnte sie sich damit aufhängen? Oder vielleicht konnte sie Rose herunterlocken und damit erdrosseln?

Mit einem Arm! Sie musste lachen, ein verwirrtes, verzweifeltes Lachen. Sie schlug sich auf den Mund. Verstummte.

Hier unten gefangen zu sein musste nicht das Ende bedeuten. Es gab immer noch einen Ausweg. Die Klappe. Solange nichts Schweres darauf stand, musste sie sich öffnen lassen. Auch von unten. Sie musste nur drankommen. Rose war jetzt weg. Sie musste die Zeit nutzen, bevor Rose zurückkam. Sie musste sich zusammennehmen und es versuchen. Ausnahmsweise positiv denken. Mit etwas Glück würde es ihr gelingen.

Rose

Der Frühling war in der Stadt schon bedeutend weiter gediehen als bei ihr auf dem Land. Die Knospen der Bäume waren deutlich zu sehen, und bis sie sich öffneten, würde es nicht lange dauern. Die Straßen waren trocken, aber der Streusand gegen das Glatteis war noch nicht weggefegt. Manchmal blies ihr eine Böe den Sand ins Gesicht. Wenn sie sich schnäuzte, war ihr Taschentuch schwarz.

Sie war am Skanstull in die U-Bahn gestiegen und am Hötorget ausgestiegen. Sie hatte die Mädchen bei ihrem Vater gelassen, um bei ihm zu wachen. Das war das letzte Mal gewesen, dass sie ihn gesehen hatte, das wusste sie. Sie hatte nicht geglaubt, dass sie das berühren würde, was zwischen ihnen gewesen war, hatte schon lange aufgehört. Aber als sie die Station verließ, begann sie zu weinen. Sie musste eine Toilette aufsuchen und stand dort eine Weile, um sich zu beruhigen.

Jetzt war sie ruhig. Außerdem hatte sie der Hunger eingeholt. Sie ging in ein chinesisches Restaurant am Sveavägen und bestellte drei kleine Gerichte. Nicht sonderlich gut. Aber das Restaurant war angenehm friedlich. In einem runden Becken im Boden schwammen träge ein paar Karpfen herum. Wasser rieselte und rauschte. Es war halb zwölf. Der Andrang zum Mittagessen hatte noch nicht begonnen.

Während sie aß, studierte sie den Stadtplan. Sie musste den Sveavägen weitergehen, an der Adolf-Fredriks-Kirche und dem ABF-Haus vorbei. Dann musste sie irgendwo bei Konsum abbiegen. Die Tulegatan war eine Parallelstraße der Döbelnsgatan, wo sie früher im Übrigen ihren Frauenarzt hatte. Sie fragte sich, ob Ingrid zum selben Arzt ging. Sie blätterte in ihrem Taschenkalender, in zwei Stunden sollte Ingrid bei dem ihrigen sein. Um 14.15 Uhr. Das blieb ihr jetzt erspart. Solche Untersuchungen waren nie sonderlich angenehm.

Sie zahlte und ging nach draußen. Sie befand sich im Verlagsviertel. Karlbacks und Bonniers lagen schräg gegenüber auf der anderen Straßenseite und etwas weiter die Straße entlang befand sich Bruhns, Titus' Verlag. Sie hoffte, dass sie keinen Bekannten treffen würde, ihr war nicht nach einer Unterhaltung. Gerade als sie dies gedacht hatte, rief jemand ihren Namen. Eine Frau.

»Rose, bist du das?«

Sie drehte sich um und entdeckte Franka Isaksson, die Autorin, die sich um sie gekümmert hatte, nachdem Titus sie verlassen hatte. Die Sonne leuchtete ihr ins Gesicht. Sie hatte etwas zuviel Rouge aufgetragen. Sie trug eine enge weiße Hose und ein kurzes Jäckchen aus Kunstpelz. Um den Hals hatte sie ein Halstuch drapiert. Franka umarmte sie und küsste ihr die Wangen. Dreimal, abwechselnd. Natürlich, so machte man das ja.

»Sollen wir Mittag essen?«, meinte Franka enthusiastisch. »Ich habe einen wahnsinnigen Hunger.«

»Ich habe gerade gegessen.«

»Wie schade! Na dann eben ein andermal. Hör mal, wir müssen uns wirklich wieder einmal sehen und über alles reden. Wie geht es dir?«

»Gut.«

»Sicher? Du bist umgezogen. Nach Nyköping, oder wo bist du abgeblieben?«

»Södertälje.«

Franka trat einen halben Schritt zurück.

»Södertälje? Was du nicht sagst!«

»Ja«, lachte Rose. »Da ist doch weiter nichts dabei.«

»Kann man da wirklich wohnen? Du bist da wirklich hingezogen, sagst du? Fast jeden Tag wird doch aus Södertälje über Gewaltverbrechen und andere Übeltaten berichtet. Dort wird doch schon mal eine ganze Polizeiwache unter Beschuss genommen. Ronna liegt doch auch in der Gegend. Allein schon der Name klingt nach Gewalt.«

»Es gibt auch vieles dort, das gut und nett ist.«

»Ich würde ja nicht an einem Ort mit einem solchen Ruf wohnen wollen. Und diese ganzen Ausländergangs. Die haben doch wohl in dieser Stadt das Sagen? Die reinste Mafia. Hast du das Buch von Jens Lapidus gelesen? ›Spür die Angst: Stockholm Crime‹ oder wie immer das heißt. Das handelt doch von diesen Typen. Er ist ja offenbar Rechtsanwalt und weiß, wovon er schreibt. Ich meine, er kriegt bei der Arbeit eine Menge mit. Es handelt sich bei dem Buch zwar um Belletristik, aber genau so muss es sein.«

»Wie geht es dir denn?«, fragte Rose ablenkend.

»Du, wir müssen uns wirklich unterhalten. Sollen wir nicht zumindest schnell irgendwo eine Tasse Kaffee trinken?«

Es ließ sich nicht vermeiden. Franka schleppte sie durch die Querstraßen zu einem kleinen Café. Sie bestellte zwei Caffe latte und ein Käsebrötchen für sich.

»Ich lade dich ein. Bist du sicher, dass du nichts essen willst? Also, bei mir läuft alles super.«

»Das merkt man.«

»Ach? Tja, das Alter macht sich vielleicht so allmählich bemerkbar, aber sonst …«

»Ich habe mitbekommen, dass du erfolgreich bist. Vor Kurzem warst du im Fernsehen. Verkaufst du auch im Ausland?«

»Klar doch. Ich habe mir sogar einen Agenten zugelegt.«

»Ach?«

»Du hast sicher schon von ihm gehört. Matti Jason. Sehr fähig, aber etwas heiß, um es einmal so auszudrücken. Er weiß jedenfalls, was er will.«

»Das glaube ich dir.«

»Mein letztes Buch, ›Die Muschel in der Badewanne‹, ist nach Deutschland, Frankreich, Spanien und … Litauen verkauft worden. Ausgerechnet Litauen!«

»Gratuliere. Wovon handelt es?«

»Es ist ein Kriminalroman. Du weißt schon, ich habe mich mehr und mehr auf dieses Genre verlegt. Meine Hauptperson ist ein gutaussehender Polizist mit einem Faible für Hard Rock, nicht so ein alter, geschiedener und versoffener Kripo-Mann, der Opern hört und so. Nein, diese Gestalten haben die Leute allmählich satt.«

»Vielleicht. Wohnst du eigentlich immer noch auf dem Boot?«

»Auf dem Boot? Nein. Das ist lange her. Da wohnt jetzt Anselm, der Sohn meines Lebensgefährten. Also der erwachsene Sohn. Ich bin mit seinem Vater zusammengezogen.«

»Jemand, den ich kenne?«

»Nein«, lächelte Franka. »Rob ist Taucher. Er hat mir geholfen, als sich irgendein Dreck in meinem Ruder verfangen hatte. Total illiterat. Aber mit vielen anderen Qualitäten.«

Sie hob vielsagend die Brauen.

»Und du? Irgendein neuer nach … Titus? Vielleicht gar ein muskulöser irakischer Flüchtling?«

»Nein, damit befasse ich mich nicht mehr.« Rose versuchte zu lachen. »Ich komme ausgezeichnet ohne Mann zurecht.«

»Alleine?«

»Ja.«

»Lass uns über was anderes reden! Hör mal, hast du eigentlich noch Kontakt zu ihm, zu Titus? Ich habe gehört, dass er sehr krank sein soll. Vielleicht weißt du ja noch gar nicht, dass ich nicht mehr bei Bruhns bin? Ich bin letzten Herbst zu Backen gegangen. Du weißt schon, die wollten mich immer haben, und schließlich habe ich gedacht, what the hell, warum soll ich es nicht einfach mal ausprobieren? Jetzt, wo Titus … ja, wo man nicht richtig weiß. Ich verstehe mich ja auch nicht so gut mit Annie. Sie ist meiner Meinung nach zu feige. Zu weich. Sie traut sich nie was. Mankell und die anderen Typen, die kriegen riesige Aufsteller in den Buchhandlungen, und ich muss mich mit einem einfachen kleinen Plakat begnügen.«

»Mankell erscheint aber nicht bei Bruhns«, wandte Rose ein.

»Nein, aber ich finde trotzdem, dass Annie sich bei den anderen etwas hätte abgucken können, wie die ihre Autoren unterstützen. Bruhns Marketingstrategien sind lausig. Er ist, ja, wie soll man sagen, etwas knauserig, der gute Titus. Und Annie stand immer unter seiner Knute. Sie wagt es nicht, selbständig zu entscheiden.«

Rose schaute auf die Uhr.

»Herrje!«, rief sie. »Jetzt muss ich mich wirklich beeilen. Ich habe noch einen Termin, das hatte ich ganz vergessen. Es war nett, dich zu sehen. Pass auf dich auf, Franka, danke für den Kaffee. Bis bald.«

Sie bog in die Tegnérgatan ein. Dort lag eine Zoohandlung, in der sie immer vorbeischaute. Als Tomas sich am allerersten

Schultag das Bein brach, kaufte sie ihm zum Trost einen blauen Wellensittich. Er hatte auf dem Bauch rosa Flaumfedern und zwei unnatürlich große, schwarze Augen, was sie allmählich einsehen ließ, dass es sich um ein Nachttier handelte. Sie hatte gehofft, dass der Vogel Tomas aufmuntern würde, dass es ihm gelingen würde, ihn zu zähmen und zu seinem Freund zu machen. Aber der Vogel wurde nie zahm. Verschreckt flatterte er auf, wenn man ihm Körner und Wasser gab, und hackte nervös mit seinem Schnabel nach einem. Sein Charakter erinnerte an den seines jungen Besitzers. Schließlich war sie gezwungen gewesen, ihn zurückzugeben. Sie hoffte, dass man in der Zoohandlung einen Partner für ihn finden würde. Lange saß er dort in seinem einsamen Käfig. Eines Tages war er verschwunden. Trotzdem konnte sie es nicht lassen, nach ihm zu sehen, wenn sie in der Stadt war. Vielleicht war er ja wieder aufgetaucht. Es war zwar viele Jahre her, aber Wellensittiche konnten alt werden. Sie fühlte sich immer noch schuldig und verantwortlich.

Die Luft im Laden war stickig. Aus einem Raum weiter hinten ertönte Gekrächze und Gezwitscher. Ein dickliches Mädchen kauerte auf einem Hocker hinter der Ladentheke und blätterte in einer Illustrierten.

»Führen Sie Ratten?«, fragte Rose.

»Da drin.« Das Mädchen machte eine Kopfbewegung.

»Darf ich sie mir ansehen?«

»Klar.«

Rose kam an einer Nische mit Tierzubehör, Katzenstreu, Hundeleinen und Fressnäpfen vorbei. Die Tiere befanden sich im Hinterzimmer. An den Wänden waren Käfige mit tropischen Vögeln angebracht. Sittiche, Reisvögel, Zebrafinken und Nymphensittiche. Aber keine Sittiche, wie Tomas einen gehabt hatte. In einigen Käfigen standen Nistkästen. Ein zerzauster

Wellensittichkopf schaute aus einem Loch hervor. Die Käfige der Kleintiere waren auf dem Boden gestapelt, Mäuse und Meerschweinchen ganz unten. Über ihnen lagen in einem länglichen Käfig zwei apathische Ratten. Sie rüttelte am Gitter, aber sie reagierten nicht.

»Hallo ihr«, sagte sie leise. Sie steckte den Zeigefinger durch das Gitter und berührte ihren Pelz. Sie konnte das Rückgrat der einen spüren. Sie hatte einen kleinen Auswuchs an der Hinterpfote, wie ein Geschwür.

Sie dachte an ihre eigenen zu Hause. Tranbär und Fikon. An den übel zugerichteten Körper der kleinen Neljä. Sie hatte nicht übel Lust, den Rattenkäfig zu öffnen und diese beiden einfach mitzunehmen. Sie in irgendeinem Park auszusetzen, vielleicht bei der Feuerwache an der Johanneskirche. Aber dann sah sie ein, dass sie ihnen damit nichts Gutes tun würde. Diese beiden verweichlichten Exemplare hatten gegen taffe, aggressive Stadtratten, deren Revier die ganze Innenstadt war, keine Chance.

»Kann ich Ihnen behilflich sein?«

Das Mädchen war in das Zimmer gekommen, ohne dass Rose sie gehört hätte. Die feierliche Frage störte Rose. Sie fühlte sich alt. Das Mädchen erinnerte sie an Ingrid, sie hätte ihre Tochter sein können.

»Diesen Ratten geht es nicht gut«, sagte sie mit Nachdruck. »Eine von ihnen hat außerdem ein Geschwür an der Pfote.«

»Aha.«

»Ist Ihnen das denn nicht aufgefallen?«

»Das ist nicht mein Laden.« Das runde Gesicht des Mädchens war rot angelaufen.

»Nein, nein. Wessen Laden ist es denn dann?«

»Er gehört Steffe. Ihm gehört der Laden.«

»Und was ist dann Ihre Funktion?«

»Funktion? Was meinen Sie mit Funktion?«

»Ich vermute mal, dass Sie hier angestellt sind!«

»Ja. Ich verkaufe und so.«

»Sorgen Sie dafür, dass diese beiden so schnell wie möglich verkauft werden«, sagte Rose und deutete auf die Ratten. »An Leute, bei denen sie es gut haben. Sie leiden, und es ist schlimm, dass das weder Ihnen noch diesem Steffe aufgefallen ist.«

Das Mädchen runzelte die Stirn.

»Was soll das heißen, leiden … kaufen Sie sie doch selbst, wenn Sie meinen.«

»Hören Sie, Sie fettes Monster. Vielleicht sollten Sie ja mal einen Kurs in Benimm besuchen. Ich sollte vielleicht mal mit Steffe darüber reden, wie Sie Ihre Kunden behandeln.«

Schnell verließ sie den Laden. Sie erkannte sich gar nicht wieder. Weder ihre Wortwahl noch ihre Reaktionen. Eigentlich verachtete sie Menschen, die sich nicht zügeln konnten. Die Krethi und Plethi anschnauzten und ihre Frustration an Leuten ausließen, die sich nicht wehren konnten.

Was ging bloß in ihr vor?

An allem war diese Frau schuld. Bis die Ehefrau von Titus, diese Ingrid, am Montag in ihrem Zuhause aufgetaucht war, hatte sie alle Situationen gemeistert.

Ingrid

Sie stellte sich unter die Luke und streckte den Arm zu dem hellen Rechteck aus. Keine Chance dranzukommen. Die Klappe befand sich weit, weit über ihr. Sie musste sich auf irgendetwas draufstellen. Aber auf was? Das Bett? Es war zu niedrig. Aber ein Tisch war da. Sie hatte auch ein paar Stühle gesehen.

Sie beschloss, es mit dem Tisch zu versuchen. Der stand neben dem Bett, ein runder, kleiner Tisch, ein typischer Couchtisch. Trotzdem war er überraschend schwer, das merkte sie, als sie ihn heranschleppte. Sie ließ die Finger über die Platte gleiten. Was das wohl für ein Material war? Marmor? Nein, dann wäre er noch schwerer gewesen. Vielleicht Glas? Konnte man auf Glas stehen? Würde eine Glasplatte das Gewicht einer erwachsenen, kräftigen Frau aushalten? Oder würde sie einbrechen und sich die Schlagadern aufschneiden?

Doch. Die Platte wirkte stabil. Sie würde halten, wenn sie vorsichtig war. Die Tischbeine hingegen wirkten wackelig. Aluminium, dachte sie und versuchte, sich auf den Tisch zu setzen. Die Aluminiumbeine knarrten und schwankten ein wenig. Aber es hielt.

Sie zog die Füße an, und es gelang ihr, sich hinzuknien. Sie blieb eine Weile in dieser Stellung und holte Luft. Gleichzeitig lauschte sie. Sie durfte das nicht vergessen, sie durfte nicht vergessen zu lauschen! Allein bei dem Gedanken wurde ihr ganz flau.

»Hör auf!«, sagte sie verbissen. »Der Kampf findet erst anschließend statt. Konzentrier dich lieber auf das, was zu tun ist. Dies ist deine einzige Chance.«

Titus, fuhr es ihr durch den Kopf. Deinetwegen muss ich es schaffen. Ich weiß, dass du auf mich wartest. Ich weiß, dass du außer dir bist vor Sorge, ich bin nicht verschwunden, glaub das nicht, liebster, liebster Titus … du weißt, dass du dich auf mich verlassen kannst. Mein geliebter Titus, halt am Leben fest, stirb nicht, ich schaffe das. Ich werde dir zeigen, wie stark ich bin. Ich werde dich überraschen, halte aus, ich komme.

Sie begann sich aufzurichten. Langsam, langsam. Erst ging es nicht. Sie war viel zu zittrig und aufgeregt. Ihre Beine zitterten, und der ganze Tisch vibrierte. Sie musste sich wieder hinknien und an der Tischplatte festklammern. Zwang sich, gleichmäßig zu atmen, zwang sich, ihre ganze Kraft nur darauf zu konzentrieren. Diesen trägen, schweren Körper in die Senkrechte zu bringen.

Sie hatte sich so lange nicht bewegt. Ihr Blut hatte nicht genug Sauerstoff bekommen, Muskeln und Gelenke waren geschwächt.

Ein Bein zuerst, dann das andere. Sie zitterte, und es schüttelte sie. Sie kam mühsam in die Hocke, begradigte dann ihr Becken und hob den Oberkörper, Wirbel um Wirbel, langsam. Ihre Oberschenkelmuskeln fühlten sich an wie Gummi. Als sie den Hals hob, schwankte sie und machte auf dem Couchtisch einen winzigen Schritt zur Seite. Auf dem Rücken brach ihr der Schweiß aus. Sie zwang sich, tief zu atmen. Schließlich fand sie ihr Gleichgewicht wieder.

Dass einem ein so kleiner Tisch so hoch erscheinen konnte. Aber das lag auch an der Dunkelheit, die Dunkelheit verwirrte sie, in einem hellen Raum hätte sie einfach den Fuß heben und auf den Tisch steigen können.

Jetzt war es, als stünde sie an einem Abgrund.

Rose

Das Haus in der Tulegatan hatte eine elegante Fassade. Es lag einer Schule gegenüber, Norra Real, und sie konnte die Schüler in den Klassenzimmern sehen. Titus' Haus. Hier wohnte er, hier hatte er gewohnt. Sie stand eine Weile da und betrachtete es. Zählte die symmetrischen Fenster, kam auf vierunddreißig. Ganz oben waren schwarze Dachgauben, den Dachboden hatte man in Wohnungen umgebaut.

Hierher waren sie also gezogen, um sich ein gemeinsames Zuhause einzurichten. Titus und seine Schlampe. Hm! Sie benutzte schon dieselben Ausdrücke wie seine Töchter. Sie musste sich zusammennehmen, wirklich zusammennehmen. Aber in diesem Fall stimmte es. Einen anderen Ausdruck gab es nicht. Schlampe! So war es.

Sie fragte sich, in welchem Stockwerk sie wohnten. Vielleicht hatten sie ja sogar so eine Dachwohnung? Ohne Kontakt zur Erde. Tja, das würde allerdings nicht zu Titus passen.

Sie überquerte die Straße und ging zur Haustüre. Drückte die Klinke hinunter. Wie sie vermutet hatte, war abgeschlossen. In der Handtasche lag Ingrids Schlüssel, der Schlüsselring mit dem kleinen Glasherzen. Sie zog ihn hervor und fand sofort den richtigen. Mit einem Klick öffnete sich das Schloss. Das Treppenhaus war vornehm und gepflegt. Nirgendwo auch nur die geringste Spur von Graffiti oder Müll. Nicht einmal ein welkes Blatt, das der Wind hereingeweht hatte. Ein dicker, roter Teppich führte zum Fahrstuhl. Sie ging ein paar Schritte darauf und kam sich vor wie eine VIP-Person.

Links an der Wand hing die Haustafel mit einem Verzeichnis aller Hausbewohner. Sie fand die Namen direkt. Zweiter Stock. Bruhn-Andersson. Das schmerzte sie etwas. Aber die Tränen waren jetzt verschwunden. Sie handelte kalt und zielbewusst. Mit wenigen, raschen Schritten ging sie die Treppe hinauf.

Die Tür war abgeschlossen, sowohl mit einem normalen Schloss als auch mit einem Sicherheitsschloss. Ihre Hände waren ungeschickt. Mit unbeholfenen Bewegungen gelang es ihr, die Schlüssel herumzudrehen. Die Tür quietschte etwas, musste geölt werden. Mit diesen Dingen nahm er es eigentlich immer sehr genau.

Sie kam in eine leere und kahle Diele mit Parkett. Keine Kleider lagen achtlos herum, alles hing in den hohen Spiegelschränken an der einen Wand. Sie betrachtete sich selbst in einem der Spiegel. Mager und streng, etwas vornübergebeugt. In der Tat fast etwas täppisch. Plötzlich erschienen ihr ihre Kleider unmodern, ihre ganze Person. Auf ihrem Parka prangte außerdem ein Fleck, der ihr bislang noch nicht aufgefallen war. Franka Isaksson war er sicher ins Auge gestochen. Die mit ihrem gnadenlosen Blick. Und jetzt würde es die Runde machen.

Sie ist ziemlich runtergekommen. Ihr entgleitet alles.

Sie stellte sich kerzengerade hin. Trat nahe an den Spiegel. In ihre Augen war ein neuer, fremder Ausdruck getreten. Es kribbelte wie kleine Ameisen auf ihrer Haut.

»Fang schon an«, sagte sie. »Steh hier nicht rum und rede dir Sachen ein.«

Sein Zuhause. Er selbst würde jedoch nie mehr über seine Schwelle treten. Über den pflaumenblauen Fußabstreifer, den Mantel ablegen und ihn zwischen seine und ihre Mäntel und Jacken hängen. Rose schob die Spiegeltür beiseite, und hier hing sie, seine alte Pilotenjacke, die sie immer geliehen hatte, obwohl sie ihr viel zu groß war. Ein senfgelber Mantel gehörte Ingrid, daneben hingen Jacken, Jacketts und weitere Mäntel. Sie zog die Pilotenjacke herunter. Der Bügel schwankte, und sie fiel zu Boden. Vor dem Spiegel zog sie über ihrem alten hässlichen Parka Titus' alte Lederjacke an und steckte die Hände in die Taschen. Etwas Rundes, Verschrumpeltes, eine Kastanie. Sie hatte sie selbst vor hundert Jahren einmal in diese Tasche gesteckt. Da war sie vollreif gewesen und hatte geglänzt. Sie hatte sich Dinge vorgestellt, während sie mit den Fingern über die glatte Oberfläche gefahren war. Sie war froh gewesen, froh über das ganze Leben.

Sie behielt die Jacke an und ging in die Wohnung. Luftig und sauber überall. Nicht wie bei ihr zu Hause. Hier war es geräumig. Brauchten sie wirklich so eine Riesenwohnung? Sie erkannte nichts von dem wieder, was in Titus' und ihrem Haus gestanden hatte. Alles war offenbar neu, oder es handelte sich um Ingrids Sachen.

Sie trat in ein Wohnzimmer mit einem gigantischen grünen Kachelofen. Eierschalenfarbene Wände, ein ballsaalgroßer Fußboden. Die einzige Topfpflanze stand auf dem Boden, eine Art Palme. Die Fenster gingen Richtung Schulhof, aber sie hörte nichts, nicht einmal der Verkehr war durch die dreifach verglasten Fenster zu hören. Im Zimmer gab es nicht viele Möbel. Unter den Fenstern stand ein grünliches Sofa mit ein paar bunten Kissen. Auf dem Tisch eine Schale mit quadratischen Kerzen sowie eine Vase mit einem verkrümmten Zweig. Zauberhasel, dachte sie. Wie aus einem Einrichtungskatalog.

Der nächste Raum war ein Esszimmer. Ein langer Tisch mit einer Tischdecke aus grobem Leinen, zwei silbernen Kerzenhaltern und einer Keramikschale mit Weintrauben. Das Obst war etwas in sich zusammengesunken. Eine Wolke kleiner Fliegen flog auf, als sie näherkam. Auch hier stand ein Kachelofen, einfach, weiß mit grünen Ranken. Nirgends sah sie Brennholz. Die Öfen dienten vielleicht nur als Dekoration.

Hier fanden also seine Einladungen für Kollegen und angereiste Autoren statt. Ingrid trippelte als Gastgeberin herum. Rose sah es regelrecht vor sich, ein Knurren drang aus ihrer Kehle, und sie verspürte den Drang Sachen kaputtzumachen und Löcher in die Wände zu schlagen.

Das Gefühl steigerte sich noch, als sie ins Schlafzimmer trat. Der Fußboden breitete sich aus wie ein Meer. In der Ecke stand ein nachlässig gemachtes Doppelbett. Der Überwurf hing auf den Boden, die Kissen lagen schief. Der Kachelofen im Schlafzimmer war noch schöner als die beiden anderen. Er prunkte mit einem goldgerahmten Spiegel und mit kleinen Ofenklappen aus Messing. Das Zimmer hatte auch einen Balkon. Sie öffnete die Türen und trat ins Freie. An die Wand gelehnt standen zwei Klappstühle und ein staubiger Tisch. In der Ecke eine welke Topfpflanze in einem Korb. Sie fuhr mit der Hand über das Geländer, und ihre Finger wurden schmutzig. Sie strich sie an der Wand ab.

Sie ging wieder hinein und warf sich aufs Bett. Erlebte eine Überraschung: ein Wasserbett! Das hatte sie noch nie ausprobiert. Sie warf sich hin und her, und unter ihr gluckerte es. Auf welcher Seite lag Titus? Wahrscheinlich links. Näher am Balkon. Sie schlug den Überwurf beiseite und kroch ins Bett. Die Laken waren zerknittert und muffig. Sie hob das andere Kissen an und sah sahnefarbene Seide.

Sie ließ sich schwer auf den Rücken fallen und wickelte

sich in die Decke. Langsam zog sie den Reißverschluss ihrer Hose herunter. Hielt den Atem an. Fast schüchtern ließ sie den Zeigefinger in die Hose und unter den Saum ihres Slips gleiten. Unendlichkeiten, all das hatte vor Ewigkeiten aufgehört. Sie glaubte, es sei ihr abhanden gekommen, jetzt kehrte es in Strömen zurück, eine schwellende Schwere, ein Klopfen, ein feuchtes Pochen. Sie bewegte den Finger schneller, ein Kitzel fuhr über ihre Hüften und den Lendenrücken, sie warf den Kopf aufs Kissen zurück, sein Kissen, in den Abdruck seines Schädels und ließ sich vom höchsten Trampolin direkt in den zischenden Schaum fallen.

Lange blieb sie mit schmerzenden und heißen Lippen liegen. Das Blut hatte sie durchströmt, jede Faser ihres Körpers. Sie lag in Titus' Bett und ihr Blick schweifte zur Fassade gegenüber. Auf einem Balkon im dritten Stock stand ein Mann und rauchte. Er starrte auf sie herab, verzog aber keine Miene. Ruhig begegnete sie seinem Blick. Eine schwarze Katze balancierte auf dem Geländer. Er kraulte sie zwischen den Ohren und blies den Rauch in die Luft.

Ein Klang entstand in ihr, in diesem Augenblick. Eine Melodie. Sehr einfach, zwei Töne aufsteigend, zwei Töne absteigend. Ein Kinderlied über eine Schnecke. Tomas hatte es auf der Blockflöte geübt, als er versucht hatte Blockflöte zu lernen. Bald hatte sich jedoch erwiesen, dass es für ihn kein geeignetes Instrument war. Zu guter Letzt hatte er die Flöte auseinandergenommen und beide Teile weggeworfen.

Rose erinnerte sich nicht an den Text. Aber die Melodie hatte sich in ihr eingegraben. Jetzt wuchs sie und wurde aufs Neue geboren. Die Töne drangen aus ihr heraus, während sie sich von der schaukelnden Unterlage erhob. Der Mann war wieder ins Haus gegangen. Auch die Katze war verschwunden.

Sie öffnete die Schranktür und zog eine Schublade mit seidiger Wäsche heraus. BHs und Slips, Hüfthalter und Strumpfbänder. Natürlich. Dieselben luxuriösen Geschenke. Ein Spitzen-BH, schwarz und fliederfarben. Sie legte ihn sich um. Die Körbchen waren riesig. Sie las die Größe. 85 G. Mechanisch legte sie ihn in ihre Tasche, griff sich dann eine Handvoll Slips und ließ sie ebenfalls in ihrer Tasche verschwinden.

Wie spät war es im Übrigen? Fast halb drei. Jetzt wartete der Frauenarzt bereits auf Ingrid. Warf einen Blick ins Wartezimmer, schielte auf die Armbanduhr. Wurde ärgerlich. Aber dieses Mal würde er nicht zwischen ihren fetten Schenkeln herumwühlen müssen. Trotzdem würde er ihr eine Rechnung schicken, weil sie seine kostbare Zeit in Anspruch genommen hatte.

Sie ging breitbeinig zurück in die Diele. Die Melodie erklang ihr laut in den Ohren, die Schwellung in ihrem Schoß war immer noch da. In einer Ecke stand ein Schirmständer aus Messing. Sie nahm sich einen mit einem geschnitzten Griff. Sie erkannte ihn irgendwie wieder. Titus', ihm gehörte er. Er hatte ihn schon besessen, als sie noch zusammen gewohnt hatten. Sie schüttelte die Jacke ab. Sie fiel unordentlich zu Boden und sah aus wie ein wachsames Tier.

Sie stand mit dem Schirm in der Hand am Bett. Sie schlug. Es schaukelte und gluckerte unter den Laken. Sie schlug, bis ihre Hand gefühllos wurde.

Und die ganze Zeit diese Melodie, sie siedete förmlich aus ihr heraus, wuchs in ihrem Mund, quoll heraus und füllte die ganze Wohnung.

Ingrid

Sie hielt vor allem des Gleichgewichts wegen die Arme ausgestreckt. Dann hob sie den einen zur Decke und bewegte ihn hin und her. Nichts Festes, nur Luft. Sie sah ihre Finger als Schatten vor dem schwachen Lichtschein.

Sie öffnete den Mund und fluchte.

»Verdammte Psychopathin, du bist doch krank, ich bringe dich um.«

Unbeholfen sprang sie wieder auf den Boden. Musste wieder eine Weile zum Bett zurückkehren, sich auf den Rücken legen und Kräfte sammeln.

Was konnte sie noch verwenden?

Die Stühle.

Richtig. Die Stühle.

Die Panik packte sie an der Kehle. Die Uhr tickte. War es bald Abend? Würde Rose gleich zurückkommen? Sie lag reglos da und lauschte. Nein, dasselbe Gefühl von Stille und Vakuum.

Wo hatte sie die Stühle gesehen? In welcher Richtung? Sie erinnerte sich nicht, alles verschwamm.

Titus, warte auf mich, ich komme.

Nein. Wein jetzt nicht. Das verängstigt dich nur. Weine nicht, du sollst stark sein.

Sie kam wieder auf die Füße und fand bald die Stühle. Betastete sie, versuchte herauszufinden, wie sie aussahen. Holz mit Metallbeinen. Die Lehne hatte ein ausgestanztes Lochmuster. Sie zog mit dem Finger die Löcher nach und schob einen der Stühle auf den Tisch zu. Schrie auf, als sie ihn hochhob und auf den Tisch stellte. Der Arm, der verdammte Arm!

Die Stuhlbeine reichten genau bis an die Tischkante. Das wirkte ausgesprochen unsicher. Wenn sie den Stuhl nur geringfügig bewegte, würde er umfallen. Wenn sie dann auf dem Stuhl stand, würde sie ebenfalls stürzen. Herabfallen, ohne die Möglichkeit, sich abzufangen. Der Schmerz durchzuckte sie, als sie ihn sich vorstellte.

Ihr kam in den Sinn, dass sie das Bett heranschleppen und neben den Tisch stellen könnte. Dann würde sie zumindest weich fallen. Vorausgesetzt natürlich, sie fiel in die richtige Richtung.

»Aber ich werde nicht hinunterfallen«, sagte sie dumpf. »Ich will auf diesen verdammten Tisch steigen und darauf achten, dass er nicht wackelt, dann steige ich auf den Stuhl, und von dort aus erreiche ich die Luke. Dann krieche ich hoch und bin draußen.«

Sie wünschte sich, gelenkiger zu sein. Sie war immer recht steif gewesen. Das hatte mit den Wirbeln zu tun, sie hatte oft Rückenschmerzen gehabt, schon als Kind. Der Schularzt hatte sie zur Haltungsgymnastik geschickt, man zwang sie, sich an die Sprossenwand zu hängen und auf dem Balken zu balancieren. Sie verabscheute es. Alle Arten der Bewegung. Noch heute, als Erwachsene. Niemand mehr würde sie zwingen, Dinge gegen ihren Willen zu tun. So hatte sie gedacht. Insbesondere nachdem sie aus Costa Rica zurückgekehrt waren. Sie hörte noch Titus' Lachen, als sie sich von Todesangst erfüllt im Schlauchboot festgeklammert hatte. Wie eine Nussschale war es die Stromschnellen hinuntergesaust. Fast sofort war sie umgeworfen worden und hatte neben den nassen Beinen und Füßen der anderen auf dem Boden des Gummifloßes gekauert. Sie hatten sie ausgelacht, ausgelacht. Sie hatte so getan, als würde sie mitlachen.

Sie betastete die Stuhlbeine. Sie waren schmal und stabil. Solange sie auf dem Tisch blieben. Sie sah ein, dass sie das Risiko eingehen musste, sie hatte nichts, womit sie sie befestigen konnte. Sie schloss die Augen und dachte sich einen Satz als Mantra aus. Einen Satz, den sie oft verwendet hatte, sowohl in der Schule als auch später. *Nurweghiernurweghiernurweghier.* Sie umklammerte ihren Daumen mit den Fingern. Nickte langsam und fasste sich ein Herz. Den Fuß zwischen die Stuhlbeine. Nichts zum Festhalten. *Die Bauchmuskeln, benutze die Bauchmuskeln!* Schwankte einen Augenblick, musste wieder hinabsteigen.

Es geht, Ingrid, denk an Titus, dann geht es.

Sie dachte an Titus. Sah sein ausgezehrtes Gesicht und die Augen, die eine wässrige, verblichene Farbe angenommen hatten. Das leuchtende Blau war schwächer geworden. Sie würde es wieder zum Leuchten bringen. Wenn sie nur hochkam, dann würde sie sich ihre Wanderstiefel schnappen, das Haus verlassen, fliehen. Sie würde zu den nächsten Häusern rennen. Sie würde am erstbesten Haus anklopfen.

»Helft mir!«, würde sie rufen. »Ruft die Polizei, rettet mich!«

Sie kletterte erneut auf den Tisch, diesmal mit beiden Füßen. Beugte sich vor, um einen Schwerpunkt zu finden. Einen Punkt, mit dem sie nicht umfallen, sondern sich aufrecht und gerade halten würde. Sie kauerte wie ein Äffchen, schob die Finger in die runden Löcher in der Stuhllehne, krallte sich fest. Der ganze Stuhl bebte, der Stuhl und sie. Bebte, aber bewegte sich nicht.

Ich schaffe das, ich bin stark.

Jetzt kniete sie auf der Sitzfläche. Vorgebeugt über den schmerzenden Arm. Lauschte. Immer noch keine Geräusche.

Hob die Hand und jetzt, jetzt erreichte sie die kühle Oberfläche der Luke. Drückte dagegen, von sich weg. Erst ging es schwer. Mit angespannten Bauchmuskeln wagte sie, ihre ganze Kraft aufzubieten, wagte es, einen Teil dieser Kraft in den gesunden Arm umzuleiten, und jetzt bewegte sich die Luke, ja, jetzt hob sie sich.

Sie reckte sich, groß und gerade. Drückte das Kinn an die Brust, benutzte den Nacken als Stütze. Nacken und Hand zusammen. Bis die Klappe offen war und das Licht sie blendete.

Rose

Plötzlich wurde sie müde. Unendlich müde.

Sie ging in die Küche. Die Kaffeemaschine stand auf der Arbeitsplatte. Sie goss Wasser hinein und löffelte Kaffee in den Filter. Sah sich um, während sie wartete. Die Spüle war abgewischt und glänzte, einfache Plastikstühle. Am Kühlschrank hing eine Einkaufsliste. Fettarme Milch, las sie. Spülmittel, Tomaten und Butter. Sie hatte auf einmal Lust, etwas dazu zu schreiben, ihr fiel aber nichts ein. Aus einer Keksdose mit Rosenmuster nahm sie ein paar harte italienische Mandelplätzchen. Sie knirschten zwischen ihren Zähnen. Die Krümel fielen auf ihren Schoß.

Sie goss sich Kaffee ein und trank.

Dann fand sie das Arbeitszimmer.

Er hatte den schweren, alten Schreibtisch behalten, den er von seinem Großvater Frans geerbt hatte. Es war ein doppelter Schreibtisch, der von zwei Personen gleichzeitig benutzt werden konnte. Hundert Jahre zuvor hatten zwei Beamte an diesem Tisch gesessen, sich mit ihren spitzen Knien fast berührt und Akten hin und her geschoben. Jetzt stand er an der Wand.

Titus war stolz gewesen auf seinen Großvater. Rose hatte Fotos von ihm gesehen, ein sehniger, kleiner Mann mit Schnurrbart.

»Von ihm habe ich meine Männlichkeit geerbt«, scherzte Titus immer. Der Alte hatte viele Kinder, hatte seinen Samen in der ganzen Gegend verstreut, für seine Nachkommenschaft aber offenbar auch gesorgt. Eines dieser Kinder war Titus' Vater und der Einzige unter ihnen, der den alten Schreibtisch haben wollte. Er restaurierte ihn und kaufte neue Beschläge.

Rose setzte sich auf den Stuhl, einen bequemen Bürostuhl mit Rollen. Erst da entdeckte sie das Bild über dem Computer. Es zeigte ein paar Leute in einem Schlauchboot. Sie trugen Sturzhelme und alle lachten, mit Ausnahme einer Person. Ingrid. Die Augen voller Panik. Hinter ihr saß Titus mit einem Paddel in der Hand. Munter und gelassen.

Während sie darauf wartete, dass der Computer hochfuhr, zog sie die Schreibtischschubladen heraus. Fand Briefpapier und Umschläge. Ingrids Name stand auf den Umschlägen. Name und Adresse. Sie legte den Packen in ihre Tasche. Dann fand sie auch die Pässe, seinen und ihren. In Titus' Pass war das Foto, das sie in Ingrids Brieftasche gesehen hatte. Es war vor einigen Jahren aufgenommen worden. Er sah aus, wie er immer ausgesehen hatte, bevor sich die Krankheit in ihm eingenistet hatte. Der intensive blaue Blick. Sie legte ihn zurück in die Schublade.

Sie blätterte in Ingrids Pass. Ganz hinten lag der Abriss einer Bordkarte. Economy Class nach Barcelona. Platz 26 A. Mit einer raschen Bewegung legte sie den Pass zu den Umschlägen in ihre Tasche.

In der mittleren Schublade entdeckte sie ein Tagebuch. Es war rot und hatte ein kindliches, kleines rotes Herz als symbolisches Schloss. Sie bog eine Büroklammer auseinander, stocherte etwas darin herum und bekam es schließlich auf. Ingrids kleine, nach links geneigte Handschrift füllte die Seiten.

War mit T. bei Dr. M. Es geht einigermaßen. Ich glaube es ist was mit der Galle, Mama hatte genau dieselben Symptome. T. ist down und reizbar.

Vor zwei Jahren geschrieben.
Sie blätterte.

Komme mir ausgebeutet vor. Aber nichts, worüber man sprechen könnte. Habe mir wirklich mit J.+J. Mühe gegeben. Funktioniert nicht. Gerade sehr allein und traurig.

Und vorher, im September 2005:

T. und ich in der Oper mit Agneta und Stig. Wir haben gefeiert. Hatte mein braunes Kostüm an. Bekam Komplimente. Dann Abendessen hier zu Hause mit Krabben und einem wunderbaren Chablis. Liebe ihn maßlos.

Der letzte Eintrag von vergangenem Montag.

Fahre jetzt, wie ich es versprochen habe. Will nicht, aber tue es seinetwegen. Wünschte mir, ich wäre schon wieder zu Hause.

Sie schlug das Tagebuch zu und schloss es wieder ab. Legte es ebenfalls in ihre Tasche. Die Melodie war immer noch in ihr. Eine eintönige, nervtötende Melodie, die sie nicht loswurde.
Sie trank den letzten Schluck Kaffee. Setzte sich dann an den Computer. Ein Microsoft-Programm, wie sie es auch hatte. Mit zusammengepressten Lippen öffnete sie ein leeres Dokument und begann zu schreiben.

Ingrid

Der Fußboden war schmutzig. Das sah sie als Erstes. Blonde Haare und Staubflocken, die sich bewegten, wenn sie atmete. Die wie kleine lebendige Bälle auseinanderstoben. Es war noch Tag. Die Sonne flutete durchs Fenster und erleuchtete die Küche wie ein riesiger Scheinwerfer. Sie wurde geblendet, und ihr schmerzten die Augen.

Sie sah einen Tisch und eine Küchenbank. Von unten. Sie sah ein Paar Pantoffeln neben der Schwelle. Roses Pantoffeln, sie war aus ihnen herausgestiegen und hatte sie am Eingang des Wohnzimmers stehen lassen. Dort hatten sie am Montag gesessen. Rose und sie. Was war heute? Mittwoch?

Sie konnte den Teppich im Wohnzimmer ausmachen und die Beine des Sofas, auf das sie sich damals hatte sinken lassen. Erinnerte sich an ihre schmerzende Blase.

Ich komme mit einer Botschaft von Titus.

Zwei unendliche Tage waren vergangen. Wie stand es jetzt um Titus? Vielleicht lebte er ja nicht mehr? *Nein, so darfst du nicht denken!* Sie blähte die Nasenflügel und schnappte nach Luft. Sah sich nach etwas um, woran sie sich festhalten konnte. Etwas, das sie die letzte und schwerste Etappe bewältigen lassen würde.

Hinten an der Leiste lag eine weiße Porzellanscherbe. Sie erinnerte sich an die Ratte, und Eiseskälte erfasste sie. Sie klammerte sich mit den Fingern an der Kante fest. Ihr halber Kopf befand sich oberhalb der Luke. Eine unmögliche Position. Es gelang ihr, den Arm nach oben zu schieben und vor sich auf den Fußboden zu legen. Sie würde sich mit den Beinen abstoßen müssen, um hinaufzugelangen. An irgendetwas musste sie sich abstoßen. Außerdem brauchte sie beide Arme.

Sie versuchte ihr Gewicht auf den gesunden Arm zu verlagern. Der Stuhl unter ihr schwankte. Sie musste innehalten, überlegen. Wenn sie nur ein Stück mit dem Oberkörper nach oben gelänge. Wie sie es auf Bildern gesehen hatte. Wie man wieder aufs Eis kam, nachdem man eingebrochen war. Man musste vorwärtsrobben, sich langsam vorwärtsarbeiten. Mit den Eispickeln ins Eis hauen.

Das hier war wie Surfen. Nur schlimmer. Viel schlimmer.

Ihre Augen hatten sich allmählich an das Licht gewöhnt. Jetzt sah sie das Fenster und ein Stück Himmel. Sie sah den nackten Ast eines Baumes. Hörte wie er sich bewegte, wie er ihr gleichsam zuwinkte.

Gib dir einen Ruck, dann kommst du hoch.

Es war unfassbar. Sie konnte sich keinen Ruck geben. Nicht einmal ein Berufsakrobat wäre aus der Position, in der sie sich jetzt befand, herausgekommen. Alle ihre Anstrengungen waren vergeblich gewesen.

Nein! Sie wollte das nicht glauben, nicht akzeptieren.

Ein Strom von Tönen drang durch das Fensterglas zu ihr. Die Amsel. Sie saß dort draußen und sang für sie, um sie zuversichtlich zu stimmen und ihr Mut zu machen. Sie stöhnte laut auf und versuchte sich nur mit dem rechten Arm hochzuziehen. Sie musste sich mit den Zehen abstoßen. Aber das ging nicht. Dann würde sie ganz den Halt verlieren.

Jetzt saß sie fest. Wie in einer Falle. Ihr Kopf ragte aus dem

Loch. Ungeschützt und zerbrechlich wie eine Eierschale. Sie stellte sich Roses Miene vor, wenn sie zurückkam. Und sehr bald würde sie genau das, zurückkommen.

»Nein«, siedete es in ihr, »nein!«

Ein Schrei wuchs in ihr, eine riesige Verzweiflung, über sich, ihr Unvermögen, ihren Pessimismus. Sie hatte eine übermenschliche Leistung vollbracht. Sie war fast dorthin gekommen, wo sie hinwollte. Aber jetzt war alles vorbei. Das musste sie einsehen.

Ein Geräusch brachte sie dazu, den Kopf herumzudrehen. Rascheln auf dem Fußboden, eine Bewegung in Grau. Zwei ruhige schwarze Augen, die sie betrachteten. Der Schreck trieb ihr den Schweiß auf die Handfläche und erschwerte ihr das Festhalten. Der Stift, ihre Waffe und Verteidigung. Sie hatte ihn vergessen. Er lag noch dort unten auf dem Tisch.

Die Ratte machte ein paar rasche Schritte auf sie zu. Sie sah ihre Schnurrhaare, sie standen ab wie kleine Besen. Sie sah auch den Schwanz, lang und nackt wie ein sehr großer Regenwurm.

»Geh weg«, keuchte sie.

Das Tier zuckte zusammen und flüchtete sich unter die Küchenbank, kam aber sofort wieder zurück. Dieses Mal nicht allein, sondern in Gesellschaft einer weiteren Ratte. Sie schnupperten mit ihren Schnauzen und näherten sich. Als machten sie sich gegenseitig Mut.

»Geht weg!«, schrie sie.

Die Ratten schienen keine Angst zu haben. Die größere der beiden wetzte über den Boden und blieb erst kurz vor ihrer Hand stehen. Sie öffnete die Schnauze, und da sah sie die gelben Zähne.

Sie entrang sich einen jammernden Schrei. Dann ließ sie los und fiel.

Rose

Sie nahm die S-Bahn nach Hause. Stieg an der Endstation Södertälje Central aus und ging die Fußgängerzone entlang. Die Sonne brannte ihr im Nacken, der Parka kam ihr viel zu warm vor. Es war mehr los als sonst. Überall auf den Bänken saßen Leute mit offenen Jacken. Einige von ihnen hatten die Augen geschlossen und die Gesichter dem Himmel zugewandt. Rose fiel auf, dass sich auch Einwandererfrauen sonnten, obwohl das eigentlich typisch schwedisch war. Sich nach der beißenden Kälte und dem Frieren in der Sonne zu räkeln.

Zwei dunkeläugige kleine Jungen kletterten auf der großen Spielplatzlokomotive herum, in die man auch hineinkriechen konnte. Einer der beiden verlor den Halt und stürzte. Einige Sekunden lang saß er verblüfft und verwirrt da. Blut lief ihm von der Lippe. Dann holte der Junge Luft und schrie wie am Spieß. Eine junge Frau in Röhrenjeans und mit einer glänzenden Mähne stürzte auf das Kind zu. Sie nahm es in die Arme, küsste es. Murmelte Worte in einer fremden Sprache. Der andere Junge stapfte auf seine Mutter zu und kroch in ihre Arme.

In diesem Moment war Flötenmusik zu hören. Der schreiende Junge verstummte abrupt. Eine Gruppe peruanischer Straßenmusiker in bunten Kostümen hatte sich in der Innenstadt aufgestellt. Rose kannte die Melodie. Früher wurde sie oft gespielt, in der Zeit, als Tomas noch klein war. Sie hieß »El condor pasa« oder so. Sie musste an Ramírez denken, und ein nervöses Gefühl durchzuckte sie. Sie ging an ein paar Alkoholikern vorbei, die gestenreich diskutierten, wer von ihnen wohl noch die besten Aussichten hatte, im staatlichen Alkoholladen Systembolaget bedient zu werden. Einer der Männer hatte einen angeleinten Hund dabei, einen schweren und tapsigen Mischling, der mit aufs Pflaster gedrückter Schnauze dalag. Er warf ihr einen traurigen Blick zu.

Der Alkoholladen war gerade erst in das Erdgeschoss der Stadtbücherei umgezogen. Die große, gut funktionierende Bildungseinrichtung hatte man ins Obergeschoss verwiesen. Was die Tageszeitung *Länstidningen* zu etlichen bissigen Kommentaren veranlasste. Rose hatte das neue Geschäft noch nie betreten. Aus einem Impuls heraus drehte sie sich jetzt um und trat ein. Einer der Männer folgte ihr, als kenne er sie. Er hatte schütteres, halblanges Haar und trug eine Lederweste. Er roch wie ein Trinker. Verspielt stieß er sie an.

»Hören Sie mal, können Sie mir nicht ein passendes Getränk empfehlen?«

»Ich?«

»Ja. Sie.«

»Da müssen Sie jemanden vom Personal fragen.«

»Ach, die … die sagen nie was. Was kaufen Sie denn sonst? Rotwein? Die Linken mit ihrem Rotwein. Die roten Maoisten. Juchhe!«

»Das hier!«, sagte Rose. Sie schnappte sich eine Flasche Campos de Luz für 48 Kronen. »Nehmen Sie den, der ist gut.« Sie war erstaunt, dass der Mann die Flasche wirklich entgegennahm und damit Richtung Kasse verschwand. Für sich nahm sie eine Flasche Campari aus einem der Regale.

Titus und sie hatten sich manchmal im Sommer ein kleines Glas Campari mit Eis genehmigt. Sie hatte das Getränk seither nicht mehr getrunken. Plötzlich verspürte sie eine Sehnsucht nach dem bitteren Geschmack auf der Zunge. Sie zahlte und steckte die Flasche in ihre Tasche.

Dann ging sie zu Åhléns und kaufte einen Teppich. Er war weiß und hellblau und ziemlich lang, aber nicht sonderlich schwer. Sie trug ihn auf der Schulter. Die dumme Melodie mit der Schnecke kam ihr wieder in den Sinn. Eine Weile hatten sie die Flöten der Peruaner vertrieben. Aber jetzt wurde sie wieder stärker und brachte sie dazu, im Takt zu gehen, fast zu marschieren.

Tamta, tamta, tamta, taaaaa. Tamta taaa. Tamta taaa.

Sie merkte, dass die Leute sie anschauten. Das kümmerte sie nicht.

Heute Abend mache ich mit dem Ramírez weiter, dachte sie. Sobald ich nach Hause komme, setze ich mich wieder an die Korrektur. Wenn nötig kann ich die ganze Nacht arbeiten. Oscar Svendsen wird nie etwas gegen mich in der Hand haben. Niemals.

Sie überlegte sich, ob er wohl versucht hatte, sie anzurufen. Ihr Handy lag in ihrer Manteltasche, es gelang ihr, es hervorzuziehen und den Code einzugeben.

Keine neuen Nachrichten.

Schön.

Sie stellte erstaunt fest, dass sie Lust auf eine Zigarette hatte. Sie rauchte schon seit über zehn Jahren nicht mehr. Titus rauchte, hatte geraucht. Offenbar jedoch nicht in der Wohnung. Sie hatte dort nicht den geringsten Zigarettengeruch wahrgenommen. Er konnte natürlich auch aufgehört haben. Sie wusste nicht mehr sonderlich viel über Titus. Aber das machte nichts.

»Nein!«, sagte sie laut. »Sein Lebenswandel geht mir am Arsch vorbei.«

Am Torget bog sie ab und kaufte im Pressbyrå eine Schachtel Prince. Fast fünfzig Kronen. So fürchterlich viel. Sie bereute es, als sie den Preis hörte, aber schämte sich, das zu zeigen. »Rauchen tötet«, stand auf der Schachtel. Was für eine Doppelmoral.

Als sie auf den Fußweg unter der Brücke einbog, klingelte ihr Handy. Es war eine Frau.

»Entschuldigen Sie, sind Sie Rose Bruhn?«

Sie kannte die Stimme nicht. Sie hörte einen leichten Dialekt, vielleicht småländisch. Jetzt wusste sie es. Ingrid sprach so.

»Ja«, sagte sie kurz.

»Ich heiße Maria. Sie fragen sich vielleicht, warum ich anrufe … aber ich bin die Schwester von Ingrid. Sie wissen schon, Ingrid Andersson, die Frau von Titus.«

»Aha.«

»Also … ich weiß nicht, aber … es hat den Anschein, als sei Ingrid verschwunden.«

»Ja, ich habe etwas in der Art gehört.«

»Also … es hat fast den Anschein, als seien Sie diejenige, die sie zuletzt gesehen hat. Sie war offenbar am Montag bei Ihnen zu Hause, und seither …«

»Ich habe bereits gesagt, was ich weiß.« Sie hörte selbst, wie abweisend das klang. Sie bemühte sich um einen weicheren Tonfall. »Ich war heute bei Titus im Krankenhaus, ich komme gerade von dort. Ich habe alles darüber erzählt.«

»Und was war das?«, beharrte die Frau.

Rose wuchtete sich den Teppich auf die andere Schulter.

»Sie sagte zu mir, sie wolle verreisen. Zumindest dass sie es erwäge.«

»Bitte? Das ist aber gar nicht die Art meiner Schwester.«

»Ach so.«

»Hat sie das wirklich gesagt?«

»Ja.«

»Wohin wollte sie denn reisen? Hat sie darüber etwas gesagt?«

»Nein.«

»Sie müssen entschuldigen, dass ich einfach so anrufe … aber ich mache mir so fürchterliche Sorgen. Ingrid hat so etwas noch nie getan. Wir erzählen uns immer alles, ich weiß alles über sie. Und sie weiß vermutlich alles über mich. Wir stehen einander sehr nahe. Haben Sie Schwestern?«

»Nein …«

»Ach so … Aber jetzt habe ich solche Angst, dass …« Die Stimme wurde undeutlich.

»Ja?«

»Ich habe das Gefühl, dass ihr etwas zugestoßen ist«, schniefte die Frau in den Hörer. »Sie hat nie, sie hat so etwas noch nie gemacht. Und das, wo Titus krank ist und alles … sie würde nie … ich muss die Polizei verständigen.«

Ingrid

Sie landete auf dem Bett. Genau wie sie es ausgerechnet hatte. Aber sie fiel auf den verletzten Arm, und der metallische Schmerz schoss durch ihre Nervenstränge. Der Stuhl war umgefallen und lag mit von sich gestreckten Beinen auf dem Boden. Der Tisch war stehengeblieben. Durch die weit geöffnete Klappe strömte die Luft zu ihr herab, die Luft, die Rose gehörte. Sie war von der Sonne gewärmt, und Staubpartikel flogen wirbelnd herum.

Sie erwartete, dass die beiden Ratten auf sie herabblicken würden. Vielleicht würden sie ja mit einem Satz auf sie herabspringen. Angespannt wartete sie, lauschte auf ihre Bewegungen. Dachte an die kleinen Näpfe, die auf dem Küchenfußboden standen. Hatte Rose eine Katze? Wohl kaum. Katzen fingen Ratten. Spielten mit ihnen mit eingezogenen Krallen, wiegten sie in dem Glauben, dass es ein Entrinnen gab. Dann bissen sie ihnen das Genick durch.

Wenn Rose eine Katze besäße, gäbe es keine Ratten im Haus. Es waren die Näpfe der Ratten, die sie gesehen hatte. Das wurde ihr jetzt klar. Rose fütterte sie. Die Ratten waren ihre Schützlinge, und an einer von ihnen hatte sie, Ingrid, sich vergriffen, indem sie zur Verteidigung die Tasse auf sie geworfen hatte. Sie hatte sie getroffen und getötet.

Sie lag mit offenen Augen da. Lag und schaute. Lange war alles im Dunkel gewesen. Jetzt war es, als könnten ihre Augen nicht genug bekommen. Ihr Blick folgte dem Bücherregal, Fach um Fach, Bücher und Notenstapel. Da kam ihr ein Gedanke: Vielleicht war das ja das Zimmer des Jungen gewesen? Er hatte Talent für Musik besessen. Dieser Junge, dessen Mutter Rose war, wie hieß er noch gleich? Etwas mit T. Tobias? Nein, nicht Tobias. Tobias war eingesperrt wie sie. Tobias Elmkvist, der Autor. Titus hatte so an ihn geglaubt. Gehofft, dass sein erster Krimi nicht der letzte bleiben würde. Er hatte vorher Erzählungen und Gedichte veröffentlicht. Aber dann erlebte er mit einem Kriminalroman seinen Durchbruch. Titus hatte ihm dazu verholfen. Sie erinnerte sich an seine Freude, als er zum ersten Mal das Manuskript las. Das war zu Hause bei ihr im Ringvägen. Er stand auf und stützte sich auf den Tisch. Er trug ein hellblaues Gant-Hemd. Dass sie sich an solche Details erinnerte! So etwas Bedeutungsloses wie Kleidung. So sinnlos und so typisch.

»Ein Volltreffer, meine Kleine!«, rief er, sodass es zwischen den Wänden widerhallte. »Das hier wird ein Megaerfolg.«

Das wurde es.

Sie versuchte die Titel der Bücher im Regal zu lesen. Mehrere erkannte sie wieder. »Die Brunnen des Nahen« von Tobias Elmkvist. Was für ein seltsamer Zufall. Oder vielleicht auch nicht. Eigentlich überhaupt nicht. Roses Junge hatte das Buch vermutlich von Titus bekommen. Tomas hieß er. Jetzt erinnerte sie sich. Tomas mit dem unbekannten Vater.

»Die Brunnen des Nahen«, ein Erzählband. Ein Exemplar stand in ihrer Buchhandlung, aber es war ihr nie gelungen, es zu verkaufen. Nach Erscheinen des Krimis sah es ganz anders aus. Sie erinnerte sich nicht an den Titel, hatte ihn nie gelesen. Krimis interessierten sie nicht. Geschichten über das Böse und über Gewalt. Die Welt war voll davon. Warum erfand man dann noch weitere?

Was hatte er verbrochen, dieser Tobias? Titus wollte nie davon erzählen. Sie erinnerte sich an den Herbstempfang in den engen Räumlichkeiten von Bladguld. Der junge Autor, schweigsam und in sich gekehrt. Fast schüchtern. Wie hatte er nur so viel Dunkel in sich tragen können?

»Seine Schilderungen menschlicher Abgründe sind meisterhaft«, sagte Titus. »Aber Erzählungen, von Erzählungen wird man verdammt noch mal nicht satt.« Er beschloss, Tobias Elmkvist von einem lukrativeren Schreibprojekt zu überzeugen. Er war ein guter Verleger und bekannt dafür. Er konnte literarische und konstruktive Gespräche mit seinen Autoren führen. Solche Verleger waren rar.

»Mir macht das Spaß«, hatte ihr Titus erklärt. »Und ich nehme am Schaffensprozess teil.«

Ingrid war eifersüchtig geworden, als sie sich beispielsweise seine Teilnahme am Schaffensprozess von Sissi Nords Chick-Lit-Schwachsinn vorgestellt hatte. Er hatte gelacht. Geschmeichelt. Erregt. Er hatte sich über sie lustig gemacht, und damit einen Schreikrampf bei ihr ausgelöst.

Aber jetzt ist es vorbei. All das ist vorbei. Das Leben, die Liebe, alles. Übrig sind nur die Trauer und der Schmerz.

Sie weinte erneut.

Die Trauer und der Schmerz. Welch hochtrabende Worte. Trotzdem sehr greifbar. Sie lösten in ihr Jammern und Tränen aus. Sie warf sich auf die Matratze: *Der Schmerz, ja, der Schmerz!* Sie warf sich hin und her und jaulte: *Zum Teufel mit dem verdammten Arm!*

Mit einem Mal wurde sie ruhig. Liegen und warten. Ein Lamm auf der Schlachtbank. Jederzeit kann das Messer in mein Herz dringen. Genausogut, alles ist ohnehin zu Ende, jetzt gibt es nichts mehr für uns, mein Geliebter, jetzt sterben wir alle beide.

Sie starrte mit brennenden Augen vor sich hin. Das Licht hatte sich bewegt, Streifen von tanzenden Partikeln. Und aus der Stille stieg eine Stimme auf, seine Stimme:

»Wo bist du, mein kleines Häschen, du fehlst mir? Wo bist du, mein kleines Mäuschen?«

Und die Hand, die gesunde Rechte! Berührte etwas Scharfes. Es lag neben ihr im Bett. Es war der Stift.

Ein Zeichen war das. Ein Zeichen. Sie wusste sofort, was zu tun war.

Rose

Etwas war anders, etwas mit der Luft. Sie merkte es, sobald sie die Tür geöffnet hatte. Geruchsschwaden aus dem Raum unter dem Fußboden. Sie waren nach oben ins Haus gedrungen.

Wie?

Rasch streifte sie die Schuhe ab und stürzte, noch mit dem Teppich auf der Schulter, ins Haus.

Die Klappe! Sie war auf.

Die Polizei!

Es pochte in ihren Schläfen. Sie biss sich hart auf die Unterlippe und schlich zu der Öffnung, erwartete jeden Moment eine Hand auf der Schulter.

»Wir haben auf Sie gewartet, Rose Bruhn! Bitte kommen Sie mit!«

Sie beugte sich vor und schaute.

Leer. Der Raum unter dem Fußboden war leer. Das Bett stand an der Wand, der Tisch daneben und die Stühle ordentlich davor. Auf dem Bett lag die grüne Fleecejacke, die Ingrid getragen hatte, als sie gekommen war. Wenn sie verschwunden wäre, dann hätte sie die Jacke doch wohl mitgenommen. Aber sie konnte gar nicht verschwunden sein.

Wo war sie dann? Versteckte sie sich vielleicht auf der Toilette?

Sie ließ den Teppich auf den Boden gleiten und legte sich auf den Bauch. Die Wasserflasche leer. Die Folie mit dem Brei leergegessen und schlabberig. Wenn sie sich nicht im Schrank mit der Toilette befand, dann musste sie irgendwie hochgekommen sein. Aber wie? Nicht allein, das war ohne Leiter unmöglich. Eigentlich hätte sie ohne Hilfe nicht einmal die Luke öffnen können dürfen. Also musste ihr jemand geholfen haben. Aber wer?

Claes Schröder? War er es gewesen? Hatte er am Vorabend etwas geahnt und nur so getan, als ob er nach Arlanda fahren würde? Hatte er seinen Wagen gewendet und war zurückgefahren, nachdem er sie abgesetzt hatte? Er wusste schließlich von der Luke. Oder sein guter Freund, dieser Johnny? Vielleicht hatte Claes Schröder diesen Johnny angerufen und ihn gebeten, vorbeizufahren und nachzusehen. »Ich glaubte, ein Geräusch zu hören.« Aber wie war er dann reingekommen? Gab es einen Reserveschlüssel?

Ich muss runter und nachsehen. Ich muss die Leiter holen.

Sie ging durch die Zimmer, suchte nach Spuren. Wurde von einer nagenden Unruhe erfüllt. Schaute ins Wohnzimmer. Ramírez lag da und wartete, *ja, ich kümmere mich später drum.* Nichts deutete darauf hin, dass jemand hier gewesen war. Dann das Schlafzimmer. Das Bett stand wie immer in der Mitte. Trotz ihrer Müdigkeit am Morgen hatte sie die Laken ausgeschüttelt und sie beim Bettenmachen ordentlich glatt gezogen. Alles war unberührt, genau wie sie es verlassen hatte. Niemand war im Schlafzimmer gewesen, niemand außer ihr.

Sie zog sich die Schuhe an, band die Schnürsenkel zu und ging nach draußen. Der alte Teppich lag immer noch dort, wo Claes Schröder ihn hingestoßen hatte. Sie befühlte ihn. Immer noch feucht. Bald würde er anfangen zu schimmeln. Er würde nie trocknen. Sie schaute in den Himmel, an dem sich die Wolken auftürmten. Es war April, und das Wetter konnte rasch umschlagen. Sie hob den Teppich hoch und schleppte ihn zum Schuppen. Dahinter lag schon seit Jahrzehnten ein Haufen Gerümpel. Alte, verzogene Bettroste, ein rostiges Fahrrad, ein kaputter Reifen, Lumpen. Sie warf den Teppich dazu. Stand eine Weile da, um Luft zu holen. Ein paar Regentropfen fielen auf ihren Scheitel. Sie strich sich ihre Haare hinter die Ohren, ging dann zum Apfelbaum und holte die Leiter.

Fikon und Smultron warteten in der Küche, als sie eintrat. Smultron war mit wenigen Sprüngen bei ihr, setzte sich auf die Hinterbeine und reckte sich.

»Ihr seid natürlich hungrig«, murmelte Rose. »Ihr bekommt etwas zu fressen. Gleich bekommt ihr etwas. Ich muss nur erst etwas erledigen, etwas Wichtiges.«

Die feinen Schnurrhaare vibrierten. Smultron drehte sich plötzlich um und verschwand unter der Bank. Kam zurück und verschwand erneut. Als wolle sie ihr etwas zeigen.

»Was ist, Smultron?«, fragte sie. »Mein Herzchen, was ist?«

Die Rättin knirschte mit den Zähnen. Sie wandte ihr ihr Hinterteil zu und ließ einen Tropfen fallen. Klar wie ein Tautropfen. Rose kniete sich hin. War jemand unter der Küchenbank? Ja, allerdings. Etwas Wogendes, Bewegliches, eine dunkle Masse Leben. Erst verstand sie nicht recht. Dann konnte sie Schwänze und Schnauzen ausmachen. Eine Meute neuer, kleiner Ratten.

»Aber was ist das?«, rief sie. »Wo kommt ihr denn alle her?«

Sie legte sich auf den Bauch und steckte die Hand unter die Bank. Die Tiere stoben die Fußleisten entlang davon. Sie stand auf und schob die Bank beiseite. Dann stellte sie einen Fuß vor das Loch, beugte sich vor und erhaschte eine der Ratten. Einen starken, kleinen Kerl. Er fauchte und biss nach ihr.

Wie alt konnte er sein? Einen Monat? Sie ging zum Fenster und hielt ihn ins Licht. Tatsächlich, es war ein Männchen. Der Hodensack war deutlich zu sehen.

»Verdammt!«

Mit der Ratte in der Hand ging sie auf den Hof. Der Regen war stärker geworden. Geduckt rannte sie zum Schuppen und stellte sich unter das vorspringende Dach. Sie verabscheute, was sie jetzt zu tun hatte. Aber das war notwendig. Sie war bereits zu nachgiebig gewesen. Wie viele der neuen Ratten waren Männchen? Sie dachte an den großen Rattenmafioso im Raum unter der Luke. Bestimmt hatte er sich gepaart. Aber mit wie vielen Weibchen? Und dieser? Der Sohn? Mit wie vielen seiner Schwestern hatte er es getrieben? Und seine Brüder? Die Weibchen wurden bereits mit vier oder fünf Wochen geschlechtsreif. Die Männchen wahrscheinlich auch, sie war sich da nicht ganz sicher. Jedenfalls durfte sich der Stamm nicht vergrößern, es durften nicht beliebig viele werden.

Sie starrte auf das Tier in ihrer Hand. Ein starker, mutiger kleiner Kerl. Sie spürte seinen Herzschlag an ihrem Daumen.

»Verzeih«, sagte sie.

Das Tier fauchte und wand sich und schlug mit dem Schwanz. Rose schloss die Augen. Sie legte der wild zappelnden Ratte die Finger um den Hals und drehte um. Ein leises, knackendes Geräusch. Ein paar Zuckungen, dann erschlaffte der Körper. Sie strich mit dem Zeigefinger über das noch warme Fell. So seidig und weich.

»Verzeih«, sagte sie erneut und schleuderte den leblosen Körper mit aller Kraft zwischen die Bäume.

Ingrid

Sie hatte sich an die Wand neben die Fußleiste gelegt. Unter dem Handrücken spürte sie die sehr kleinen Vertiefungen in den Bodenplatten. Jemand hatte diesen Keller eingerichtet. Jemand hatte sich die Mühe gemacht, ihn bewohnbar zu machen. Tomas. Der Junge. War er das gewesen? Und wo war er dann jetzt? Konnte sie irgendeine Hilfe von ihm erwarten? Nein. Ganz offensichtlich wohnte er nicht mehr in dem Haus. Und das war natürlich ganz normal. Er musste inzwischen etwa fünfundzwanzig sein.

Angespannt und voller Entsetzen lag sie da und wartete. Ihr Herz schlug, es lärmte und pochte. Sie hatte Durst. Sie dachte an Wasser und an Eiswürfel. Sie würde den Mund füllen, und all das Trockene, Rissige würde weich werden und verschwinden. Als sie schließlich Schritte auf der Treppe hörte, verlor sie die Kontrolle über ihre Blase. Im Slip wurde es nass und warm, der Bruchteil einer Sekunde vollkommener Erleichterung. Wie ein Orgasmus. Dann kam das Entsetzen zurück. Sie schnalzte mit den Lippen, lautlos.

»Steh mir bei, Gott, steh mir jetzt bei!«

Sie glaubte nicht mehr an Gott. Sie war aus der Staatskirche ausgetreten, als sie volljährig geworden war. Ein grausamer und schonungsloser Gott, der auf der Seite der Starken stand. Obwohl so viele das Gegenteil behaupteten. Es war ihr wie Schuppen von den Augen gefallen, all dieser Unsinn, den sie ihr eingeredet hatten. In der Gemeinde. In der Sonntagsschule. Gott ist die Wahrheit und das Leben. Gott ist gut.

Sie hatte es ihren Eltern nie erzählt. Nicht einmal ihren Schwestern.

Jetzt lag sie auf dem Boden und betete.

Rose war zu Hause.

Drinnen im Haus, sie war da.

Rose redete dort oben.

Mit wem?

Rose bewegte sich und kroch auf dem Boden herum. Ihr Schatten fiel durch die Luke. Ein erstauntes Japsen, ein Ausruf.

Und dann: ein plötzliches Möbelverrücken, Geräusch von kleinen Pfoten, von Flucht.

Ingrid runzelte die Stirn so fest, dass sie einen Krampf bekam.

»Lieber Gott, vergib mir alles Böse, das ich getan habe! Lieber, guter Gott, ich bitte dich: Hilf mir, hilf mir, gib mir deine Kraft!«

Rose verließ das Haus. Rein und raus. Jetzt war sie draußen. In der Ferne klingelte ein Handy. Es war nicht ihres, obwohl es irgendwo dort oben liegen musste. Ihres hatte einen anderen Klingelton. Sie hatte sich diesen alten ausgesucht, so wie Telefone früher klingelten. Als alles noch gut und ehrlich war. Das Leben. Ihr Leben. Als sie noch in ihrem Geschäft gestanden und Bücher verkauft hatte. Die kleinen, älteren Damen mit ihren Stoffbeuteln, das waren die Kulturträgerinnen.

Wenn sie jetzt doch nur bei ihnen sein könnte, sie würden

in Mänteln im Kreis um sie herumsitzen, sich über sie beugen und sie mit ihren aufgerauten Mantelrücken beschützen. Sie würden eine Mauer um sie bilden, und nichts Gefährliches konnte passieren.

Die Tür ging auf. Etwas Schweres wurde geschleppt. Sie hörte Roses angestrengte Atemzüge. Erneut das Handy. Dann die Stimme:

»Hier ist Rose Bruhn.«

Dann:

»Ach. Ach so. Ja, aber das war doch … Kann ich vielleicht etwas später zurückrufen? Ich bin gerade beschäftigt. Ich rufe später an. In Ordnung. Tschüss.«

Geräusche von Bewegungen bei der Luke. Dann ein Plumps ganz in ihrer Nähe. Sie spürte Vibrationen, hielt den Atem an. Rascheln von Kleidern, Stoff.

Rose war zu ihr heruntergekommen. Sie hatte eine Leiter geholt und war heruntergeklettert. Wachsam auf leisen Sohlen. Socken, keine Schuhe. Es quietschte etwas, als sie die Tür zum Toilettenschrank öffnete. Roses heisere Stimme, Betroffenheit, ein Ausruf.

Darauf wurde das Bett rasch von der Wand gerissen. Sie war bereit. Sie sprang wie eine Feder auf, warf sich vor und hieb die Spitze des Kugelschreibers geradewegs in Roses Bauch.

Rose

Erst begriff sie nicht, wie ihr geschah. Nicht im Geringsten. Der Fuß klappte unter ihr weg, und sie stürzte. Etwas Großes, Massives hatte sich auf sie geworfen, es kam ihr nicht in den Sinn, dass es ein Mensch sein könnte, Ingrid. Ein Schrei, ein tierischer Schrei, dann spürte sie eine brennende Schramme in der Seite. Sie lagen auf dem Boden, Ingrid auf ihr, hieb in der Luft herum, etwas Scharfes. Die Überraschung lähmte Rose. Sie lag mit angezogenen Knien neben der Leiter und spürte, dass ihr Ingrid mit den Fersen auf die Wangen trat. Es knirschte, als würden Zähne ausgeschlagen. Da erst begriff sie! Da erst warf sie ihre Hände nach vorn und packte zu, als Ingrid bereits auf dem Weg zur Öffnung war. Sie hielt ihre Knöchel fest und gab ihnen einen Ruck. Ingrid fiel um und blieb sitzen, gespreizte Beine und ein von Angst entstelltes Gesicht.

Rose ließ sich auf sie fallen, sodass ihr Schädel auf den Boden knallte, sie nagelte ihre Schultern fest. Ein Gurgeln, Schmerz und Hass:

»Du bist krank, Rose, du bist verrückt, du bist doch nicht mehr richtig im Kopf.«

Lag auf ihr, Brust an Brust. Hob eine Hand. Schlug. Ingrids Kopf fiel zur Seite, Rotz und Blut.

»Sag nie wieder, dass ich krank oder verrückt bin!«

Der Körper der Frau unter ihr fiel in sich zusammen. Als seien die Rippen gebrochen und in sich zusammengesunken. Rose glitt von ihr herunter und kniete sich hin.

»Nie, nie wieder, verstehst du!«

Packte sie an den Ohren und schüttelte.

»Nein«, kam es undeutlich.

»Was meinst du mit nein?«

»Sage … das … nie … mehr.«

Rose stieß sie mit dem Ellbogen. Kniff sie ins Handgelenk, der Stift. Zwang ihre Finger auseinander, nahm ihn weg.

»Was hattest du vor?«

Keine Antwort.

»Du wolltest mich verletzen.«

»Nein …«

Der Kopf wiegte auf dem Boden hin und her.

»Hattest du das vor? Du falsches Stück. Hattest du vor, mich zu erstechen?«

»Nein … verzeih … nein …«

Rose ließ sie los und zog ihren Pullover hoch. Die Haut war eingeritzt, nur eine Schramme, kaum sichtbar. Sie beugte sich über Ingrid und packte sie barsch am Kinn. Zwang sie, es sich anzusehen.

»Doch, das wolltest du. Du wolltest mir schaden und mich vernichten, das wolltest du. Als hättest du nicht ohnehin schon …«

Keine Antwort.

»Als hättest du nicht ohnehin schon.«

»Aber das bin nicht ich, die …«

»Wie bitte, nicht ich die?«

»Ich weiß nicht.«

»Du wolltest mir schaden und mich vernichten. Das hattest du dir ausgedacht.«

»Nein … so nicht.«
»Wie dann? Erklär.«
Hustendes Weinen, Schluchzen.
»Ich sagte: Erklär!«
»Aber ich weiß nicht … verzeih …«
»Du hattest die Luke geöffnet!«
»Ja …«
»Wie?«
»Bitte … ich weiß nicht.«
»Du weißt nicht, wie du die Klappe geöffnet hast?«
»Nein …«
Schlug erneut zu. Mit der flachen Hand in all das Weiche.
»Nein, nein, bitte … ich bin geklettert …«
»Du bist geklettert. Auf was?«
»Den Tisch da … und einen Stuhl.«
»Du bist auf den Tisch und den Stuhl geklettert?«
»Ja.«
»Du hattest also vor, abzuhauen?«
»Aber Rose! Wie lange muss ich … ich will doch nach Hause, verstehst du das denn nicht? Ich will doch nach Hause zu mir.« Rosa Rotz lief ihr aus der Nase.
»Du hättest nie herkommen dürfen. Du hast mein Leben zerstört, nicht nur einmal, sondern zwei Mal. Zwei Mal hast du dich in mein Leben geschlichen und es zerstört.«
»Wenn du mich gehen lässt …«
Rose sah sie an.
»Wenn du mich gehen lässt … ich verspreche es, ich werde nie, nie mehr ...«
»Mein Leben. Du hast es zerstört.«
»Bitte, Rose … ich verstehe dich nicht … aber ich kann doch nicht ewig hierbleiben? Es wäre doch besser, mich nicht hier zu haben. Mich los zu sein.«

»Schweig!«

»Denn man kann so nicht leben … weder du noch ich können so leben. Wir haben beide nicht die Kraft dazu.«

»Nein.«

»Sie werden auch anfangen, nach mir zu suchen, hast du daran gedacht? Es wird rauskommen, dass ich hierher gefahren bin, dass du mich zuletzt gesehen hast. Und dann werden sie suchen, Polizisten werden das Haus durchsuchen, sie werden Hunde dabeihaben, Hunde werden meine Spur finden, sie werden mich finden.«

Ingrid hatte sich aufgesetzt. Sie schob sich Richtung Wand. Strich sich mit dem Arm über die Augen.

»Und was wird dann aus dir, Rose? Hast du daran nie gedacht?«

Rose stieg die Leiter hoch.

»Doch«, erwiderte sie. »Das habe ich.«

Sie ließ die Leiter stehen, die Luke offen. In der Küche nahm sie ein Glas. Sie öffnete ihre Tasche, zog die Flasche heraus, goss einen Schluck Campari ins Glas und trank. Dann klappte sie ihren Laptop auf. Sie war ruhig.

»Wir setzen einen Vertrag auf, du und ich«, rief sie Richtung Falltüröffnung. »Wir werden eine Art Vertrag verfassen.«

Sie sah, dass sich Ingrid erhob und zum Licht hinkte.

»Einen Vertrag?«

»Genau.«

»Lässt du mich dann raus?«

Rose schaute auf die Frau hinunter.

»Wie du aussiehst«, sagte sie freundlich. Sie steckte die Hand in ihre Tasche und bekam das Kühle, Seidige zu fassen. Warf es Ingrid ins Gesicht.

»Ich habe das hier mitgebracht. Dachte, dass du vielleicht was zum Wechseln brauchst.«

»Bitte?«

Der BH war auf ihrer Schulter hängen geblieben. Der Slip lag vor ihren Füßen.

»Es ist dir vielleicht nicht bewusst. Aber du wirkst nicht sonderlich sauber.«

Ingrid nahm den BH und starrte ihn an.

»Ist das meiner?«

»Das gehört alles dir. Erkennst du etwa deine eigenen Fummel nicht wieder?«

»Doch schon. Aber …«

»Ich habe sie dir geholt. Das hattest du eigentlich nicht verdient, aber ich habe sie trotzdem geholt.«

Das Schneckenlied wurde in ihren Ohren lauter. Das Weiche, dieses Wasserbett. Ihre Körper, wie sie sich umeinander wanden, ihre gespreizten Schenkel. Er hatte immer ihre Hand unter dem Tisch genommen und zwischen seine Beine gelegt. Hatte sie über die Teller hinweg angelächelt. Vorsichtig, flehend, du machst dich deswegen doch wohl nicht über mich lustig? Dass ich dich begehre, dass ich so schwach bin, dass ich mich nicht beherrschen kann. Das war unsere gemeinsame Sache, deine und meine. Wir tranken Campari, das erregte mich, obwohl ich mich sonst dagegen wehrte. Nach Leonard. Als eine Art Strafe. Nichts mehr davon, du hast deinen Anteil gehabt. Da kamst du und erlöstest mich.

Ingrid hustete. Ingrid. Mit ihr hatte er die gleichen Dinge gemacht, dieselben Rituale, dieselben Spiele. Ihre Augen waren gerötet. Dort unten stand sie, hielt sich das Kleidungsstück an die Nase, wie ein Roboter, atmete ein.

Sie hörte ihre eigene, trockene Stimme:

»Zieh dich schon um. Ich schaue solange weg.«

»Warst du …?«

»Was?«

»Warst du bei mir zu Hause?«

»Ich habe die Sachen aus deiner Schublade geholt. Aus dem Schrank in deinem schönen Zuhause.«

»Wie bist du reingekommen?«

»Spielt das eine Rolle?«

»Und Titus? Titus.« Es klang wie ein Schrei unten aus dem Loch.

»Was ist mit ihm?«

»Bitte … Weißt du, wie es Titus geht?«

»Das weiß ich«, sagte sie ruhig.

»Und?«

»Ihm ist jetzt klar, dass du nicht mehr kannst.«

Ingrid warf den BH weg. Sie trat auf die Leiter zu und stieg ein Stück hinauf. Der eine Arm hing auf eine groteske und verquere Art nach hinten. Rose trank noch einen Schluck Campari.

»Du bleibst, wo du bist«, rief sie.

Ingrid stieg wieder hinab.

»Aber das ist nicht wahr«, rief sie.

»Was?«

»Dass ich nicht mehr kann.«

»Doch. Es ist anstrengend, mit einem todkranken Mann zusammenzuleben. Und er versteht das. Er macht dir keinen Vorwurf.«

»Aber ich habe nie gesagt, dass ich nicht mehr kann.«

»Willst du einen Schluck Campari, Ingrid?«

»Bitte?«

»Ich vermute, dass ihr das auch gelegentlich getrunken habt. Er liebte Campari. Campari hat etwas Besonderes, das finde ich auch. Ich habe eine Flasche gekauft. Wir können anschließend damit anstoßen, wenn du den Vertrag unterschrieben hast.«

»Was ist das für ein Vertrag?«

»Nur zwei Briefe. Ich habe sie für dich geschrieben, du brauchst sie nur noch unterschreiben.«

»Was für Briefe?«

»Einer an Titus. Und einer an Maria. Deine Schwester. Morgen werfe ich die Briefe ein, dann kommen sie am Freitag an.«

»Titus«, flüsterte Ingrid. »Dann ist er also nicht …«

»Tot? Nein. Aber besorgt. Und das ist verständlich. Ich finde deswegen, dass er ein Recht auf ein paar Informationen hat. Wie deine arme Schwester auch. Die glaubt, dass sie alles über dich weiß. Die wird Augen machen. Aber sie wird verstehen, dass auch eine Schwester ein eigenes Leben hat. Dass jeder Mensch ein Recht auf Geheimnisse hat.«

Ingrid

Sie faltete den BH zusammen und legte ihn neben die Jacke aufs Bett. Dann nahm sie die fünf Slips vom Boden, schüttelte sie aus und legte sie nebeneinander. Titus hatte sie ihr gekauft. Es gefiel ihm, sie zu überraschen. Rascheln von Papier unter dem Kopfkissen, gekräuselte Goldbänder. Oder ein Zettel neben ihrer Teetasse am Morgen.

Schau hinter die Palme im Wohnzimmer.

Dort lag ein weiterer Zettel:

Irgendwo in der Nähe des Computers.

Und so weiter, bis sie das kleine Paket gefunden hatte.

»Das bist du wert, und ich bin es auch wert. Die Frau in den Armen zu halten, die ich liebe. Sie mit Seide und Luxus zu umgeben.«

Anfänglich hatte er small oder medium gekauft. Er wusste es einfach nicht. Dass sie extra large brauchte. Ihr breiter, fetter Hintern und dann die Brüste. Überbordend. Er füllte seine Hände mit ihnen. Seine schönen, starken Hände. Legte seinen Kopf in ihren Schoß, seine schnelle, harte Zungenspitze. Befreite sie schließlich wieder von der glatten Seide. Wenn sie erregt war und bereit, ihn in sich aufzunehmen.

Jetzt waren die Kleidungsstücke hier. Rose hatte sie ihr mitgebracht.

Sie würde sie nie mehr anziehen.

Der Fluchtversuch war missglückt. Aber die Klappe war offen, und dort oben saß Rose an ihrem Computer und schrieb. Trotz allem ein Hoffnungsstreifen. Denn etwas hatte sich verändert.

Rose hatte ihr zu trinken gegeben, Ingrid hatte ein Stück die Leiter hochklettern und ihr die PET-Flasche reichen dürfen. Nach einer Weile hatte sie sie gefüllt mit klarem, kaltem Wasser zurückerhalten.

Sie sprach von Brief und Vertrag.

Und Titus. Er lebte, es gab ihn noch.

Aber was wusste Rose über ihre Schwester Maria?

»Setz dich an den Tisch!«

»Bitte?«

Rose stand über die Öffnung gebeugt.

»Ich gebe dir einen Kugelschreiber. Ich will ihn dann aber zurückhaben, vergiss das nicht.« So drohte ihr mit dem Zeigefinger. Scherzend.

»Was, ja, ja.« Sie ging hinkend auf den Tisch zu. »Was ist das für ein Vertrag?«, fragte sie.

»Das siehst du dann. Mach jetzt, was ich sage. Setz dich an den Tisch.«

Rose hielt einen Korb in der Hand. So einen hübschen kleinen Korb zum Pilzepflücken, wie sie selbst einen zu Hause hatte, im Keller. Sie pflückte immer gelbe Pfifferlinge und Butterpilze. An den Trichterpfifferlingen klebten kleine Tannennadeln. Jetzt schwebte der Korb an einer Schnur zu ihr herab.

»Nimm ihn!«

Wie ein Spiel. Das Ingrid und Maria gespielt hatten, als sie klein gewesen waren, sie hatten Sachen in ihr Baumhaus hochgezogen.

Wir sagten, dass du Schiffbruch erlitten hast.

Sagten.

Als Kinder hatten sie immer im Imperfekt gespielt.

Jetzt war es jedoch nicht Imperfekt, jetzt war jetzt. Präsens.

Sie nahm den Korb entgegen und stellte ihn auf den Tisch. Zwei maschinenbeschriebene Blätter lagen darin. Außerdem ein Kugelschreiber und zwei Umschläge. Sie sah, was für Umschläge das waren. Ihre eigenen mit aufgedrucktem Namen und aufgedruckter Adresse. Sie konnte es nicht fassen. Sie sah zu Rose hoch. Die Frau saß neben der Lukenöffnung, die mageren Knie bis zu den Ohren angezogen. Das sah entspannt aus, genau so saßen Frauen in abgelegenen Bergdörfern. Inderinnen, Afrikanerinnen. Das war die natürlichste Stellung der Welt.

Sie nickte ihr zu.

»Setz dich jetzt und lies. Dann kannst du unterschreiben.«

Der erste Brief war an Titus. Es schmerzte sie, seinen Namen zu sehen. Sie hielt das Papier an die Augen und las:

Lieber Titus, verzeih, dass ich das tun muss, aber es gibt jetzt keinen anderen Ausweg. Tatsache ist, dass ich nicht mehr kann. Einmal haben wir einander versprochen, uns in guten und in schlechten Zeiten beizustehen. Jetzt, Titus, kann man wohl sagen, dass die schlechten Zeiten angebrochen sind und dass ich stark sein müsste. Doch gewisse Versprechen lassen sich unmöglich halten. Das weißt du doch selbst, nicht wahr?

Ich stehe jetzt am Rand, am Rande eines Zusammenbruchs. Deswegen muss ich eine Weile verreisen, weg, in ein anderes Land. Es ist mir klar, dass ich dich damit traurig mache, und du glaubst vielleicht, dass ich dich verrate. Deswegen bitte ich dich: Denk nicht so. Versuche dich stattdessen an all unsere guten Zeiten zu erinnern. Danke für unsere gemeinsamen Jahre.

Sie warf das Blatt weg. Weinte. Rose saß immer noch in derselben Stellung da. Ihre kleinen Augen wurden von einer seltsamen Glut erfüllt.

»Warum weinst du?«

Ingrid konnte nicht antworten.

»Hast du es gelesen?«, fuhr Rose fort.

»Ja! Aber Rose … das hier ist nicht wahr, das weißt du. Ich kann das nicht unterschreiben, das verstehst du doch? Das käme einem …«

»Na dann.«

»Was, na dann? Er muss doch glauben, dass …«

»Willst du nicht, dass das hier aufhört? Diese gelinde gesagt anstrengende Situation, in die wir beide hineingeraten sind.«

»Doch!«, heulte sie.

»Dann ist das hier die Lösung, die für alle Beteiligten am besten ist.«

»Was meinst du?«

»Du kommst hier weg. Ehrlich gesagt, Ingrid, ist das deine einzige Chance.«

»Aber Titus … er muss doch glauben …«

»Lies jetzt den anderen Brief.«

Sie nahm ihn. Ihre Hand zitterte so sehr, dass sie sie auf der Tischplatte aufstützen musste. Der Inhalt des zweiten Briefes war in etwa derselbe. Er war an ihre Schwester gerichtet.

Liebe Maria, wenn du diesen Brief liest, bin ich schon weit weg. Ich muss eine Weile meine Ruhe haben. Ich kann nicht mehr. Ich habe beschlossen, auf unbestimmte Zeit ins Ausland zu verreisen. Mach mir keine Vorwürfe. Im Augenblick stehe ich am Rande eines Zusammenbruchs. Als Schwestern müssen wir zusammenhalten, und du hilfst mir am meisten, wenn du nicht schlecht von mir denkst. Früher oder später werden wir alle schwach.

»Der Kugelschreiber liegt im Korb«, hörte sie Rose von oben durch die Öffnung. »Unterschreib beide Briefe und versuch nicht, deine Schrift zu verstellen. Ich weiß genau, wie deine Schrift aussieht.«

Sie hielt etwas in die Höhe, ein kleines Buch mit einem herzförmigen Schloss.

»Mein Tagebuch!«

»Unterschreib jetzt. Im Korb liegen auch zwei Umschläge. Schreib ihre Namen und Adressen darauf.«

»Und wenn ich mich weigere?«

Rose zuckte mit den Achseln.

»Und wenn ich unterschreibe? Lässt du mich dann hier raus?«

»Früher oder später.«

»Jetzt, ich will jetzt hier weg.«

»Hör mal, eines muss dir klar sein. Nicht du stellst hier die Bedingungen.«

»Aber du versprichst es mir, du versprichst es mir doch?«

Rose lachte.

»Ein Versprechen ist ein Versprechen. Oder?«

»Ich soll also ins Ausland fahren?«, sagte sie tonlos. »Stellst du es dir so vor? Oder ist das nur was, was du hier in den Briefen geschrieben hast?«

»*Du* hast das geschrieben.«

»Bitte?«

»Du, liebe Ingrid, hast die Briefe geschrieben.«

»Du kannst mich nicht zwingen!«, rief sie.

»Ich mache dir ein Angebot. Noch dazu ein sehr großzügiges. Es ist ganz allein deine Entscheidung.«

»Aha. Wohin soll ich denn fahren?«

»Das findet sich. Ich besorge dir ein Flugticket. Wohin sehnst du dich denn am meisten?«

»Nach Hause«, flüsterte sie.

»Dahin kannst du nicht. Such dir ein Land aus. Ich besorge dir ein Ticket und fahre dich nach Arlanda. Ich begleite dich vielleicht sogar, damit du auch sicher ankommst.«

»Du kannst mich nicht zwingen!«, rief sie erneut.

»Du kennst die Alternative.«

»Ich kann hier nicht bleiben! Ich kann nicht. Verstehst du das denn nicht?«

»Das sage ich doch die ganze Zeit.«

»Wenn ich in dieses Land komme, egal welches, dann gehe ich sofort zur Polizei, verstehst du das denn nicht? Die Polizei in dem Land … Du kommst ins Gefängnis, das hier ist doch Kidnapping. Das ist es, nichts anderes, Entführung.«

»Das ist deine Sorge.«

»Ich finde nicht, dass das richtig durchdacht ist.«

»Aber das ist es.«

»Ich habe doch auch keine Kleider für eine Reise, keine Sachen.«

Rose lachte.

»Man braucht nicht so viel. Das gibt nur Ärger beim Einchecken. Du weißt doch, wie es heutzutage ist. Man steht stundenlang Schlange, bevor sie einen durch die Sicherheitskontrolle lassen.«

»Und der Pass? Ich habe doch keinen Pass!« Wilder Triumph erfasste sie! Aber Rose beugte sich zurück und wedelte dann mit einem dunkelroten Pass.

»Auch daran habe ich gedacht.« Sie schlug den Pass auf und hielt ihn über die Öffnung. Sie sah, wie ihr eigenes Foto sie anstarrte.

»Unterschreib jetzt. Dann haben wir es hinter uns. Ich muss arbeiten. Ich bin ohnehin schon in Verzug.«

Ingrid schüttelte den Kopf. Sie wiegte ihn hin und her.

»Nein. Das kann ich nicht. Ich liebe ihn. Ich kann ihn nicht so betrügen. Und ich weiß, dass du ihn auch geliebt hast. Vielleicht tust du das immer noch. Wie kannst du uns nur so hassen?«

Rose

Sie ließ die Luke offen stehen. Die Leiter hatte sie wieder nach oben gezogen und an die Wand gelehnt. Sie ging ins Wohnzimmer und blätterte in dem großen Korrekturstapel. Es war acht Uhr. Sie hatte die ganze Nacht Zeit.

Der Korb war wieder nach oben gekommen mit den beiden Briefen ohne Unterschrift. Das machte ihr nicht viel aus. Ingrid würde schon noch weich werden. Das wusste sie.

Als sie sich setzte, klingelte ihr Handy erneut und erinnerte sie daran, dass sie hatte zurückrufen wollen. Es war Oscar Svendsen, der sie schon früher sprechen wollte. Jetzt war er wieder dran. Er klang irgendwie mürbe. Nichts von der normalen Arroganz war übrig.

»Hallo, hier ist Oscar Svendsen von Karlbacks.«

»Ich weiß, wo Sie arbeiten.«

»Wie bitte? Natürlich. Das versteht sich.«

»Und? Haben Sie einen schweren Kopf?«

Er zwang sich zu einem Lachen.

»Wie meinen Sie das?«

»Ich habe mich gestern Abend mit Ihrer Frau unterhalten. Fabiola. Sie wirkte nicht sonderlich froh.«

Am anderen Ende blieb es einen Augenblick lang still.

»Wie geht es mit unserem Freund Ramírez?«, kam es dann, gewissermaßen als Gegenzug.

»Darüber wollte ich eigentlich gestern Abend mit Ihnen sprechen. Wenn Sie zu Hause gewesen wären.«

»Sind Sie mit der Korrektur bald fertig?«

»Es ist mir etwas dazwischengekommen. Ich musste heute in die Klinik und mich von einem Schwerkranken verabschieden. Das war schwer. Soviel kann ich Ihnen sagen.«

Sie merkte, dass sich das Gleichgewicht verschoben hatte.

»Ich verstehe. Wer …?

»Mein Exmann, Titus Bruhn.«

»Ach ja, Titus.«

»Wir sind nicht mehr verheiratet. Aber trotzdem. Wenn man sich einmal geliebt hat … im Angesicht des Todes versöhnt man sich.«

»Das klingt schön.«

»Ja. Aber der Tod ist nicht schön und das Sterben auch nicht.«

»Geht es ihm so schlecht? Ich habe natürlich gehört, dass er krank ist.«

»Ja, es geht ihm so schlecht.«

»Ich verstehe.«

»Gut. Dann verstehen Sie vielleicht auch, dass es mir heute schwer gefallen ist, Korrektur zu lesen. Deswegen hatte ich Sie heute Morgen auch angerufen, um Ihnen das zu sagen. Um Sie vorzuwarnen. Aber Sie hatten sich krank schreiben lassen.«

»Ja, ich hatte was mit dem Magen. Ich glaubte erst, es sei diese Wintergrippe, aber jetzt ist es vorbei, glücklicherweise. Die Wintergrippe ist ja fürchterlich unangenehm. Hatten Sie die schon mal? Man glaubt, man müsste …«

»Nein. In der Tat noch nie. Ich setze mich heute Nacht mit

den Korrekturen hin. Dann können Sie mir morgen früh einen Kurier schicken.«

»Nein, Sie haben auch noch den ganzen Donnerstag Zeit, Rose. Sie brauchen nicht die ganze Nacht aufbleiben, Sie müssen ja todmüde sein.«

»Sie haben doch gesagt, es sei eilig.«

»An sich ja. Am Montag soll alles in die Herstellung. Aber wenn ich es am Freitag bekomme, dann kann ich das Wochenende dazu benutzen, die Änderungen einzuarbeiten.«

Ein Sieg. Sie hatte über Oscar Svendsen einen Sieg errungen.

Sie füllte Brei in die Näpfe der Ratten. Bewachte sie, falls die neuen Männchen auftauchten, um alles in sich reinzuschlingen. Tranbär ließ sich blicken, scheu wie immer, aber hungrig. Auch Salmbär streckte seine kleine Schnauze vor. Sie hatte geglaubt, Salmbär nie mehr wiederzusehen. Sie hinkte auf drei Pfoten heran, die vierte war verkümmert und unbrauchbar.

»Aber meine Kleine, dass du es geschafft hast!«, sagte sie leise. »Ich dachte, du seist tot. Genau wie deine fette Mama. Komm jetzt zum Napf, dann kriegst du dein Fressen. Wirklich schlimm, wie mager und zerzaust du aussiehst.«

Es war, als verstünden sie ihre Worte. In kürzester Zeit leckten sie die Näpfe leer. Sie stand auf, um Brei nachzufüllen, aber da verschwanden sie unter der Bank. Von den neuen, fremden Ratten war keine Spur zu sehen. Sie hoffte, dass sie den Weg ins Freie gefunden und beschlossen hatten, dort zu bleiben. Dass sie irgendwie spürten, was ihrem Bruder und Kumpan zugestoßen war.

Sie konnte Ingrid unten auf dem Bett als dunklen und zusammengekauerten Schatten ausmachen.

»Hast du Hunger?«, rief Rose.

Ein wimmerndes Gemurmel zur Antwort.

»Ich schicke dir einen Brei in Folie nach unten, wenn du unterschreibst.«

Sie selbst war nicht im Geringsten hungrig. Sie erinnerte sich an die Zigaretten. Schüttelte eine aus der Schachtel und zündete sie an. Inhalierte ein paarmal tief. Der Schwindel erfasste sie sofort, und es kribbelte in Händen und Füßen. Sie hatte dieses Gefühl vergessen. Dass das Nikotin so stark war. Jeden Morgen, wenn sie sich die erste Zigarette angezündet hatte, hatte sie derselbe Schwindel ergriffen. Vor fünfzehn Jahren hatte sie aufgehört.

Sie inhalierte erneut und blies einen Rauchring an die Decke. Las ein paar Seiten Ramírez, fand keine Fehler.

»Barcelona!«, rief sie Richtung Luke und sprach es mit einem übertriebenen Lispeln aus. »I know nothing, I am from Barcelona.«

Keine Reaktion.

»Hat er dich auch dahin mitgenommen? Seid ihr Hand in Hand die Ramblas entlangflaniert? Seid ihr die lustigen Treppen im Güellpark hochgegangen? Vielleicht willst du ja jetzt dorthin fahren? Um in Erinnerungen zu schwelgen? Dort kennst du dich doch aus. Ich habe ein altes Flugticket gefunden und wusste, dass du dort gewesen bist. Du kannst dir aber auch etwas anderes aussuchen. Du musst dich einfach entscheiden, die Welt ist groß.«

Ingrid bewegte sich dort unten. Sie stöhnte und jammerte.

»Bist du bereit zum Unterschreiben?«

Jetzt schlurfte sie zum Loch.

»Wie kannst du …?«

»Was sagst du?«

»Wie kann ein Mensch so eiskalt und grausam sein?«

»Was meinst du? Sprichst du von mir?«

»Du bist doch Mutter! Eine Frau, die ein Kind zur Welt gebracht hat …«

»Was hat das mit der Sache zu tun?«

»Weißt du, dass er deinen Jungen mag? Titus mag deinen Tomas sehr.«

Rose drückte die Zigarette aus. Sie hinterließ einen bitteren und öligen Geschmack im Mund.

»Er spricht oft von Tomas, dass er so intelligent ist. Ein ungeheuer begabter Junge, sagt er immer. Er hat ihm sogar einmal eine Gitarre gekauft.«

»Das weiß ich.«

»Ein Sohn, auf den du stolz sein kannst. Du musst stolz darauf sein, Mutter eines Burschen wie Tomas zu sein. Und er muss schließlich auch stolz auf seine Mutter sein dürfen.«

»Worauf willst du hinaus?«

Ingrid senkte die Stimme.

»Es war so lange still. Ich will nur reden.«

»Zieh meinen Sohn da nicht rein.«

»Wo ist er?«

»Ich sagte, zieh meinen Sohn da nicht rein!«

»Entschuldigung.«

Sie las ein paar Seiten. Fragte dann:

»Du hast keine Kinder? Oder?«

Ingrid stand immer noch im Licht.

»Das hat sich einfach nicht ergeben.«

»Und warum nicht?«

»Ich war wohl nicht dafür geschaffen.«

»Du hast doch gute Voraussetzungen für, wie soll man das sagen, das Kinderkriegen. Breite Hüften und so.«

»Das allein reicht nicht.«

»Ich war eigentlich zu schmal. Mein Becken ist zu eng. Aber es ging trotzdem gut.«

»Darüber solltest du dich freuen. Ich habe über meine Kinderlosigkeit getrauert. Das war der größte Kummer meines Lebens.«

»Kinder sind nicht alles.«

»Ich hatte mir so viele Lieder gemerkt. Seit der Zeit, als ich selbst noch klein war. Ich hätte sie meinen eigenen Kindern vorsingen wollen. Und Märchen. Elsa Beskow, du weißt schon.«

»Hatte es medizinische Ursachen? Hast du dich untersuchen lassen?«

»Nein.«

»Warum nicht?«

»Es kam nie dazu.«

»Du hattest doch wohl auch noch andere Männer? Titus kann ja kaum der erste gewesen sein?«

»Nicht alle Männer eignen sich als Väter. Das müsstest du doch eigentlich wissen.«

Sie hätte wütend werden sollen. Stattdessen lachte sie. Sie war innerlich weich und nachgiebig.

»Da hast du Recht. Möchtest du nicht unterschreiben?«

»Das geht nicht. Ich kann nicht.«

»Das entscheidest du selbst.«

»Bitte, versteh doch, dass diese Situation unhaltbar ist.«

»Ist sie das?«

Ingrid hatte ruhig und gefasst gesprochen. Ziemlich lange sogar. Jetzt weinte sie wieder.

»Was glaubst du, wird Titus denken, wenn er das alles erfährt? Verstehst du nicht, er wird dich verachten, dich dafür hassen. Dich hassen! Willst du nicht, dass er sich das Bild von dir bewahrt, das er in seinem Herzen trägt? Er mag dich. Rose, er verehrt dich und irgendwo … glaube ich, liebt er dich auch. Es tut ihm fürchterlich leid, dass er dir weh getan hat, es tut uns beiden leid, das habe ich schon gesagt, wie oft muss ich es noch sagen, ich liege dir ja hier förmlich zu Füßen, ich krieche im Staub, verzeih uns, verzeih uns, es war nie unsere Absicht, dir weh zu tun …«

Rose zündete sich eine weitere Zigarette an, obwohl sie es eigentlich nicht wollte. Die Hand mit dem Streichholz zitterte.

»Aber du merkst es doch selbst«, sagte sie kurz. »Du bist mit den Nerven fertig, du kannst nicht mehr, oder?«

Sie saß eine Weile da und las. Eine Seite Korrektur nach der anderen. Goss sich noch einen Campari ein, trank. Titus hatte Eiswürfel in ihre Drinks getan. Einmal hatte er einen Eiswürfel um ihre Brustwarze gleiten lassen und auf ihren nackten Bauch. Die Tropfen waren in ihren Nabel gelaufen, und sie hatte nach Luft geschnappt. Sie hatten sich den Film »9½ Wochen« angesehen, in dem Mickey Rourke mit einem Eiswürfel auf Kim Basingers nacktem Körper spielt. Sie hatte einen Kloß im Hals, als sie daran dachte. Stand auf, ging ans Fenster. Die Finger auf ihren Schoß gepresst. Erneut lag sie auf dem schaukelnden Wasserbett, und sein Gesicht kam ihr nahe. Seine Arme und sein Geruch. Er zog sie zu sich, nackt, strich ihr über den Rücken, über den Po.

Da. Ein Schrei. Ein wilder, entsetzter Schrei aus dem Keller. Ein Schrei wie von Sinnen. Ein Brüllen.

»Rose! Rose! Komm!«

Ingrid

Lange hatte sie geglaubt, zu Rose vorgedrungen zu sein, in ihr tiefstes Dunkel. Dass man mit ihr reden konnte. Sie beeinflussen.

Sie hatte sich geirrt.

Sie schleppte sich zurück zum Bett. Die Luke war offen, noch hatte Rose sie nicht geschlossen, und das war dann doch irgendwie positiv. Auch, dass sie dieses Gespräch hatten führen können. Sie lag da und saugte das Licht in sich auf. Wenn sie jemals hier wegkam, würde sie sich nie mehr der Dunkelheit aussetzen, nie mehr! Selbst schlafen würde sie bei Licht. Scheinwerfer! Sie erinnerte sich an die weißen Lichträume, die sie einmal am Sergels Torg aufgebaut hatten. Eine Viertelstunde in so einem Raum beeinflusste angeblich den Hormonhaushalt und half gegen Depressionen. An einem Dezembertag hatte sie sich in einen dieser Räume gesetzt und sich von der totalen Reinheit umfangen lassen. Wie in einem Raum aus Schnee, aber warm. Und ganz richtig war ihr anschließend etwas leichter ums Herz. Vielleicht war das aber auch nur Einbildung gewesen.

Es roch nach Zigaretten. Titus war Raucher gewesen, als sie sich kennengelernt hatten. Er hatte mindestens eine Schachtel am Tag geraucht. Sie selbst hatte schon viel früher aufgehört, und schließlich auch ihn dazu bewogen aufzuhören. Sie hatte fürchterliche Angst davor gehabt, dass er ihr genommen werden könnte, dass er Lungenkrebs bekommen und sterben würde.

Weißt du, dass Rauchen lebensgefährlich ist, Rose?

Nein, das sagte sie nicht.

Weißt du, dass eine meiner Nachbarinnen damals im Ringvägen wie ein Schlot geraucht hat? Sie hatte mit vierzehn angefangen. Am Tag nach ihrem sechzigsten Geburtstag fanden sie einen Tumor in ihrer Lunge. Er war haselnussgroß. Das klingt vielleicht nicht nach viel, ist es aber in solchen Zusammenhängen. Ich traf sie immer im Treppenhaus, wenn sie auf den Krankentransport wartete. Sie versuchten es mit Bestrahlung. Jetzt ist sie tot. Ich war auf ihrer Beerdigung in der Kirche in Bromma. Warst du da mal? Sie ist uralt, ich glaube, aus dem 12. Jahrhundert. Eine sogenannte Rundkirche, damals haben sie die Kirchen so gebaut. Es gibt hier in der Gegend noch mehr davon, in Solna und auf Munsö, glaube ich.

Drauflosreden, ein schweigender Monolog, aber nie verebbend. Alles kam ihr in den Sinn. Rose anrufen, einen Dialog in Gang bringen. Nein, gefährlich, gefährlich, das konnte vollkommen schiefgehen. Deckel zu für immer und dann die fürchterliche Dunkelheit, nein!

Aber wenn sie es gewagt hätte:

Erzähl von dir, Rose. Deine Mutter und dein Vater, wer sind sie, leben sie noch, seid ihr aus Stockholm? Wie war es bei dir zu Hause, gab es dort Liebe, Respekt und Wärme? Weißt du, dass ich aus Småland stamme, das hört man vielleicht, aber ich habe mir wirklich alle Mühe gegeben, meinen Dialekt abzulegen, den Jönköpinger Dialekt, der klingt manchmal etwas ländlich. Aber in letzter Zeit habe ich beinahe angefangen, ihn zu mögen. Irgendwie gibt er mir Geborgenheit, er ist wie zu Hause. Sprichst du irgendeinen Dialekt? Darüber habe ich noch nie nachgedacht. Sprich doch etwas mit mir, damit ich noch einmal darauf achtgeben kann. Sitz nicht so weit von mir weg, ich kann nicht mehr allein sein. Bitte, kannst du nicht raus in die Küche kommen. Arbeitest du? Was machst du? Korrekturlesen? Kann man davon leben? Du arbeitest ja nicht mehr für Bruhns, aber ich weiß, dass Annie und du … Sie ist nett, Annie, ich mag sie, ich mag Annie sogar sehr. Es ist schön, dass sie wieder fröhlicher geworden ist. Sie war so lange traurig. Man konnte es ihr richtig ansehen, wie gebrochen und fertig sie war, nachdem diese Berit verschwunden war. Ihre Kollegin. Bist du ihr je begegnet? Ich meine, Berit. Berit Assarsson. Du musst sie doch getroffen haben. Wie war sie denn? Das ist jetzt lange her. Wie lange etwa? Zehn Jahre? Stell dir vor, dass es dann zu guter Letzt doch eine Erklärung gab. Sie haben sie gefunden und herausgefunden, was geschehen war. Und jetzt bin ich diejenige, die verschwunden ist.

Würde es ihr genauso ergehen? Dass man sie nicht fand. Oder erst in sechs Jahren, wenn jemand zufällig die Klappe öffnete. Nein, Ingrid, jetzt bist du wieder destruktiv, denk positiv, du weißt, dass Titus sonst wütend wird, er will, dass du positiv denkst, negative Gedanken erzeugen keine Kraft. Du sollst denken, dass du fähig bist, dass nichts auf der Welt unmöglich ist.

Plötzlich packte sie wieder die Wut. Titus. An allem war Titus schuld. Hätte er sie nicht gezwungen hierher zu fahren, dann wäre sie jetzt zu Hause. Oder bei ihm in der Klinik. Er hätte sie dann jetzt neben sich, sie wäre bei ihm, eine Frau sollte bei ihrem Mann sein. In guten wie in schlechten Zeiten. Er bräuchte nicht daliegen und sich den Kopf zu zerbrechen, wohin sie verschwunden war. Er hätte ahnen müssen, dass alles zusammenstürzen könnte. Er sollte sie gut genug kennen. Rose.

Schwarze Flecken tauchten vor ihren Augen auf. Ihr Herz begann zu rasen, war das jetzt nicht so ein Herzflimmern wie bei Marias Schwiegermutter? Ihr Zorn verebbte und wurde von einer durchdringenden Angst abgelöst.

Sprich mit mir, Rose. Sprich. Ich muss das Geräusch einer Stimme hören. Irgendwas mit meinem Herz stimmt nicht, es schlägt ungleichmäßig, und wenn ich jetzt sterbe? Ich habe Angst, Rose. Sprich mit mir. Sprich von den Briefen, wenn du unbedingt musst. Ich will einfach nur deine Stimme hören.

Wenn sie jetzt unterschrieb? Was würde dann passieren? Würde Rose sie wirklich rauslassen? Früher oder später, hatte sie gesagt. Was meinte sie damit? Wo war der Haken, was stimmte nicht? Ihr musste doch klar sein, dass Ingrid alles erzählen würde, sobald sich die geringste Gelegenheit bot. Trotz aller Schwüre und Beteuerungen.

Als sie diesen Gedanken dachte, begann sie zu frieren.

Eigentlich hätte sie hungrig sein sollen, war es aber nicht. Wenn sie hier wegkam. Dann hatte sie abgenommen. Sie musste unfreiwillig lachen. Alle diese sinnlosen Diäten im Laufe der Jahre. GI-Methode. Brigitte-Diät. Vier Tage nur Suppe essen, eine Diätsuppe, die zu Blähungen führte und den Bauch anschwellen ließ. Nichts hatte geholfen. Sie sah die Blicke seiner Töchter, angeekelt von dem Fett um ihre Taille. Das Fett. Eines Tages würden sie selbst rundlicher werden, alle nahmen zu, wenn sie älter wurden. Aber das glaubten sie nicht, man weiß so wenig, wenn man jung ist.

Rose nahm nicht zu. Sie war sehnig wie eine Hexe.

Sie war heute bei ihm. Und er lebte, lebte. Die Mädchen saßen jetzt sicher bei ihm. Sie schaute auf die Uhr, Viertel vor neun. War es Abend? Ja, so musste es sein. Dann waren sie natürlich nach Hause gegangen. Und er? Allein und verängstigt. Seine fiebrigen Finger versuchen zu klingeln, die quälende Unruhe, die schließlich in Fassungslosigkeit übergehen würde. Wenn er den Brief öffnete und las.

Sie schloss die Augen und versuchte sich ihn vorzustellen. Den feinen grauen Anzug, den er zu feierlichen Anlässen trug. Beispielsweise zu ihrer Hochzeit. Darunter ein weißes, kurzärmeliges Hemd, sie steckte immer einen Finger unter das Armband seiner Uhr und liebkoste die weiche Haut. Das Bild wurde undeutlicher, löste sich auf und verschwand. Sie konnte nicht mehr liegen. Es fiel ihr schwer, eine Stellung zu finden, die ihren Arm schonte. Die Schmerzen wurden schlimmer, wenn sie lag. Am leichtesten war es, wenn sie einfach dastand.

Das Licht fiel auf sie. Das Herz hatte sich wieder beruhigt. Als sie den Atem anhielt, hörte sie das leise Rascheln von Papier, das umgeblättert wurde. Rose arbeitete.

Das will ich nicht, ich will, dass du in der Küche bist, sodass wir uns unterhalten können.

»Rose«, flüsterte sie. »Bitte, liebe Rose, komm in die Küche.«

Da war plötzlich etwas bei ihren Füßen. Etwas Lebendiges. Sie spürte etwas Weiches und sah einen Schwanz. Entsetzen wie weiße Blitze. Sie stampfte mit dem Fuß auf und bewegte dann rasch die Beine. Sie öffnete den Mund und schrie.

Rose

Ingrid stand an den Toilettenschrank gedrückt. Auf Zehenspitzen mit weit geöffnetem Mund und wild umherirrendem Blick. Der Schrei hatte Rose Furcht eingeflößt. Sie überrascht und verängstigt. Jetzt stand sie an der Luke und wusste Bescheid. Die Mafiosoratte. Sie war zurück. Mit gefletschten Zähnen und hochaufgerichtet näherte sie sich Ingrid. Der dicke Schwanz klopfte auf den Boden.

Rose riss die Leiter an sich und schob sie durch das Loch. Sie zog die Schublade mit den Messern heraus und schnappte sich das Vorlegemesser. Als sie unten ankam, war die Ratte verschwunden.

»Wo ist sie hin?«, keuchte sie.

Ingrid starrte nur.

»Mensch, hast du sie nicht gesehen, wo ist sie hin?«

Die Frau hob die Hand und deutete stumm zum Bett. Und dort, auf Ingrids grüner Jacke, saß das große Rattenmännchen sprungbereit. Ein Schauer durchfuhr sie. Sie bewegte sich langsam auf das Bett zu. Die Ratte beobachtete sie, unbeweglich. Aus ihrer Kehle kam ein Fauchen.

Sie umklammerte das Messer fester und hob es. Als ihre Knie die Bettkante berührten, stieß sie zu. Blitzschnell, aber nicht schnell genug. Das Tier warf sich zur Seite und entkam.

Sie hörte die Krallen auf dem Boden. Das Messer hatte Ingrids Jacke durchstoßen. Sie zog es heraus. Drehte sich um. Die Ratte war wieder bei Ingrid, die leise jammerte, ein schwacher und gedehnter Ton wie von einer gespannten Nylonsaite. Rose machte ein paar schnelle Schritte, stach mit dem Messer, verfehlte sie wieder. Ihr brach der Schweiß in den Achselhöhlen aus, der Zigarettengeschmack am Gaumen wurde stärker. Hier unten war es richtig dunkel, nur direkt unter der Luke herrschte Helligkeit. Sie wusste, dass die Ratte in den Hohlraum zwischen Toilettenschrank und Wand gekrochen war. Sie hörte sie. Sie klang allmählich gehetzt, stieß kleine, schmatzende, metallische Laute aus, die nicht von etwas Lebendigem, sondern von einer Maschine herzurühren schienen.

Als sie näherkam, konnte sie die Ratte als dunkle Erhebung auf dem Boden ahnen. Eigentlich benötigte sie mehr Licht zum Zielen. Jetzt musste sie auf gut Glück zustoßen. Aber als sie das Messer erneut hob, griff die Bestie an. Geschmeidig sprang sie sie an und verbiss sich in ihrem Handgelenk. Sie ließ das Messer fallen. Der Schmerz lähmte sie. Blut floss ihre Hand herunter, die Ratte musste ihre Pulsader getroffen haben. Außer sich schüttelte sie den ganzen Arm, bis die Ratte den Halt verlor und auf die Leiter geschleudert wurde. Dort blieb sie betäubt liegen. Stöhnend beugte sie sich vor und packte den Messergriff. Dann hieb sie mit dem Messer immer wieder auf die Ratte ein. Die Ratte drehte sich auf den Rücken und sank in sich zusammen. Mit geöffnetem, wie zu einem Grinsen verzogenem Maul lag sie da. Dann schlug sie noch ein paarmal mit dem Schwanz und war tot.

Rose kletterte nach oben. Das Blut lief ihr in Strömen das Handgelenk herunter, aber als sie die Wunde untersuchte, sah sie, dass sie nicht so tief war wie befürchtet. Ihr wurde schwarz vor Augen, und sie saß, den Kopf zwischen die Knie gesenkt da, bis es vorüber war. Lange hielt sie dann ihr Handgelenk unter kaltes Wasser und suchte eine Mullbinde hervor. Es gelang ihr, sich selbst zu verbinden.

Ingrid stand immer noch unansprechbar an derselben Stelle. Ihre Schultern bebten. Rose schnappte sich eine Plastiktüte und eine Rolle Küchenkrepp. Sie kletterte wieder nach unten.

»Endlich haben wir ihn erwischt!«

Keine Antwort.

»Ich bin schon lange hinter diesem Monster her. Es ist ein Männchen. Er hat hier nichts zu suchen. Er macht nur für die anderen alles kaputt.«

Sie riss ein Stück Küchenkrepp ab und hob die Ratte am Schwanz hoch. Sie war schwer. Ungewöhnlich schwer für ein Männchen. Das Blut sickerte über die Pfoten und in die Schnauze.

»Schau mal! Hast du jemals so eine riesige Ratte gesehen? Die ist fast rekordverdächtig. Eigentlich müssten wir ein Foto von ihr machen und es an das Buch der Rekorde schicken.«

Ingrid starrte sie mit leeren Augen an.

»Ich verstehe, dass du Angst bekommen hast«, sagte Rose. »So aggressiv sind sie normalerweise nicht. Aber der hier … er war schon etwas Besonderes. Ich habe ihn Mafioso getauft. Ich habe schon früher mit ihm gekämpft, aber er hat immer gewonnen.«

Sie öffnete die Plastiktüte und ließ den großen Kadaver darin verschwinden. Der Boden war blutig. Sie riss etwas Küchenkrepp ab und versuchte, das Blut wegzuwischen. Das war schwer. Es war in die Perforierung gedrungen.

Ingrid stand immer noch wie versteinert da. Rose trat auf sie zu und berührte ihre Schulter. Die Frau zuckte zusammen, als hätte sie der Schlag getroffen.

»Du, jetzt ist es vorbei. Ich geh rauf und werfe diese Tüte weg. Ich glaube nicht, dass es noch weitere so bösartige Exemplare gibt. Du brauchst keine Angst zu haben.«

Sie zog die Leiter hoch, ließ die Luke aber offen. Ging zur Mülltonne hinaus und warf die Tüte weg. Keine Gefahr, dass es anfangen würde zu stinken. Morgen war Donnerstag. Dann würde die Müllabfuhr kommen und leeren.

Es regnete. Sie ließ die Tropfen über das Gesicht laufen. Plötzlich war sie müde. Bis tief in die Seele hinein.

Ingrid war ins Licht getreten, als sie zurückkam. Sie stand da und hielt sich an einem Stuhl fest. Das Gesicht war straff, gewissermaßen gealtert, der Blick flackerte. Als fürchte sie, jederzeit wieder eine neue große Ratte zu erblicken.

So etwas wie Zärtlichkeit stieg in ihr auf.

»Wie geht es dir?«, fragte sie milde.

»Ich will unter… unterschreiben …«

»Die Briefe?«

»Ja.«

»Hast du dich entschieden?«

»Ja.«

»Das regeln wir.«

Sie nahm den Korb und wollte ihn gerade wieder herunterlassen. Da entdeckte sie, dass Blut durch den Verband gedrungen war.

»Zuerst müsstest du mir aber behilflich sein«, sagte sie.

Sie holte die Mullbinde und eine Schere. Dann stellte sie die Campariflasche und zwei Gläser in den Korb. Sie kletterte nach unten.

»Hoffentlich verträgst du den Anblick von Blut«, sagte sie.

Nebeneinander saßen sie auf dem Bett. Rose hielt Ingrids Jacke hoch. Vorne ein kräftiger Riss, aus dem das helle Futter quoll.

»Die kannst du nicht mehr benutzen.«

Ingrid schien sie nicht zu hören. Mit eiskalten Fingern hob sie Roses verletzte Hand hoch und legte sie in ihren Schoß. Ihre kräftigen Schenkel zitterten.

»Wir müssen es zusammen machen«, sagte sie mit monotoner Stimme. »Ich kann nur eine Hand verwenden.«

»Dann sitzen wir ja im selben Boot.«

Gemeinsam wickelten sie den Verband ab. Ingrid faltete ihn zusammen und tupfte vorsichtig um die Wunde herum.

»Tut es weh?«

»Geht schon.«

»Du brauchst eine Tetanusspritze.«

»Da kümmere ich mich drum. Ich gehe morgen nach Tallhöjden, dort gibt es ein gutes Ärztehaus.«

Sie betrachtete den Abdruck der Rattenzähne, aus denen die ganze Zeit Blut sickerte.

»Ich hatte trotzdem noch Glück, schau mal. Er hat die Schlagader nur um wenige Millimeter verfehlt.«

Ingrid beugte sich vor.

»Ja«, flüsterte sie.

Rose reichte ihr die Mullbinde und saß mit der Schere bereit. Gemeinsam brachten sie einen halbwegs stabilen Verband zustande. Sie lächelte Ingrid an, nickte.

»Hast du nie erwogen, in der Krankenpflege zu arbeiten?«, sagte sie munter. »Danke für die Hilfe.«

Anschließend zog sie die beiden Briefe und Umschläge hervor.

Ingrid saß mit dem Kugelschreiber in der Hand da. Ein Werbegeschenk des Karlback Förlags. Sie ließ die Spitze herausklicken. Immer wieder. Rose sah sie an.

»Ich halte dir die Bögen, damit sie nicht wegrutschen.«

»Das wird nicht so schön«, murmelte Ingrid.

»Schreib, wie du immer schreibst.«

»Das kann ich nicht. Ich schreibe mit links.«

»Was ist denn mit deinem Arm passiert? Er sieht seltsam aus.«

»Gebrochen.«

»Ach.«

»Ich habe ihn gebrochen, als ich hier runtergefallen bin.«

»Tut es weh?«

»Ja.«

»Ich kann dir anschließend eine Schmerztablette geben. Aber unterschreib zuerst.«

Sie sah, dass die Frau den Kugelscheiber umklammert hielt und etwas Unleserliches auf das Papier krakelte. Sie musste den Impuls unterdrücken, sie zu schlagen.

»Das kommt nicht in Frage!«, sagte sie. »Das ist nicht deine Handschrift.« Sie drehte das Papier um, den Text nach unten.

»Übe!«, befahl sie.

Erneut dieses unleserliche Gekrakel. Rose erhob sich.

»Ich geh hoch und arbeite ein wenig. Du kannst üben, bis es leserlich ist. Bis es so aussieht wie immer. Ruf mich, wenn du fertig bist, dann drucke ich dir den Text noch mal aus.«

Ingrid

Wieder hatte sie versagt. Rose ließ sich nicht überlisten. Sie hatte versucht so zu tun, als sei sie Linkshänderin. Sie hatte gedacht, dass Maria, zumindest Maria, sofort sehen würde, dass mit der Unterschrift etwas nicht stimmte. Dass sie mit dem Brief zur Polizei gehen würde und dass sie endlich anfingen nach ihr zu suchen.

Jetzt gab es keinen Ausweg mehr. Sie nahm den Kugelschreiber und unterschrieb beide Briefe. Schnell. Ehe sie es noch bereuen konnte. *Ingrid*. Etwas nach links geneigt, so wie sie seit ihrer Schulzeit immer geschrieben hatte. Titus hatte sie deswegen ausgelacht.

»Das ist eine Kinderschrift, wie von einer Zwölfjährigen.«

Alle ihre Tagebücher waren in dieser kindischen Zwölfjährigenhandschrift geschrieben. Eines von ihnen, das neueste, lag oben bei Rose. Sie konnte es aufschlagen, darin blättern und ihre innersten Geheimnisse lesen.

Das war ihr egal. Ihr war inzwischen alles egal.

Sie nahm die Umschläge, die schönen Umschläge, die sie von Titus zum Geburtstag bekommen hatte. Schönes Leinenpapier, ihr Name und ihre Adresse auf der Rückseite. Sie schrieb seinen Namen. Titus Bruhn. Dann die Adresse.

Als sie Marias Adresse schreiben wollte, fiel ihr die Postleitzahl nicht ein. Die Hausnummer wusste sie. Aber nicht die Postleitzahl.

Sie rief Rose.

»Wie geht es?«, hörte sie.

»Ich weiß die Postleitzahl meiner Schwester nicht.«

»In welcher Straße wohnt sie?«

»Ugglevägen 18 in Hässelby.«

»Ich schau im Internet nach.«

Nach einer Weile:

»Wie heißt sie mit Nachnamen?«

»Strandberg.«

»Maria Strandberg. Hier habe ich es. 165 70.«

Rose war wieder zu ihr nach unten gekommen. Sie legte ein Tuch auf den Tisch und stellte zwei kleine Gläser und eine geöffnete Flasche Campari darauf. Im Korb lag auch ein Teller Grießbrei mit einem Schuss Milch.

»Ich kann mir vorstellen, dass du Hunger hast.«

»Ein wenig.«

»Willst du auch Zimt?«

»Ja, danke …«

»Und Zucker?«

»Danke.«

Auf dem Tisch lag ein Löffel. Sie wollte die Hand danach ausstrecken, was ihr aber nicht gelang. Sie gehorchte ihr nicht.

»Warte, ich helfe dir.«

Rose steckte den Löffel erst in den Brei und führte ihn dann zu ihrem Mund. Sie hatte den Brei gewärmt. Ingrid öffnete den Mund weit und schluckte dann. Der Brei war würzig und warm und schmeckte ganz anders als kalt aus der Folie. Trotzdem wurde ihr nach drei Löffeln übel. Rose wischte ihr das Kinn ab, wie man es bei sehr kleinen Kindern tut. Sie legte den Kopf zur Seite.

»Du musst essen, das verstehst du doch.«

»Mir ist übel.«

»Trink einen Schluck Campari. Wir wollten doch anstoßen. Das machen wir jetzt.«

Das hochprozentige Getränk füllte ihren Mund. Ihre Zunge kam ihr gegerbt vor. Sie schluckte und verschluckte sich. Rose klopfte ihr vorsichtig zwischen die Schulterblätter.

»Er müsste uns jetzt sehen«, sagte sie. »Er müsste sehen, wie wir auf sein Wohl trinken.«

Ingrid hob ihr Glas und trank auch noch den Rest. Es war klebrig und lief ihr das Kinn herunter.

»Darf ich jetzt gehen?«, fragte sie. »Du hast es versprochen.«

Rose schaute zur Lukenöffnung hinauf. Sie summte eine Melodie. Ingrid kannte sie. Ein Kinderlied über eine Schnecke. Es gehörte zu denen, die sie sich für ihre eigenen Kinder gemerkt hatte. *Kleine Schnecke, pass du auf, sonst packe ich dich.*

»Du hast gesagt, ich dürfte gehen!«, krächzte sie.

»Ich habe gesagt, du dürftest reisen«, korrigierte Rose. »Aber ich habe noch kein Ticket gekauft. Und du hast nicht gesagt, wo du hinfahren möchtest. Bevor du das nicht getan hast, kann ich auch kein Ticket kaufen. Das musst du doch verstehen.«

Sie warf sich in ihrem Stuhl zurück. Alles schien zu kreisen. Die Öffnung in der Decke rotierte, verwandelte sich von einem Rechteck in einen Kreis.

»Ich habe unterschrieben, wie du das wolltest«, hörte sie ihre eigene Stimme, sie war irgendwie außerhalb von ihr.

»Das war klug von dir.«

»Es war schwer«, jammerte sie.

»Aber du hast es geschafft. Niemand wird sehen, dass du sonst nicht mit dieser Hand schreibst.«

»Ich will nicht hier unten sein.« Jetzt kamen ihr wieder die Tränen, diese verdammten, verhassten Tränen. »Ich kann nicht mehr, bitte, ich habe Angst, ich kann nicht mehr allein sein. Ich kann doch bei dir sein, bitte, bitte, Rose, ich kann doch …«

Rose erhob sich. Sie stellte sich hinter sie und umarmte sie. Strich ihr über den Kopf. Die Tränen liefen in den Verband. Das Weinen veränderte sich, wurde eine andere Art Weinen. Ruhig und reinigend, ein Weinen, das sich trösten ließ und das getröstet wurde.

»Du bist so lieb. Du bist so lieb zu mir … obwohl ich es nicht verdient habe …«

Rose hielt ihren Kopf auf ihrem Schoß.

»Weißt du, wie spät es ist?«, sagte sie leise. »Halb elf. Geh jetzt zum Bett und leg dich hin. Ich decke dich zu.«

»Nein, ich will nicht, ich will nicht.«

»Du tust, was ich sage, Ingrid. Alles wird gut, so gut.«

Und sie tat es. Wie eine Schlafwandlerin stand sie auf und schwankte zum Bett. Rose hatte ihre Jacke über einen Stuhl gehängt. Sie sah den klaffenden Schnitt. Sie legte sich auf die Seite, den gebrochenen Arm vor sich, um ihn vor heftigen Bewegungen schützen zu können. Rose deckte sie mit der Decke zu.

»Schlaf heute Nacht gut«, sagte sie. »Ich werde arbeiten.«

Ingrid hörte sie, wie sie zur Luke hochkletterte. Sie war sich vage bewusst, dass die Leiter hochgezogen wurde und dass es um sie herum wieder dunkel wurde.

Vierter Teil

Die Kinder

Die Mädchen

Der Brief lag hinter der Tür. Er war auf die Zeitungen und auf ein paar Rechnungen gefallen. Jennifer hob ihn hoch. Die Schrift kam ihr entfernt bekannt vor. Wer schrieb noch gleich so? Richtig, Ingrid. Nur sie. Die Weihnachtskarte, die sie immer von ihr bekamen, mit ihrer beknackten nach links geneigten Handschrift. Sie drehte den Umschlag um und ganz richtig, Ingrids Name und Adresse. Warum schickte sie Titus einen Brief? Sie wusste doch, dass er nicht zu Hause war? Stimmte es also doch, was Rose angedeutet hatte? Dass die Schlampe abgehauen war? Waren sie sie jetzt endgültig losgeworden? Sie liebte dieses altmodische Wort, Schlampe. Das war so klebrig und unbehaglich. Genau wie sie. Ingrid.

Sie hob auf, was eingetroffen war, die Zeitungen *Dagens Nyheter* und *Svenska Dagbladet* einiger Tage sowie die Umschläge, die vermutlich Rechnungen enthielten. Wer würde sie jetzt bezahlen?, kam ihr in den Sinn. Ihr Vater hatte nicht die Kraft. Trotzdem hatte er sie gebeten, die Post zu holen und in die Klinik mitzubringen.

»Es könnte etwas Wichtiges dabei sein«, hatte er geflüstert und sie so fest bei der Hand gepackt, dass es fast weh getan hatte.

Nichts ist mehr wichtig, kleiner Papa, hatte sie gedacht. Nur dass du gesund wirst. Aber das stimmte nicht ganz. Rechnungen waren wichtig und mussten rechtzeitig bezahlt werden. Sonst gab es Ärger.

Konnte man irgendwo anrufen, bei irgendeiner Bank oder so, und um Stundung bitten? Bis der Rechnungsempfänger wieder gesund war? Gab es dafür eine zentrale Stelle? Sie wusste es nicht. Sie konnte immer noch ihre Mutter fragen.

Titus' Zustand hatte sich am Donnerstag verschlechtert. Jennifer und Julia hatten abwechselnd an seinem Bett gesessen. Es war einfacher, wenn sie zu zweit waren. Aber sie waren zu dem Schluss gekommen, dass sie ihre Kräfte schonen mussten. Wenn die eine wachte, sollte die andere nach Hause gehen und ausruhen. Jennifer verabscheute Krankenhäuser. Sie bekam Panik, wenn sie das winzige Zimmer betrat und zu dem Bett mit dem Mann kam, der ihr Vater war. Sobald sich seine Atmung veränderte, klingelte sie. Schließlich wurde sie von einer Schwester zurechtgewiesen.

»Wir können nicht wegen jedem kleinen Keuchen angelaufen kommen. Wir haben noch andere Patienten außer Ihrem Vater. Sie sind erwachsen genug, um das zu begreifen.«

Jennifer errötete. Das war die neue, harte Schwester, Mariana. *Marijuana. Fucking beast.*

Julia schien cooler zu sein. Sie hatte viel geweint, aber jetzt schien sie es zu akzeptieren.

»Wir müssen uns vielleicht für die Trauer wappnen«, sagte sie feierlich, als sie Jennifer am Freitagmorgen ablöste. »Wir sehen ja, dass es ihm schlechter geht, oder? Der Glanz in seinen guten Augen ist erloschen.« Sie hatte begonnen, sich anders auszudrücken, poetischer, in Metaphern und mit seltsamen Worten. Jennifer vermutete, dass das mit ihrem Literaturstudium zusammenhing. Julia schien ein plötzliches Faible für die römischen Dichter entwickelt zu haben, für Catull und Horaz und wie auch immer sie hießen.

Ihr ganzer Körper schmerzte. Acht lange Stunden hatte sie bei ihrem Vater gesessen, von elf Uhr abends bis sieben Uhr. Sie hatte den Sessel an sein Bett geschoben und war irgendwann zwischen drei und vier Uhr in einen kurzen, traumlosen Schlummer gefallen. Es war der unbequemste Sessel gewesen, in dem sie je gesessen hatte. Sie hatte die Füße auf das Bett gelegt und seine fieberheißen Beine gespürt. Sie hatte Fruchtjoghurt und einen Sportdrink dabeigehabt, aber ihr war der Appetit vergangen, als sie die ganzen Schläuche gesehen hatte, die ihren Vater am Leben hielten.

»Er hat jedenfalls gut geschlafen«, sagte sie.

Ihre Schwester betrachtete sie.

»Du siehst ganz schön geschafft aus, Jennie. Farbloser und bleicher als das Heu auf den Wiesen. Fahr heim nach Blackeberg, und ruh dich aus.« Sie hielt inne und sagte dann in alltäglicherem Ton:

»Es wäre allerdings gut, wenn du bei ihnen erst noch nach der Post sehen könntest. Das will er. Und von uns war gestern niemand dort.«

Sie nahm den Bus zur Odengatan und lief von dort das kurze Stück zur Tulegatan. Es regnete beharrlich. Glücklicherweise hatte sie ihren Taschenschirm dabei. Sie fror. Die Feuchtigkeit war in ihre Turnschuhe gedrungen.

Sie ging in die Küche. Jemand schien dort gewesen zu sein. In der Kaffeemaschine steckte ein benutzter Kaffeefilter. Wer? Julia? Nein, Julia trank keinen Kaffee. Vielleicht die Schlampe persönlich? Bevor sie abgehauen war. Sie hatte wohl noch ein paar Sachen geholt. Die Schlampe Ingrid.

Wenn sie jetzt wirklich weggefahren war. Irgendwie war

das merkwürdig. Schließlich hatte sie behauptet, sie liebe ihren Vater. Warum verließ sie ihn dann, wenn er krank war?

Sie setzte sich hin und betrachtete den Brief. Drehte ihn hin und her. Er war an ihren Vater adressiert, und man öffnete nicht die Briefe anderer Leute. Das war eine Todsünde. Aber jetzt ist der Tod schließlich im Anzug, dachte sie und bemerkte, dass sie sich von Julias Ausdrucksweise hatte anstecken lassen. Hart, ich muss mich hart machen.

Sie nahm ein Küchenmesser aus der Schublade und öffnete den Umschlag. Dann nahm sie das zusammengefaltete Blatt heraus und las.

Lange ging sie in der Wohnung herum. Planlos von Zimmer zu Zimmer. Die Müdigkeit war verschwunden und von einer ätzenden Wut abgelöst worden. Sie schaute in das Gästezimmer, das ihr Vater für Julia und sie eingerichtet hatte. Keine von ihnen hatte je dort übernachtet. Obwohl es manchmal sicher angenehm gewesen wäre, nicht mitten in der Nacht mit Betrunkenen und krakeelenden Jugendlichen mit der U-Bahn nach Hause fahren zu müssen. Das Zimmer war einfach möbliert. Ein Bett mit einer grauen Decke. Ein niedriger Tisch neben dem Fenster mit zwei Kästchen aus einem dunklen, exotischen Holz, die ihr Vater auf irgendeiner Reise gekauft haben musste. Keine Vorhänge. Eine Vase mit vertrockneten Zweigen, an denen jemand, Ingrid, bunte Eier aus Pappe festgebunden hatte. Offenbar standen sie seit Ostern dort.

Er hätte sich gewünscht, dass sie manchmal hier gewesen wären. Hätte sich gewünscht, dass sie sich hier zu Hause fühlten. Wie konnte er so etwas nur glauben? Als sie das Schlafzimmer betrat, wurde sie noch wütender. Ihr Vater und diese fette Schlampe, wie sie … eklig war das! Eklig!

Sie stellte sich ans Fenster. Der Regen lief in Streifen an

der Scheibe herunter. In der Fensternische stand eine Pflanze. Ließ die Blätter hängen.

»Papa«, sagte sie laut. Sie zog an ihren Jackenärmeln, und es schauderte sie. Unten auf der Straße ging ein Mann mit einem Hund, einem Spaniel. Er trug einen gelben Regenschutz und schüttelte dauernd den Kopf, sodass seine Ohren flatterten. Ihr Vater hatte ihnen einmal einen kleinen Hund gekauft, aber nicht bedacht, dass man Hunde nicht unbeaufsichtigt lassen konnte. Jedenfalls nicht beliebig lange. Es war ein weicher und kleiner Hund gewesen mit seidigen Ohren. Rufus. Jemand anderes hatte ihn dann übernommen. Er hatte ihr nicht gefehlt, sie empfand eher eine ungehörige Erleichterung. Er hatte ihre Sachen zerkaut und in Betten und auf Teppiche gepinkelt.

»Kleiner Papa«, flüsterte sie. Die Scheibe beschlug von ihrem Atem. Wie er wohl reagieren würde, wenn sie ihm den Brief gab? Wenn sie ihm den Brief vorlas, den diese Schlampe Ingrid geschrieben hatte. Alles hatte sie zerstört. Sich in ihrem Leben eingenistet und ihnen ihren Vater weggenommen. Diese fette, eklige Hure, durch und durch falsch und hässlich. Cunt, cunt, cunt! Das war der ultimative Verrat. *Am Rande eines Zusammenbruchs.* Scheiße!

»Wir können doch versuchen, Freundinnen zu sein.«

So ein Schwachsinn.

Dieser unaufrichtige, unpassende Vorstoß von ihr.

Ihr Vater war einmal richtig wütend geworden. Hatte sie beiseite genommen.

»Ingrid ist meine Frau. Ich habe sie gewählt, und ich liebe sie. Ich will, dass ihr das respektiert. Jetzt müsst ihr euch verdammt noch mal endlich zusammennehmen! Was ihr da macht ist ja reinstes Mobbing!«

Julia und Jennifer hatten sich angeschaut. Der Hass hatte sich zu einer Mauer aufgetürmt. Wie konnte man nur jemanden so sehr hassen, wie Julia und sie die neue Frau gehasst hatten? Seltsam eigentlich. Sie hatte ihnen doch nie etwas getan. Jedenfalls nicht konkret. Aber sie feuerten sich gegenseitig an. Gelegentlich überkam Jennifer Mitleid, eine kurze Anwandlung der Reue. Das ging rasch vorbei. Sie musste nur ihre Schwester ansehen.

Und Rose, Rose, die Vertriebene. Die sie so mochten. Nach außen hin hatte sie nicht viel erkennen lassen. Aber Jennifer wusste. Als sie sie letzten Mittwoch wiedersahen, wusste sie, wie sehr sie es mitnahm. Rose hatte sich verändert. War alt geworden. Die Striche um ihren Mund waren scharfe Falten geworden, und auf der Haut zeigten sich dunkle Altersflecken.

Man musste es ihr hoch anrechnen, dass sie in die Klinik gekommen war. Ingrid hatte sie gebeten, Papa hatte Ingrid geschickt. Jennifer konnte es einfach nicht begreifen. Ihr lieber Vater konnte manchmal so unsensibel sein. Ihm fehlte jeglicher Sinn für Takt.

Was sollte sie jetzt tun? Nach Hause in die Zweizimmerwohnung in Blackeberg fahren, die Julia und sie erst unlängst bezogen hatten? Zwar nur zur Untermiete, aber immerhin. Sie waren vor wenigen Wochen eingezogen und hatten sich immer noch nicht ganz eingerichtet. Mama war erleichtert, sie endlich loszuwerden, obwohl sie nichts gesagt hatte. Schließlich war das Reihenhaus geräumig. Elmer und sie waren den Vorortcharme im Übrigen langsam leid. Sie erwogen, das Haus zu verkaufen und in eine Wohnung in der Innenstadt zu ziehen.

Was wird wohl aus dem Klavier?, überlegte sie. Konnte man ein großes Klavier in einer Wohnung haben? Was würden die Nachbarn sagen?

Sie hätten Elmer genauso verabscheuen müssen, wie sie Ingrid verabscheuten. Aber das war nicht der Fall. Sie waren ganz einfach noch zu klein, als ihre Mutter auszog. Und Elmer hatte einen ganz anderen Charakter. Mehr geradeheraus. Und sie fanden seinen lustigen schwedischen Singsang charmant. Er nahm sie auf den Schoß und spielte für sie, führte ihre kleinen Finger auf den Tasten.

Sie stand da und hielt den Brief in der Hand, las ihn erneut. Wo war Ingrid jetzt? Lag sie hingefläzt auf einer Playa und sonnte ihren bleichen, fetten Körper? Während der Mann, der sie brauchte, dalag und starb?

Sie rief Julias Handy an. Ihre Schwester war sofort dran.

»Ich bin das. Wie geht's?«

»Er war eine Weile wach.«

»Und da hat er natürlich nach ihr gefragt?«

»Ja.«

»Was hast du gesagt?«

»Was soll man sagen? Ich sehe ja, wie sehr er leidet. Wie kann eine Frau das einem Mann, von dem sie behauptet, dass sie ihn liebt, nur antun?«

»Ich bin jetzt in der Tulegatan. Hier ist ein Brief eingetroffen.«

»Was für ein Brief?«

»Von ihr?«

Julia senkte die Stimme:

»Der Schlampe?«

»Ja.«

Im Hintergrund klapperte und klirrte es.

»Ich gehe raus«, sagte Julia. »Die Visite kommt gerade.«

»Willst du da nicht dabei sein?«

»Ich geh raus.«

Sie ging, während sie sprach. War jetzt draußen in der Eingangshalle. Es hallte um sie herum.

»Hallo, bist du noch dran?«

»Ja.«

»Ich muss es einfach wissen. Ingrid hat also Papa einen Brief geschickt?«

»Yes.«

»Bist du dir sicher?«

»Ja, das habe ich doch gesagt!«

»Es würde mich interessieren, was sie schreibt.«

»Ich habe es gelesen.«

»Hast du ihn aufgemacht?«

»Ja.«

»Scheiße, Jennie, Scheiße.«

»Sie ist weg. Es ist genau, wie Rose sagt. Das falsche Monster hat das Land verlassen.«

»Nein!«

»Doch, das schreibt sie. *Ich stehe am Rande eines Zusammenbruchs.* Was für eine Formulierung. Sie bittet auch um Vergebung. Sie bittet ihn darum, an all die guten Jahre zu denken, die sie zusammen hatten. Das ist so zynisch, dass ich einen Koller kriegen könnte.«

In der Ferne waren Sirenen zu hören. Sie hallten wider.

»Hallo, bist du noch dran?«, rief sie.

»Was sollen wir tun, Jennie? Wir können ihm den Brief doch wohl nicht zeigen. Oder können wir das?«

»Ich weiß nicht.«

»Was ist schlimmer? Dazuliegen und sich Sorgen zu machen, wie er es jetzt tut? Oder Klarheit zu bekommen?«

»Weiß nicht.«

»Stell dir vor, dass er … stell dir vor, dass er so wütend auf sie wird, dass alles eine andere Richtung nimmt, dass er gewissermaßen …«

»Du meinst, wenn wir ihm den Brief zeigen?«

Julia schien sich jetzt im Freien zu befinden. Jennifer hörte Möwen kreischen, gellend und durchdringend. Sie dachte an den Sommer, dachte daran, wie ihnen ihr Vater das Schwimmen beigebracht hatte, geduldig stand er in dem trüben Wasser und zeigte ihnen die Schwimmzüge, zwei, drei, vier. Sie bekam vor Kälte an den Beinen eine Gänsehaut. Die Wassertemperatur betrug sicher nur fünfzehn Grad. Sie froren so, dass sie mit den Zähnen klapperten. Aber er gab nicht auf, war unerbittlich. Nach einer Woche konnten sie schwimmen, alle beide.

»Ich komme in die Klinik«, sagte sie. »Warte auf mich, ich komme.«

Der Junge

Maya erwachte, als sie schwedischen Luftraum erreichten. Sie hatte, den Kopf an Tomas' Schulter gelehnt, geschlafen, und er wagte nicht, sich zu bewegen, aus Angst, sie könnte erwachen. Sie hatte die Flugzeugdecke über den Kopf gezogen. Als sie sie jetzt wegnahm, stand ihr schwarzes Haar elektrisch geladen in alle Richtungen ab.

»Wo sind wir?«, fragte sie und gähnte. Sie beugte sich zum Fenster vor und versuchte hinauszuschauen.

»Wir haben gerade Dänemark hinter uns gelassen und befinden uns jetzt über einem Teil von Schweden, der Skåne heißt. Das ist ganz im Süden.«

»Skauni«, wiederholte sie.

Er lachte müde.

»Ja, ungefähr.«

»Wie weit ist es noch?«

»Noch etwa eine Stunde bis Arlanda.«

Sie erhob sich und kletterte über ihn hinweg auf den Mittelgang. Der Mann links von ihm hatte sich ebenfalls erhoben. Als er sein Taschenbuch zuklappte, fiel Tomas auf, dass er Schwede war. Sie lächelten sich höflich an, unterhielten sich aber nicht.

Ich bin wieder da, dachte er. *Welcome back to the silence.*

Maya ließ sich viel Zeit. Sie roch nach Zahncreme, als sie zurückkam. Sie hatte sich die Lippen mit einem rosa Lippenstift geschminkt, den sie auf dem Flughafen in Bangkok gekauft hatte und der sie etwas vulgär aussehen ließ. Sie hielt sich an der Lehne fest und betrachtete ihn nachdenklich. Wenn sie so dastand und sich etwas zurücklehnte, war es ihr anzusehen. Die Hose ließ sich nicht zuknöpfen, und sie hatte das Problem provisorisch mit einer Schnur durch das Knopfloch und um den Knopf gelöst.

Sie zog eine Schnute.

»Love you so much«, flüsterte sie.

»Love you, too.«

Es war fünf Uhr nachmittags, als sie landeten. Er hatte vergessen, dass es so hell war. Er wechselte die wenigen Dollar, die er übrig hatte, in schwedische Kronen. Er war verblüfft, wie wenig es war.

»Manchmal gibt es einen Nahverkehrszug nach Södertälje direkt«, sagte er. »Aber ich weiß nicht wann, ich muss fragen.«

Maya musste auf die Gitarre und ihre Tasche aufpassen, während er fragen ging. Sie besaß nur eine einzige Tasche. Sie war auf einer Seite aufgerissen, und irgendein guter Geist hatte sie mit kräftigem Klebeband umwickelt. Er ging zum Informationsschalter. Der nächste Zug fuhr in zwölf Minuten, das würden sie nicht schaffen. Er entschloss sich, stattdessen den Flughafenbus zum Stockholmer Hauptbahnhof und von dort die S-Bahn zu nehmen. Das war sicher auch billiger.

Er sah ihr an, dass sie fror. Sie saß mit hochgezogenen Schultern da und umklammerte mit einer Hand den Griff der Tasche. Die Gitarre stand an die Bank gelehnt. Er dachte, dass sie jeden Augenblick umfallen könnte, aber sie steckte in ihrem Kasten und würde es wohl überleben.

Maya hatte keine richtige Jacke, sondern trug nur eine Wolljacke über ihrer Bluse und dünne Stoffschuhe ohne Socken.

»Wir müssen den Bus nehmen«, sagte er.

Sie antwortete nicht.

Er hängte sich die Gitarre über die Schulter, nahm die Tasche in die Hand und ging zum Ausgang. Ein Pfeil wies Richtung Bushaltestelle. Wieviel es wohl für zwei Personen kostete? Er drehte sich um. Maya war stehen geblieben.

Was soll das?, dachte er, und vor Müdigkeit summte es in seinen Ohren. Er stellte die Tasche ab und winkte sie zu sich. Widerwillig bewegte sie sich auf ihn zu. Betont langsam. Das dicke Haar hing nach vorne und verbarg ihr Gesicht. Er hatte sie schon früher so erlebt. Als er mit Cindy gesprochen hatte, dem alleinreisenden amerikanischen Mädchen. Man konnte sich so gut mit ihr unterhalten. Sie kam aus Texas, und er mochte ihren Akzent. Eines Abends begleitete er sie auf der Gitarre, sie sang ein Lied von Dolly Parton, »Jolene«. Sie hatte eine verdammt schöne Stimme.

Anschließend schwieg Maya zwei Tage lang.

Er wartete auf sie.

»Beeil dich, der Bus fährt ab!«, rief er.

Als sie näherkam, sah er, dass sie weinte. Er drückte sie an sich, umarmte sie.

»Du bist natürlich vollkommen fertig. Das verstehe ich, das bin ich auch. Aber bald kannst du dann schlafen.«

Der Stoff seines T-Shirts wurde nass.

»Frierst du?«, fragte er.

Sie wandte ihm ihr großes, weiches Gesicht zu.

»Ich hatte gehofft, dass uns jemand abholt«, sagte sie mit belegter Stimme.

»Ach?«

»Ja.«

»Es wusste doch niemand, dass wir kommen.«

»Ja, aber trotzdem. Ich hatte gehofft, dass deine Mutter hier stehen würde.«

Die Mädchen

»Wir gehen was essen, einen Tee und einen Bagel. Jetzt brauche ich wirklich einen Bagel mit Chèvre.« Julia raffte ihr Haar zusammen und steckte es mit einer Spange im Nacken hoch. Der Geruch von Krankenhaus hing in ihren Kleidern, hing in ihrer Haut. Haftet mir an, dachte sie.

»Wagen wir es, ihn allein zu lassen?«, fragte Jennifer.

»Sie räumen ohnehin gerade auf und beziehen die Betten. Man ist dann doch nur im Weg. Wie spät ist es eigentlich? Es müsste doch bald Zeit zum Mittagessen sein.«

»Im Krankenhaus gibt es auch ein Café.« Jennifer deutete Richtung Foyer.

»Nein, ich will hier raus, ich brauche eine Pause von all den Infusionen und Spritzen.«

Sie gingen hinunter auf den Ringvägen und fanden ein kleines Café. Der Besitzer hatte optimistisch Tische und Stühle auf den Bürgersteig gestellt. Es regnete jetzt stärker. Es tropfte und rauschte in den Rinnsteinen, in denen noch der Streusand lag.

Im Café war viel Platz. Sie setzten sich an einen Fenstertisch und bestellten Bagels. Julia zog ein Buch aus der Tasche. Es war nicht sonderlich nass geworden. Sie hatte bei ihrem Vater gesessen und gelesen. Die letzten Gedichte des Horaz. Sie liebte sie. Seit sie im Herbst begonnen hatte, Literaturwissenschaft zu studieren, besaß sie die Fähigkeit, sich zu konzentrieren. Die hatte ihr bislang gefehlt. Wenn sie sich wirklich für etwas begeisterte, dann konnte sie jegliche Störung ausblenden. Ihr Vater stellte allerdings keine Störung dar. Er schlief, während sie las:

»Wohin ist geflohen dein Liebreiz, ach! wohin die Farbe, der anmutige Gang wohin? Was besitzt du noch von ihr, von ihr, die ausgehauchte Liebe, die ganz mich geraubt einst mir selbst der holden, lebendige Erscheinung?«

Er öffnete die Augen

»Ja, lies mir vor, Julia. Lies lauter.«

Sie blätterte in dem Buch und schlug es dann zu.

»Das ermüdet dich nur.«

»Glaubst du?«

»Wie geht es dir? Schön, dass du wach bist.«

Der Vater antwortete nicht. Machte sich mit den Fingern an dem gestreiften Laken zu schaffen, konnte seine Hände nicht ruhig halten.

»Brauchst du etwas? Hagebuttencreme?«

Sie beugte sich über ihn, und er packte sie. Sie fühlte sich wie in einem Schraubstock.

»Julia.«

»Ja …«

»Antworte mir jetzt ehrlich. Wisst ihr, du und deine Schwester etwas darüber?«

»Was … worüber?«

»Ingrid.«

Die Voodoo-Puppe, kam es ihr in den Sinn. Er hat von der Voodoo-Puppe erfahren.

»Papa«, sagte sie laut, »was denkst du eigentlich von uns?«

»Habt ihr etwas zu ihr gesagt, das sie veranlasste … oder habt ihr …?«

»Papa, nein!«

»Sie ist weich und verletzlich … und das habt ihr leider nie verstanden. Oder vielleicht doch. Und dann wäre es umso schlimmer.«

Er ließ sie los.

»Das ist unerklärlich«, fuhr er mit rasselnder Stimme fort, und es fiel ihr schwer, ihn zu verstehen. »Ich kann das nicht glauben … dass, dass sie … verreist sein soll.«

»Ich weiß nicht, Papa. Wir wissen nichts darüber. Weder Jennie noch ich, das verstehst du doch wohl! Du musst uns glauben!«

»Rose hat gesagt …«

»Denk nicht soviel daran.«

»Ich bin davon überzeugt, dass ihr etwas zugestoßen ist. Denk nur an all die Frauen, die verschwinden. Mörder und Vergewaltiger. Die Welt ist gefährlich.«

Er unterbrach sich und begann zu husten. Sie starrte entsetzt auf seinen Mund. Nein. Dieses Mal kein Blut. Sie machte ein Handtuch nass und wischte ihm vorsichtig das Gesicht ab. Seine Haut war brennend heiß.

»Lieber, kleiner Papa«, murmelte sie.

»Wo ist mein Handy?«

»Hier.« Sie hielt es ihm hin.

»Ich habe so oft angerufen. Sie hätte drangehen müssen. Sie geht immer dran. Das hier ist nicht meine Ingrid, das ist nicht sie, die mir das antut.«

»Nein.«

»Ich rufe jetzt die Polizei an. Welche Nummer hat die Polizei?«

»Papa, wir können das tun. Jennie und ich. Wir können da für dich anrufen. Wir können auch eine Polizeiwache aufsuchen, um sicherzugehen, dass sie alles richtig verstanden haben.«

Das Telefon glitt ihm aus der Hand. Ein schnarchendes Geräusch drang aus seiner Kehle. Er war eingeschlafen.

»Hier ist er!« Jennifer reichte ihr den pastellfarbenen Leinenumschlag, und sie erkannte sofort Ingrids Schrift wieder. Sie las. Sie merkte, dass Jennifer sie beobachtete.

»Und?«, meinte sie, nachdem Julia fertiggelesen hatte.

»Das ist genau, was man von diesem falschen Stück zu erwarten hatte!«

»Aber irgendwie auch nicht«, wandte Jennifer ein. »Eigentlich hat sie nicht genügend Power … oder wie ich das ausdrücken soll. Ich meine, um einfach so das Weite zu suchen.«

»Jetzt hat sie es aber offenbar trotzdem getan. Hier haben wir es ja schwarz auf weiß.«

»It sucks.«

»Ja. Wirklich. Übrigens will Papa, dass wir zur Polizei gehen. Ich habe ihm versprochen, dass wir das tun. Aber jetzt ist das ja wohl kaum noch nötig.«

»Stimmt.«

Julia aß das letzte Stück Bagel. Da klingelte ihr Handy.

»Soll ich für dich drangehen?«, fragte ihre Schwester.

»Nein, kein Problem.«

Sie schluckte und nahm das Gespräch entgegen. Die Stimme kannte sie nicht. Sie erinnerte etwas an Ingrid. Erst glaubte sie, es sei Ingrid. Aber die Anruferin hieß Maria.

»Sind Sie Julia?«, fragte sie aufgeregt. »Sind Sie die Tochter von Titus Bruhn?«

»Ja.«

»Sie wissen nicht, wer ich bin, aber ich bin Ingrids Schwester, von Ingrid also, die mit Ihrem Vater verheiratet ist.«

»Ich weiß.«

»Es ist etwas Seltsames passiert … ich weiß gar nicht, wen

ich anrufen soll … ich habe es mit Rose versucht, aber die geht nicht an den Apparat.«

»Ach?«

»Ich habe so einen komischen Brief von Ingrid bekommen. Sie schreibt, dass sie ins Ausland verreist. Ich meine, es ist eine Sache, so etwas anzudeuten, was sie ja offenbar zu Hause bei Rose getan hat, und eine ganz andere Sache ist es, es dann wirklich zu tun.«

»Wissen Sie denn, dass sie es getan hat? Ich meine, dass sie verreist ist?«

»Es steht ja hier, hier im Brief. Ich habe beschlossen, auf unbestimmte Zeit ins Ausland zu verreisen. Das schreibt sie. Genau so. Und das muss ja fast stimmen, sie scheint ja von der Erdoberfläche verschluckt zu sein. Oder was glauben Sie?«

»Ich habe keine Ahnung.«

»Ich habe die Polizei informiert. Gestern, bevor ich diesen Brief erhielt. Der kam erst heute. Gerade eben lag er im Briefkasten.«

»Und was haben die gesagt?«

»Wie bitte?«

»Die Polizei. Was haben sie dort gesagt?«

»Sie haben gesagt, dass die meisten Leute nach ein paar Tagen wieder auftauchen.«

»Ach so.«

»Ich fand, sie wirkten uninteressiert. Als sei das Leben einer Frau nichts, dem sie sonderliche Beachtung schenken müssen.«

»Vermutlich ist es so, wie sie sagen, die meisten tauchen wieder auf.«

»Sie haben also nichts gehört? Ich meine, Titus, hat er etwas gehört?«

»Soweit ich weiß, nicht.«

»Ja, dann entschuldigen Sie bitte die Störung, Julia. Aber ich bin so schockiert, richtig schockiert.«

»Keine Ursache.«

»Übrigens … wie, wie geht es denn Ihrem Vater?«

»Unverändert.«

»Ja, das ist wirklich schlimm. Traurig und schlimm. Ich weiß ja, wie sehr sie ihn liebt. Sie muss einen totalen Blackout erlitten haben. Wenn ich doch nur mehr wüsste. Eine Zeitlang habe ich geglaubt, dass sie nach Brasilien geflogen ist. Wir haben nämlich eine Schwester, die dort lebt. Sie heißt Cecilia. In Rio. Es gelang mir auch, sie zu erreichen, aber sie weiß von nichts.«

»Ach so.«

»Wenn sie jetzt tatsächlich verreist ist, glauben Sie, dass man rauskriegen kann, wohin? Denn dann könnte man ihr vielleicht nachreisen, dachte ich, und versuchen, mit ihr zu reden. Es geht ihr nicht gut, soviel steht fest. Glauben Sie, man kann die Fluggesellschaften anrufen? Oder vielleicht beim Flughafen? Beantworten die solche Fragen, oder unterliegt das der Geheimhaltung?«

»Haben Sie sich schon mal überlegt, dass sie vielleicht mit einer anderen Person abgehauen ist?«, fragte Julia.

Die Frau am anderen Ende schnappte nach Luft.

»Vielleicht kennen Sie Ihre Schwester ja nicht so gut«, fuhr sie fort. »Man glaubt, jemanden zu kennen, aber in Wirklichkeit …«

Die Frau fiel ihr ins Wort.

»Doch, ich kenne sie. Ingrid und ich, wir wissen alles voneinander.«

»Sie scheint sich ja doch gelegentlich auf Männerfang zu begeben.«

Letztere Bemerkung war unnötig, aber sie konnte sie sich nicht verkneifen. Maria klang immer mehr wie Ingrid, derselbe bäuerliche Dialekt.

»Männerfang?«

»Papa hatte damals ja schon eine Frau. Er lebte mit Rose in einer glücklichen und guten Ehe. Bis Ihre Schwester auftauchte und alles zerstörte.«

»Soweit ich weiß, hielt sie Ihren Vater immer für ihre einzige große Liebe«, kam es heiser aus dem Hörer.

»Ja. Sie müssen schon entschuldigen. Das weiß ich nicht. Aber jedenfalls scheint sie weg zu sein.«

Der Junge

Ihm fiel ein, dass er Rose telefonisch hätte vorwarnen sollen. Vielleicht wohnte sie nicht einmal mehr dort. Wann hatte er zuletzt mit ihr gesprochen? Er erinnerte sich nicht. Aber das war, bevor er Maya getroffen hatte. Er hatte ihr zumindest eine Karte geschickt. Die müsste sie eigentlich vor ein paar Tagen erhalten haben. Was hatte er geschrieben? Etwas von einer Überraschung.

Sie saßen jetzt im Bus, ganz hinten. Er hatte sie in seine Jeansjacke gehüllt. Zweihundertzwanzig Kronen kosteten ihre Busfahrkarten in die Stockholmer Innenstadt. Erst glaubte er, sich verhört zu haben, und hatte den Fahrer gebeten, es noch einmal zu wiederholen. Der Mann grinste ihn an.

»Wohl eine Weile weggewesen?«

»Ja, aber trotzdem! Zweihundertzwanzig Kronen!«

Er hoffte, dass Maya den Wortwechsel nicht verstand. Er hatte ihr von dem Land erzählt, aus dem er kam. Dass es dort kalt war. Dass es teuer war. Aber der krassen Wirklichkeit zu begegnen, nachdem sie so lange unterwegs gewesen waren und sie vor Müdigkeit fast durchsichtig geworden war, wollte er sie dann doch nicht aussetzen. Dafür bedurfte es Zeit.

Sie saß da und schaute nach draußen, und es bedrückte ihn, dass dies das Erste war, was sie von Schweden sah. Industrie und Vorstädte. Eine dünne Schicht schmutzigen Schnees. Sie hatte noch nie Schnee gesehen, aber kommentierte das nicht. Sie war natürlich zu müde.

»Wo bist du zur Welt gekommen?«, fragte sie.

»In Stockholm.«

»Ja, aber wo?«

»Karolinska. Ein großes Krankenhaus. Wir fahren da vorbei, aber ich weiß nicht, ob wir es von der Autobahn sehen können.«

»An welchem Wochentag?«

»Wie bitte?«

»An welchem Tag der Woche bist du geboren worden?«

»Nicht die blasseste Ahnung.«

Sie sah ihn ernst an.

»Ich werde deine Mutter danach fragen. Sie soll mir alles darüber erzählen, wie es war, als du zur Welt gekommen bist.«

Maya vermietete in ihrem kleinen Haus am Fluss Schlafplätze. Bed and breakfast. So hatte er sie kennengelernt. Sie war mehrere Jahre älter als er und hatte versucht, das so lange wie möglich vor ihm geheim zu halten. Erst vor der Heimreise hatte er es erfahren. Als er in ihrem Pass geblättert hatte.

Es machte ihm nichts aus, dass sie älter war. Er hatte sich in Gesellschaft älterer Frauen immer wohl gefühlt. Und es war ihr nicht anzusehen, ihre Haut war glatt wie ein Pfirsich. Sie war klein und reichte ihm nur knapp bis zum Kinn.

Als er das erste Mal in sie eindrang, fürchtete er, sie zu verletzen. Sie schrie laut, aber er wusste nicht, ob das vor Schmerz oder Ekstase war. Da erschlaffte er. Später an diesem Abend erzählte sie ihm von ihren Kindern. Zwei Jungen, die fünf und acht Jahre alt waren. Sie wohnten bei Verwandten im Norden.

»Warum?«, fragte er.

»Sie haben es dort besser. Viel besser.«

»Fehlen sie dir denn nicht?«

»Doch, manchmal. Aber so darf man nicht denken.«

Er merkte, dass sie weitere Fragen erwartete. Der Vater der Kinder. Hatten sie denselben Vater? Und wo befand er sich jetzt? Seltsamerweise interessierte ihn das nicht.

Er blieb bei ihr und half ihr mit den Vermietungen. Sie wollte schon lange ein kleines Restaurant eröffnen, und er baute es für sie. Sehr einfach und mit einem Dach aus Wellblech. In den Bartresen goss er Muscheln und glatte Steine ein. Das Lokal erfreute sich bald großer Beliebtheit, nicht zuletzt bei den jugendlichen Rucksacktouristen. Überwiegend Europäer, aber auch Amerikaner, Kanadier und Australier. An manchen Abenden griff er zur Gitarre. Er hatte ein Lied für sie geschrieben, Mayas Song, und ohne Scheu stand sie in ihrem kurzen weißen Kleid da und sang es.

Sie hatte eine lustige, klagende, kleine Stimme. Sie weckte seinen Beschützerinstinkt. Gleichzeitig war sie launisch.

»Eines Morgens verlässt du Maya und ziehst weiter«, ereiferte sie sich gelegentlich und wandte sich mit verschlossener Miene von ihm ab. »Eines Morgens nimmst du deine Gitarre und gehst.«

Er dachte, dass er für immer in dem kleinen, warmen Dorf am Fluss bleiben wollte. Am Abend, ehe sie zu Bett gingen, massierte sie seine Füße. Sie schmirgelte die Hornhaut an seinen Fersen mit einem Bimsstein weg. Sie drückte ihre Daumen in seine Fußwölbung, und er zuckte zusammen.

»Du musst vernünftig essen und Rücksicht auf deine Verdauung nehmen. Hier ist der Dickdarm, hier ist etwas nicht in Ordnung.«

»Mit meinem Dickdarm ist aber alles in Ordnung«, protestierte er und zog den Fuß weg.

Sie ließ ihre Hand sein Bein hochgleiten.

»Ich spüre etwas, ich spüre Sehnsucht. Sehnst du dich nach Maya? Oder ist Maya für dich nicht genug? Du sehnst dich nach anderen Stränden, ist das so?«

Als versuche sie ihm den heimlichen, inneren Wunsch aufzuzwingen, sie zu verlassen.

Manchmal wurde er daraufhin wütend und unsicher. Dennoch erwiderte er auf die gleiche kindliche Art:

»Ich sehne mich nach Maya und nur nach Maya.«

Die Mädchen

Sobald Julia ihr Handy weggesteckt hatte, klingelte Jennifers. Eine Schwester war dran, Schwester Marja-Liisa, eine von denen, die nie unfreundlich gewesen waren.

»Hallo, Jennifer, ich glaube, es wäre das Beste, wenn Sie und Ihre Schwester jetzt kämen.«

»Ist etwas passiert?«

»Ihr Vater fragt nach Ihnen.«

Sie bekam einen trockenen Mund. Der Geschmack des Chèvre verursachte ihr Übelkeit.

»Was? Ist es etwa …?«

»Er will Sie bei sich haben. Können Sie vorbeikommen?

»Natürlich. Wir sind ganz in der Nähe, wir wollten nur … Wir kommen sofort.«

Sie starrte Julia an, die mit aufgerissenen Augen dasaß.

»Was ist los?«

»Die Klinik. Sie wollen, dass wir kommen. Oder … sie hat gesagt, Papa will, dass wir kommen.«

Julia stand sofort auf.

»Was machen wir mit dem Brief?«

»Shit! Ich weiß nicht.«

»Ich auch nicht. Das müssen wir jetzt einfach je nach Lage entscheiden.«

Sie rannten den ganzen Weg zurück zum Krankenhaus. Der Regen war in Schneeregen übergegangen, und auf den Rasenflächen lag weißer Nassschnee. Kleine blaue Blumen schauten aus dem Weiß hervor. Jennifer dachte, die erfrieren jetzt wohl. Oder waren sie abgehärtet? Sie konnten vielleicht ihr empfindliches Inneres, Stempel und Staubgefäße, mit Hilfe der Blütenblätter schützen. Dann würden sie überleben. Zu Hause wuchsen diese Blumen in den Beeten. Sie hatte vergessen, wie sie hießen.

Julia rannte ein Stück vor ihr her. Sie sah, wie das Schneewasser auf die weißen Cordhosen ihrer Schwester spritzte. Flecken, die nicht mehr weggehen würden.

Wir rennen um Leben und Tod, kam es ihr in den Sinn. Oder nein, wir rennen, eigentlich rennen wir ja nur um den Tod, den Tod.

Sie hatte einen Kloß im Hals, hart und schmerzend, aber sie wollte nicht nachgeben, der Trauer nicht nachgeben, denn leben sollte er, er sollte leben. Ihr starker, unbesiegbarer Papa, er war immer, immer dagewesen, und einmal vor langer Zeit, als ihr Großvater gestorben war, hatte er ihr versprochen, dass er ewig leben würde. Damals war sie sechs Jahre alt und untröstlich gewesen.

Schwester Marja-Liisa erwartete sie, eine abgearbeitete Frau mittleren Alters mit hennafarbenem Haar, das ihr Gesicht noch bleicher und ausgezehrter erscheinen ließ. Sie hatte sich die Brauen dilettantisch mit einem Stift nachgezogen.

»Jetzt sind wir da«, keuchte Jennifer.

Marja-Liisa nickte.

»Gehen Sie zu ihm rein. Er braucht Sie.«

Der Vater lag auf dem Rücken. Wie ein Halfter umrahmten die Sauerstoffschläuche sein Gesicht, verliefen um seine Ohren in die Nasenlöcher. Er öffnete die Augen, als sie eintraten, aber schloss sie dann sofort wieder. Die Schwester stellte einen Hocker ins Zimmer, damit sie beide sitzen konnten.

Im Zimmer war es still und stickig. Beim Rennen war Jennifer in Schweiß geraten. Sie sehnte sich danach zu duschen und auf die Toilette zu gehen, wagte es jedoch nicht, ihren Vater aus den Augen zu lassen.

Julia legte ihre Hand auf seine.

»Mach es mir nach!«, sagte sie. »Halt ihm die Hand, damit er unsere Kraft spürt.«

Sie tat es, stellte den Hocker auf die andere Seite des Bettes und legte ihre Wange auf den Brustkorb ihres Vaters. Doch was sie hörte, ließ sie sofort den Kopf wieder heben.

»Sollen wir Mama anrufen, was meinst du?«

Julia schüttelte den Kopf.

»Warum?«

»Tja …«

»Sie hat doch nichts mehr mit ihm zu tun. Jetzt sind nur noch wir beide übrig.«

»Was sollen wir tun? Gott, was sollen wir tun?«

Schwester Marja-Liisa trat ein.

»Halten Sie ihm einfach die Hand«, sagte sie. »Atmen Sie ruhig, dann fällt auch ihm das Atmen leichter.« Sie machte das Fenster einen Spalt weit auf. »Hier ist es viel zu warm, Kinder.«

»Aber wenn es zieht«, protestierte Jennifer. »Wenn er jetzt eine Lungenentzündung bekommt.«

Die Krankenschwester schüttelte den Kopf.

»Nein, nein. Von etwas frischer Luft bekommt er noch keine Lungenentzündung.«

Jennifer wollte aufspringen, sie packen, sie festhalten. Ihr zurufen:

»Wird er durchkommen?«

Sie wusste, dass sie die Antwort nicht verkraften würde.

»Sprechen Sie mit ihm«, sagte die Krankenschwester. »Es ist möglich, dass er versteht, was Sie sagen, auch wenn es vielleicht nicht den Anschein hat.«

Sie hörte Julias tränenerstickte Stimme:

»Papa, ich bin das, Jullan. Wir sind jetzt bei dir, alle beide. Du weißt, dass wir dich lieben. Oh, wir lieben dich so sehr, so sehr.«

Die Schwester nickte aufmunternd. Sie verschwand, die Tür hinter sich schließend.

»Ja, das tun wir«, pflichtete Jennifer Julia bei. »Du bist der beste Papa, den man haben kann. Du bleibst doch bei uns, das tust du doch! Du bleibst bei uns, Papa. Erinnerst du dich? Du hast es mir vor vielen Jahren versprochen, als Großvater gestorben ist.«

Seine Lider zuckten. Er machte ein schmatzendes Geräusch mit den Lippen.

»Was sagst du?«, fragte Jennifer. »Papa, wir haben das nicht verstanden, bitte, Papa, sag das noch mal.«

Da hörten sie es beide. Ein einziger Name:

»Ing-rid.«

Jennifer saß mit dem Brief in der Hand da.

»Sollen wir ihn ihm vorlesen?«

»Warte noch.«

»Ja.«

Sie sah, wie ihre Schwester das Buch aufschlug, das sie die ganze Zeit dabeigehabt hatte.

»Was machst du?«, fragte sie.

»Er wollte doch unlängst, dass ich ihm vorlese. Aus diesem Buch, meine ich. Er hat das gesagt, er hat mich darum gebeten.«

»Ach so.«

»Ich dachte also …«

»Ja, ja, lies schon vor.«

Julia räusperte sich. Sie schlug einfach eine Seite auf und begann mit klang- und tonloser Stimme vorzulesen:

»Immer sollst du nur, was dir gebührt erstreben, doch
hinaus über das,
was erlaubt, zu hoffen sollst als Frevel du ansehn,
sollst den, der dir ungleich, meiden. Auf denn, du meiner
Liebe letzte
– denn nicht werde nach dieser ich je wieder glühen für
eine andere
Frau! –: lerne meine Lieder, mit lieblichem
Laute laß sie ertönen; geringer werden die dunklen
Sorgen vom Sang.«

»Hör auf!«, fauchte Jennifer.

»Wie bitte?«

»Kapierst du das nicht? Dunkle Sorgen! So was ist doch jetzt wirklich unpassend.«

Ihre Schwester klappte das Buch zu.

»Er wollte doch, dass ich ihm vorlese.«

Jennifer faltete den Briefbogen auseinander.

»Also, ich finde, wir sollten das als ein Zeichen nehmen.«

»Wie meinst du das?«

»Was er gesagt hat. Dass du vorlesen sollst. Ich glaube, dass er es wissen will.«

»Glaubst du?«

»Ja. Wir lesen ihm den Brief vor. Mach du das.«

Sein Gesicht veränderte sich, während Julia vorlas. Seine Wangen bekamen wieder etwas Farbe. Fleckig und schwach bis hinunter zum Hals. Mit seiner Hand fasste er sich an die Nase und zerrte an dem Plastikschlauch. Jennifer nahm seinen Arm.

»Hör auf, Papa, du brauchst das, das ist doch der Sauerstoff.«

Aber es war zu spät. Mit einem Ruck riss er den Schlauch ab. Er starrte sie und den Brief an. Dann warf er den Kopf zurück. Er röchelte und zuckte.

»Drück auf die Klingel«, hörte sie Julia rufen. »Verdammt, Jennie, drück auf die Klingel, Scheiße!«

Sie riss die Klingel an sich und drückte, so fest sie konnte. Sie merkte kaum, dass Leute ins Zimmer stürzten. Weit weg hörte sie Julia weinen, schrill und klagend wie ein kleines Mädchen. Sie stand auf, rannte auf die Toilette und hielt sich mit beiden Händen die Ohren zu.

Der Junge

Ein Mann kam zu Mayas Haus. Es war sehr heiß. Tomas lag in der Hängematte auf der Veranda und döste. Aus der Ferne hörte er das Summen eines Insekts. Es klang wie ein Sägeblatt, scharf und durchdringend. Im Schlummer war er ins Sommerhaus seiner Großeltern zurückgekehrt. Der Großvater in ausgebeulter kurzer Hose, der scharfe Gesang der Säge. Der Brennholzstapel unter der Treppe, der immer höher wurde.

Plötzlich die Wahrnehmung von etwas Fremdem. Süß und säuerlich, Rasierwasser? Ein Schatten fiel auf ihn. Er zuckte zusammen. Ein Mann stand auf der Veranda. Ein Mann in weißem Hemd und beiger, ordentlich gebügelter Hose. Er stieß die Hängematte an, und diese begann zu schaukeln.

Tomas stand verlegen auf. Er hatte das Gefühl, dass er mit offenem Mund dagelegen hatte. Er strich sich über das Kinn, nass.

»Suchen Sie jemanden?«, fragte er.

Der Mann trat einen Schritt zurück und lehnte sich an eine alte Tonne, auf die Maya immer Blumen stellte. Sein zurückgekämmtes Haar war grau. Es lag wie ein Helm an seinem Schädel an.

»Are you the proprietor?«

»What? No, I am not.«

»What do you mean?«

In diesem Augenblick warf er zufällig einen Blick auf den Vorhang aus Plastikstreifen vor der Tür. Er konnte undeutlich Mayas Gesicht ausmachen, sah Schrecken.

»Zu wem wollen Sie?«

»Richten Sie der Frau, die in diesem Haus wohnt, aus, Bernhard sei hier gewesen.«

Der Mann verbeugte sich übertrieben und verschwand die Dorfstraße hinunter.

Tomas ging ins Haus, aber Maya war verschwunden. Er fand sie erst wieder gegen Abend. Sie sagte nicht, wo sie gewesen war. Ihre nackten Beine hatten Schrammen wie von Dornen und Gebüsch.

»Ich habe gesehen, dass du Angst hattest«, sagte Tomas. »Du hast Angst vor diesem Mann, Bernhard. Er bat mich, dich zu grüßen. Wer ist er?«

»Ich weiß nicht. Ich habe keinen Mann gesehen.«

Er wusste, dass sie log.

In dieser Nacht erwachte er von Rauchgeruch. Er sprang in die Mitte des Zimmers und merkte, dass es im hinteren Teil des Hauses brannte. Der Platz neben ihm im Bett war leer. Er fand sie im Garten. Sie versuchte Wasser in einen alten Plastikeimer zu füllen. Er war löchrig, aber sie schien das nicht zu merken.

Niemandem gelang es anschließend herauszufinden, wie das Feuer entstanden war.

Maya sagte:

»Es ist gefährlich, noch länger hierzubleiben. Jemand will Böses.«

»Warum sagst du das?«

»Ich weiß das. Etwas Böses ist in dieses Dorf gekommen.«

»Hat das etwas mit diesem Bernhard zu tun?«

»Ich weiß nicht, wer Bernhard ist.«

»Wir kümmern uns nicht um Bernhard. Wir bauen dein Haus wieder auf. Du weißt, dass ich das kann. Ich baue dieses Mal starke Wände und einen neuen und noch schöneren Bartresen.«

Sie nahm seine Hand und legte ihn auf ihren Bauch.

»Nein, Tomas. Nein.«

Ein Schauer des Unbehagens stieg in ihm auf.

»Maya«, begann er, aber sie fiel ihm ins Wort.

»Ich will nur eins. Ich will dich in das kalte Land begleiten. Ich will hören, wie es klingt, wenn man durch Schnee läuft.«

»In dem *kalten Land* würde es dir nie gefallen.« Er spuckte den Ausdruck förmlich aus. »Du gehörst hierher.«

»Und du?«

»Ich bleibe bei dir. Das weißt du.«

»Nein. Ich bin hier fertig. Wir fahren zusammen. Und wenn das Kind zur Welt kommt, dann wird es deine Mutter entgegennehmen. Mein Kind soll dem Licht im blauäugigen Blick einer Frau begegnen. Das soll das Allererste sein, was mein Kind sieht.«

Sie war schwanger. Die Möglichkeit zurückzukehren hatte er nie in Betracht gezogen. Er erkannte, dass er naiv gewesen war. Anfänglich blieb er stur, er versuchte sie mit allen Mitteln zu entmutigen. Einreiseerlaubnis, Aufenthaltserlaubnis, alle Papiere und Formulare.

»Die Behörden sind streng, Maya, das verstehst du nicht.«

»Aber du bist doch Schwede?«

»Klar bin ich Schwede.«

»Als deine Ehefrau werde ich auch Schwedin. Als deine Ehefrau darf ich mit dir in dem Land wohnen.«

Ehefrau, dachte er.

Sie wurden mit einer einfachen Zeremonie am Fluss getraut. Er dachte, dass das alles nicht echt sei. Eher so eine Art Eingeborenenhokuspokus, mit dem er sich einverstanden erklärt hatte, damit Maya nicht traurig war. Er hatte ihr einen Ring gekauft, billig, grüne Jade. Maya schenkte ihm einen Goldring, in den etwas eingraviert war, was er nicht lesen konnte.

»Der hat meinem Vater gehört«, sagte sie.

Er fragte nach ihren Söhnen.

»Willst du sie zurücklassen? Fehlt ihnen nicht ihre Mutter?«

Da lächelte sie bleich und wie in sich hinein und wollte nicht antworten. Als sie an diesem Abend zu Bett gingen, sie wohnten vorübergehend bei einer von Mayas Freundinnen, umfasste sie seinen Nacken und sagte leise:

»Vielleicht wohnen sie eines Tages bei uns. In dem kalten Land, das dein Land ist.«

Rose

Die große Ratte war tot. Sie hatte sie besiegt. Sie erinnerte sich nicht, ob sie sie weggeschleppt hatte oder ob sie immer noch dort unten unter dem Fußboden lag. Ihr Gehirn stand in Flammen und surrte, als sei etwas kaputt gegangen.

Sie hatte die ganze Nacht und den halben Tag mit dem Ramírez dagesessen. Kurz vor drei Uhr war sie fertig. Sie hatte keine Zeit zum Essen gehabt, heißer, starker Kaffee und Zigaretten, die ganze Schachtel hatte sie geraucht. Jetzt, anschließend, wusste sie nicht mehr, warum eigentlich. Ihr ganzer Mund schmeckte nach Teer.

Sie rief Oscar Svendsen an. Er war sofort am Apparat.

»Vortrefflich, Rose. Ich schicke Ihnen gleich einen Kurier.«

»Tun Sie das. Ich gehe raus und warte am Briefkasten, dann sparen wir Zeit.«

Es war, als wollte sie sich weiter mit Oscar Svendsen unterhalten, als bräuchte sie jemanden zum Reden. Aber es gab nichts mehr zu sagen.

»Legen Sie wie immer die Rechnung bei«, sagte er noch. Jemand war bei ihm im Büro, und er hatte es eilig. Ehe sie etwas erwidern konnte, hatte er aufgelegt.

Sie versuchte, den dicken Packen wieder in den Umschlag zu stecken, in dem er gekommen war. Das war schwer, die

Blätter bekamen Eselsohren, es war schwierig, sie in einen Stoß zu bündeln. Sie versuchte sie hochkant zu stellen und zu sortieren, immer ein paar auf einmal, aber dabei fielen sie ihr aus den Händen, und sie musste auf dem Boden herumkriechen, um sie wieder aufzusammeln. Hinter ihren Augen knallte es, kleine Blitze. Das ganze Zimmer war in einen flimmernden Lichtschein getaucht. Schließlich hatte sie endlich alle Blätter in dem Umschlag. Sie riss ein Stück Klebestreifen ab, um ihn zuzukleben, aber der Streifen verdrehte und verklebte sich mit sich selbst. Sie riss die halbe Rolle ab, und hielt doch nur schmale und lange Fetzen in der Hand. Sie verwendete sie als Schnur und brachte schließlich einen unbeholfenen Doppelknoten zustande.

Es lag Schnee in der Luft, und sie fror. Sie hatte vergessen, eine Jacke anzuziehen. Sie stand am Briefkasten und wartete. Sie öffnete die Klappe, keine Briefe. Nur Zeitungen. Sie betrachtete die Schlagzeilen, sie waren undeutlich, es war, als könnte sie sie nicht lesen. Was war mit ihren Augen passiert? War das der Burnout? Konnte sie nicht mehr?

Sie ging zur Mülltonne, um nach der Ratte zu schauen. Hatte sie die Ratte in die Mülltonne gelegt? Hatte sie sie getötet? Sie erinnerte sich nicht. Die Mülltonne war leer. Sie wurde donnerstags geleert. Das glaubte sie zumindest. Was war heute? War Freitag?

Das Geräusch eines Autos kam näher. Der Kurier. Der Mann am Steuer trug eine bedruckte Baseballmütze. Sie konnte ein T und ein A erkennen, aber den eigentlichen Text nicht lesen.

»Was steht da?«, wollte sie fragen, aber die Worte, die über ihre Lippen kamen, klangen nicht so. Er sagte etwas. Sie hörte es nicht. Sie verstand es nicht. Er steckte den Kopf durch das Seitenfenster und deutete in den Himmel.

»Friede inde«, sagte sie. »Ist es schneit?« Sie hörte, wie falsch das klang, aber bekam es nicht anders hin.

Sie übergab ihm den dicken Umschlag.

»Er ist wichtig«, sagte sie. »Das ist schnell.«

Das klang falsch. Alles, was sie sagte, klang falsch.

Sie hatte die Leiter nach draußen getragen und an den Baum gelehnt. Es wogte und glühte hinter ihrer Stirn. Sie hätte sich hinlegen und schlafen müssen, konnte es aber nicht. Sie erinnerte sich nicht, ob sie die Ratte weggeworfen hatte.

Und wenn sie noch da war?

Sie würde sich in eine Mumie verwandeln. Vielleicht würde sie ein paar Tage lang riechen. Vielleicht war der Geruch so stark, dass er zu ihr nach oben drang. Das musste sie aushalten. Der Geruch würde schwächer werden und sich auflösen. Er würde sich mit dem Tannennadelduft des Waldes vermischen. Sie konnte alle Türen und Fenster öffnen.

Aber nicht die Luke, nicht öffnen und nachsehen.

Warum nicht? Etwas hinderte sie, sie begriff nicht, was. Sie hatte Tomas' Bücher und Noten nach oben getragen und auf den Küchentisch gelegt. Wenn die Ratte dort unten war, konnte sie seine Noten beschädigen. So hatte sie gedacht. Ratten konnten sehr gut klettern. Sie konnten sich ganz schmal machen, wie Stifte. Wenn die große Ratte jetzt nicht tot war? Durch die Luke würde sie nicht kommen. Sie hatte die Leiter hochgezogen, sie war unbeschreiblich schwer und unhandlich. Sie hatte sie auf den Boden gelegt, als sie die Luke geschlossen hatte. Sie war knallend zugeschlagen. Die Hand hatte vom Biss der Ratte geschmerzt. Aber das war es nicht. Es war noch etwas anderes, sie wusste nicht, was.

Sie klemmte die Leiter unter den Arm und schleppte sie durch die Tür. Der arme, nackte Baum, den sie nur zur

Hälfte beschnitten hatte. Jetzt musste sie fertig werden. Alles musste fertig werden. Alles was sie geplant und gedacht hatte.

Ja. Sie hatte die Luke verschlossen und das schwarze Loch abgedichtet. Wasser in den Eimer, auf die Knie. Sie hatte mit Schmierseife und einem Lumpen hantiert. Sie hätte Gummihandschuhe anziehen sollen, aber dachte zu spät daran, erst als sie den schmutzigen Verband sah.

Schließlich rollte sie den Teppich aus. Er war neu, lang und breit. Er bedeckte alles gut.

Bald würde sie ausruhen. Ramírez war vernichtet, nein, die Ratte war es. Die größte Bestie, die sie je gesehen hatte.

Hatte sie sie getötet? Hatte sie sie zur Mülltonne geschleppt?

Sie erinnerte sich nicht.

Die Mädchen

Sie mussten draußen warten, während sie Titus fertig machten. Jennifer weinte, ihr eigenes Weinen war verstummt. Die Tränen waren vertrocknet. Die ganze Situation war unwirklich. Julia war davon überzeugt, dass ihr Papa lebendig dort drinnen im Bett lag, dass er sich aufsetzen und die Arme nach ihnen ausstrecken würde.

»Meine begabten Mädchen«, würde er sagen. »Verzeiht, dass ich schlecht von euch gedacht habe. Es ist ja ihre Schuld, jetzt weiß ich, was ich von ihr zu halten habe. Jetzt kenne ich ihren wahren Charakter. Danke, dass ihr es mir gesagt habt.«

In der Fantasie hatte Julia bereits einen Dialog mit ihm begonnen. Und in diesem Dialog verteidigte sie die Frau.

»Aber Papa, wir haben doch wohl alle das Recht, Schwäche zu zeigen.«

»Haben wir das?«, würde er fragen und das Laken beiseite schlagen. Seine Beine würden die normalen Papabeine sein, kräftig, durchtrainiert, noch sonnengebräunt. »Nein, jetzt ist es genug«, würde er sagen, und das Lachen würde aus ihm heraussprudeln, von tief unten und dröhnend. Jennifer und sie würden sich von dem Lachen anstecken lassen, *ja, Papa, jetzt ist es genug.*

Jennifer hatte ihr Gesicht in den Händen vergraben. Sie hatte den Kragen ihrer Wolljacke im Nacken hochgezogen und sich zusammengekauert wie eine Schildkröte in ihrem Panzer. Das schwarze Haar war strähnig, und sie hatte Spliss an den Spitzen. Julia rückte ein Stück von ihr ab. Die Trauer ihrer Schwester bereitete ihr Unbehagen. Sie wollte etwas sagen, wusste aber nicht was.

Eine Ärztin kam aus dem Schwesternzimmer. Dr. Stenström. Sie blieb vor ihnen stehen, und die goldenen Clips in ihren Ohrläppchen funkelten.

»Hallo«, sagte sie leise.

Julia nickte.

»Mein Beileid«, sagte die Ärztin. »Das ist eine launische und unerbittliche Krankheit, mit der wir es hier zu tun hatten. Aber so viel kann ich sagen, Ihr Vater war ein Kämpfer. Ein Kämpfer und Krieger. So sollen Sie ihn in Erinnerung behalten.«

Da erst begriffen sie.

Sie blätterte in dem Buch, suchte nach etwas, was sie lesen konnte, wenn sie wieder im Zimmer waren. Aus dem Buch. Nicht dem Brief. Der Brief war gefährlich gewesen. Sie hätten ihn nicht lesen sollen. Der Brief hatte ihn getötet.

Ingrid.

Sie hatte ihn getötet.

Eine Hand auf ihrer Schulter. Marja-Liisa. Ihre Art, sich zu bewegen. Vorsichtig, fast hinkend, den Kopf etwas zur Seite geneigt. In ihrer ganzen Erscheinung lag etwas Flehendes.

»Meine Mädchen, jetzt könnt ihr reinkommen.«

Julia erhob sich und ließ dabei das Buch fallen. Marja-Liisa hob es für sie auf.

»Wollten Sie etwas für Ihren Vater lesen?«

Sie schielte zu Jennifer hinüber. Ihre Schwester saß immer noch wie erstarrt da.

»Ja«, sagte sie fast wütend.

Zwei hohe Kerzen brannten auf dem Nachttisch. Ihr Vater wirkte so groß, jetzt da alle Schläuche und Infusionen weg waren. Seine Arme lagen neben ihm ausgestreckt. Keine gefalteten Hände, glücklicherweise. Das wäre falsch gewesen. Ihr Vater war Atheist.

Jemand hatte eine Rose auf seine Brust gelegt.

Wo kommt die her?, dachte sie. Halten sie in Kliniken immer Rosen in Bereitschaft?

Der Stiel der Rose war dornig. Würde es bluten, wenn eine Dorne in seine Haut eindrang? Wann floss bei einem Toten kein Blut mehr? Wann wurde es zäh wie Kleister?

Sie hatte noch nie einen Toten gesehen. Beide noch nicht. Sie trat ans Bett, Jennifer dicht hinter ihr. Jetzt heulte sie laut.

»Aha«, sagte sie und schaute auf sein Gesicht hinunter. Sie hatte gehört, dass Tote oft aussahen, als schliefen sie. Dass sich die Gesichtszüge glätteten und etwas Ruhiges und Endgültiges bekamen, eine Art Frieden. So war es nicht bei ihrem Vater. Sein Kinn war vorgeschoben, als würde er jeden Augenblick aufspringen und sich in den Nahkampf begeben. Der Mund war halb geöffnet und die Mundwinkel nach unten gezogen. Sie dachte, dass sie noch nie seine Zähne gesehen hatte. Die Augen waren geschlossen, aber nicht ganz, das linke Augenlid war etwas nach oben geglitten, und sie ahnte das Auge dahinter, einen Geleeklumpen ohne Leben. Sie versuchte nicht hinzusehen.

Das Bett war frisch gemacht und die gelbe Decke so straff um den Körper ihres Vaters gezogen, dass die Konturen deutlich hervortraten. Straff und ordentlich ist diese Decke, dachte sie, diese klinisch saubere Krankenhausdecke und die Art, wie sie über die Leiche gezogen war, als sei das der endgültige Beweis dafür, dass ihr Vater nie mehr aufstehen würde. Wo der Venenkatheter in die Hand geführt hatte, klebte ein Pflaster. Das Fenster stand offen, und die Kerzen flackerten.

»Ihr Vater leidet nicht mehr«, hörte sie die Stimme der Schwester hinter sich. »So müssen wir das sehen. Lesen Sie ihm doch noch etwas vor, wenn Sie wollen.«

Sie schlug das Buch auf, ihr Blick irrte über die Strophen. Sie stellte sich an das Fußende des Bettes und las laut und angestrengt.

»Starke stammen von Starken und Guten: Es lebt in jungen Stieren, es lebt in den Pferden der Väter Kraft, nicht wird friedlich von wilden Adlern gezeugt die Taube.«

Wir, dachte sie. Wir!

Sie sah Jennifer an, dass sie kein Wort verstand.

Sie betrat das Arbeitszimmer und setzte sich an den Schreibtisch. In einem Rahmen hing das Foto von einer Wildwasserfahrt. Sie erkannte Ingrid, ihr entsetztes, verzerrtes Gesicht unter dem Helm.

»Das ist deine Schuld«, sagte sie laut. »Du hast ihn getötet.«

Sie hob den Telefonhörer und rief ihre Mutter an.

»Hallo, hier ist Julia. Also … Papa ist jetzt tot. Ich wollte dir das nur erzählen. Wir waren bei ihm, es ist vor ein paar Stunden passiert. Um 14.47 Uhr.«

Sie hörte, wie ihre Mutter nach Luft schnappte.

»Aber Julia!«

»Ja. So ist das.«

Sie war erstaunt, als ihre Mutter zu weinen begann.

»Titus ist tot, ich kann es nicht fassen.«

»Ja.«

»Meine geliebten Kinder, ihr wart also bei ihm?«

»Ja. Jennie und ich waren in der Klinik.«

»Oh, wie schwer für euch, für uns alle. Ich hatte keine Ahnung, dass es so schlimm um ihn stand. Ich hatte wirklich keine Ahnung. Was ist passiert?«

Sie hatte nicht die Kraft, von dem Brief zu erzählen.

»Es war wohl einfach soweit«, erwiderte sie kurz. »Seine Zeit war abgelaufen.« Als würde sie über eine ganz andere Person sprechen, einen Fremden.

»Wo seid ihr jetzt?«

»Ich bin mit Jennie in der Tulegatan. Wir haben seine Sachen hierher gebracht. Wir haben ein paar Kerzen angezündet, wir sitzen hier, erinnern uns an ihn und denken nach.«

»Und wie geht es Ingrid?«

»Sie ist nicht da.«

»Ach, nein?«

»Sie war auch nicht in der Klinik.«

»Was?«

»Nein, sie ist vor ein paar Tagen einfach verschwunden. Es wurde ihr alles zuviel. Sie ist ins Ausland verreist.«

»Bitte? Was sagst du da?«

»Sie ist abgehauen.«

»Aber … Ich verstehe gar nichts. Ist Ingrid ins Ausland verreist?«

»Ja«, sagte sie kurz angebunden.

Ihre Mutter schluckte. Sie raschelte mit einem Taschentuch.

»Sehr seltsam.«

»Tja!«

»Und Rose? Habt ihr ihr mitgeteilt, dass Titus …?«

»Nein. Aber das wollte ich jetzt gleich machen.«

»Was wollt ihr jetzt tun, Jullan? Meine Kleine. Könnt ihr nicht herkommen?«

»Ich weiß nicht.«

»Kommt doch bitte. Wenn jemand gestorben ist, ist es wichtig, mit Menschen zusammen zu sein, die einem nahestehen.«

»Jennie und ich, wir sind ja zusammen. Es ist gut, hier zu Hause bei Papa zu sein.«

»Und morgen? Wollt ihr nicht morgen herkommen? Dann mache ich euch was zu essen und wir erinnern uns gemeinsam an ihn … wir könnten zusammen eine kleine Gedenkstunde abhalten … ich werde Elmer bitten, etwas für uns zu spielen, irgendeine schöne Musik.«

»Glaubst du, Papa hätte das gewollt?«

»All das ist jetzt vorüber, es ist vergessen und verziehen.«

»Gut. Dann sehen wir uns morgen.«

Jennifer war ins Arbeitszimmer gekommen. Sie nahm das Rafting-Foto von der Wand und starrte es an.

»Schau mal, die Schlampe!«, sagte sie, und ihre Augen wurden schmal. »Wenn ich sie sehe, versiegen meine Tränen.«

»Meine auch. Es ist ihre Schuld, dass Papa gestorben ist.«

»Ja. Ihre Schuld.«

Jennifer ging in die Küche, und Julia hörte, wie sie den Schrank unter der Spüle öffnete. Sie hörte Glas zerbrechen. Ihre Schwester war schnell zurück.

»Jetzt müssen wir diesen Abschaum nicht mehr anschauen«, schnaubte sie.

»Ich rufe Rose an.«

»Tu das.«

Julia wählte die Nummer von Roses Handy, aber niemand ging ran. Nicht einmal die Mailbox sprang an. Sie hörte, wie ihre Schwester hin und her ging und Schranktüren öffnete, Kleiderbügel klapperten.

»Was machst du?«, rief sie.

Jennifer stand im Schlafzimmer. Sie hatte alle Schranktüren geöffnet und war dabei, Ingrids Kleider alle auf einen Haufen auf den Boden zu werfen. Schuhe und Kleider, lange Hosen, Unterröcke, Röcke.

»Was für ein fürchterlicher Geschmack!«

»Was hast du vor?«

»Den Dreck wegwerfen. Der soll hier nicht mehr liegen. Wo stehen die Mülltonnen?«

»Ich schaue mal nach.«

Julia schnappte sich den Schlüsselbund und nahm den Fahrstuhl nach unten.

Als sie aus dem Lift kam, begegnete sie einem festlich gekleideten Paar mittleren Alters. Richtig, es war Freitagabend. Sie sagten ihr, der Müllraum läge quer über den Hof, einer der Schlüssel würde passen.

»Sind Sie gerade eingezogen?«, fragte der Mann.

»Gewissermaßen«, antwortete Julia.

Der Mann sah sie fragend an, aber sie machte sich nicht die Mühe, ihm etwas zu erklären.

Sie mussten mehrmals nach unten fahren. Alles, was an Ingrid erinnerte, nahmen sie mit. Als Letztes rissen sie die Bettwäsche von dem Wasserbett und warfen sie ebenfalls weg. Julia fand den Wäscheschrank und bezog das Bett neu.

Jennifer ging nach unten und holte aus einem Restaurant Sushi. Sie saßen am Tisch im Wohnzimmer und betrachteten ein Foto ihres Vaters, während sie aßen. In dem Küchenschrank fanden sie eine Flasche Wein, die sie öffneten.

Sie legten sich dicht nebeneinander auf das Wasserbett. So hatten sie dagelegen, als sie klein waren, während sie darauf gewartet hatten, dass ihr Vater nach Hause kam. Rücken an Bauch, Bauch an Rücken. Sie strichen sich über den Rücken, jede zwanzig Mal, wie damals. Dabei war ihnen immer ganz wohlig geworden und sie vergaßen, auf seltsame Geräusche zu achten.

Schließlich schliefen sie ein.

Der Junge

In der S-Bahn zog er sein Handy aus der Tasche, um Rose anzurufen und sie zu bitten, sie vom Bahnhof in Södertälje abzuholen. Das Telefon war tot. Der Akku war leer, obwohl er ihn aufgeladen hatte, bevor sie gefahren waren. Das Handy wurde langsam alt. Er musste sich ein neues zulegen. Er fluchte leise.

»Scheiße!«

Freitagabend. In der S-Bahn ging es chaotisch zu. Ein paar Plätze weiter saßen ein paar junge Männer mit Glatzen. Sie lärmten, tranken Bier und droschen mit einer zerfledderten alten Zeitung aufeinander ein. Papierfetzen flogen durch die Luft. Tomas befürchtete, sie könnten Maya entdecken und einen Streit vom Zaun brechen. Vielleicht war es ja das Beste, am nächsten Bahnhof den Wagen zu wechseln. Er fasste seine Gitarre fester und bereitete sich darauf vor, Maya Bescheid zu sagen, aber zu seiner Erleichterung stieg die Gang in Flemingsberg aus. Er sah Maya an, dass auch sie Angst bekommen hatte.

Er kam sich gemein vor. *Was habe ich gesagt? Ich habe dich gewarnt. Ich habe dir doch erzählt, dass das hier ein kaltes und feindseliges Land ist. Du bist verdammt noch mal selber schuld.*

Im Flughafenbus war ihr übel geworden, und als sie im Cityterminal eintrafen, verschwand sie auf der Toilette. Als sie zurückkehrte, war sie sehr blass. Am Kragen ihrer Wolljacke klebte etwas Erbrochenes. Sie schämte sich, das sah er ihr an. Mit schwacher Stimme erklärte sie ihm, dass sie Hunger habe. Und sobald sie hungrig wurde, wurde ihr übel. Er fand das seltsam. Er kaufte ihr eine Flasche Mineralwasser und eine Schokowaffel.

An der Endstation stiegen sie aus. Alles sah anders aus. Fast der ganze Wartesaal war in einen Pressbyrå-Laden umgebaut worden. Er hatte bereits geschlossen, und das war unpraktisch, denn Maya war schon wieder übel. Es war zwanzig nach elf. Sie fror so sehr, dass sie zitterte. Er merkte, dass die Leute sie anschauten, ihre nackten Füße in den Schuhen.

»Wir nehmen ein Taxi«, sagte er kurz. Er war erleichtert, dass mehrere Taxis vor dem Bahnhof standen. Er trat auf eines zu.

»Was kostet es zum Borgsviks Gård?«

»Wo liegt das?«, fragte der Taxifahrer uninteressiert.

»Wie? … Tja, ungefähr bei Ragnhildsborg.«

»Ich fahre mit Taxameter.«

»Aber ungefähr? Reichen hundert Kronen?«

Der Mann sah ihn abschätzig an.

»Haben Sie nicht mehr?«

»Nein, ich würde es aber trotzdem gerne wissen.«

»Wollen Sie jetzt mitfahren oder nicht?«

Maya hing an seinem Arm. Er merkte, dass sie zitterte.

»Okay«, sagte er.

Das große Haus war dunkel. Er schaute auf die Uhr. Zwanzig vor zwölf. Maya sah auf die Fenster und rutschte mit ihren dünnen Sohlen im Schneematsch aus.

»Ist es das?«, fragte sie. »Oh, ich habe geglaubt, das Haus deiner Mutter sei klein.«

»Das ist nicht ihr Haus. Mach dir keine Illusionen. Sie wohnt in einem kleinen Nebenhaus, das habe ich dir doch erzählt. Dieser schicke Kasten gehört so einem steinreichen Typen, der nur ab und zu hier vorbeikommt. Du wirst hier keinen Luxus haben, Maya. Das habe ich dir doch schon gesagt.«

Er nahm die Tasche und die Gitarre und ging durchs Tor. Maya schlitterte hinter ihm her.

»Jetzt konntest du zumindest ausprobieren, wie es ist, durch Schnee zu gehen«, rief er, ohne sich umzudrehen. »Das wolltest du doch, oder?« Er sehnte sich zurück in die Wärme. Warum hatte er sich nur darauf eingelassen, nach Hause zu fahren und vor allen Dingen Maya hierher mitzunehmen? Er hatte nie eine Antwort auf die Frage erhalten, wer dieser Bernhard war. Vielleicht war er der Vater ihrer Jungen. Ihr Schweigen und ihre Heimlichtuerei störten ihn immer mehr. Er hätte auf einer Erklärung bestehen sollen.

Sie holte auf und rutschte dabei beinahe aus.

»Tomas«, sagte sie leise. Sie legte ihre eiskalte Hand in seine. Er stellte die Tasche ab und umarmte sie.

»Verzeih«, murmelte er in ihren Scheitel, durch den die bleiche Kopfhaut durchschimmerte. »Ich bin todmüde.«

Als sie sich dem kleinen Haus näherten, sahen sie, dass Licht anging. Die Tür wurde einen Spalt weit geöffnet.

»Mama!«, sagte Tomas.

Sie erschien in ihrer hässlichen, alten Cordhose und einem Pullover auf der Treppe. Er fragte sich, ob es nicht dieselben Klamotten waren, die sie vor Jahren an dem Tag seiner Abreise getragen hatte. Die Hose wirkte schäbig.

Sie war zerschlissen und an einigen Stellen geflickt. An einer Hand trug sie einen blutigen und schmutzigen Verband.

»Hallo, Mama, ich bin's, Tomas.« Er trat ein paar Schritte auf sie zu und wollte sie umarmen. Etwas an ihr hielt ihn jedoch davon ab.

»Tomas«, sagte sie mit dünner, veränderter Stimme.

»Ja. Ich habe doch angekündigt, dass ich dir eine Überraschung mitbringen würde. Die Postkarte ist doch sicherlich an deinem Geburtstag eingetroffen? Da habe ich dir davon geschrieben.«

Sie starrte an ihm vorbei auf Maya, die mit hängenden Armen stehengeblieben war.

»Das ist Maya, Mama. Und Maya, das ist also Rose, meine Mutter.«

»Ha«, sagte Rose. »Haya.«

»Dürfen wir reinkommen? Wir erfrieren fast.« Er schob sie zur Seite und trat mit der Tasche und der Gitarre ein. Im Haus stank es nach alten Zigaretten.

»Hast du angefangen zu rauchen?«, rief er. »Das hätte ich nie gedacht, dass du wieder anfangen würdest.« Sie kam hinter ihm her und schüttelte energisch den Kopf.

»Wie geht es dir überhaupt?«, fragte er leise. »Mama, was ist denn eigentlich los?«

Sie vermied es zu sprechen. Etwas musste mit ihrer Sprache passiert sein. Nach einer Weile verzog sich ihr Mund jedoch zu einem ironischen und friedlichen Lächeln. Sie schob ihn ins Schlafzimmer und deutete auf das große, breite Bett, das da stand, wo es immer gestanden hatte. Sie nahm ein paar Laken aus dem Schrank. Er verstand, dass sie Maya und ihm das Bett anbot. Aber warum sagte sie nichts? Tief in seinem Innersten ahnte er, dass er sich größere Sorgen um ihr Befinden machen müsste, seine Kraft reichte jedoch nicht aus. Er konnte sich vor Müdigkeit kaum auf den Beinen halten.

Rose war auf Maya zugetreten. Sie hob eine Strähne ihres Haares an.

»Strong«, sagte sie.

Maya warf ihm einen besorgten Blick zu.

»Was, strong?«, fragte er.

»Strong black hair.«

Englisch konnte sie offenbar sprechen. Sie deutete auf das Bett.

»Tired?«, sagte sie mit rauer Stimme.

Maya taute auf.

»Yes, very, very tired. We have been travelling for a very long time. Very long time.«

Rose deutete erneut auf das Bett.

»Then go to bed.«

»Wir sind auch etwas hungrig«, sagte Tomas. »Glaubst du, wir könnten etwas zu essen bekommen? Eine Tasse Tee und ein belegtes Brot oder so. Besonders Maya ist hungrig. Du musst wissen, dass …«

Rose hörte ihn nicht zu Ende an. Sie eilte in die Küche, füllte Wasser in den Wasserkocher und nahm eine Folienverpackung Brei aus dem Kühlschrank. Rasch schnitt sie die Folie auf und drückte den Inhalt in zwei Teller, die sie in der Mikrowelle wärmte. Auf dem Küchentisch bemerkte er seine alten Bücher und Noten.

»Oh, warum liegen die Sachen hier?«, fragte er. »Warum hast du die hochgeholt?«

Sie zog wie vor einem Schlag die Schultern ein. Sie bewegte die Lippen.

»Was sagst du?«

Er meinte, das Wort rat gehört zu haben.

»Was, rat? Meinst du Ratte?«

Die Frau, die seine Mutter war, verschränkte die Arme vor der Brust.

»Big, big rat. But I am going to kill it. I am strong. I will kill the big rat.«

Es schauderte ihn. Offenbar hatte der Raum unter dem Fußboden eine Ratteninvasion erlebt. Pfui Teufel. Er verabscheute Ratten. In Mayas Dorf hatte es nur so davon gewimmelt. Hungrige und aggressive kleine Wesen. Mayas kleine, struppige Ziege war von Ratten getötet und zur Hälfte aufgefressen worden.

»Sprich Schwedisch«, zischte er. »Ich will nicht, dass Maya das hört.«

Er warf einen Blick auf den Küchenboden. Die Luke war geschlossen und mit einem Teppich zugedeckt. Auf diesem Weg würden sie nicht kommen.

»Was ist eigentlich mit deiner Hand passiert?«, fragte er.

Sie fingerte nervös am Verband.

»Die Ratte«, sagte sie auf Schwedisch.

Die Mädchen

Julia erwachte zuerst. Sie wusste sofort, wo sie sich befand und was geschehen war. Jennifer lag dicht neben ihr auf dem Bauch, einen Arm schwer auf ihre Brust gelegt. Vorsichtig hob sie ihn beiseite.

»Papa«, rief sie, und ihr kamen die Tränen, strömend, gewaltsam. Ihre Schwester erwachte. Sie weinte ebenfalls, sie umarmten sich und weinten verzweifelt.

»Wo ist er jetzt?«, fragte Julia. »Was werden sie mit ihm gemacht haben? Glaubst du, er liegt immer noch in diesem Zimmer … mit dieser Rose … ich hasse Rosen, ich will nie irgendwelche Rosen bei mir zu Hause haben! Wenn mir irgendein Idiot Rosen schenkt, bringe ich ihn um!« Sie schnäuzte sich heftig und warf das Taschentuch auf den Boden.

»Aber nein doch«, sagte Jennifer. »Er ist nicht mehr dort, das weißt du doch. Sie haben ihn in den Keller gebracht, wo die Kühlräume sind.«

Sie konnte so zynisch und hart sein. Julia schlug nach ihr. Hart auf die Wange, es knallte.

»Nicht unser Papa, er soll nicht in irgendeinem Kühlraum liegen!«

»Sonst fangen sie an zu verwesen. Begreif das doch! Man muss den Verwesungsprozess aufhalten.«

Julia jammerte. Sie spürte die von der Nacht feuchten Hände ihrer Schwester unter dem Kinn. Nahm ihren Zeigefinger, steckte ihn in den Mund und lutschte daran. Ihre schmalen, salzigen Finger.

Es war halb sechs am Samstagmorgen.

»Dann kommt ein Mann«, fuhr Jennifer unbeirrt fort. »Er trägt einen schwarzen Anzug. Er geht runter in den Kühlraum und holt die Toten. Er nimmt den Hintereingang, damit ihn niemand sieht. Sein Lieferwagen steht schon mit geöffneter Klappe bereit. Ein Leichenwagen, er ist grau.«

»Hör auf!«, jammerte Julia. Aber ihre Schwester konnte nicht aufhören. Sie hatte sie immer gerne gequält und Gespenstergeschichten über blutrünstige Monster erzählt, sie hatte behauptet, dass sie eigentlich gar nicht ihre richtige Schwester sei, sondern dass man sie, Julia, in einem Graben gefunden hätte.

»Und der Mann mit dem schwarzen Anzug, er berührt die Leiche so liebevoll … Er hebt und trägt sie. Er legt die Toten in ihre Särge, die mit dem weichsten Stoff ausgeschlagen sind. Dann zieht er den Toten ein Leichenhemd an. Kannst du dir unseren Vater in einem Leichenhemd vorstellen?«

»Nein!«, schrie sie. »Jetzt hörst du verdammt noch mal auf, ich hasse dich!«

Jennifer setzte sich im Bett auf. Sie hatte nur mit Unterhose geschlafen. Die kleinen spitzen Brüste zeigten geradeaus.

»Du erinnerst dich doch noch an ›Six Feet Under‹?«, fragte sie und räkelte sich. »Du erinnerst dich doch, wie gemütlich diese Särge aussahen, wie bequeme Betten zum Ausruhen. Denn da geht es ja um die ewige Ruhe ohne Angst und Schmerzen.«

Julia setzte sich ebenfalls auf. Ihre Schluchzer schüttelten sie.

»Ich will nicht, dass er in irgendeinem Sarg liegt«, japste sie. »Es soll auch keine Beerdigung geben. Ich will das nicht, will nicht!«

»Aber das muss sein«, sagte Jennifer.

»Das muss verdammt noch mal nicht sein.«

»Doch. Aber die Kirche braucht man dazu natürlich nicht. Er war ja nicht mehr in der Kirche. Es wird also irgendwo anders stattfinden.«

»Dann müssen wir einen Sarg aussuchen! Wir suchen den coolsten Sarg aus, der sich auftreiben lässt. So einen, wie er ihn sich selber ausgesucht hätte.«

»Wir müssen darüber auch mit Mama reden«, meinte Jennifer und klang jetzt wieder vernünftig. »Außerdem müssen wir vermutlich ein paar Leute anrufen. Und Bescheid sagen. Wir müssen eine Liste machen. Es gibt schließlich Leute, die es erfahren sollten. Die vom Verlag und so. Mama soll uns dabei helfen. Aber das hat Zeit. Nichts ist mehr eilig. Jetzt nicht mehr.«

Julia wickelte das Laken um sich.

»Aber Rose müssen wir auf jeden Fall so rasch wie möglich erreichen«, sagte sie. »Ich weiß, dass sie das gewollt hätte … ich meine, es von uns zu erfahren. Von dir und mir und nicht von jemand anderem.«

»Klar.«

Jennifer stieg aus dem Bett. Sie ging ins Badezimmer. Julia hörte, dass sie den Klodeckel aufklappte und pinkelte. Dann begann das Wasser der Dusche zu rieseln. Sie stand ebenfalls auf.

Sie tranken Kaffee und aßen ein paar Biscotti, die sie in einer Dose fanden.

»Schau mal«, rief Julia. »Siehst du das Muster? Rosen.« Sie hob die Dose hoch und schüttelte sie. Die Biscotti klapperten. »Die hat sicher die Schlampe gekauft. Wir hätten sie auch wegwerfen sollen.«

»Sprich jetzt nicht von ihr«, sagte Jennifer. »Ich habe nicht mehr die Kraft, wütend zu werden. Jetzt geht es um Papa. Jetzt muss es alles etwas würdevoll zugehen.«

»Schon gut.«

»Wie spät ist es? Können wir jetzt schon bei Rose anrufen? Was denkst du?«

Julia nickte. Sie griff zum Hörer und wählte. Wieder nahm niemand ab.

»Sie schläft sicher noch«, sagte sie.

Jennifer biss in ein Biscotto. Sie betrachtete die Brieftasche und die Schlüssel ihres Vaters, die sie am Vortag, als sie gekommen waren, auf den Tisch gelegt hatten. Außer dem Wohnungsschlüssel hing an dem Schlüsselbund auch der Autoschlüssel. Sie war ein paarmal mit dem Auto gefahren. Ihr Vater übte mit ihr, bevor sie den Führerschein bekommen hatte. Das war über ein Jahr her. Seither war sie überhaupt nicht mehr gefahren.

Sie traf eine Entscheidung.

Sie gingen runter in die Tiefgarage und fanden das Auto, dem man ansah, dass es eine Weile nicht bewegt worden war. Eine dünne Staubschicht bedeckte es. Möglicherweise bereitete das Ausparken Mühe, da überall riesige Pfeiler standen. Jennifer dachte, dass das ganze Haus auf diesen Pfeilern ruhte. Vor ihrem inneren Auge sah sie sich schon einen dieser Pfeiler rammen und das Gebäude über sich zusammenstürzen. Wie die Hochhäuser am 11. September. Ein weiteres Problem stellte die Rampe vor der Ausfahrt auf die Straße dar.

Nun ja. Es musste gehen. Sie schloss auf und ließ sich auf

den Fahrersitz sinken. Sie rückte ihn ein Stück vor und stellte die Lehne senkrecht.

Das ist jetzt mein Auto, dachte sie, und trotz ihrer Nervosität stieg Stolz in ihr auf. Julia hatte sich nie die Mühe gemacht, den Führerschein zu machen. Vermutlich würde sie das auch nie tun. Jennifer trat auf die Bremse und drehte dann den Zündschlüssel um. Der Motor dröhnte sofort auf.

»Du musst aufpassen«, rief sie durch das offene Seitenfenster, »dass ich nicht einen von diesen verdammten Pfeilern ramme.«

Es ging glatt. Das Auto fuhr mit Automatik, sie musste also nicht schalten. Sie konnte den linken Fuß einfach vergessen, als würde er nicht existieren. Langsam setzte sie zurück, machte dann eine Kurve und steuerte langsam zwischen den Pfeilern hindurch auf die Ausfahrt zu. Sie rief Julia zu, den Knopf zum Öffnen des Garagentors zu drücken, und es verschwand rasselnd nach oben. Sie gab Gas und fuhr nach draußen.

Der Schnee war verschwunden, es hatte ein paar Grad über null. Nicht sonderlich viel Verkehr. Dafür war es noch zu früh am Morgen. Samstag. Die Leute schliefen aus. Sie schaute auf die Kraftstoffanzeige. Der Tank war fast voll. Schön. Dann blieb es ihr erspart, an eine Zapfsäule zu manövrieren. Ihr fiel auf, dass sie nicht wusste, auf welcher Seite sich der Tankdeckel befand.

»Na also!« Julia hatte das Garagentor wieder geschlossen und setzte sich neben sie. Auf *ihren* Platz, dachte Jennifer. Den Platz der fetten Schlampe. Und sie sagte das auch, obwohl sie sich eigentlich nicht weiter nerven wollte, sagte sie es.

»Julia, du sitzt auf dem Platz der fetten Schlampe, ist dir das klar?«

Ihre Schwester verzog das Gesicht. Sie öffnete das Handschuhfach und nahm ein paar Damenhandschuhe heraus.

Hielt sie angeekelt in der Hand und warf sie dann durchs Seitenfenster.

»Ich frage mich, wie es dem dummen Stück geht«, sagte sie. »Wo mag sie wohl sein, was glaubst du?«, sagte sie. »Wo ist sie wohl hingefahren? In welches Land?«

»Nach Mallorca«, erwiderte Jennifer geistesabwesend. »Sie ist sicher auf Mallorca.« Es fiel ihr schwer, gleichzeitig zu reden und zu fahren. »Du musst mir helfen, auf die Schilder zu achten. Ich habe keine Ahnung, wie man nach Södertälje fährt.«

Julia beugte sich vor und zog etwas unter dem Beifahrersitz hervor. Ein Navigationsgerät.

»Schau mal!«, sagte sie triumphierend. »Wo wohnt Rose noch gleich?«

Es gelang ihnen jedoch nicht, das Navi in Gang zu setzen. Das machte nichts. Bald entdeckten sie Schilder, die zum Essingeleden Richtung Süden wiesen.

Julia war beeindruckt. Sie war noch nie bei ihrer Schwester mitgefahren.

»Wie gut du fährst!«, sagte sie anerkennend.

Jennifer lächelte. Ihre kleinen Eckzähne funkelten.

»Ich hab schon gedacht, ich hätte es wieder verlernt. Ich bin seit einem Jahr nicht mehr gefahren. Aber es ist wie Radfahren. Hat man es einmal gelernt, dann verlernt man es nicht mehr.«

Sie verfuhren sich ein paarmal und mussten nach dem Weg fragen. Schließlich erreichten sie die gelbe, herrschaftliche Villa. Jennifer bog in die Einfahrt und parkte. Sie stiegen aus. Ein klarer Himmel, ganz anders als in Stockholm. Über ihren Köpfen kreisten schwarze Vögel. Es klang wie krax, krax.

»Sind das Raben?«, fragte Jennifer. »Wie in dem Film ›Der

Rabe fliegt‹? Ich habe noch nie welche in echt gesehen. Und wie die klingen.«

»Hugin und Munin. Ja, Raben klingen so.«

»Ein Glück, dass es keine Geier sind.«

»Jennie!«

»Entschuldige.«

»Bist du dir ganz sicher, dass es hier ist?«, fragte Julia.

Jennifer deutete auf das Schild.

»Borgsviks Gård. Es muss hier sein. Aber Rose wohnt offenbar in einem kleineren Haus, das irgendwo dahinten liegt. Erinnerst du dich nicht, dass Tomas davon erzählt hat, bevor er das Weite suchte?«

Julia nickte.

»Ja, genau. Sie mietet es von dem Besitzer des Anwesens.«

Jennifer schloss das Auto ab und steckte die Schlüssel in die Tasche.

»Dass wir kein einziges Mal hier gewesen sind!«, sagte sie. »Das ist wirklich eine Schande! Schade, dass wir uns so fremd geworden sind. Ich mag Rose. Ich habe sie immer gemocht.«

»Ich auch.«

Sie gingen den schmalen Pfad entlang, der am Hauptgebäude entlang Richtung Wasser führte. Und dort am Hang lag das Häuschen. Eine Leiter lehnte an einem Baum. Auf der Erde lagen Äste und Zweige. Kein Lebenszeichen.

Julia blieb stehen. Eine Art Scheu hatte sie befallen.

»Glaubst du, dass sie zu Hause ist?«

»Wir können ja anklopfen.«

»Oh, Jennie, so will ich auch einmal wohnen! Stell dir vor, hier zu sitzen und Bücher zu schreiben. Mit dieser Aussicht.« Sie erinnerte sich, dass ihr Vater immer versucht hatte, sie zum Schreiben zu ermuntern.

Du kannst das, Julia. Du besitzt die Begabung, eine gute Au-

torin zu werden. Hör zu, Mädchen, ich kann so was beurteilen. Das weißt du.

Sie hatte sich gewehrt, als hätte er sie zwingen wollen. Als hätte er sie zu etwas zwingen wollen, was nicht aus ihr selbst kam. Warum habe ich nicht mehr auf ihn gehört?, dachte sie. Ihr Papa hatte vielleicht Recht gehabt. Aber das würde er jetzt nie mehr erfahren.

Tränen traten ihr in die Augen. So ist das mit der Trauer, dachte sie, sie kommt und geht. Wallte auf wie ein Geysir, kam dann wieder zur Ruhe und verschwand. Um dann wieder aufzuwallen.

Sie erreichten die Tür.

»Und wenn sie jetzt nicht da ist«, flüsterte Jennifer. »Wenn sie jetzt auch verschwunden ist.«

Sie hob die Hand und klopfte.

Die Tür wurde so rasch aufgestoßen, dass sie sie fast ins Gesicht bekommen hätte. Rose stand auf der Schwelle. Sie war angezogen und wollte gerade weggehen.

»Mädchen«, sagte sie tonlos.

Ihre Stimme war gedämpft. Als wüsste sie es bereits.

»Rose«, begann Jennifer. »Wir …«

Hinter Rose eine Bewegung. Ein großer, sonnengebräunter Mann trat auf die Vortreppe. Seine Haare waren zerzaust, und er rieb sich die Augen. Er hatte sie noch nicht bemerkt.

»Mama, warte!«, rief er.

Da sahen sie, wer es war.

»Tomas!«, riefen sie gleichzeitig.

»Aber Jennie! Und Julia! Ihr!«

Sie umarmten ihn lange. Er hatte sich verändert. Das Kindliche, Schlaksige war verschwunden. Jennifer hatte sich manchmal über ihn geärgert wie über einen älteren Bruder.

»Was machst du denn hier?«, fragte sie. »Bist du denn nicht am anderen Ende der Welt?«

»Nein, wir sind gestern spätabends zurückgekommen.« Sie hörte das Wort wir, aber sah sonst niemanden. Sie erinnerte sich an ihr Anliegen, und ließ die Schultern hängen. Julia drängte sich an ihr vorbei.

»Es ist etwas Trauriges passiert, etwas Schreckliches. Deswegen sind wir hier. Es geht um Papa. Er ist tot, er ist gestern gestorben.«

»Was?«, rief Tomas.

Julia seufzte.

»Ja … und wir sind so traurig, so traurig.«

»Kommt rein! Wir müssen uns unterhalten.« Er trat auf den feuchten Kies. »Mama«, rief er. Rose war dem Pfad langsam in die Richtung, aus der sie gekommen waren, gefolgt. Sie ging wie eine sehr alte Frau, die Schultern hochgezogen, den Rücken gekrümmt. Tomas holte sie ein und packte ihren Arm.

»Mama, hast du gehört? Sie sind hier, um von Titus zu erzählen.«

Sie befanden sich im Wohnzimmer. Dicht neben Tomas saß eine Frau namens Maya. Sie sah asiatisch aus und schien älter als er zu sein. Er sagte, sie sei seine Ehefrau.

»Wir sind heute Nacht angekommen. Wir sind immer noch müde. Es war eine lange und anstrengende Reise.«

Die Nachricht von Titus' Tod hatte ihn sichtlich erschüttert. Maya saß da wie an ihm festgeklebt. Sie sagte kein Wort. Immer wieder mussten sie es erzählen.

»Eigentlich hat ihn Ingrid auf dem Gewissen«, sagte Julia. »Nein, das ist wirklich keine Übertreibung. Denn sie hat ihn im Stich gelassen. Sie ist einfach abgehauen.«

»Jetzt verstehe ich nicht, was du meinst.«

»Sie hat ihm einen Brief geschickt, in dem stand, dass sie nicht mehr kann. Wir haben diesen Brief in ihrer Wohnung gefunden. Er kam mit der Post. Wir wussten nicht, ob wir es wagen sollten, ihn Papa vorzulesen. Ich meine, einem Menschen, der so krank ist. Wir wussten schließlich nicht, wie er eine solche Nachricht aufnehmen würde. Aber zu guter Letzt haben wir es dann doch getan.« Sie schluchzte auf.

»Hat er verstanden, was in dem Brief stand?«, fragte Tomas. »War er bei klarem Bewusstsein?«

»Doch, doch«, erwiderte Julia trübe. »Er verstand durchaus. Und es brach ihm schließlich den Lebenswillen. Also ist es ihre Schuld.«

Tomas sah sie verwirrt an.

»Was heißt, sie konnte nicht mehr? Ich begreife überhaupt nichts.«

»Nein, wir begreifen auch nichts. Aber das schrieb sie jedenfalls in ihrem Brief. Und dann bat sie ihn, ihr zu verzeihen.«

Die ganze Zeit, während sie sprach, ging Rose hin und her. Irgendetwas an ihr war seltsam. Sie ging zur Tür und zog ihren Parka an.

Tomas sprang auf und fasste sie am Arm.

»Mama«, sagte er flehend. »Kannst du jetzt nicht hier bei uns bleiben?«

Rose riss sich los und ging nach draußen.

»Was ist eigentlich mit Rose los?«, fragte Jennifer. »Sie wirkt ja vollkommen …«

»Ja«, fuhr Julia fort. »Wir haben sie am Mittwoch getroffen, und da war sie überhaupt nicht so. Da wirkte sie noch ganz normal. Und was ist eigentlich mit ihrer Hand? Warum hat sie diesen ekligen Verband?«

Tomas strich sich über die Stirn. Er wirkte besorgt. Jennifer fielen die kleinen Falten um seine Augen auf.

»Sie redet die ganze Zeit über irgendwelche verdammten Ratten. Ich weiß nicht. Offenbar ist sie auch von einer gebissen worden. Aber sie wollte mich nicht nachschauen lassen. Vielleicht hat sie ja eine Blutvergiftung! Und die ganze Zeit geht sie raus zur Mülltonne, um dort etwas nachzuschauen.«

»Nach was?«

»Wie soll ich das wissen? Vielleicht, ob dort eine Ratte liegt.«

Julia fuhr sich mit der Hand an den Mund.

»Ratten? Gibt es hier Ratten?«

»Ach, ich weiß nicht. Aber sie hat meine Sachen aus dem Keller geholt. Ihr erinnert euch doch, den Keller, den wir als Übungsraum eingerichtet hatten. Vielleicht gibt es dort ja Ratten. Obwohl ich finde, dass wir den Keller sehr gut abgedichtet haben.«

Julia erschauderte. Sie schielte Richtung Küche.

»Ratten kommen überall rein.«

»Aber begreift ihr denn nicht«, rief Jennifer. »Das hier ist ernst! Wenn sich Rose jetzt wirklich vergiftet hat. Wenn es hier Ratten gibt … sie können lebensgefährlich sein. Denkt doch nur an all die schrecklichen Krankheiten, die sie übertragen. Wenn sie von einer Ratte gebissen worden ist, dann ist jetzt vielleicht schon ihr Gehirn befallen. Hirnhautentzündung oder so was. Wir müssen sie ins Krankenhaus bringen und zwar schnell. Etwas ist nicht in Ordnung, das merkt man doch.«

Tomas sah sie beschämt an.

»Okay, du hast Recht, Jennie. Ich hätte daran denken sollen. Es war nur so, dass wir ganz spät in der Nacht hergekommen und gerade erst aufgewacht sind.«

Man hörte, dass Maya nach Luft schnappte. Dann kreischte sie kurz auf. Tomas drehte sich zu ihr um.

»What's the matter, darling?«

Die fremde Frau, die Tomas' Ehefrau war, deutete Richtung Küche. Da sahen sie es alle drei. Ein Tier saß unter dem Tisch. Eine Ratte. Sie saß auf den Hinterpfoten und starrte ins Wohnzimmer. Ihr Schwanz war lang und kahl.

»Pfui Teufel!«, rief Tomas. »Pfui Teufel, pfui Teufel, pfui Teufel. Und hier haben wir heute Nacht geschlafen.« Er sprang vom Sofa auf und machte ein paar lärmende Schritte Richtung Küche. Die Ratte fauchte und verschwand.

Maya hatte ihre Augen mit den Händen bedeckt. Sie jammerte leise. Plötzlich lehnte sie sich über die Seitenlehne und übergab sich auf den Fußboden.

»I am sorry«, stöhnte sie. »I am so very, very sorry.«

Jennifer tätschelte ihr unbeholfen die Schulter.

»It's okay, it's okay.« Sie hörte Julia rufen.

»Wir verschwinden hier jetzt. Sofort! Ich gedenke nicht, noch eine Sekunde länger hierzubleiben! Das ist ja superwiderlich. Wir verschwinden. Erst fahren wir Rose noch zur Notaufnahme. Sie müssen nachschauen, was ihr fehlt. Und dann fahren wir zu Mama. Ich habe das Gefühl, dass ich noch einmal duschen muss. Stundenlang! Mama hatte versprochen, für uns zu kochen. Sie würde sich freuen, wenn ein paar Leute mehr kämen, und auch darüber, dich zu sehen, Tomas. And you, Maya. It is our mother.«

Tomas verschwand im Schlafzimmer und kam mit einer Tasche und seiner Gitarre zurück. Julia begleitete Maya ins Badezimmer und half ihr sich zu waschen. Jennifer hörte, wie sie auf sie einsprach, beruhigend und leise. Auf Schwedisch.

»Was für ein Schock, Liebes, was für ein Schock. Du Ärmste.«

Sie erkannte den reifen Tonfall ihrer Mutter bei ihrer Schwester wieder. Das erstaunte sie.

»Und dann können wir bei uns wohnen, entweder in unserer kleinen Wohnung in Blackeberg oder auch in der Tulegatan. Jedenfalls eine Weile. Bis sich alles geklärt hat. In diesem Dreck kann kein Mensch wohnen.«

»Ich gehe Rose holen«, sagte Jennifer. »Kommt dann zum Auto. Dann fahren wir.«

Ingrid

Ein alter Landwirt, ein Bauer. Bruchstücke eines Gedichts irgendwo in einer Ecke des Gehirns vom Dichter Setterlind.

Der Tod. Er war der Bauer mit seinem Korb.

Sie hatte diese Worte in irgendwelchen Todesanzeigen gelesen, der Korb über dem Arm des Bauern, wie er sich vorbeugte und sie aufhob.

Ich stand da wie das Häschen, als er kam.

Sie fand das so schön. So erfüllt von etwas Glücksähnlichem, von Trost.

Da nahm er mich und setzte mich in den Korb, und als ich eingeschlafen war, begann er zu gehen.

Sie war jetzt bereit. Bereit dazu, ihr Leben in andere Hände zu geben.

Titus, dachte sie, aber ohne Trauer und ohne jegliche Verzweiflung.

Titus war wie der Bauer. Und sie selbst war das Häschen. Er kam, sie zu holen. Sie meinte manchmal ihn wahrzunehmen. Dass er über sie gebeugt dastand mit seinem milden, warmen Lächeln.

»Wo warst du denn, Mäuschen, wo bist du?«

Alle Namen, die er für sie gehabt hatte. Alle diese Tierkinder, die er hervorkramte, die er erfand für seine Geliebte. Er wachte in der Dunkelheit. Sie hatte keine Angst.

Sie hatte auch keine Schmerzen mehr. Das Dunkel, das sie umschloss, war diffus und weich. Sie versank darin, entspannt und vollkommen reglos.

Irgendwann waren von oben Geräusche zu hören. Neue Geräusche und Vibrationen. Sie dachte, dass sie sie finden würden, fast gleichgültig dachte sie das. Mit großer Mühe hatte sie die Augen geöffnet. Das rechteckige helle Flimmern. Jetzt schwächer. Aber nichts mehr. Das Kinn fiel ihr herunter, als wollte sie etwas sagen, rufen. Nichts konnte sie mehr, denn jetzt war alles vorbei.

Sie lag im Korb des Bauern. Er hatte sie geholt. Der Korb schaukelte, während er ging.

Sie glitt in den schaukelnden Schlaf.

Jennifer

Sie fuhr am Nachmittag zu dem Haus zurück.

»Ich brauche etwas Ruhe«, hatte sie gesagt, aber nicht erzählt, wo sie hinwollte.

»Okay«, hatte Julia uninteressiert erwidert. »Dann bis heute Abend.«

Sie war mit Maya beschäftigt. Die Frau hatte ihnen gerade von dem Grund ihrer Übelkeit erzählt.

»I am pregnant. I am going to have a little baby. And I wanted this baby to live in your country. I wanted it so much.«

Maya warf Tomas einen vorwurfsvollen Blick zu, und sie sah, wie er kleiner wurde.

Aha, dachte sie. Armer Tomas, so sieht also dein Leben aus.

Sie war erleichtert, als sich die Tür hinter ihr schloss.

Erst waren sie mit Rose in die Klinik gefahren. Es stellte sich heraus, dass es in Södertälje eine Notaufnahme gab. Tomas und sie traten ein, und als sie die Lage geschildert hatten, kümmerte man sich sofort um Rose.

»Wir glauben, dass meine Mutter eine Vergiftung hat«, erklärte Tomas. »Sie ist von einer großen Ratte gebissen worden. Sie benimmt sich sehr merkwürdig. Ihre Persönlichkeit ist vollkommen verändert. Vielleicht ist das Gift schon in ihr Gehirn gelangt.«

Die Frau am Empfang war zurückgewichen.

»Eine Ratte?«

»Ja. Leider wissen wir nichts Genaueres. Ich bin heute Nacht aus dem Ausland zurückgekommen. Ich erkenne meine eigene Mutter kaum wieder. Wir haben in ihrem Haus eine Ratte gesehen. Also drinnen. Es muss also wirklich passiert sein.«

Zwei Schwestern kümmerten sich um Rose. Sie halfen ihr dabei, sich auf eine Trage zu legen. Dann rollten sie sie davon. Sie sah ganz klein aus, wie sie so dalag.

»Ich will nicht hierbleiben«, sagte Tomas, als sie zum Auto zurückgingen. »Sie sollen mich anrufen. Ich habe nicht die Kraft zu warten.«

Jennifer hatte Rose bei der Mülltonne gefunden. Der Deckel war hochgeklappt, und sie hing mit dem Oberkörper über die Kante und schien etwas zu suchen. Sie war barfuß.

Jennifer sah, dass die Mülltonne leer war.

»Was tust du, Rose?«, fragte sie und ihre Unruhe nahm zu. Die Frau drehte sich um. Sie verzog ihr schmales, katzenähnliches Gesicht zu einer schuldbewussten Grimasse.

»Was ist mit dir los?«, fragte Jennifer mit harter Stimme, härter, als sie eigentlich beabsichtigt hatte.

»Die Ratte«, kam es heiser.

»Die Ratte? Wovon redest du?«

»Die große Ratte … unter dem Fußboden.«

»Unter dem Fußboden? Ist eine Ratte unter dem Fußboden?«

Rose nickte.

»Warum gehst du dann die ganze Zeit zur Mülltonne?«

»Weiß nicht … ob ich sie getötet habe.«

Sie trat auf Rose zu und legte ihr eine Hand auf die Schulter. Die Frau erstarrte und wandte ihr Gesicht ab.

»Was ist los?«, fragte sie leise. »Bitte, liebe Rose, was ist mit dir los?«

Sie nahm ihre Hand, die trockene, raue Hand, die nicht verbunden war.

»Komm, jetzt gehen wir«, lockte sie. »Wir fahren dich zum Krankenhaus. Du musst zu einem Arzt. Das verstehst du doch. Er muss deine Hand untersuchen. Hat dich die Ratte da gebissen?«

»Muss wissen, ob ich … die Ratte getötet habe …«, kam es erneut, jetzt schwächer, aber Rose wehrte sich nicht mehr, sondern entspannte sich und folgte ihr.

Die anderen warteten beim Auto. Jennifer warf ihnen den Schlüssel zu.

»Steigt schon mal ein«, rief sie. »Wir kommen gleich. Wir müssen nur noch ein Paar Schuhe für Rose finden.«

Als sie in die Diele kamen, entdeckte sie sie. Sie hatte den gelben Vorhang mit einem Muster aus schwarzen Störche beiseite gezogen. Dort standen sie. Ingrids alte, hässliche Wanderstiefel. Ein Irrtum war ausgeschlossen. Riesig im Vergleich zu Roses kleinen, zierlichen Schuhen. Noch dazu mit diesen lächerlichen roten Schnürsenkeln. Es konnte nur ein einziges Paar solcher Wanderstiefel geben.

Sie hatte den Geschmack von Asche im Mund. Sie sah Rose an.

»Wem gehören die?«

Rose war grau im Gesicht geworden. Sie atmete rasch und keuchend. Ihre Pupillen irrten herum.

Jennifer stellte die Wanderstiefel zurück und zog den Vorhang wieder vor. Sie schob Rose auf einen Hocker.

»Warte hier!«, sagte sie, und ihr Hals fühlte sich rau an, als würde sie eine Erkältung bekommen. Sie suchte ein Paar Schuhe hervor und trockene, saubere Socken. Sie kniete sich vor Rose hin und begann ihr Socken und Schuhe anzuziehen. Die Füße waren sehr schmutzig. Die kleinen Zehen erinnerten an kleine, runde Perlen. Sie tätschelte Rose das Bein. Eine eigenartige Erregung erfasste sie.

»Ich glaube, ich ahne so einiges«, sagte sie leise.

Die Frau starrte sie an, der Blick in den Augen war erloschen. Jennifer nahm die Schlüssel des Häuschens an sich und schloss sorgfältig ab.

»Jetzt lassen wir das alles hinter uns«, meinte sie schnell.

Ihre Mutter Birgitta empfing sie mit offenen Armen. Sie hatte ein Büfett vorbereitet, so etwas konnte sie, sie zauberte im Handumdrehen ein Festmahl auf den Tisch. Obwohl eigentlich kein Anlass zum Feiern war.

Jennifer war nicht hungrig. Sie empfand eine nagende Rastlosigkeit. Sie lud sich etwas Salat auf den Teller. Sie musste weg. Sie musste sich Klarheit und Gewissheit verschaffen.

Maya war munterer geworden, nachdem sie etwas gegessen hatte. Sie stellte sich ans Fenster und führte ihren leicht gerundeten Bauch vor. Das Kind würde im September zur Welt kommen. Jennifer dachte an ein altes Sprichwort, das sie irgendwo gehört hatte. Dass ein neues Leben oft dann entstand, wenn jemand aus der Verwandtschaft aus dem Leben geschieden war.

So gesehen sind wir auch miteinander verwandt, dachte sie. Das war ein gutes Gefühl.

Kaum jemand merkte, dass sie aufbrach. Während sie die Treppe hinunterging, hörte sie, dass ihre Mutter bereits Pläne schmiedete.

»Wir müssen ihr ein paar vernünftige Kleider kaufen. Wir können heute Nachmittag zum Einkaufszentrum fahren, wenn sie die Kraft dazu hat. Was glaubst du, Tomas? Schafft sie das? Du musst dich jetzt besonders um deine kleine Maya kümmern. Sie ist empfindlich, verstehst du? Vergiss das nicht.«

Sie parkte das Auto an derselben Stelle wie schon am Morgen. Der Himmel war jetzt blauer. Er wölbte sich über ihr wie eine endlose Kuppel. In einem Baumwipfel saß eine Amsel und sang. Es klang trostlos-jubelnd und schön. Sie starrte in den Himmel.

Papa, bist du da?

Sie meinte ihn antworten zu hören.

Pass auf dich auf, mein Mädchen. Kümmer dich um Julia. Ich liebe euch beide so sehr.

Schweren Herzens schloss sie auf und trat in die Diele. Ein stechender Tiergeruch schlug ihr entgegen. Seltsam, dass sie den am Morgen nicht bemerkt hatte. Aber er war jetzt, nachdem die Menschen das Haus verlassen hatten, stärker. Sie schlug den Vorhang beiseite und hob den einen Wanderstiefel hoch. Sie befühlte die Schnürsenkel. Sie waren rot und vollkommen unpassend. Ingrid hatte sie durch die Löcher gefädelt. Vielleicht hatte es ihr wirklich gefallen?

Die große Ratte, dachte sie, verspürte jedoch keine Befriedigung, sondern nur eine zunehmende Trauer.

Jetzt stand sie in der Küche. Sie setzte einen Fuß auf den Teppich und begann diesen wegzuziehen. Immer schneller, schließlich trat sie ihn beiseite.

Und da. Die Luke mit ihrem Eisenring in einer Vertiefung.

Sie bückte sich, ging in die Knie.

»Papa«, flüsterte sie, »lieber, lieber Papa, verzeih uns!«

Sie ergriff den Ring, er war kühl. Sie hob ihn an und dann langsam nach oben. Ein Gestank schlug ihr entgegen. Sie schnappte nach Luft und musste loslassen. Die Klappe fiel mit einem Knall zu.

Sie schluckte und biss sich fest in die Wangen.

»Shit«, murmelte sie und weinte jetzt, leise und verbissen. »Shit, shit, shit!«

Sie griff erneut zu und zog.

Als Erstes sah sie das Bett. Ihr Blick von dem Bett und dem, was darauf lag, angezogen. Ein Bündel unter einer Decke. Ein Körper.

»Ingrid«, sagte sie langsam.

Es gab keine Treppe, es gab keine Möglichkeit, nach unten zu kommen. Um sie herum wurde es weiß und ihr schwindelte.

»Ingrid!«, hörte sie sich rufen. »Ich bin das, Jennifer. Bist du das da unten? Kannst du antworten?«

Sie beugte sich über die Öffnung, zwang sich hinabzuschauen, zwang sich, den Gestank einzuatmen. Das Bündel auf dem Bett lag reglos. Sie wühlte in ihrer Tasche und zog ihr Handy heraus. Wählte die Notrufnummer und wartete.

»Schicken Sie einen Krankenwagen!«, schrie sie, »Zum Borgsviks Gård. Beeilen Sie sich, bitte, es ist ein Notfall!«

Sie legte sich auf den Fußboden, während sie wartete.

Als sie die Sirenen hörte, schaute sie in das Loch.

Ihr war, als rege sich das Bündel.

Danksagung

Ich wusste nichts über Ratten, bevor ich mit dem Schreiben dieses Buches begann. Genau wie Ingrid glaubte ich, dass alle Ratten stinken und ekelhaft und aggressiv sind. Beatrice Eriksson habe ich es zu verdanken, dass ich gelernt habe, dass das überhaupt nicht der Fall ist. Beatrice ist Rattendompteurin bei »Tom Tits Experiment«, einem interaktiven Museum in Södertälje. Ich habe die Bekanntschaft von Virvel, Dimma, Frost, Dis und Flinga, ihren eigenen Ratten, machen dürfen, sympathischen kleinen Lebewesen mit entzückenden Schwänzen. Der Dank gilt euch und eurem Frauchen.

Dank auch an diejenigen, die mir während des Schreibens verschiedene Fragen beantwortet haben. Stellvertretend Anna Jansson, Rigmor Hansson, Anna-Carin Thomas und Kajsa Berglund. Dank jenen, die ihr das Manuskript gelesen und mir wertvolle Tipps gegeben habt. Jan Frimansson, Helena Librand und Fredrik Librand. Ihr drei habt das Buch als Allererste gelesen.

Nicht zuletzt möchte ich auch Peter Karlsson, meinem Lektor beim Norstedts Förlag, danken. Seinem Blick entgeht nichts. Er überlässt nichts dem Zufall, und das ist überaus beruhigend.

Vielleicht sollte ich noch erwähnen, dass die Schauplätze

des Buches authentisch sind, aber dass ich mir ein paar architektonische Freiheiten genommen habe. Die Personen sind jedoch überwiegend meiner eigenen Fantasie entsprungen.

Södertälje, im Frühjahr 2009

Inger Frimansson

Horaz wird zitiert nach: *Sämtliche Werke*, Lateinisch/Deutsch, übersetzt und mit einem Nachwort herausgegeben von Bernhard Kytzler, Reclam Verlag, Stuttgart 2006. Die Vier Bücher der Oden, Buch vier, 13. Ode (S. 243), 11. Ode (S. 237) und 4. Ode (S. 217).